Евгений Сухов

Я-ВОР
в законе

МАФИЯ
И ВЛАСТЬ

Москва
«АСТ-ПРЕСС»
2000

УДК 882
ББК 84(2Рос-Рус)6-44
С 91

Сухов Е.

С 91   Я — вор в законе: Мафия и власть. — М.: АСТ-ПРЕСС, 2000. — 432 с.

ISBN 5—7805—0543—8

Законный вор, держатель воровского общака Варяг фактически подчиняет себе гигантский бизнес по торговле оружием. Но неожиданно его интересы сталкиваются с интересами мощной коррумпированной чиновничьей машины, тайно окружившей себя не только молодыми бандитскими вожаками, но и сотрудниками различных спецслужб, польстившихся на грязные деньги. Начинается беспощадная война законных воров против беспредела власти и беспредела новой мафии. В кровавой разборке наступает момент, когда Варягу кажется, что нет больше сил для борьбы. Он теряет жену, сына и остается один на один с оголтелой сворой свирепых врагов, жаждущих расправы над ним.

С 470000000-006
   8Ш9(03)-2000

УДК 882
ББК 84(2Рос-Рус)6-44

ПРОЛОГ

В бильярдной стоял аромат дорогих голландских сигар. Просторное помещение было погружено в полумрак. Только зеленый суконный прямоугольник стола ярко освещался флуоресцентной лампой, свисавшей с потолка на длинном черном шнуре. Бильярдная размещалась в подвале кирпичного трехэтажного особняка за высоким зеленым забором в надежно охраняемом дачном поселке Жуковка-5, не обозначенном ни на одной географической карте Подмосковья. Этот особняк после смерти владельца, старого кремлевского работника Ивана Пахомовича Сапрыкина, перешел его сыну Алику, который помимо роскошного дома унаследовал многочисленные личные связи отца, позволявшие тонко ориентироваться в лабиринтах советской, а позже — российской власти. Это наследство оказалось бесценным, потому что давало возможность наследнику и его ближайшим друзьям, самым доверенным лицам, осуществлять невидимый контроль за передвижениями ключевых актеров на российской политической, экономической и криминальной сцене. Кем они были — простыми суфлерами или всесильными режиссерами великого загадочного театра, — этого не знал никто. Порой они сами до конца не осознавали силу своего воздействия на огромную зрительную аудиторию, называемую «Россия». Наивные зрители, простые российские граждане, не видя истинных постановщиков великолепного и страшного спектакля, то впадали в дикий восторг и эйфорию, сопровождая актерскую игру бурными, переходящими в овации аплодисментами, то обливались горькими слезами от разыгравшейся на необъятных театральных подмостках вакханалии и беспредела. Ясно было одно, что игра велась по-крупному, и это внушало аудитории уважение и трепет.

Вокруг бильярдного стола нервно прохаживались двое игроков. Третий молча наблюдал за затянувшейся партией, стоя у полированной стойки бара. Перед ним на картонном кружочке с изображением карты России стояла пузатая рюмка.

— Алик! Своячка в лузу! — лениво произнес он, обращаясь к мужчине лет пятидесяти, крепкого сложения, с хищным сухощавым лицом.

— Только не надо говорить под руку, Витюша... — процедил Алик и, прицелившись, хлестким ударом направил шар в борт, бросив ему вдогонку: — Карамболь — второго в середину!

Шар врезался в борт, отскочил вбок и, подрезав другой шар, ушел далеко влево. А подрезанный шар резво покатился по зеленому сукну и через мгновение уже трепыхался в средней сетке.

— Партия! — провозгласил довольный Алик и в возбуждении стукнул кием о полированный борт. — Однако с тебя стольничек зелененьких, добрейший Петр Петрович.

Его соперник покачал головой и криво усмехнулся:

— Что-то непруха у меня сегодня, мой друг...

— Ты скажи спасибо, что мы с тобой играем по маленькой, Петр Петрович. — Алик поднял вверх палец. — Сто баксов — это разве сумма! В старое время люди на бильярде совхозы и заводы проигрывали. А еще был случай, когда за место в Политбюро старые партийцы бились: один шар все тогда решил, а какие последствия... Ого-го!!! Потому-то при Советах бильярд и запретили...

— А ты откуда все знаешь? — без всякого интереса спросил Петр Петрович.

— Папа рассказывал, — уклончиво ответил Алик.

Собеседник понимающе кивнул:

— Папа у тебя большой был человек...

— Это точно, — уважительно подтвердил Витя. — Царство ему небесное. — Взяв рюмку, он выплеснул в рот остатки напитка и, почувствовав, как обжигающая жидкость поползла по пищеводу, довольно зажмурился.

— В старое время, скажу я вам, любезные, — со вздохом произнес Петр Петрович, — не только бильярд — все было под запретом. Может, потому и жилось проще. Раньше оно ведь как было: строго по лозунгу «Вся власть — Советам». У тех, кто эти самые советы давал, — у того и была вся власть. А вот нынче советчиков больно много развелось. Оттого и бардак...

Алик махнул рукой:

— Ну, это ты, Петя, брось! Не советчиков много стало, а болтунов. Я так думаю, что мы трое будем покруче, чем вся наша Госдума, Кремль и губернаторы, вместе взятые! Это им только кажется, что в их руках власть. А на деле... Сам посуди...

— А на деле и нам сейчас куда сложнее стало, — покачал головой Витя, наливая себе еще одну рюмку. — Старых проверенных людей не осталось — тех, на кого можно было опереться. Академика нет...

— Того нет, зато есть другие, — с усмешкой отозвался Алик. — Академики вон куда взлетают нынче — в Кремле гнездо норовят свить!

— Ну это ты про академиков советского розлива... Я говорю про Егора Сергеевича Нестеренко — вот это был академик высшей пробы, не то что нынешние... Все в своих руках держал. Каким могучим оркестром дирижировал. Вон какие люди под его музыку плясали. Жаль старика. Сколько уже прошло, как его в самолете взорвали?

— Да, пожалуй, около двух лет будет! — Алик нахмурился. — Нет, Нестеренко под конец сильно сдал. Все дела перекинул своему ученичку... Он нам чуть всю песню не испортил. Вместе с генералом Артамоновым. Хорошо, генерала удалось вовремя вывести из игры...

— Кстати, этого нестеренковского выкормыша еще рано сдавать в архив, — назидательно заметил Петр Петрович. — Он как птица Феникс запросто из пепла возрождается. Глядишь, еще и нам пригодится. Помнишь, кто в старину Русь спас — кого пришлось звать, чтобы пришли и порядок в государстве навели? Варяги!

— Думаешь, и нам придется обращаться к «варягам»?.. — со зловещей улыбкой тихо спросил Алик.

— Не исключаю, — кивнул Петр Петрович и уселся в глубокое кожаное кресло в углу, знаком пригласив Алика присесть рядом. — Случайные люди полезли во власть. Да и в бизнес тоже. Чумазым не понравились итоги приватизации — они хотят все переиграть под себя. Вон нашего сибирского металлурга с шумом выпихнули из страны, в Питере в последнее время черт знает что творится — даром что город славных киллерских традиций. Раньше там царей и секретарей обкомов убивали, а теперь за бизнесменов и депутатов взялись... А с торговым флотом недавно какая там катавасия закрутилась! Слава богу, что этого выскочку младшего Гаврилова замочили. Это его папаше был добрый сигнал — чтоб знал свое место и не зарывался!

— И кого же за торговый флот нужно благодарить? — Алик расстегнул воротник рубашки и ослабил узел галстука.

— Кого же еще — Владислава Геннадьевича, Варяга нашего славного.

— Ага. Так не рано ли «варяги» пожаловали?

— Кто его знает, Алик. Но эти «варяги» нас не спрашивали. Сами пришли, как видишь.

— Так, может, это непорядок, Петр Петрович. Как думаешь?

— Не знаю. Не знаю. Последнее время он, конечно, странно себя ведет. Ему-то этот «Балторгфлот» на какой ляд сдался? Может, в детство впадает? С сынишкой кораблики решил попускать? Так у него для домашних забав есть оловянные солдатики, пистолетики, пулеметики, самолетики «Госснабвооружения»...

— Мне тоже, Петя, не нравится это его новое увлечение, — хмуро встрял в разговор Витя. — Он прет как носорог — хочет всех конкурентов с оружейного рынка выдавить и явно намерен подгрести под себя вообще весь оборонный заказ. А торговый флот ему нужен для беспрепятственного вывоза оружия за рубеж. Когда круг замкнется, он будет монополистом. А нам такой монополист не нужен!

— Не нужен, верно, — кивнул Алик. — Поэтому я и предлагал Варяга попридержать. И сейчас повторяю: Варяга надо тормознуть!

— И как ты хочешь это сделать?

— Есть варианты... Но об этом потом. — Алик взглянул на часы. — У нас еще есть минут двадцать... Пока наш общий друг не пришел.

— А что, и он будет? — удивился Петр Петрович.

— Да, я его еле уговорил. Он же у нас шибко опасливый. Тени собственной боится. Ты вспомни: когда с ним разговариваешь — даже один на один, — глазки так и бегают, как перепуганные крольчата. Ну, ничего, сегодня уж мы его раскрутим на полную катушку.

Алик встал, подошел к бару, взял бутылку виски и плеснул себе в низкий стакан.

— Так вот, коллеги. Нам надо срочно решать четыре проблемы. Нефтяные и газовые дела. Металл. Оружие. По нефти... Сейчас самые главные события будут на

Кавказе. Из-за кавказской нефтяной трубы все передрались. Азербайджанцы, грузинцы, чеченцы... Ладно, пускай пока пошумят. Мы посмотрим, как дело повернется, — и эту трубу в конечном счете приберем к рукам. Боюсь, как бы не пришлось поучаствовать в маленькой победоносной войне.

— После чеченской кампании никто воевать не захочет. Ни армия, ни Госдума, ни Кремль, — возразил Петр Петрович, прохаживаясь около бильярдного стола.

— Есть варианты! — отрезал Алик. — Возможно, ситуация изменится к весне. Возможно, опять будет новый премьер... Мы можем и об этом позаботиться. Вторая проблема — металлургия. Тут полный облом — куда ни глянь. Мы только начали своих людей расставлять на крупнейших комбинатах — так там чуть ли не революции начались! Регионалы, суки, стали права качать... С ними тоже придется разобраться. Теперь оружие. Тут есть кое-какие наметки — и они связаны с возможными изменениями в нашей кавказской политике. Если там будет новая заваруха, придется генералов и ВПК подкормить. Приласкать, денежек подбросить. Именно мы и должны это сделать. Сейчас, я так полагаю, кроме нас, матушку-Россию никто не сможет отстоять. Вы посмотрите, что кругом делается. Старая гвардия ни на что уже не способна! Коммуняки полностью просрали все! А ведь их любимый Сталин кое-чего все же соображал... Все орали: железный занавес, железный занавес! А он, хитрован, просто не позволял своим красным директорам залезать в долги. Вон при Лене Брежневе как только этот самый железный занавес чуть приподняли — сразу вся номенклатурная шантрапа поперла на Запад! Кто сейчас громче всех разоряется про утечку капиталов из России — эти самые старые коммуняки, при которых основная утечка капиталов и началась. Они же наделали миллиадных долгов, а теперь нам за них расплачиваться. Да и эти реформаторы херовыми игроками оказались.

Они-то думали, что приватизация — это как детская забава «сорока-ворона кашу варила, этому дала, этому дала, а этому не дела». Хрен-то! Те, кому не дали, сильно обиделись... И стали готовиться к войне за передел собственности. А кремлевские ребята утратили над ними контроль. Так что надо срочно им кое-чего подсказать, а может, и подвинуть придется. Тяжко как-то стало до выборов ждать. К тому же не сегодня-завтра Запад опять выставит России счет по внешним долгам, начнут гундосить, пальцы загибать. Вообще хана. Была тысячелетняя Россия, и на тебе — вдруг не будет. Слава богу, *ему* толковых людей поставили вести переговоры с этими пижонами из парижских-лондонских клубов. Думаю, ребята у них не то что отсрочку выторгуют, они их скоро раком поставят; как бы не случилось, что эти «клубники» нам платить будут. Я тут на днях с Биллом разговаривал. Он уже весь в сомнениях. Не рад, что связался, говорит, у нас с этими никто не хочет иметь дела. А я ему так и говорю: надо спасать положение. А он кивает на этого, с которым ты вчера базарил.

— И то верно. Может, его и выберем, — заметил Витюша. — А он нам поможет. У него ж на всех кремлевских обитателей по толстенной папке оперативных разработок — не зря же наши люди из спецслужбы и из ментов ему подбрасывали материал. Пускай теперь предъявляет! И долбит всю эту шушеру.

Алик покачал головой:

— Просто так не предъявит. Он хитрый, сучонок! Его самого надо нам покрепче за яйца взять. Тогда, может, что и получится.

— Так как же ты его возьмешь? — Витюша покачал головой. — Он же «незапятнанный».

На тонких губах Алика зазмеилась хищная ухмылка.

— Ну ты перегнул. Незапятнанных у нас нет. Вот и сегодня я хорошо подготовился к его визиту. Во-первых, приготовил для него его любимый «Джек Дэни-

11

элс». — С этими словами он потряс в воздухе квадратной бутылкой с черной этикеткой. — После трех стакашков он с копыт слетит. А во-вторых и в главных, он же у нас такой же, как твой Билл, но только — русский. Я ему такую Монику Левински приготовил! Все внутри переворачивается, а снаружи встает... И кстати, не одну приготовил — а сразу **двух**! Парень не сможет устоять... Уверен. Да ты и **сам можешь** убедиться. Девки сейчас здесь в гостевой, от нас команды дожидаются...

— Девки? — изумился Петр Петрович. — Какие девки?

— Какие-какие — эс-вэ-эровские. Из внешней разведки. Из спецотдела по секс-услугам. Причем из элитных кадров: все делают по высшему разряду, особенно когда трахаются перед телекамерой, и что характерно: всегда занимают нужные позиции на «съемочной площадке».

— Так ты и киномеханика привел? — Тут до Петра Петровича дошел смысл уклончивых слов Алика.

— Да, — серьезно сказал **тот**. — Кино будем снимать скрытой камерой. Назовем фильмец «Особенности национальной предвыборной кампании»...

— Ну тогда зови девок. Наш-то герой на подходе... Через минут пять будет. Пора включать аппаратуру.

ЧАСТЬ I

ГЛАВА 1

Варяг с полминуты постоял на пороге в подвал, пока глаза привыкали к полутьме. Затем он рассмотрел распростертого навзничь на полу Николая Радченко. Некогда грозный авторитет-беспредельщик по кличке Колян сейчас представлял собой жалкое зрелище: зрачки у него закатились, язык вывалился, из углов рта стекали струйки слюны. Колян, не переставая, что-то неразборчиво бормотал, а сидевший над ним отставной полковник Чижевский, ныне начальник охраны Варяга, внимательно слушал это бормотание и время от времени по-деловому делал пометки в блокноте. Рядом на табурете стоял включенный диктофон. Увидев вошедшего шефа, Чижевский поднялся и негромко сообщил:

— Все в порядке. Наш клиент стал значительно разговорчивей.

При налете на особняк Варяга погибла большая часть бойцов из банды Коляна. Живьем, кроме самого бригадира, взяли четверых раненых пехотинцев: совсем еще молоденьких парней лет по 18—20, которых Радченко навербовал буквально два-три месяца назад. Варяг распорядился подлечить пленников и затем с миром отправить на родину, в город Таежный. Чижевский, лично провожавший пацанов в аэропорт, сурово глядя в глаза, сказал им на прощанье:

13

— Скажите спасибо, салаги, что шеф у нас добрый человек. Я бы на его месте вас всех давно похоронил. И похороню, если еще раз замечу в Москве.

Пехотинцы, бледные и растерянные, переминаясь с ноги на ногу, слушали Чижевского молча, в душе мечтали лишь об одном: поскорее оказаться в самолете и унестись подальше от страшной столицы. По большому счету парням было глубоко наплевать на судьбу главаря, сулившего им золотые горы, а в результате приведшего на кровавую бойню.

Колян же, оказавшись в плену, вел себя вызывающе. Вначале, решив проявить характер, на требование Варяга назвать имена заказчиков налета ответил матерной бранью и добавил, хищно стреляя глазами:

— Жалко, суку твою не прибил и щенка. Погоди, мои люди доберутся еще до них. И тебе бошку отрежут, как пить дать, — добавил Колян.

Варяг только пожал плечами, усмехнулся и вышел, оставив пленника в распоряжении Чижевского. Тот без лишних хитростей отдубасил Коляна резиновой дубинкой. Колян ожидал более изощренных пыток и побои перенес играючи. Правда, его насторожило то, что по ходу избиения Чижевский ни о чем его не спрашивал.

На следующий день главный охранник явился вновь и вновь пустил в ход дубину, по-прежнему не задавая никаких вопросов. Бывший чекист знал, что делал: после нескольких его посещений все тело Коляна превратилось в один сплошной кровоподтек, отбивную, готовую к употреблению. Даже легкое прикосновение теперь заставляло пленника вскрикивать от боли. Оказалось, что банальная резиновая дубинка в руках терпеливого садиста-профессионала, появляющегося через каждые три-четыре часа, делается изощренным орудием пытки.

— Чего ты хочешь, фашист? Чего тебе надо, падла? — плача и скрипя зубами от невыносимой боли, хрипел Колян.

— Придет время — скажу, свинья, — хладнокровно отвечал Чижевский, перехватывая дубинку поудобнее. — А почему меня называешь фашистом? Потому что я не жалею тебя? А сам ты кого жалел?

Через несколько дней Чижевский решил, что настало время задавать вопросы. К этому моменту при одном его появлении Коляна начинала бить дрожь. Однако на сей раз Чижевский вместо обычной обработки дубинкой приказал пленнику лечь на диван, закатал ему рукав, перевязал бицепс резиновым шлангом, взял шприц и уверенно ввел иглу во вздувшуюся вену. Некогда грозный бригадир теперь безропотно позволял производить над собой любые манипуляции. Когда поршень вытолкнул прозрачную жидкость из шприца в вену и полковник выдернул иглу, Колян откинулся на подушку и застыл в неподвижности, словно прислушиваясь к собственным ощущениям. Через пятнадцать минут по его телу пробежала судорога, за ней еще одна. Судороги становились все чаще, зрачки у Коляна расширились и потом закатились под лоб, голова задергалась и безвольно упала набок, изо рта, пузырясь, потекла слюна.

— Откуда ты приехал, Коля? — вкрадчиво стал спрашивать Чижевский своего подопечного.

Колян, слабо контролируя себя, не поворачивая головы, стал отвечать — не слишком членораздельно, зато охотно. Чижевский же, почти не слушая ответное бормотание Коляна, продолжал задавать тому малозначащие вопросы — большую часть ответов отставной чекист, находившийся на службе у смотрящего России, знал и так. Несколько внимательнее Чижевский отнесся только к рассказу Коляна о смерти майора Громовского, хотя и предполагал, что выяснится нечто подобное.

Дверь открылась, на пороге появился Варяг и некоторое время молча слушал невнятные излияния Коляна.

— С чего это он так разговорился? — поинтересовался Варяг.

— Хорошая доза скополамина, — объяснил отставной полковник. — Есть такой незаменимый препарат — вызывает огромную тягу к общению. Пациент у нас волевой попался, но я его волю сперва маленько подрасшатал с помощью вот этого универсального инструмента. — Чижевский кивнул на резиновую дубину. — А когда он дозрел, перешел на скополамин.

Владислав понимающе кивнул. Колян продолжал что-то бормотать, словно страстно желая поделиться самым сокровенным. Варяг покачал головой:

— Я все же не думал, что он так быстро сломается.

— Против науки не попрешь, — развел руками Чижевский. — А потом, он же беспредельщик, напрочь отмороженный, а значит, личность безыдейная. Что волю укрепляет? Идейность. Некоторых идейных даже по науке никак не расколешь. А у этого что на уме? Власть, деньги, бабы и чтоб все видели, какой он крутой. Нет, с таким моральным багажом колются быстро и до самой жопы.

— Откуда препарат? — спросил Варяг. — Связи в «конторе»?

— Нет, — улыбнулся Чижевский, — в дурдоме. Такие препараты в психиатрии активно применяются. Некоторые психи ведь очень скрытные. Как лечить психа, если не знать, что за дурь у него в башке? Когда я ездил в последний раз за препаратами, там был один учитель истории, который отказывался от еды, а почему — никто не знал, поскольку он ни с кем не разговаривал. Он уже впал в дистрофию и того гляди мог помереть. Пришлось вколоть ему лошадиную дозу вот этого самого препарата — только тогда он рассказал лекарям, что вокруг него живут черти и запрещают ему есть и разговаривать.

— Ну и как, вылечили его? — полюбопытствовал Варяг.

— Если к человеку повадились черти, вряд ли его можно окончательно от них избавить, — рассудительно ответил Чижевский. — Во всяком случае этому учителю внушили, что черти над ним просто подшутили и на самом деле есть ему можно. Не помрет хотя бы, и то хорошо.

Пленник тем временем примолк, словно выложив все, что знал. Чижевский наклонился к его лицу и внятно, с нажимом спросил:

— Кто такой Федор Угрюмый?

Колян встрепенулся, хрипло вдохнул и с готовностью ответил:

— Мы в одном дворе росли... чемпион по каратэ... в бригаде был моим заместителем... мы все дела делали вместе, — зачастил Колян. Затем после минутной паузы с обидой сообщил: — Сука он. Мою жену трахнул. Меня замочить хотел. Мы привели его на хату, собирались грохнуть, а он вытащил гранату... Ну и пришлось его отпустить.

Варяг и Чижевский переглянулись.

— Не врал, стало быть, этот Федя, — констатировал Чижевский. — Когда он вышел из подъезда, Сержант его как раз и сцапал.

— Значит, Угрюмый поможет нам выйти на тех бойцов бригады, которые еще живы, — заметил Варяг.

— Вряд ли он знает все хаты, — возразил Чижевский. — Колян у нас скрытный, никому не верит, информацией о дружками не делится... Слышь, Колян, где живут в Москве твои люди? Адреса называй!

И полковник ткнул пленника дубинкой под ребра. Колян жалобно заскулил и начал перечислять адреса снятых им в столице квартир.

Однако в его помутившемся сознании пульсировала мысль: «Нельзя все говорить... Все говорить нельзя...» Последние остатки той некогда могучей воли, благодаря которой Николай Радченко всецело подчинял себе своих бойцов, теперь помогли ему умолчать об одной хате, где он разместил полдюжины своих наиболее многообещающих бойцов, недавно прибывших из Сибири.

— Между прочим, у Коли есть шикарная дача в Переделкине, — сказал Чижевский. — А на даче у него жена Надежда и охрана. Угрюмый знает, где находится эта дача. Вот только вопрос: в курсе ли братва, что их бригадир поссорился со своим ближайшим помощником? Скажи-ка нам, Коля, охрана на даче знает, что ты Угрюмого приговорил?

— Бойцы в курсе, — прохрипел Колян. — Я ж туда Надьку с бойцами отправил. Если Угрюмый там появится, они его должны живьем взять. Валить его я разрешил только в крайнем случае.

— Надо еще узнать, какие точки в Москве они контролируют, — сказал Варяг Чижевскому, делавшему пометки в блокноте. — Эти ребята тут навели шороху... Гнома грохнули. Я же его хорошо знал — достойный был человек... Надо у Коляна выяснить, откуда этот ветер дует...

— Конечно, Владислав Геннадьевич, — кивнул Чижевский. — Я все выясню, свяжусь с людьми и постараюсь сделать все возможное, чтобы покончить с этим беспределом.

— Отлично, — сказал Варяг. — Но больше всего меня интересует, кто заварил всю эту кашу, кто привел Коляна в Москву, кто натравил его на меня.

Колян, казалось, не видел Варяга и не слышал его слов. Голова пленника лежала на подушке безвольно, словно у покойника, глаза были полузакрыты.

— Коля, — нагнувшись к нему, внятно произнес Чижевский, — это я, тот самый, кого ты называешь фашистом. Слышишь меня? Ответить мне на один вопрос. Но не заставляй меня повторять его дважды. Кто тебе заказал Варяга?

Радченко что-то невнятно и совсем шепотом забубнил. Чижевский некоторое время слушал, делая пометки в блокноте, затем повернулся к Варягу:

— Заботин Герасим Савельевич... Так я и знал, что без «конторы» тут не обошлось. Колян ведь был поначалу «конторским» кадром, его покойник Громовский завербовал. Кто бы иначе знал, что есть в городе Таежном такой способный и перспективный человек, как Николай Радченко? Громовский откинул копыта, но крючок-то остался.

— Понятно, в чем дело, — хмуро сказал Варяг. — Я целую шайку этих бывших кэгэбистов попер из «Госснабвооружения». А Заботин наверняка действует не один — это на него было бы не похоже. Я предполагал, что, потеряв теплые места, эти «хлопцы» соберутся вместе и постараются мне насовать палок в колеса, используя свои связи. Но таких радикальных решений я от них не ожидал. Отморозки из города Таежного штурмуют мою дачу чуть ли не с применением артиллерии... С ума сойти можно. Вот как меняются времена!

— А какие времена, такие и методы, — пожал плечами Чижевский.

— В направлении Заботина резких движений пока не делать, — распорядился Варяг. — Взять его под наблюдение и выяснить, кто входит в его компанию и каковы их дальнейшие намерения. Что касается остатков бригады нашего друга, — Варяг кивнул в сторону Коляна, — то Москву от них следует очистить, и немедленно. Если будут сопротивляться, то я бы хотел, чтобы и в Сибири о них больше не было слышно. Лишней крови я не жажду. Мне нужно только одно — прекращение беспредела.

— Будем работать, Владислав Геннадьевич, — сказал Чижевский и, кивнув на Коляна, спросил;

— А с этим что делать? Может, в расход?

— Нет. Пока подержим здесь, — произнес Варяг. — Колян нам пригодится в виде живца...

ГЛАВА 2

Он открыл глаза и уставился в потолок, смутно белевший в темноте. Короткое забытье не освежило его, после дозы страшного «лекарства» он ощущал слабость, его подташнивало и периодически бросало в пот. Ломота во всем теле заставляли Коляна с ужасом вспоминать жуткую резиновую дубинку, которой его так обстоятельно по несколько раз в день обрабатывали. К физическому недомоганию добавлялась моральная подавленность: Николай прекрасно помнил, как много он выболтал накануне на допросе, не в силах противостоять воздействию подавляющего волю препарата. Он презирал себя за это, хотя и понимал свое бессилие. С ненавистью и отчаянием пленник вспоминал, как самоуверенно Варяг, его злейший враг, пообещал, что он, Николай Радченко, опытнейший боец, на допросе непременно расколется, — все так и получилось, слова Варяга не были пустой угрозой. Утешало Коляна лишь одно: он рассказал не все. Его мучители так и не узнали об основной московской хате, где жила команда хорошо обученных, проверенных в деле, преданных Коляну бойцов. Возглавлял эту группу его давнишний кореш Андрюха Спиридонов, по кличке Аспирин. Долгое время Андрюха был личным телохранителем и шофером Коляна. В последнее время крутить баранку стал другой парень, а Аспирин получил задание вести слежку за интересовавшими Коляна богатыми коммерсантами. «Главное в вашем деле — не высовываться, быть тише воды, ниже травы, — наставлял Колян другана. — Не дай бог, если кто-нибудь из вас набедокурит по пьянке — ты меня знаешь, Андрюха! Из-под земли достану!»

Да, видел бы Андрюха Спиридонов сейчас грозного и всемогущего Коляна — наручниками прикованного к трубе отопления, с бледной от недосыпания харей и ослабевшего от дьявольских препаратов.

Однако воля у Коляна была не такая, чтобы кто-то смог ее надолго подавить или подчинить на все сто. Когда допросы вдруг прекратились, Колян, едва придя в себя после уколов, принялся упорно размышлять только об одном — о побеге. Теперь его держали в обычной городской квартире — трех- или четырехкомнатной: так определил Колян по доносившимся в его комнату звукам. Сначала в квартире было довольно много людей, они приходили и уходили, что-то негромко обсуждали между собой. Из-за двери иногда слышалось бряцание оружием. Затем в квартире осталось только двое охранников. Этим, судя по всему, было поручено при пленнике находиться постоянно. Сменялись они раз в сутки. Колян слышал, как уходившие с шуточками и смешками прощались со своими товарищами и как потом возвращались после суточного отдыха, нагруженные жратвой, выпивкой и новыми видеокассетами. Пленника кормили два раза в день, аккуратно в одно и то же время.

Как только кровоподтеки от дубинки Чижевского слегка рассосались и стали проходить вызванные препаратами головная боль и ломота в мышцах, Колян втихаря начал делать те физические упражнения, какие были доступны в его положении с прикованной к батарее рукой. С поистине животным терпением он напрягал мышцы ног, рук, брюшного пресса, ощущая, как выходит вместе с потом переполнявшая его организм отрава и как ослабевшее тело вновь становится гибким и послушным. Когда Колян слышал шаги охранников, он тут же замирал в неподвижности, изображая полную покорность судьбе. Слушая разговоры охранников, он уже выяснил, как зовут каждого из них: одного темноволосого с серьезными глазами звали Стас. Двух других, общительного блондина и рыжего весельчака, звали Серегами. Охранники смотрели на Коляна свысока, словно на дурачка, как на идиота, который сам не знал, с кем осмелился связаться. Коляна это страшно раздражало. Совсем недавно перед ним трепетала вся Сибирь! Точно такие же пацаны, как эти — здоровые, крепкие, с накачанными мышцами, — при одном взгляде Коляна начинали трястись от страха и готовы были лезть хоть к черту в зубы, лишь бы бригадир остался ими доволен. А эти, которые сейчас его охраняют, позволяют себе подталкивать его в спину и небрежно одергивать его на полуслове: «Да подожди ты... Да ты достал уже, в натуре», — когда он сквозь зубы просит проводить его в сортир.

Но особую бессильную ярость вызывали у Коляна мысли о жене Надежде и о своем старом дружке Федоре Угрюмом. Эта парочка осмелилась крутить любовь за его спиной, а он даже не может их достойно «поблагодарить» за это. Надежда последнее время находилась, по распоряжению Коляна, под стражей на даче в Переделкине. Но туда теперь не сунуться — он ведь сам назвал на допросе этот адресок. Там наверняка теперь все контролируется людьми Варяга. Зато Угрюмый вполне может туда заявиться — и он снова будет трахать Надежду в его койке! Колян с ненавистью сжал кулаки: он всегда был бешено ревнив, зачастую ревнуя жену даже без всякой причины. А уж такой поворот событий, когда его, Коляна, собственную жену, в его собственном доме и к тому же его закадычный друган трахает почем зря, заставлял его скрежетать зубами и до крови кусать себе губы.

— Не жить этой падали! — бился в бешенстве Колян. — На куски порву. Медленно-медленно буду заживо сдирать кожу и отрезать поганое мясо с ублюдка, посмевшего прикоснуться к Надьке. А эту шалаву за матку подвешу, сиськи гвоздями прибью к стене, будет, падла, помнить своего мужа законного.

Но чтобы свершилась справедливая кара, надо было сначала придумать, как выбраться на свободу. Колян и думал об этом — упорно, часами, дни и ночи напролет.

Какие средства для побега может использовать человек, все жизненное пространство которого измеряется радиусом, равным длине руки, прикованной наручниками к металлической трубе, выступающей из стены? И все же звериное упорство Коляна сыграло свою роль: решив ощупать свое ложе сбоку и снизу, он вдруг почувствовал под пальцами что-то металлическое, начал шарить настойчивее, свесился с дивана, насколько позволяли наручники, и наконец понял, что диванная обивка снизу пристегана к деревянной раме частыми проволочными стежками. Колян выбрал одну такую проволочную скобку, до которой ему было легче дотянуться, и принялся ее методично расшатывать. Дверь в его комнату была открыта. Охранники специально открывали ее, чтобы пленник был на виду. Но сейчас в этом имелись и свои преимущества: Колян прекрасно слышал все звуки в квартире, и к его комнате никто из охранников не мог подойти внезапно. К тому же охранники, успокоенные его видимой вялостью, заглядывали к нему редко: они все время смотрели в гостиной видак, болтали по телефону или листали журналы. В другое время Колян и сам с удовольствием помусолил бы «Плейбой» или крутой боевичок. Однако сейчас ему было не до того — все его мысли теперь занимала маленькая проволочная скобка, которую он ни на минуту не оставлял в покое. Заслышав шаги, он выдергивал руку из-под дивана и безвольно свешивал ее к полу. К счастью, от долгих занятий кик-боксингом и сопутствующими этому виду спорта физическими упражнениями пальцы Коляна приобрели железную крепость, а кожа на них огрубела. Через много часов упорного труда Колян наконец ощутил, что между скобкой и обивкой дивана образовался небольшой зазор, так что скобку уже можно было поддеть пальцем. Пленник тихонько засмеялся от радости, но тут же вздрогнул и покрылся испариной от ужаса, с опозданием расслышав приближающиеся к двери тихие шаги. На пороге выросла фигура Сереги Белого, как Колян про себя называл блондинчика. Пленник, словно подстреленный, в последнюю секунду безвольно распростерся на диване и, прикрыв глаза, стал тайком наблюдать за охранником. Серега был в носках, потому-то Колян и не расслышал его шагов и даже не успел убрать руку — она по-прежнему свешивалась с дивана. Впрочем, можно было подумать, что пленник раскинулся во сне. Серега так и подумал, не усмотрев в позе Коляна ничего необычного.

— Эй, ты сегодня что-то не ссал совсем, — обратился он к Коляну. — Давай сейчас иди, а ночью нас не хрена подымать...

— Не хочу! — буркнул Колян в ответ, желавший сейчас лишь одного, чтобы охранник поскорее убрался из комнаты.

— Ну не хочешь, как хочешь, — пожал плечами парень. — Тогда придется тебе на диван мочиться. Я крепко сплю. А Стас тебя из принципа не поведет после отбоя... У него с этим делом строго: режим превыше всего.

Серега вышел из комнаты. Колян слышал, как он сначала заговорил о чем-то в гостиной со Стасом, а затем прошел в спальню напротив и стал укладываться там на ночлег. Стас, как и положено дежурному караульному, спать, видимо, не собирался. На паркет в коридоре из гостиной падал отблеск света. Потом до Коляна донеслась приглушенная музыка. «Это хорошо: слушай, слушай, — злорадно усмехнулся Колян. — Зато кое-что другое ты точно не услышишь».

Скобка расшатывалась все больше и больше, и наконец Колян почувствовал, что еще одно усилие — и он сможет вырвать ее из рамы. Однако с этим он решил повременить. Он полагал, что сумеет сделать из скобки отмычку и открыть наручники, но что потом? Он не побоялся бы сойтись с двумя охранниками в рукопашном бою, но не сейчас, когда его тело все еще было ослаблено, а противник вооружен. Если ему удастся застигнуть врасплох сначала одного, а потом другого, то он их, конечно, одолеет. А если внезапно подкрасться к ним не получится? Что тогда? Колян в тысячный раз обвел взглядом комнату. Будучи опытным бойцом, Колян знал, что самый безобидный на первый взгляд предмет в умелых руках может стать грозным оружием. Однако в его комнате, кроме дивана и эстампа на стене, никаких других предметов не наблюдалось. Ни тебе стульев, ни шкафчика, ничего. Сплошные голые стены. Занавески на окне, и те висели не на карнизе, а на какой-то позорной леске, которая даже на роль удавки не годилась. Колян призадумался. «Нападать без оружия на двух обученных вооруженных охранников — слишком рискованно. Но ждать дольше также было безумием. Чего ждать? Пули в башку! Ты им уже все рассказал. Живым ты им больше не нужен. А значит, действовать нужно не откладывая».

Произнося этот внутренний монолог, пленник в который раз остановил взгляд на висевшем над диваном эстампе — японском пейзаже под стеклом в металлической рамке. На улице и в комнате было темно, и стекло на стене мягко поблескивало в свете уличного фонаря. И вдруг Коляна осенило: «Как же я раньше об этом не подумал?» Ловким движением он закинул ноги на стену, но до картины не достал. Тогда он стал отжиматься на руках, дотянулся до эстампа босыми ступнями и нащупал пальцами ног шнур, на котором висел японский пейзаж. Колян уже снял картину с гвоздя, как вдруг из гостиной сквозь бормотание телевизора послышались шаги. Пленник замер в самой невероятной позе. Покрывшись холодным потом, он стоял в стойке вниз головой и напряженно прислушивался. Охранник подошел к телевизору, переключил программу и снова сел назад в кресло, зашуршав газетными листами. Колян перевел дух и осторожно опустился на диван, одновременно плавно спустив вниз висевшую на пальцах ног картину. Переведя дух он засунул картину под колени, аккуратно нажал на стекло, одновременно перевернувшись на скрипучем диване и закашлявшись. Стекло глухо хрустнуло. Но этот звук потонул в скрипе пружин и глухом кашле. Колян замер. В соседней комнате охранник не выразил никакого беспокойства. Пронесло. Колян поднял покрывало и осторожно высвободил из металлической рамки стеклянные осколки. Затем он медленно сдавил металлический прямоугольник таким образом, что все его стороны сложились в прямую линию. Теперь в его руках оказалась сдвоенная полоска металла длиной около метра, место сгиба напоминало острый наконечник копья. Обернув «копье» наволочкой от подушки, Николай спрятал свое самодельное оружие под себя. Опустив руку под диван, он одним движением вырвал заготовленную скобку из деревянной рамы и, довольный результатом, поднес ее к глазам. «Отлично, просто отлично!» Эта маленькая стальная проволочка теперь была его надеждой и спасением. Колян сунул проволочку в рот и зубами стал сгибать ее концы, придавая ей форму отмычки. Когда самодельный «ключ» был готов, он с замирающим сердцем сунул его в замок наручников, и... Тот открылся с такой готовностью, что Колян даже сначала не поверил и инстинктивно ощутил легкое разочарование, тут же сменившееся диким восторгом: «Свобода!» Он больше не прикован к этой чертовой трубе — после стольких часов вынужденного плена. Чувства переполняли Коляна. Ему хотелось кричать от радости. «Спокойно, спокойно, — сказал он себе, сдерживая ликование, — торопиться нельзя. Будет особенно обидно лопухнуться сейчас. Тогда тебе уж точно хана». Он осторожно, по одному, переложил осколки стекла на другую сторону своей постели, к стене. Медленно спустил ноги на паркет, мягко соскользнул с дивана, присел на корточки и прислушался. В гостиной в конце коридора все так же работал телевизор, передавали программу новостей. Колян крадучись приблизился к дверному проему, пересек коридор и затаился у двери в спальню. До его слуха донеслись слова телекомментатора: «Одно событие стоит особняком в сегодняшней столичной криминальной сводке... В квартире семь дома номер 36 по 3-й Радиаторской улице обнаружены четыре трупа. Все четверо молодых парней были приезжими из сибирского города Таежный. По сведениям органов МВД, убитые принадлежали к крупнейшей и самой опасной в регионе преступной группировке...»

Колян знал квартиру на 3-й Радиаторской — в ней жили именно его бойцы. Этот адрес он как раз назвал на допросе. А вот теперь наступила развязка. Никаких угрызений совести или чего-то подобного Колян не испытывал — во-первых, против лома нет приема, а во-вторых, хрен с ними, других наберет! Эти были всего лишь пушечным мясом. Такого добра, всех этих дебилов мускулистых по России пруд пруди. Неужто он, Николай Радченко, будет убиваться, переживать из-за всякого говнюка. Одним больше, одним меньше. Другое дело, что нанесли удар по его самолюбию, ступили на его территорию, замахнулись на его власть. Ну что же, Радченко никому обиды не прощал. Расправа над его бойцами — это еще одна

27

пощечина, еще одно унижение, нанесенные ему лично. Сердце Коляна еще сильнее налилось кровью. Мстить, убивать, резать. Начинать прямо сейчас.

Колян не мог знать о разговоре, который состоялся у Варяга с Чижевским после разборки на 3-й Радиаторской. «Грязная работа, — недовольно сказал Варяг. — Этих парней не обязательно было убивать». — «Владислав Геннадьевич, это же отморозки, — оправдывался Чижевский. — С ними ведь и не поговоришь по-человечески: чуть что — за пушки хватаются. Правильно вы решили выдавить их из Москвы...» — «Не надо грубой лести, — поморщился Варяг. — Мы ведь ясно договаривались — без лишней крови. Может, эта шпана и получила по заслугам, но вы только посмотрите, какой поднялся кипиж! Милиция на ушах стоит — еще бы: четыре трупа, и убийцы ускользнули прямо из-под носа! Такие дела в архив не сдаются. Менты будут долго копать, и неизвестно еще, до чего они докопаются. А если бы этих ваших горе-киллеров взяли по горячим следам?» Чижевский молчал и только сокрушенно вздыхал — крыть ему было нечем. «А где ваши хваленые «грушники»? — после паузы спросил Варяг. — Те если и мочат, то без шума и пыли». — «Я им поручил наблюдение за Заботиным, — ответил Чижевский. — Сами понимаете — объект сложный, подходы к нему затруднены... Там нужны профессионалы». — «Это верно, — согласился Варяг. — Но и для силовых акций, как видите, нужны профессионалы, а не мясники. Все понятно?» — «Так точно», — по-военному отозвался Чижевский.

Колян, весь трепеща от ненависти и предвкушения мести, бесшумно приоткрыл дверь и проскользнул в спальню. Охранник спал, развалившись на кровати. Он дышал глубоко и ровно. Во мраке смутным пятном белело его лицо. Колян плавно приблизился к спящему, перехватил поудобнее свое оружие и примерился для удара. Серега вдруг неожиданно завозился, зачмокал губами, и Колян на мгновение замер. Убить этого быка он должен был без шума, одним ударом, чтобы не разбудить второго охранника. Перевернувшись, спящий опять притих. И тогда Колян аккуратно нацелил свое самодельное копье ему прямо в глаз, через секунду обрушив на спящего тяжесть всего своего тела. Раздался негромкий чавкающий звук. Горячая струйка крови хлестнула Коляну прямо в лицо. Тело жертвы резко вздрогнуло, руки на мгновение вскинулись, но тут же бессильно упали плетями вдоль туловища. Самодельный дротик проник в мозг. В момент удара Колян левой рукой зажал рот жертвы, чтобы умирающий не мог закричать. Убийца ощущал, как подергиваются ноги охранника, как по его постепенно слабеющему телу прокатываются судороги. Наконец Серега вздрогнул последний раз и затих.

Колян вырвал свое оружие из страшной изуродованной глазницы, испытывая непонятное острое чувство наслаждения, страстное желание убивать, убивать жестоко и без пощады. Мягко, по-кошачьи ступая, из спальни он выскользнул в коридор и вдоль стены на цыпочках добрался до угла, за которым была расположена гостиная. По звуку он определил, где находится телевизор и где должен сидеть перед телевизором Стас. Оттолкнувшись от стены и обогнув угол, Колян молча ворвался в гостиную. Так и есть, Стас, с сигаретой в одной руке и бокалом пива в другой, безмятежно сидел в кресле, положив ноги на стул. Увидев забрызганного кровью Коляна, он не успел ни осознать, что происходит, ни испугаться. Лишь в последний момент он дернул головой, и острие самодельного копья распороло ему щеку. Стас инстинктивно закрыл руками лицо, а Колян продолжал, целясь ему в голову, с остервенением наносить удар за ударом. От боли и от смертельного страха охранник, видимо, утратил способность соображать и только закрывался изувеченными руками, позабыв о пистолете в подмышечной кобуре. А Колян с яростным злобным рычанием схватил Стаса за руку и мощным рывком вырвал его из кресла. Громко хрустнули суставы, парень вскрикнул от боли. Но Колян мощным ударом в голову тут же заставил его замолчать. На мгновение охранник потерял сознание и расслабленно раскинулся на полу. Колян отшвырнул в сторону окровавленный «дротик», выхватил из кобуры поверженного противника пистолет, не задумываясь, дослал патрон в ствол и навел его на распластавшегося на полу Стаса. Тот с трудом разлепил глаза, блеснувшие на окровавленном изуродованном лице, и пробормотал дрожащим голосом:

— Нет. Нет. Не убивай... Уходи... Но только не убивай.

— Что ж ты, сука, обосрался сразу? О чем ты думал, когда шел на такую работу? — с издевкой спросил Колян. — Думал, тебе одни лохи будут попадаться? Нет, братан, пришло время отрабатывать зарплату! Ща я тя мочить буду!

Распластавшийся на полу Стас в отчаянии попытался сделать противнику подсечку, но Колян извернулся и злорадно засмеялся:

— Ага, пацан! Вижу, тебе неохота помирать? Мне тоже неохота. Но тебе повезло на этот раз меньше, чем мне.

Он сорвал с кресла покрывало, свернул его в комок и приставив к стволу, выстрелил Стасу в колено. Несчастный дико вскрикнул, а Колян лишь рассмеялся.

— Нет, сразу ты не помрешь. Будешь подыхать долго, хочешь, это продлится столько же, сколько я провалялся на вашем вонючем диване!

Глухо стукнул следующий выстрел, и от второго колена жертвы полетели кровавые клочья. Стас разинул рот и попытался позвать на помощь, но голос его сорвался от ужаса. Колян рассвирепел:

— Ты чо, орать решил? Удовольствие мне решил испортить? Получай!

Колян всадил очередную пулю в печень жертвы. Стас застонал и согнулся на полу, повернувшись на бок.

— Теперь ты сдохнешь, но не скоро, — с удовольствием заметил Колян. — Но сдохнешь обязательно. День-другой сначала помучаешься. А потом кранты тебе. И еще получишь от меня сюрприз, чтоб не так вертелся.

Следующий выстрел Коляна раздробил парню тазобедренный сустав.

— А-а-а! — завывал, обезумев от боли, Стас, пытаясь приподняться на локтях. Слезы на его лице смешались с кровью. Глаза умоляюще смотрели на палача.

Но Колян лишь усмехался:

— Ага, достал я тебя, пацан! А ты, гнида, тоже ведь меня достал, когда в сральник по ночам не хотел водить. Ну полежи, отдохни маленько теперь, а я подожду твоего третьего дружка. Скоро он подойдет. Я с ним тоже душевно поговорю, можешь не сомневаться.

Колян пнул свою жертву прямо в кровоточащую рану, и Стас, издав отчаянный хриплый вопль, потерял сознание. Колян присел на подлокотник кресла:

— Ничего, сейчас очухаешься.

Через полчаса он услышал, как в подъезде загудел лифт. Вообще-то Серега-рыжий должен был явиться на смену утром, но Колян привык доверять своим предчувствиям — он поднялся и неторопливо направился в прихожую.

Было слышно, как на лестничной площадке с шумом отворились двери лифта, по ступеням послышались шаги, и в квартире раздался звонок. В ответ из гостиной прозвучал страдальческий стон очнувшегося Стаса. Колян почти неслышно пробежал обратно в гостиную и, не раздумывая, ударил Стаса рукояткой пистолета по голове. Тут же одним прыжком вернулся к двери и припал к глазку. Перед дверью и впрямь стоял Серега-рыжий. Никаких звуков в квартире, судя по всему, он не слышал. Колян приоткрыл дверь и отступил в сторону. Серега шагнул в прихожую со словами:

— Решил тут заночевать, только сейчас освободился, а домой в Красногорск неохота ехать...

К груди Серега прижимал пакет с покупками. Он не успел ничего понять, не успел даже посмотреть на Коляна.

— Заходи, заходи, гость дорогой, — злобно произнес тот и со всей силы ударил охранника в висок рукояткой пистолета. Серега осекся на полуслове, ноги у него подкосились, и он, выронив пакет, ничком рухнул на пол. Звонко хрустнула разбитая бутылка, и вокруг лежащего стала растекаться лужа пива и крови. Колян приподнял Серегу за шиворот и заглянул в его бессмысленные глаза. — Что, пивка захотелось? — прорычал он. — Ну, тогда лакай!

И он с силой швырнул охранника лицом в лужу. Тот застонал от удара и сделал попытку приподняться. По его лицу, порезанному бутылочными осколками, и из виска струилась кровь.

— Неужели расхотелось пива, браток? — ухмыльнулся Радченко. Он обошел лежащего, выбирая позицию поудобнее, и встал у изголовья. — Погляди на меня, сучонок! Запомни, как я выгляжу, чтоб узнать на том свете!

Серега приподнял залитое кровью лицо, и в ту же секунду Колян провел свой коронный удар пяткой в подбородок. Хрустнула раздробленная челюсть, рот Сереги перекосился, он закашлялся, выплевывая сгустки крови и выбитые зубы. Колян не спеша примерился и другой пяткой нанес удар в правый висок. Голова жертвы затрещала, резко мотнулась в сторону и затем безвольно брякнулась в лужу пива и крови. Колян подождал немного, но парень не подавал признаков жизни. Заметив поползшую из уха струйку крови, Колян пожалел, что перестарался. Можно было бы и еще побаловаться. Он склонился над лежащим и потрогал пальцами его шею. Пульс был, но слабый. Колян выпрямился и вздохнул — продолжать экзекуцию над бесчувственной жертвой не было смысла. Он перевернул Серегу на спину и, оставляя мокрый след, выволок его на середину гостиной, где было посветлее. Глаза у парня закатились, по изрезанному лицу и из углов приоткрытого рта текла кровь. Колян пошел на кухню и там в ящике стола нашел тяжелый секач для рубки мяса. Вернувшись в гостиную, он присел на корточки, взял жертву за волосы, провел ладонью по шее с торчащим кадыком. И медленно поднял секач...

ГЛАВА 3

В последнее время Варяг нечасто ездил за город к семье, предпочитая ночевать либо в своей московской квартире, либо прямо в офисе. Нет, он не отдалился от жены — отношения у них были по-прежнему очень теплые, они по-прежнему любили друг друга. И тем не менее Варяг физически ощущал исходившие от Светланы волны тоски и депрессии. Консультаций с психологами ему не требовалось — он и без того понимал, что Светлана просто устала от всего, что происходило вокруг их семьи, устала настолько, что даже не хочет больше выяснять с мужем отношения и требовать каких-то перемен в их совместной жизни. Кажется, совсем еще недавно ей довелось пережить страшные события в США, когда ее с сыном похитил итальянский мафиози. Потом то же самое она пережила уже в России, пробыв вместе с маленьким сыном несколько месяцев в заложниках у Шрама. А буквально пару недель назад ей пришлось бежать ночью из собственного дома в лес по подземному ходу. Могла ли она после всего этого обрести покой, живя с постоянным ощущением витающей вокруг опасности? Высокий забор, пуленепробиваемые стекла, телекамеры наружного слежения, повсюду охрана... А ведь Олежке в сентябре предстояло пойти в школу — как он будет выглядеть среди товарищей в окружении мордоворотов с пистолетами под мышкой? Да и сама Светлана — ради чего она должна хоронить себя в крепости, воздвигнутой ее мужем для защиты от бесчисленных врагов? Однако даже себе она уже не задавала этих вопросов — подавленная атмосферой страха и вражды, в которой ей постоянно приходилось пребывать в последние годы, она погрузилась в какое-то странное оцепенение, когда человек живет словно по привычке. Она не перестала следить за собой и заниматься сыном, однако бросила читать книги, слушать музыку, уходила от всяких серьезных разговоров и вообще старалась избегать всякого душевного напряжения. Варяг не сразу заметил, что с женой творится неладное, а когда заметил, то с горечью ощутил собственное бессилие. Ситуация вокруг него складывалась таким образом, что он не мог изменить свой образ жизни, так угнетавший Светлану. Он не мог избавить жену и сына от утомительной повседневной и всечасной защиты и опеки, потому что слишком любил их и опасался за их жизнь. Если бы его семья оказалась недостаточно надежно защищена, он и сам чувствовал бы себя беззащитным. Допусти он сейчас ослабление мер предосторожности, и ему вскоре пришлось бы спасать семью из рук новых похитителей-убийц, вместо того чтобы заниматься делом. Поэтому, сочувствуя жене, он не мог в то же время ничего изменить, и в этом вопросе он в очередной раз решил положиться на судьбу...

Но была и еще одна причина, которая не давала покоя Владиславу и накладывала серьезный отпечаток на его отношения с супругой. Возможно, Светлана о чем-то догадывалась, хотя он никогда не давал ей ни малейшего повода узнать о том, что у него помимо сына Олежки есть еще дочь Лиза от Вики, дочери академика Нестеренко. Вика погибла из-за него, Варяга, два года назад. Ее он не смог уберечь. Светлана ни разу в жизни не видела эту женщину. Но вместе с тем Владислав понимал, что, обладая таким тонким женским чутьем, Светлана не могла не подозревать о какой-то его тайне. Но, безумно любя своего мужа, будучи всемерно ему преданной, она прощала ему эту неискренность и никогда, ни при каких обстоятельствах не задавала ему лишних вопросов, не заставляла его откровенничать на эту тему.

Сегодня, впервые за два последних месяца, Владислав решил съездить повидаться с Лизонькой. И хотя он не был сентиментальным человеком, обычно в таких поездках он вел машину сам, желая побыть наедине с самим собой, подумать о столь сложных, порой непостижимых, жизненных тонкостях, вспомнить о погибшей Вике, его любимой женщине, которую он так и не смог сделать счастливой. О поездках Варяга на Никитину гору обычно не знал никто, даже охрана.

Но сегодня Варяг счел такой риск неоправданным и ехал в сопровождении «джипа» с вооруженными до зубов телохранителями. У поворота на Никитину гору жемчужно-серый «мерседес» сбавил скорость, свернул с шоссе и неторопливо покатил по узкой асфальтированной дороге между двумя рядами старых тополей к видневшемуся в отдалении дачному поселку.

Старая советская элита начала строить в подмосковном лесу дачи на Никитиной горе еще в начале тридцатых годов, и теперь железные крыши и краснокирпичные стены с трудом можно было разглядеть среди мощных разросшихся елей и берез. И хотя оставленным на участках лесом многие обитатели поселка втихаря пользовались для постройки разных подсобных помещений — бань, сараев, беседок, — однако лес, казалось, и не думал редеть.

Здесь в поселке всегда было свежо, как в самом настоящем лесу. Варяг въехал на главную аллею. Его глазам предстали один другого краше за другим старые деревянные особняки, скрытые лесом от тех, кто обычно проезжал поселок стороной по трассе. Время, казалось, не имело власти над этими домами: дерево, из которого они были сработаны, оставалось звонким, сухим и не подверженным гниению, их печи и камины упорно не желали засоряться и дымить, а крыши — ржаветь и протекать. Умела строиться старая советская номенклатура. Однако время все равно всегда берет свое. Поселок сохранился, но о прежних могучих его обитателях теперь напоминали лишь несколько громких фамилий владельцев дач. Правда, потомки былых гигантов являлись зачастую ничем не примечательными гражданами Большинство отпрысков славных предков вели отнюдь не роскошный образ жизни: кое-кто из них просто вдрызг спился и обнищал, а некоторые промышляли лишь тем, что брали к себе на лето постояльцев за деньги. Уже с конца пятидесятых начался медленный процесс смены обитателей знаменитого поселка: первоначальные владельцы дач один за другим умирали, их наследники вступали в браки и производили на свет многочисленное потомство, жадное до собственности. Получив дачу в наследство, они неустанно дробили ее, чаще всего с целью последующей продажи и дележа вырученных денег. Особенно быстро этот процесс пошел с наступлением эры «дикого капитализма», к которой избалованные отпрыски именитых родителей приспособиться не смогли. Учиться чему-либо смолоду у них не возникало ни нужды, ни желания. Бороться за свое существование их жизнь не научила. И они вдруг оказались абсолютно не приспособленными к жизни, стоящими на ее обочине.

Варяг не испытывал особой любви к титанам мрачных времен, но их мелкотравчатые отпрыски внушали ему презрение.

Точно так же не питал он симпатии и к шантрапе из «новых русских». В последние годы в окрестностях городов, а в особенности столицы, стали как грибы вырастать престижные особняки. На дорогах замелькали роскошные иномарки, на которых разъезжали сытые вальяжные молодые мужчины и разодетые смазливые девушки. Но и среди этой новой породы скоробогачей Варягу тоже нечасто приходилось видеть достойных людей. «Новых русских» Варяг повидал предостаточно: как правило, для большинства из них жизненным двигателем являлась неуемная страсть к наживе, а средствами для удовлетворения этой страсти — полная бессовестность, беспринципность, наглость, эгоистичность. Исключения, конечно, встречались, но Варяг рассматривал их как исключение из правила.

Новые обитатели Никитиной горы, куда он приезжал к дочери, ему не нравились категорически. Помимо всего прочего, он предполагал, что какой-нибудь любитель престижной недвижимости по соседству вполне мог положить глаз на дачу академика Нестеренко, а уж как «новые русские» умеют добиваться поставленных целей, Варяг знал прекрасно. Цели их так или иначе сводились к тому, чтобы хапнуть побольше, и в своей борьбе за большой кусок эти выкормыши переходного периода становились беспощадны и не гнушались никакими методами.

А здесь чисто внешне ситуация, казалось, весьма благоприятная: живут себе на большой даче маленькая девочка с пожилой женщиной. Сначала претенденты попробуют эту безобидную парочку соблазнять деньгами, потом угрозы пойдут в ход, потом натравят местных продажных чиновников, потом...

Варяг скрипнул зубами в гневе, но быстро опомнился. «Ничего еще не случилось, — урезонил он себя, — дача находится под постоянным наблюдением, и никаких инцидентов пока не зафиксировано». Генерал ФСБ, Василий Васильевич Тарасов, друг покойного академика Нестеренко, пообещал Варягу обеспечить прикрытие дачи, и, судя по некоторым признакам, прикрытие обеспечивалось вполне профессионально — неприметно, но профессионально. К примеру, дачу, стоявшую через улицу напротив сняла на лето какая-то семья: потом генерал через третьих лиц передал Варягу, чтобы он не волновался — это тоже часть прикрытия. Варяг понимал, конечно, что в первую очередь генерала волнует не судьба девочки Лизы и наследной домоправительницы Вали, а безопасность той части российского общака, которая хранилась в подполье заброшенной баньки на даче покойного академика Нестеренко. Генерал был человеком абсолютно осведомленным и весьма опытным. Он прекрасно понимал, что никому в подлунном мире не дано посягнуть на святая святых для многих сотен зеков. Общак неприкасаем. Если бы кто-нибудь попытался наложить на него лапу, его бы убили или воры, или собственные помощники — в самом лучшем случае ему пришлось бы всю оставшуюся жизнь бегать от возмездия, пугаясь собственной тени, и все равно когда-нибудь, рано или поздно, кара настигла бы безумца в какой-нибудь глухой подворотне или собственной квартире. Реквизировать ценности и сдать государству было бы вдвойне глупо — государство их оприходует, скажет спасибо, а хранители общака или их дружки все равно такого вероломства не простят и будут жестоко мстить не только тем, кто посягнул на святыню, но и их родственникам до седьмого колена. Зато охранять общак значит в какой-то степени даже стать его совладельцем — получаешь право требовать платы за услуги, финансовой помощи, кредитов... Собственно, Варяг был совсем не против такого сотрудничества с генералом могучей спецслужбы — напротив, он даже благодарил судьбу за то, что все так случилось и покойный академик отдал в свое время общак на такое попечение. Как всегда, Нестеренко все правильно рассчитал.

Варяг остановил «мерседес» у ворот знаменитой дачи. За «мерседесом» тут же подкатил «джип» с охраной, из которого вышли крепкие ребята и стали привычным профессиональным взглядом осматриваться по сторонам..

— Папа, папа! — раздался вдруг звонкий крик. Хлопнула дверь на веранде, Лиза почти скатилась с крыльца и, чудом не упав, опрометью бросилась к калитке. Владислав быстро выбрался из машины и, поспешив навстречу дочери, подхватил ее на руки. Она крепко обняла его за шею. Он чувствовал, как бьется ее сердце.

— Тетя Валя! Папуля, папуля приехал!

Варяг через плечо видел, как от дома к калитке, с ключом в руках, поспешает, улыбаясь, пожилая женщина.

— Это же папуля, тетя Валя! А мы сегодня твои любимые пироги пекли. Специально для тебя.

Лиза уткнулась носиком в отцовскую шею и еще сильнее обняла его руками. Ее радости не было предела.

— Ну-ну, отцепляйся зайчик, а то совсем задушишь, — пробормотал Варяг, смущенный этой душещипательной сценой, происходившей на глазах немало удивленной охраны. Казалось, Лиза поняла его смущение, потому что послушно разжала объятия, соскользнула на землю и требовательно спросила, глядя на него снизу вверх:

— Ты почему долго не приезжал? Ты же знаешь, как я скучала.

— Занят был, прости. — Варяг погладил ее по светлым волосам. В присутствии Лизы он всегда чувствовал себя виноватым и с большим трудом это скрывал. — Я тебе тут привез кое-что...

— Да ладно! — великодушно отмахнулась Лиза. — Я потом посмотрю. Пойдем лучше в дом. Мы тебя пирогами будем угощать. — Лиза схватила Владислава за большой палец и потащила к дому. Потом вдруг вспомнила о спутниках ее отца и по-взрослому многозначительно уточнила: — А это твои помощники, да? Пусть они тоже идут. Я буду вас всех кормить.

— Да уж, пожалуйста, — сказал Варяг, — мы специально с утра не ели. Знали, что ты обязательно чего-нибудь вкусненького приготовишь.

— Я не одна, я с Валей готовила, — честно призналась Лиза.

Валя тем временем отомкнула замок на воротах.

— Здравствуй, Владислав, — поздоровалась она с Варягом, пока дюжие охранники открывали ворота. — А Лиза сегодня заставила меня читать ей поваренную книгу — все хотела научиться что-нибудь повкуснее приготовить. Сама-то она читает еще плоховато... А вот вместе мы очень даже хорошо справились.

— Сколько хлопот я вам, оказывается, доставил, — заметил Владислав. — В следующий раз буду приезжать без звонка.

— Нет! Со звонком! Со звонком! — громко запротестовала Лиза, так что у Варяга зазвенело в ушах. Маленькую Лизу ужаснула даже сама мысль о том, что придется лишиться такой замечательной игры — приготовления пищи для усталого голодного мужчины, ее любимого папки. Было забавно наблюдать пробуждение женских инстинктов в этом маленьком существе. — Валя, нам же не трудно! Наоборот, даже весело! Ну скажи, скажи ему!

— Конечно, Владик, нам это только в удовольствие, — вступилась Валя за свою воспитанницу. — На двоих-то нам вроде смысла нет что-то особенное готовить, а когда ты приезжаешь, тут уж мы разворачиваемся... Особенно Лизуня.

— И Валюня тоже! — воскликнула Лиза с присущим ей великодушием, которое Варяг в ней с радостью замечал. Вот и сегодня по телефону она забавно так сказала: «Давай и для ребят приготовим — называя взрослых здоровенных парней «ребятами», — для твоих помощников».

— Правильно, — ответил Варяг, — давай и для них, а то ребята все время бутербродами питаются. Пусть знают, как готовит моя дочь.

Они шли по дорожке к крыльцу. Лиза вьюном вертелась около отца, обращая его внимание на разные мелкие изменения, которые произошли на даче в его отсутствие. Охранники тем временем загнали обе машины во двор. К папиному «мерседесу» Лиза была равнодушна, зато «джип» являлся предметом ее восхищения. В прошлый приезд Варяг целый час объяснял Лизе, для чего служат разные кнопки на огромной панели управления заморской машины. Он делал это с удовольствием, относясь к дочери с большой нежностью и любовью. И тем не менее старался не баловать ее, памятуя о том отвращении, которое внушали ему избалованные отпрыски богатых родителей. Наказывать Лизу даже за самые серьезные шалости у Варяга не поднималась рука. Тем более что дочь с каждым днем все больше и больше напоминала ему свою мать, покойную Вику, женщину, которую он боготворил при жизни, страстно любил, хотя и не смог сделать счастливой. Варяг чувствовал, что девочка всей душой, изо всех сил тянется к нему, стремится понравиться вновь обретенному отцу, боится его потерять. Варяг догадывался, что Лиза уже перестала верить в байку об отъезде мамы в какие-то дальние края. Хотя сама девочка вопросов не задавала, а заводить с ней разговоры на эту тему никто не решался. В отсутствие матери домработница Валя была для ухода за ребенком золотым человеком — всем сердцем любя Лизу, она умудрялась и не баловать ее, и не ссориться с нею. Варяг частенько думал с тоской о том, что он перед Валей в неоплатном долгу — эта женщина во многом заменила его дочери мать, причем совершенно бескорыстно: Валя мягко, но решительно отказывалась от всех форм вознаграждения, которые предлагал Варяг. Она жила в коммунальной квартире со старушкой-соседкой, но переезжать в отдельную квартиру по предложению Варяга не захотела. «Я к Марье Николаевне привыкла, мы с ней дружим, — говорила Валя. — Да и зачем мне отдельная квартира? У меня ведь и работа такая, что я живу все больше на работе, а не дома». Когда Варяг сделал попытку увеличить Вале зарплату, та возмутилась: «Да куда мне столько? Живу на всем готовом, сестре с племянницей помогаю, родне в деревню посылаю...» Увидев, что она сердится всерьез, Варяг оставил свои попытки и лишь время от времени делал Вале подарки, принимая которые пожилая женщина смущалась, как девочка.

— Как дела, Валя? — спросил Варяг, когда в веселом щебетании Лизы наступил секундный перерыв.

— Да как сказать... — замялась хозяйка. — Неважно вообще-то, Владик.

— Что такое? — насторожился Варяг. Обычно на этот дежурный вопрос следовал такой же дежурный бодрый ответ: «А что нам сделается».

— Лиза, беги в дом, накрывай на стол. Чего зря трещишь, все есть хотят, — сказала Валя и подождала, когда девочка вбежит по ступенькам на крыльцо и, распахнув входную дверь, с шумом ворвется в дом. — В больницу я ложусь, с сердцем что-то не в порядке. Перебои начались — то оно вдруг будто совсем остановится, то застучит как бешеное. Я тут ночью совсем перепугалась, поехала в полуклинику, так мне там сказали: «Срочно в больницу». Надо подлечиться. Но вот не знаю, как быть, как же вы тут без меня?

Словечко «полуклиника» на сей раз не рассмешило Варяга.

— Но что именно врачи сказали? — с беспокойством спросил он.

— Да разве я в этом понимаю? Кардиограмму сделали и направление выписали в больницу. Я читала эту бумагу, да не поняла ничего.

— Н-да, — нахмурился Варяг.

В ответ на его невысказанный вопрос Валя сказала:

— Да ты не волнуйся, Владик, Лиза без присмотра не останется. Я с племянницей договорилась, летом у нее в институте занятий нет, так она здесь поживет, за домом присмотрит, за участком и за Лизой, конечно. Она девушка хорошая, скромная, работящая и с Лизой уже подружилась...

Они вошли в просторную залу, где во главе длинного стола гордо восседала Лиза. В зале пахло свежей выпечкой, грибами и еще чем-то очень вкусным. На чистой накрахмаленной скатерти были расставлены столовые приборы по числу домочадцев и гостей, включая охранников Варяга. Охранники кучкой вошли в залу и принялись скромно рассаживаться на конце стола. В другой ситуации, разумеется, им и в голову бы не пришло садиться за один стол с шефом, но здесь Варягу не хотелось соблюдать иерархические различия, да и Валя, для которой все гости были равны, таких различий не приняла бы.

— Пицца! — торжествующе воскликнула Лиза и бросилась в кухню, едва не повалив свой стул.

Из кухни уже выплывала Валя с горой только что выпеченных пицц на подносе. Раскладывая горячие лепешки по тарелкам, она приговаривала:

— Лиза чего только не положила в начинку — и грибы, и сосиски, и картошку, и огурцы соленые... все, что в холодильнике и погребе нашлось. Даже и то, чего ни в каких рецептах нету. Но все получилось очень вкусно. Так что пробуйте, гости дорогие...

Из кухни появилась Лиза, прогибающаяся под тяжестью еще одного подноса с пиццей, а за ней — незнакомая Варягу стройная темноволосая девушка в джинсах и в фартуке. Она несла две большие тарелки с зеленью. Взглянув на Варяга исподлобья, она коротко кивнула произнесла: «Здравствуйте», — и поставила тарелки н . стол.

— Это и есть Лена, племянница моя, — представила девушку Валя.

— Владислав, — с улыбкой сказал Варяг и увидел, как уголки рта Лены дрогнули в ответ.

Стол был накрыт, и все дружно принялись за горячую пиццу, которая оказалась такой вкусной, особенно с дороги, что на какое-то время за столом воцарилось молчание. Варяг и сам не заметил, как уничтожил первую порцию, и, хитро покосившись на опустевшие тарелки охранников, весело заявил:

— Требуем добавки!

Счастливая Лиза вскочила с места, чтобы снова бежать на кухню. Валя приподнялась было, чтобы пойти следом и помочь ей, но Лена запротестовала:

— Сидите, тетя Валя, я сама схожу.

Голос у нее был глубокий, грудной, с уверенными интонациями. Варяг налил себе в бокал красного вина, разбавил его водой и, медленно потягивая терпкую жидкость, стал украдкой изучать склоненное над тарелкой лицо Лены, раскрасневшееся от кухонного жара. Он отметил четкую линию носа, высокий чистый лоб, милую морщинку у губ, густые длинные ресницы, упругие темные локоны... Девушка, безусловно, была красива, но как-то слишком уж серьезна. Впрочем, это и неплохо — значит, она сумеет взять на себя заботы о доме и о Лизе. Варяг понимал, что в вопросах воспитания ребенка никакими деньгами нельзя решить всех проблем. Поэтому он и старался бывать на даче как можно чаще, но все же выбираться сюда ему удавалось очень редко. При таких обстоятельствах личные качества той женщины, чьей опеке он доверял свою дочь, приобретали особое значение. Валиным рекомендациям он давно привык доверять. И сейчас, глядя на Лену, готов был согласиться с ее мнением. Хотя, конечно, ему было бы спокойнее, если бы рядом с девочкой находилась именно Валя. Но с другой стороны, Варяг поймал себя на мысли, что ему будет приятно, если Лена останется на даче. Он вообще питал слабость к серьезным женщинам.

Когда с пиццей было покончено, все принялись шумно хвалить стряпух, и в первую очередь Лизу. Варяг тут же постарался положить конец захваливанию, попросив чаю. Лена сразу же поднялась и направилась на кухню. Варяг почувствовал неловкость, поскольку вовсе не хотел, чтобы эта славная девушка чувствовала здесь себя прислугой. Поэтому он мысленно поблагодарил свою дочь, которая, пыхтя и приговаривая: «Фу-у, объелась», — слезла со стула и последовала за Леной. Валя, сидевшая рядом с Варягом, тоже привстала было, но он удержал ее за руку.

— В какую больницу направление? — вполголоса спросил он. — Я вас буду навещать.

— Нет-нет, что ты, Владик, — начала отнекиваться Валя. — Тебе же некогда, ко мне сестра будет приезжать...

— Валя, ты за кого меня принимаешь? — обиделся Варяг, незаметно для себя перейдя на «ты». — Я сказал: мы будем к тебе с Лизой приезжать. Она ведь тоже захочет тебя проведать, ты как думаешь?

— Захочет, конечно, — смущенно улыбнулась Валя, — сердечко у нее золотое. Ты только сам приезжай к ней почаще. Она... Она ведь так тоскует и... — Валя на мгновение замялась. — Она ведь знает насчет мамы.

— Откуда? — вздрогнул Варяг.

— Знает, и все, — вздохнула Валя. — Так-то она вроде бы веселая, но иногда задумается, посмотрит на меня молча, и я чувствую, что она знает.

Слова Вали заставили Варяга надолго задуматься. «А чего ты хотел? — обратился он к самому себе. — Рано или поздно ребенок спросит о том, где его мать. Нельзя же вечно врать...» Однако он чувствовал, что не в силах заговорить с Лизой о судьбе ее матери, и решил: «Ладно, когда сама спросит, тогда отвечу».

Вернулся к действительности Варяг от легкого прикосновения к плечу — это Лена, разносившая чай, задела его локтем, мягко сказала: «Извините», — и мягкой волнующей походкой прошла мимо, грациозно прогнулась, опуская чай на стол. За веселой, ничего не значащей болтовней гости и хозяйки пили чай. Потом Варяг посмотрел на часы и поразился тому, как быстро пролетело время. Охранники посмотрели на него выжидательно. Он в несколько глотков допил чай, поднялся и сказал:

— Нам пора. Спасибо за хлеб-соль.

— Уезжаешь?.. — огорченно протянула Лиза. — Может, еще часочек?

— Извини, дружок, дела, — развел руками Варяг. — Постараюсь на неделе еще приехать.

— Да, уж ты постарайся, — сказала Лиза с упреком — совсем как взрослая женщина, а Лена впервые за весь вечер взглянула в упор на Варяга, и он отметил, что глаза у нее серо-голубые.

ГЛАВА 4

На переделкинской даче Коляна между тем все возрастало напряжение. На время проведения операции по устранению Варяга Колян поручил охрану дачи и безопасность жены Надежды одному из своих подручных по кличке Репа — бригадир окрестил его так за невыразительное лунообразное лицо. В своем подчинении Репа имел отряд охраны непосредственно в Переделкине, а также несколько групп бойцов в Москве, которые должны были присматривать за торговыми точками, уже взятыми бригадой «под крышу». Несмотря на свой невозмутимый вид, Репа не на шутку заволновался, когда никто из бойцов, ушедших на операцию, не вернулся обратно. В бригаде укоренилась вера в сверхъестественную удачливость Коляна, так что братва чувствовала себя неуязвимой и боялась только своего главаря. Теперь же, когда с самим Коляном явно что-то произошло, они впали в уныние. Репа и сам хотел бы выяснить, что стряслось, и послал людей на разведку в поселок Раздоры, где находился особняк Варяга. Кроме того, он позвонил в Москву и приказал одной из групп пройтись по точкам для очередного сбора дани. Однако пацаны не вернулись ни к вечеру, как было условлено, ни на следующий день. Обуреваемый недобрыми предчувствиями, Репа позвонил в Москву на хату, где жили бойцы, — узнать, как прошел обход территории. Однако к телефону никто не подошел. Впрочем, пока на даче имелось в достатке жратвы и выпивки, разбегаться бойцы не собирались — перспективы их дальнейшей жизни в столице хотя и были туманны, в родной Сибири они все равно никогда так не кайфовали. О том, что с Коляном и его бригадой произошло что-то неладное, бойцы догадывались, но полагали, что, даже окажись Колян и его люди в ментуре, ментов они на эту дачу все равно не наведут. Неопытному молодняку и в голову не приходило, что и помимо ментов существуют силы, способные посягнуть на дачу грозного Николая Радченко. Впрочем, такая мысль парней напугать не могла — вооруженные до зубов, поднаторевшие в наездах и разборках, они были уверены, что отобьются от кого угодно.

* * *

Вероятно, самоуверенности у них поубавилось бы, если бы они могли стать свидетелями гибели группы Коляна. А если бы они вдобавок узнали, что произошло с их товарищами, отправленными на разведку в Раздоры, то наверняка испытали бы острую тягу к перемене мест.

В дачном поселке Раздоры ничего, казалось бы, не предвещало недоброго: пели птички, звенели кузнечики, ветерок доносил благоухание цветущего луга. Трое бойцов, оставив свой «джип-шевроле» на въезде в поселок, пешком миновали шлагбаум и зашагали по центральной улице. Неожиданно перед ними вырос охранник в камуфляже и с кавказской овчаркой на поводке.

— Так, молодые люди, куда направляемся? — поинтересовался охранник.

Боец по прозвищу Труба, прозванный так за громкий голос, вместо ответа небрежно протянул милицейское удостоверение. Подождав, пока охранник ознакомится с удостоверением, Труба начальственным тоном поинтересовался:

— Как тут у вас — все в порядке?

— Так точно, — кивнул охранник.

— А что за шум был недавно? Во вторник, ближе к вечеру?.. — Труба мучительно пытался сформулировать вопрос так, чтобы он прозвучал естественно, однако это у него плохо получалось.

Охранник пожал плечами и ответил не совсем искренне:

— Не знаю, сейчас все тихо вроде, а во вторник не моя смена была.

«Врет, сука», — одновременно подумали Труба и двое его спутников — Хлам и Потрох. Труба еще потоптался на месте и спросил:

— А что на седьмой даче — все тихо?

— Все тихо, — эхом отозвался страж порядка.

— Где эта дача? Мы пойдем посмотрим.

— Вон красная крыша, — ответил охранник. — Но вряд ли вас туда пустят.

Троица подошла к воротам дачи номер семь. Ворота были наглухо закрыты, лишь медленно поворачивался на столбе цилиндр телекамеры наружного наблюдения. Из-за высокого кирпичного забора не доносилось ни звука, в окнах с затемненными стеклами нельзя было ничего разглядеть. Гости не спеша прошлись вдоль забора, вглядываясь во вспаханную землю контрольно-следовой полосы, однако пока не заметили никаких признаков недавних бурных событий. Вернувшись к воротам, Труба принялся с удвоенным вниманием осматривать все вокруг. Его усердие было вскоре вознаграждено: в траве он обнаружил несколько автоматных гильз, еще хранивших кисловатый запах пороха, а на толстом стальном полотнище ворот заметил несколько характерных выпуклостей, которые могли быть оставлены пулями и осколками гранат, попавшими в створки ворот изнутри.

— Да, похоже, тут стреляли, — глубокомысленно произнес Труба. Попасть за кирпичную ограду особняка не представлялось возможным — Хлам долго давил на кнопку звонка у ворот, однако никакой реакции не последовало. Вместе с тем братву не покидало ощущение, что за ними непрерывно наблюдают через многочисленные телекамеры. Потрох даже подпрыгнул, пытаясь заглянуть за забор, но тут же сам устыдился своего дурацкого поступка.

— Может, перелезем? — предложил Хлам.

— Ага, и прямо на вилы, — возразил Потрох. — Нет уж. Лучше тут потусуемся, может, чего и узнаем.

Они без определенной цели зашагали по улице и вскоре встретили еще одного охранника. Труба, предъявив ему свое липовое удостоверение, сурово спросил:

— Где тут у вас бытовка? Нам надо выяснить ряд вопросов.

— А что такое? — полюбопытствовал охранник.

— Сигналы поступают, вот что, — туманно, но внушительно ответил Труба.

Охранник объяснил, как пройти к бытовке, и, когда троица зашагала в указанном направлении, скользнул в проулок между особняками, вынул из внутреннего кармана рацию и заговорил в микрофон:

— Степан, Степан, слышишь меня?.. Степан, к тебе гости... Вроде из милиции, показали удостоверение... Трое, все — здоровенные лбы... Может, мы подтянемся? Будем блокировать пути отхода. Слушай, а если это и впрямь менты?

— Без разницы, — прохрипела в ответ рация, — задержим, а потом разберемся.

— Понял, — сказал охранник. — Поосторожнее!

— Натюрлих, — отозвалась рация, и связь прервалась.

Труба и его спутники вскоре нашли вагончик, в котором у охранников, следивших за порядком в элитном дачном поселке, помещалось что-то вроде штаба и одновременно комната отдыха. С топотом поднявшись по ступенькам, троица ввалилась в помещение и обнаружила там всего одного человека — лысеющего толстяка лет сорока с лишним в мешковатой камуфляжной форме. Толстяк сидел за столом и с аппетитом поедал китайский суп из пластиковой плошки. Труба показал удостоверение и заявил:

— Капитан Решетилов, Московский уголовный розыск. Вы начальник смены? Нам нужны подробности об инциденте, происшедшем в поселке во вторник вечером.

Толстяк энергично закивал и промычал: «Щас, щас», показывая на свой набитый рот и жестом приглашая гостей занять два свободных стула. Хлам сел за стол напротив хозяина, Труба — возле стола справа от толстяка, а Потрох остался стоять за спиной Трубы. Завершив трапезу, толстяк печально произнес:

— Вот, такой молодой и уже капитан. А я до сих пор всего лишь Сержант...

С этими словами Сержант что было сил заехал опустевшей плошкой Трубе по лбу. Вскочив, он ловко увернулся от кулака Потроха, просвистевшего в воздухе, и в ответ провел короткий хук в левый бок. На горе незваным гостям, Сержант успел незаметно, под столом, надеть на руку кастет. Ребра глухо хрупнули, Потрох пронзительно вскрикнул и присел, зажмурившись от невыносимой боли. Сержант тем временем одним махом опрокинул Трубу на пол вместе со стулом. Теперь Сержант получил возможность без помех расправиться с Хламом. Его увесистый кулак мелькнул в воздухе, словно пушечное ядро, и врезался Хламу в нос, раздробив хрящ носовой перегородки. Крупные капли густой крови хлынули из ноздрей на жестяной пол вагончика. Хлам закатил глаза и тяжело повалился на пол. В этот момент Труба вскочил на ноги. Сержант стоял к нему вполоборота, но застать противника врасплох Трубе не удалось: не поворачиваясь, Сержант нанес ему мощный удар локтем в лицо под правый глаз. В голове у Трубы помутилось, и он, рухнув навзничь, с грохотом врезался спиной в стенку вагончика и с грохотом сполз по ней вниз.

— О-о, — стонал Потрох, присев на корточки и раскачиваясь взад-вперед.

Сержант повернулся и в упор посмотрел на него.

— Не бей, — простонал Потрох, — я сдаюсь...

Не обращая внимания на слова, Сержант еще дважды отоварил пришельца по почкам и пинком заставил его распластаться на дощатом полу, быстро обыскал и вытащил из-под куртки пистолет и нож. Такую же процедуру он произвел с Трубой и Хламом. Затем на валявшихся на полу «гостей» вновь посыпались пинки. Помахав изъятым у Потроха пистолетом, Сержант рявкнул:

— Подъем, засранцы!

Поверженные засранцы тяжело заворочались и с кряхтеньем поднялись. Корчась от боли, Труба с усилием сфокусировал взгляд на лице Сержанта и с ненавистью прошипел:

— Ты что делаешь, козел? Я же тебя посажу!

— Пока что я тебя положил, — хладнокровно возразил Сержант. — Ксиву свою фальшивую можешь себе в жопу затолкать — меня на такой херне не проведешь. Короче, шагай вперед и помалкивай, а то еще схлопочешь.

Высокомерие врага до глубины души возмущало братков, привыкших быть всегда хозяевами положения. Однако сопротивляться они не могли — Потрох еле шел, согнувшись от боли в сломанных ребрах, Хлам никак не мог остановить кровь, лившуюся из расплющенного носа, а у Трубы кружилась голова и к горлу подкатывала тошнота. «У него тут все схвачено», — со страхом подумал Труба, видя, как приветствуют пожилого Сержанта попадающиеся навстречу охранники. Когда процессия подошла к зловещим воротам участка номер семь, на котором располагался особняк Варяга, Труба остановился и заявил:

— Не, мужик, я туда не пойду!

— А куда же ты хочешь, родной? — ласково полюбопытствовал Сержант. — Домой к маме?

— В ментуру лучше, только не туда, — жалобно ответил Труба, сам понимая, что мелет ерунду. Сержант искренне рассмеялся, и по его знаку стальное полотнище ворот поползло в сторону, открывая величественный фасад особняка, тщательно подметенную брусчатку двора и застывших угрюмых молодцов в камуфляжной форме и с автоматами наизготовку. Труба вновь умоляюще заскулил, но Сержант, не слушая, толкнул его в спину со словами:

— Иди, не бойся, никто тебя не тронет. Шеф у нас добрый!

Варяг и впрямь попросил Сержанта, взявшего на себя охрану особняка, по возможности избегать кровопролития. Оговорку Варяга — «по возможности» — Сержант понял в удобном для себя смысле и решил: если эти козлы будут выпендриваться, втихаря пристрелить всех троих в подвале, а потом вывезти покойников с мусором...

* * *

Бойцам, получившим по телефону приказ Репы отправиться на сбор дани, повезло еще меньше, чем Трубе и его друзьям. После звонка они дисциплинированно собрались, позвонили на пульт милицейской охранной сигнализации (в квартире оставалось немало ценных вещей, и пацаны опасались взлома), тщательно заперли стальную дверь, спустились во двор, уселись в красную «тойоту» и покатили к центру. Их было пятеро, возглавлял группу румяный, цветущего вида верзила по кличке Гнилой. Конечно, братки не знали, что Колян сдал их адрес отставному полковнику Чижевскому и квартира взята под наблюдение.

Наблюдатель в доме напротив оторвался от окуляров телескопа, взял рацию и отдал короткий приказ. Из его окна было видно, как из соседнего двора выехала неприметная бежевая «шестерка» и уверенно повела красную «тойоту».

До антикварного магазина доехали без приключений. Бойцы через подворотню въехали во двор, оставили там тачку, вышли из подворотни и гуськом просочились в магазин. С одинаковыми стрижками «под ноль», с одинаковыми бычьими шеями, в почти одинаковой одежде, они производили довольно странное впечатление.

— Как будто в форме, — выразил общее мнение широкоплечий седой мужчина лет сорока, сидевший за рулем «шестерки», припаркованной на противоположной стороне улицы. Два пассажира невнятным угуканьем подтвердили верность наблюдения. Обоим было на вид от сорока до пятидесяти лет: седина, выцветшие глаза, иссеченные морщинами лица старили их, но широкие плечи и подтянутые фигуры, наоборот, молодили. Все трое раньше были военными разведчиками, успели послужить и в диверсионных отрядах, и в заграничных резидентурах ГРУ и вышли в отставку по различным причинам: водителя, майора Сергея Абрамова, уволили за пьянство; майора Ивана Лебедева — по состоянию здоровья: в Чечне он, не разобравшись, расстрелял из пулемета деревенский дом, в котором прятались мирные жители, и свидетелем этого инцидента стал, как на грех, некий западный журналист. Капитан Фарид Усманов рапорт об увольнении подал добровольно, озверев от, как он выражался, «этого бардака». С Чижевским Абрамов когда-то познакомился в военном госпитале, где залечивал полученное в Афганистане ранение. С тех пор они периодически перезванивались. Отставные разведчики-«грушники» не торопились устраиваться на работу в коммерческие структуры, поскольку современные российские коммерсанты вызывали у них брезгливость. Однако когда Чижевский сообщил Абрамову, что работает на человека, фактически возглавляющего концерн «Госснабвооружение», бывший боец невидимого фронта задумался. Название «Госснабвооружение» звучало как-то очень солидно, а старый служака испытывал ностальгию по солидной государственной службе. Чижевский в свою очередь испытывал острую нужду в настоящих мастерах тайной войны. Надо сказать, что Чижевский ставил «грушников» гораздо выше «комитетчиков», хотя сам принадлежал именно к последним — в этом проявлялось его профессиональное беспристрастие. В конце концов он привлек на службу Абрамова и двух его приятелей, — правда, не подписывая никаких трудовых договоров. Отставные офицеры работали напрямую с Чижевским, выполняя только его распоряжения. Он заключил со своими новыми подчиненными джентльменское соглашение: в круг их обязанностей входит только то, что связано с официальной деятельностью концерна.

— Может, твой шеф и ворует у страны деньги — бог ему судья, — сказал Абрамов, имея в виду Варяга. — Но возить за рубеж чемоданы с ворованными баксами мы не собираемся.

— И голых девок ему в сауну подвозить — тоже не по нашей части, — добавил Лебедев.

— Ладно, мужики, договорились, — кивнул Чижевский. — У нас сейчас есть и потруднее дела. Кто-то копает под нашего шефа. По-моему, идет подготовка акции по его устранению...

Получив согласие бывших военных разведчиков, Чижевский вздохнул с облегчением — наконец-то в его подчинении появились люди, на которых он мог вполне полагаться. Когда Колян назвал адреса, по которым проживали его люди, Чижевский решил брать сибирских гастролеров прямо на квартирах. До начала операции за квартирами было установлено наблюдение. Чижевский ввел в действие запасной план, согласно которому специальная группа захвата должна была выследить бойцов Коляна и обезвредить их прямо на той точке, куда они приедут. Чижевский благодарил судьбу за то, что на дело выехала группа как раз из той квартиры, которую «пасли» бывшие военные разведчики. Теперь он мог не сомневаться в том, что все будет сделано как надо.

Коляновы бойцы подъехали к антикварному магазину, как и положено, к моменту закрытия. У входа стояла красная БМВ — явно не первой свежести. Когда бойцы скрылись внутри, Фарид Усманов вылез из «шестерки» и пошел через подворотню во двор, чтобы установить, имеется ли в магазине второй выход. Тем временем его товарищи следили из машины за тем, как выходят из магазина запоздалые покупатели. Затем после некоторого перерыва магазин стали покидать и сотрудники. Абрамов сделал из этого логичный вывод:

— Должно быть, нет заднего хода.

Вернувшийся Усманов его вывод подтвердил и добавил:

— На всех окнах, которые выходят во двор, мощные решетки, так что через окна во двор выскочить нельзя. Кроме того, в подвале под магазином расположено что-то вроде мастерской. Окна мастерской зарешечены.

— Понятно, — кивнул Абрамов, — мастерская для того, чтобы готовить товар к продаже: подчистить, подкрасить, подреставрировать, картину в рамку вставить... В мастерской заметил кого-нибудь?

— Не заметил, — покачал головой Усманов. — Горит лампочка сигнализации.

— Значит, никого, — сказал Абрамов. — Мастера, видимо, уже ушли. Ну что, нам пора, а то они получат бабки и уйдут. Не на улице же их вязать. Лебедев, давай!

Лебедев молча кивнул, взял кейс, протянутый ему Усмановым, выбрался из «шестерки» и зашагал к магазину.

Он на глазах утратил военную выправку, ссутулился и в своей дешевенькой синтетической курточке стал походить на обычного представителя советской трудовой интеллигенции.

В дверях Лебедева встретили двое плечистых громил в кожаных куртках.

— Тебе чего? — спросили они. — Уже закрыто.

— Я знаю, знаю, — закивал Лебедев. — Мне надо деньги сдать...

— Деньги — это хорошо, — глубокомысленно произнес один из бойцов, улыбаясь. — Давай их сюда.

— Э, нет, молодые люди, — захихикал Лебедев, — извините, но я порядок знаю. Деньги вручу только директору. Она на месте?

Громилы засмеялись, потом один сказал:

— На месте... Ладно, проходи, но придется обождать.

— А мне, молодые люди, спешить некуда, — отозвался Лебедев все с тем же старческим хихиканьем, протискиваясь между курток в приоткрытую дверь. Оказавшись в помещении, отставной майор нащупал под рукавом кнопку специального крепления на правом запястье. Он отстегнул кнопку, и в ладонь ему скользнула короткая, но очень тяжелая металлическая дубинка с удобной рукояткой, обтянутой кожей. Бойцы Коляна разинули рты от изумления, когда сутулый дядька вдруг резко развернулся, словно балетный танцор, и вскинул руку с дубинкой. Кейс отлетел в сторону, а дубинка обрушилась одному из громил на плечевой сустав, после чего парень обнаружил, что перестал владеть правой рукой — она висела плетью, словно чужая. Впрочем, долго огорчаться по этому поводу бойцу не пришлось — следующий удар пришелся ему по темени. Его товарищ вскинул было руки, готовясь сопротивляться, и уже набрал в легкие воздуха, чтобы позвать на помощь, но тут Лебедев принялся охаживать его дубинкой по морде. Удары страшной силы сыпались градом, ломая кости. Ошалев от боли и собственной беспомощности, охранник опустил руки и после очередного удара по голове как мешок повалился на пол. Правда, перед тем как упасть, он все же успел слабо вскрикнуть, и этот вскрик и шум падающего тела могли привлечь внимание остальных, находившихся в кабинете директора. Лебедев одним прыжком подскочил к двери, соединявшей торговый зал с внутренними помещениями магазина, и застыл у косяка, прижавшись спиной к стене. Вскоре он услышал шаги в коридоре и приглушенный оклик:

— Серый, что там у вас?

Вслед за этим из дверного проема появилась рука с пистолетом. Лебедев тоже успел достать свой пистолет и сжал его в левой руке. Правую руку с дубинкой он медленно занес для удара. Человеку с пистолетом оставалось сделать еще полшага, чтобы увидеть на полу два неподвижных тела. Однако в этот момент Лебедев резко опустил дубинку ему на запястье. Пистолет со стуком выпал на пол, человек застонал и согнулся, словно нарочно подставляя противнику затылок, по которому Лебедев не замедлил нанести второй удар. Стон мгновенно оборвался, и массивное тело рухнуло на навощенный паркет. Лебедев прислушался: все было тихо. Он обвел взглядом помещение. Всюду поблескивала позолота старинных часов и канделябров, тускло светились клинки восточных сабель. Подняв глаза, Лебедев встретил высокомерный взгляд какого-то сановника, изображенного в лентах и орденах на парадном портрете. За стеклянной дверью замаячила фигура Абрамова, и Лебедев жестом пригласил его зайти, одновременно прижав палец к губам. Через мгновение все три отставных разведчика собрались у двери в служебные помещения.

— Их же вроде пятеро было? — спросил шепотом Абрамов, бросив взгляд на выведенных из строя троих бритоголовых противников.

— Остальные, похоже, у директора — инкассацией заняты! — предположил Лебедев.

Усманов, никогда ранее не бывавший в антикварных магазинах, восхищенно разглядывал старые картины и предметы роскоши.

— Фарид, хорош башкой вертеть, — одернул его Абрамов. — Давай вперед, я за тобой. Ты, Ваня, останься здесь, посмотри за своими клиентами.

Усманов с пистолетом в руке крадучись двинулся вперед по коридору. Там, где коридор делал поворот, он присел и рывком выскочил из-за угла, однако увидел лишь три закрытые двери с табличками «Бухгалтерия», «Заместитель директора» и «Директор». Усманов двинулся к кабинету директора и резко рванул дверь на себя, одновременно присев и вскинув руку с пистолетом. Дверь распахнулась, однако в кабинете никого не было. Усманову бросилась в глаза мужская кожаная куртка, небрежно брошенная на стул, — гости явно были где-то рядом и собирались еще вернуться в кабинет. Посмотрев повнимательнее, капитан заметил в пепельнице окурки сигарет «Парламент» с характерным белым фильтром и со следами помады на нем, а рядом с пепельницей — початую пачку таких же сигарет и дорогую зажигалку.

Пока капитан производил осмотр, Абрамов страховал его, держа под прицелом коридор и дверной проем в дальнем конце. Усманов на всякий случай подергал двери двух других кабинетов, но они, как и следовало ожидать, оказались заперты.

— Что за херня? — шепотом поинтересовался Абрамов. — Где они?

— В мастерской, — отозвался Усманов, кивая на дверной проем в конце коридора. — Но что они там делают?

Если бы отставные разведчики знали, что директор магазина — молодая женщина, и притом красивая, они могли бы догадаться, что делают в подвальном помещении верзила по кличке Гнилой, возглавлявший группу «инкассаторов», и его подручный по кличке Кишка, прозванный так Коляном за худобу и высокий рост. Получилось все как-то само собой: когда Гнилой в сопровождении Кишки ввалился в кабинет директрисы, он сразу оценил хозяйку магазина: золотая копна пышных волос, синие глаза, полные чувственные губы. Однако грешных замыслов у него поначалу не возникло.

— Бабки приготовила? — с ходу спросил Гнилой, не здороваясь.

— Приготовила, — с ненавистью глядя на Гнилого, ответила женщина.

— Гони! — приказал тот, кивая на сейф.

— Они не в сейфе, а внизу, в мастерской, — сказала директриса.

— Почему в мастерской? — подозрительно осведомился Гнилой. — Если что, смотри! — И он показал пистолет.

— Не бойтесь, — презрительно усмехнулась женщина, — я с вами воевать не собираюсь. Просто в мастерской стоит специальный сейф. Ваши деньги я положила туда, чтоб они мне не мешались.

— Ну ладно, иди вперед, — распорядился Гнилой. Руку с готовым к бою пистолетом он сунул в карман куртки. То же сделал и Кишка. Когда женщина встала из-за стола и пошла к двери, Гнилой невольно сглотнул слюну, глядя на ее стройные ноги в туфлях на высоких каблуках, на черное платье в обтяжку, подчеркивающее тонкую талию и высокую грудь. На черной материи платья мягко поблескивал золотой кулон. «Бля, вот это телка! — подумал Гнилой. — Не дурак был этот ее хахаль, покойный Гном. Ладно, в подвале с ней разберемся...» Гости спустились следом за хозяйкой магазина по крутой металлической лестнице в подвал, где пахло деревом, клеем и краской, и, не заходя в рабочее помещение, прошли в маленький кабинетик, где старший мастер принимал заказчиков. Там действительно стоял массивный сейф. В мастерской никого не было, а когда директриса открыла сейф и стала вынимать оттуда толстые пачки сотенных, Гнилой совсем успокоился.

— Ну-ка иди погуляй, — сказал он Кишке. — У меня к хозяйке разговор есть.

Кишка повиновался, и Гнилой захлопнул за ним дверь. Когда щелкнул замок, хозяйка вздрогнула. Гнилому с малолетства не приходилось ухаживать за женщинами — он брал их деньгами, а чаще угрозами или силой. Вот и теперь он сразу перешел к делу, хотя и испытывал некоторое волнение — таких красоток ему еще не приходилось видеть так близко. Верзила сделал шаг вперед, и женщина в черном платье испуганно попятилась.

— Ты чего шарахаешься? — удивился Гнилой. — Солдат ребенка не обидит.

— Взял деньги и катись отсюда, — со злобой прошипела хозяйка. — Я на чай не даю!

— Кому не даешь — а мне дашь! — ухмыльнулся Гнилой. — Гнома-то твоего больше нет. Тебе что, крепкий мужик не нужен? Я тебя прикрою в случае чего...

С этими словами Гнилой обнял женщину за талию, но она яростно вырвалась.

— Пошел к черту, идиот! Посмотри на себя в зеркало, урод!

— Ты чего хлебало раззявила, сучка? — рассвирепел Гнилой. — Ты кому это говоришь? А ну подь сюда!

Гнилой облапил женщину так, что у нее захрустели кости, и впился в ее шею поцелуем, больше напоминавшим укус. Ей, однако, удалось с непостижимой ловкостью высвободить руку, и в следующую секунду Гнилой с руганью содрогнулся от удара в пах. Хозяйка магазина бросилась было к двери, но в последний момент Гнилой ухватил ее за запястье и рванул к себе.

— Кишка! — рявкнул похотливый инкассатор. — Иди сюда!

Кишка ворвался в кабинетик и увидел, что багровый от вожделения Гнилой повалил женщину на стол и, прижав ее плечо одной рукой, другой судорожно пытается задрать черное платье. Жертва отчаянно отбивалась, матерно браня насильника и лягая его острыми каблучками.

— Руки ей держи! — приказал Гнилой. — Зайди спереди, вот так... Дерется, сучка... Ничего, тварь, не хочешь по-хорошему, так тебя и Кишка еще трахнет. Хочешь ее трахнуть, Кишка?

Он мог бы не спрашивать — похоть гуляла по придурковатой роже бойца. Кишка облапил женщину потными ладонями, ощущая упругость ее тела, вдыхая запах ее духов и оттого возбуждаясь все больше. Гнилой тем временем задрал платье до пояса и впился горящим взглядом в округлые ляжки, стянутые шелковистыми колготками, под которыми виднелась узкая полоска кружевных трусиков. Гнилой просунул лапищу под колготки, дернул трусики и, убедившись в том, что они ему не помешают, принялся лихорадочно расстегивать ширинку.

Он раздвинул коленями ноги женщины, извлек на свет божий свой член, окаменевший от желания, и помассировал его пальцами.

— Не надо, пожалуйста! — плача, умоляла женщина. — Я денег вам дам!

— Ага, теперь «пожалуйста»? — мстительно отозвался Гнилой. — А кто меня уродом обзывал? Деньги твои я и так возьму, если надо будет...

Он раздвинул пальцами нежные створки ее лона, направил в цель свой внушительный инструмент, отставил зад, приготовившись одним движением войти в нутро, но чуть помешкал, наслаждаясь своей властью над рыдающей красоткой. И тут раздался грохот и треск, дверь от мощного удара снаружи слетела с петель и шарахнула

63

Кишку по голове. Тот выпустил извивающуюся женщину, а она тотчас рывком перепрыгнула через стол. Гнилой остался в дурацком положении — с выставленным на всеобщее обозрение стоящим торчком членом.

— Извини, что помешали, — спокойно сказал Абрамов, стоя в дверном проеме с пистолетом на изготовку. — Значит, вы теперь таким макаром дань собираете?

— Полные отморозки, — поморщившись, произнес Усманов.

Кишка стоял покачиваясь и, видимо, плохо осознавал происходящее. Удар дверью по голове не прошел для него бесследно. Внезапно лицо его исказилось, и он сунул руку в карман.

— Кишка, ты что?! — в ужасе крикнул Гнилой, но Кишка уже выхватил из кармана пистолет.

Грохнул выстрел. Абрамов не двинулся с места и не изменился в лице, зато Кишка разинул рот, зашатался и повалился в угол. Строго посередине лба у него появилась небольшая черно-багровая дырочка, из которой поползла алая струйка. Абрамов, держа пистолет у бедра, стрелял, не поднимая руки. От этого зрелища у Гнилого мгновенно пропала эрекция. Он понял, что дело пахнет жареным. До его слуха донеслись всхлипывания хозяйки магазина, которая сидела на полу, забившись в угол. Недолго думая, Гнилой метнулся туда, схватил хозяйку магазина за волосы и приставил к ее шее ствол пистолета.

— Бросайте оружие, а то я бабу пристрелю! — взвизгнул Гнилой.

— Ты ее в заложники взял, да? — полюбопытствовал Абрамов.

— Я ее в натуре пристрелю, — разозлился Гнилой, — если не сделаете, как я сказал!

— Да стреляй, мне-то что, — равнодушно произнес Абрамов. — Она мне не жена и не любовница. Напугал ежа голой жопой...

— Все, стреляю! — сделав страшное лицо, заорал Гнилой.

— Штаны застегни, герой, — посоветовал ему Абрамов, указывая глазами на его расстегнутую ширинку, из которой свисал опавший член. Гнилой на мгновение опустил взгляд, и тут же прогремел выстрел. Женщина в ужасе взвизгнула — кровь обрызгала ей лоб и щеку. Абрамов, как и прежде, стрелял от бедра, не поднимая руки, и вновь не промахнулся — пуля угодила Гнилому в лоб и наискосок прошла через мозг. Руки Гнилого бессильно обвисли вдоль тела, пистолет упал на пол, но бандит, уже мертвый, еще несколько секунд продолжал стоять на ногах и лишь затем качнулся и с глухим стуком повалился в угол. Директриса, дрожа, в ужасе смотрела на мертвеца. Абрамов покачал головой и с сожалением произнес:

— Вот идиоты... А могли бы договориться.

ГЛАВА 5

Сегодня вечером у Варяга была назначена важная встреча с номинальным директором «Госснабвооружения» Андреем Егоровичем Платоновым и двумя директорами крупнейших уральских производственных объединений, выполнявших оборонные заказы. Собственно, присутствие Платонова на встрече было не обязательно — реальной властью в концерне он не обладал, а при возникновении каких-либо вопросов Варяг мог с ним встретиться когда угодно. Однако региональные директора лучше знали именно Платонова, и он нужен был скорее для создания доверительной атмосферы. Чтобы гарантированно уберечься от «прослушки», собраться решили на квартире, которую Платонов снял когда-то «для отдыха». С тех пор обстановка квартиры стала значительно скромнее — в ней оставили минимум мебели и прочих предметов обихода, чтобы людям Чижевского было проще устраивать перед каждой конфиденциальной встречей проверки на предмет обнаружения подслушивающих устройств. Явочные квартиры, как известно, время от времени полагается менять, однако Варяг решил с этим подождать, поскольку Платонов уверял, что пользовался данным пристанищем очень редко. Сюда подъезжали в основном на скромных машинах, в разное время, с минимумом охраны, часто выходили из машин в соседних дворах. Все это делалось для того, чтобы не привлекать к квартире лишнего внимания, причем руководители-производственники, вокруг предприятий которых уже давно велась возня с явным криминальным душком, встретили принятые меры предосторожности с полным пониманием.

— Береженого бог бережет, — сказал Герой Социалистического Труда Федор Кузьмич Данилов, директор из Екатеринбурга.

— В наше время хитрожопым надо быть, — поддержал его Алексей Михайлович Лобанов из Челябинска, тоже Герой Соцтруда.

Они сидели в мягких креслах вокруг покрытого льняной скатертью приземистого столика, на котором в окружении четырех пузатых бокалов красовалась большая бутыль отборного дагестанского коньяка «Нарын-Кала», не бывающего в широкой продаже. Лобанов потер руки:

— Дагестанский — это хорошо! Я отборный дагестанский больше армянского уважаю.

— А я «отборный» русский предпочитаю литературному. Особенно на работе, — брякнул Данилов.

Лобанов, оценив юмор собеседника, рассмеялся и, потирая руки, закряхтел:

— Ну, Кузьмич, наливай!

— Дагестанский и подделывают меньше, — заметил Данилов, разливая по рюмкам душистый маслянистый напиток. Алексей Михайлович застонал от удовольствия, вбирая ноздрями разлившийся по комнате аромат. Из кухни появился охранник, поставил на стол блюдо с нарезанными лимонами, открытую коробку шоколадных конфет, пепельницу и вновь скрылся на кухне.

— Закуска такая, как вы просили, — развел руками Игнатов. — Может, хотите чего-нибудь посущественней — сейчас организуем...

— Не надо, Владислав Геннадьевич, — отказался Лобанов. — Мы в думской столовой пообедали.

— Хорошая столовая, — добавил Данилов, — но больно уж дорогая. Никаких командировочных не хватит.

— Значит, здесь у вас будет как бы продолжение десерта, — усмехнулся Игнатов, поднимая рюмку. — Ну, ваше здоровье! — чокнулся он с гостями и с Платоновым.

Какое-то время все сосредоточенно смаковали благородный напиток. Затем заговорил Варяг. Обращаясь к гостям, он сказал:

— Как вы знаете, в «Госснабвооружении» я работаю недавно. Не собираюсь делать вид, будто я крупный специалист в промышленной политике — пока я, в сущности, дилетант. Однако по долгу службы мне приходится анализировать ход дел в концерне и те проблемы, которые перед ним встают. Концерну, которым мы с Андреем Егоровичем Платоновым руководим, небезразлично также и положение крупных предприятий, подобных вашим. Думаю, что и вы в свою очередь заинтересованы в нашей успешной работе...

— Само собой! Куда же мы без вас! — живо откликнулся Лобанов.

— Заказов мало даете, — закусывая, с упреком сказал Федор Кузьмич.

— Согласен, — кивнул Варяг, — могли бы давать больше. Однако для этого надо распутать целый клубок проблем. Оплачивать заказы мы можем из двух источников: теми деньгами, которые мы получаем из бюджета, и доходами от собственной деятельности, то есть от экспорта вооружений. Из бюджета нам дают все меньше и меньше. Да и наша экспортная деятельность встречает все больше препятствий. Я работаю недавно, но уже успел столкнуться с целым рядом необъяснимых фактов, когда мы не попадаем на международные оружейные ярмарки, когда конкурсы на поставку оружия проходят без нас, когда уже изготовленные и оплаченные товары застревают в пути и не доходят до потребителя, когда наши заявки постоянно опаздывают и не попадают в нужное место и в нужное время... По мере возможности я пытался разобраться в наиболее вопиющих случаях и могу вам заявить: препятствия совершенно сознательно создаются особенно чиновниками федерального уровня. При этом, разумеется, конкретных виновников саботажа в недрах аппарата найти невозможно...

— Это точно, — желчно рассмеялся Лобанов и одним махом опрокинул рюмку в рот. — Иван кивает на Петра, все шито-крыто, все концы в воду!

— Да, у них все отработано, — со вздохом подтвердил Данилов.

— И силовые структуры нам не помогают, — продолжал Варяг. — Словом, необходимо хорошенько перетряхнуть всю систему управления государственной машиной, однако нужных рычагов для этого у нас нет. Пока нет. Смена государственного аппарата — всегда вопрос политический.

Варяг многозначительно посмотрел на Платонова.

Директора же разом открыли рты, собираясь что-то сказать, но Владислав Геннадьевич поднял руку:

— Я еще не закончил. Я предлагаю ясно осознать, что, если заниматься только экономикой, мы далеко не продвинемся. Я предлагаю самим активно включиться в политическую деятельность. Я предлагаю создать свое политическое движение.

— Вон вы куда хватили! — воскликнул Лобанов. — Политическое движение!

Данилов закряхтел, почесал в затылке и наконец промолвил:

— Поссорюсь с верхами, а на мне завод...

— Ни с кем не надо ссориться — по крайней мере сейчас, — возразил Варяг. — Можно создавать гуманитарные и благотворительные организации, но работать в них будут наши люди и выполнять те задачи, которые мы перед ними поставим. И вообще пока не стоит спешить оформлять что-то на бумаге. Сейчас главное — это поиск людей, обладающих определенными возможностями. У кого-то есть деньги, у кого-то связи в средствах массовой информации, у кого-то контакты во властных структурах... Мы должны объединить все эти силы вокруг себя.

Платонов внимательно слушал Владислава Геннадьевича, многозначительно в знак согласия кивая головой, как бы приглашая двух директоров-собеседников согласиться с мнением своего коллеги.

— А что, — сказал Лобанов после минутного раздумья, — мне это нравится. Мы на производстве как резиновая Зина — все, кому не лень, нас имеют, а мы только кряхтим иногда. Пора самим влиять на ситуацию.

— Не привыкли мы к этому, — осторожно заметил Данилов. — Мы отродясь политикой не занимались. Как бы впросак не попасть.

— Федор Кузьмич, странно вас слушать, — удивился Варяг. — Вы же директор, ваша работа — управлять людьми. Вы же не можете на заводе сами все делать, правда? Ну и в политике так же — ищите надежных людей, задавайте им направление деятельности, и они сами сделают все без вас.

— Газеты все у нас под банками... — задумчиво протянул Данилов.

— А у тебя что, зубов нет? — живо откликнулся Лобанов. — Если банк сильно выпендривается, скажи, что перекинешь свои счета в другой банк. У тебя ж на счетах миллиарды! Посмотришь, как они запрыгают. А то просто возьми и свой банк создай!

— А мы в нем поучаствуем, — усмехнулся Варяг. Он не спеша наполнил рюмки до краев и спросил: — Ну что, двинемся в политику? Сразу говорю: отказ не влечет за собой никаких последствий — как работали, так и будем работать.

— Двинемся, двинемся, — уверенно сказал Лобанов, словно о чем-то давно решенном. — Важно только подтянуть всех наших ребят под это, губернаторов дернуть с мэрами и связь держать постоянно, советоваться...

— Связь будем держать через «Госснабвооружение», о конкретных формах связи договоримся, — сказал Варяг. — Важно принять принципиальное решение и начать работать. Ну так как, Федор Кузьмич?

— Что ж, согласен. Давайте начнем, — кашлянув, неуверенно произнес Данилов.

Уже в машине по пути к гостинице «Москва» Алексей Михайлович спросил Данилова:

— Кузьмич, нас с тобой только что в партию опять приняли. Чувствуешь? Как в старые добрые времена.

Данилов пробормотал что-то неразборчивое, а Михалыч продолжал:

— Молодец мужик этот Игнатов, — вроде и ничего особенного не сказал, а убеждает. Как думаешь?

— Думать не вредно, — сказал Данилов. — Вот только как бы потом плакать не пришлось!

ГЛАВА 6

Братки неспешно просыпались: их ожидал очередной день вынужденного бездействия на даче Коляна в Переделкине. Они почесывались, с завыванием зевали, мучительно долго поднимались с несвежих постелей и начинали бесцельно слоняться по дому, босые и расхристанные. На столах их глазам представали следы вчерашней попойки: пустые бутылки и полные пепельницы, издававшие удушливый запах, разнообразные объедки, банки из-под консервов и всюду — окурки и табачный пепел. Все говорило о скоплении в одном замкнутом пространстве большого количества ленивых ограниченных существ. Сейчас эти существа тяжело вздыхали, закуривали натощак и время от времени изрекали: «Эх, пивка бы сейчас...» За время своего заточения бандиты уже успели преступить многие запреты, например запрет на пьянство и на расхищение продовольственных запасов, однако запрет на выход без разрешения с территории дачи они пока не решались нарушить. Необходимость соблюдения конспирации была ясна даже для их птичьих мозгов. Выходить за ограду разрешалось только Репе, он же считался кем-то вроде домоуправителя и вел все дела с администрацией дачного поселка. Репа также ездил в магазин за едой и выпивкой. Набирать слишком много он остерегался, дабы не привлекать к себе внимания, однако пополнять стремительно тающие запасы надо было хоть таким-то образом. Теперь перебравшие накануне бойцы маялись от утренней жажды, однако на даче пиво кончилось, а Репа, которого можно было бы послать за пивом, куда-то подевался. «Ну где этот козел, ети его мать?» — слышались злобные возгласы.

Накануне вечером Репа, подвыпивший, но не пьяный, поднялся на второй этаж, где обитала Колянова жена Надежда, чтобы найти там в гостиной комнате несколько новых видеокассет. Репа старался держать под контролем всю ситуацию на даче и потому остерегался напиваться вдребезги, как прочие бойцы. На первом этаже было довольно шумно — переговаривались пацаны, звенели бокалы, в одной комнате скороговоркой бормотал видеомагнитофон, в другой играла музыка. Пищал и проигрывал музыкальные паузы компьютер, за которым сидел пьяный боец и, клонясь головой к монитору, играл в «Викингов», постоянно промахиваясь пальцем мимо нужных кнопок. Зато на втором этаже царила тишина и было темно, только в коридоре пробивался свет из-под двери комнаты, в которой обитала хозяйка дачи, жена Николая Радченко, Надежда. Репа включил в гостиной свет и начал рыться в стеклянной тумбочке с видеокассетами, надеясь найти крутую порнуху. Он увлекся этим занятием и внезапно вздрогнул, спиной ощутив чье-то присутствие. Резко обернувшись, он увидел Надежду — она стояла на пороге подбоченясь, в халатике, домашних туфлях, и с иронической улыбкой смотрела на него. В ее глазах Репа увидел призывный блеск, отчего брюки стали ему тесны в паху.

— Что, скучно? Сладенького захотелось? — насмешливо спросила женщина.

— М-м... — не нашелся с ответом Репа. Его взгляд скользнул по великолепным длинным ногам и поднялся к ложбинке между двух упругих полушарий, едва прикрытых легкой тканью халатика. Надежда смотрела на него в упор, чуть приоткрыв губы. Репе показалось, что она тоже слегка пьяна.

— Тебе-то не так скучно, как мне. Вас, мужиков, вон как много, — сказала Надежда. — Хоть бы зашел, поговорил, развлек... Ну что ты молчишь? Язык проглотил?

Покачивая бедрами, Надежда неторопливо направилась к безмолвно взиравшему на нее мужику. Приблизившись к Репе вплотную, она провела кончиком языка по приоткрытым пухлым губкам и произнесла волнующим грудным голосом:

— Негалантный ты какой-то — стоишь как неживой, когда перед тобой красивая женщина, которая скучает. А ты не соскучился среди грубых мужиков?

С этими словами она запустила узкую прохладную ладонь Репе под рубашку. Женская рука заскользила по мускулистой груди, а в голове у ошеломленного Репы пронесся целый вихрь беспорядочных мыслей: «Чего это с ней?.. Колян узнает — убьет... Он Угрюмого за это хотел убить... А где он, Колян-то?.. А хороша баба, бля буду!» Словно угадав мысли парня, Надежда заметила:

— Ты что, Николая боишься? Так это зря. Если он до сих пор не пришел, то, значит, никогда уже не придет. Отпрыгался!

Репа и сам склонялся к такому выводу. Надежда потеребила его умелыми пальчиками за сосок, и его брюки затрещали под напором восставшей плоти. Махнув рукой на все сомнения, он обнял женщину за талию, привлек к себе и впился губами в ее губы. Жадно водя руками по ее телу, он ощущал под тонкой тканью халатика шелковистость кожи и упругость молодой тренированной плоти. Когда ладонь Репы охватила налитую грудь с отвердевшим соском, Надежда сладострастно застонала и принялась лихорадочно расстегивать пуговицы на мужской рубашке. Она не привыкла к долгому воздержанию, и сейчас ей сгодился бы едва ли не любой мужчина, а Репа, широкоплечий и мускулистый, был вовсе не худшим партнером для эротических забав, несмотря на его невыразительное лицо. Впрочем, в другое время Надежда могла бы сдержать свои желания и подыскать такого партнера, который нравился бы ей по-настоящему. Сейчас же ей приходилось думать еще и о том, как выбраться на свободу. А в этом Надежде мог помочь только Репа. Так что именно желание выйти на свободу заставило Надежду пустить в ход свои чары, а поскольку Надежде и самой хотелось сочетать полезное с приятным, эти чары становились совершенно неотразимыми.

Она сорвала с Репы рубашку, отбросила ее в сторону. Репа проделал то же самое с ее халатиком и замер на миг, пораженный открывшимся его глазам великолепным зрелищем. При виде его восторга Надежда торжествующе улыбнулась, и ее ладонь нашарила под брючной тканью мужскую окаменевшую плоть. Не мешкая она расстегнула ремень брюк Репы, молнию, последнюю пуговицу, спустила с партнера штаны и опустилась перед ним на колени. Репа задохнулся от предвкушения блаженства. Надежда потерлась щекой о его напрягшийся член, пока еще прикрытый трусами, легонько укусила несколько раз вожделенную твердь и затем извлекла раскаленный член на свет божий. Репа пристально следил за ее действиями, стараясь не упустить ни одной детали. Надежда неторопливо взяла в рот мощный ствол и прошлась язычком по самым чувствительным местам, причем Репе показалось, будто язычок у нее шершавый, как у кошки. Женщина заскользила упругими губами взад-вперед по стволу, порой вбирая его в рот до самого корня. Репа стоял неподвижно, не сводя глаз с партнерши, изнемогая от своих ощущений. Вдруг Надежда особенно энергично, скользнув губами по члену, поднялась, привлекла парня к себе и прошептала ему на ухо:

— Пойдем... Пойдем туда...

Она потянула Репу к дивану и сама пошла впереди ленивой грациозной походкой тигрицы. Репа на ходу поспешно скинул кроссовки, кое-как освободился от брюк и трусов, едва не упав на ковер, и ринулся за женщиной, которая уже опустилась на четвереньки и призывно выгнула загорелую спину. Репа торопливо пристроился к ней сзади, безуспешно пытаясь направить в цель свой непослушный таран. Однако изящные пальчики пришли ему на помощь, и он вошел в женщину глубоко и мощно, а Надежда со стоном наслаждения выгнулась ему навстречу. Она извивалась так с каждым его толчком, умело двигаясь в унисон. Чтобы сдержать рвавшийся из ее груди крик, Надежда схватила маленькую диванную подушечку и впилась в нее зубами, издавая только глухие стоны. С приближением оргазма оба любовника словно обезумели, до предела учащая темп и двигаясь рывками. Пика наслаждения они достигли одновременно — их схватка приобрела особую законченность и полноту, когда во время последних движений они ощутили, как содрогается тело партнера.

Когда волна оргазма схлынула, Репа осторожно высвободил член, небрежно вытер его краем диванного покрывала и со счастливым вздохом распластался на диване рядом с предметом своего вожделения. Некоторое время они молча лежали рядом, а затем Надежда повернулась и, нежно поглаживая Репу по груди, проворковала с улыбкой:

— Здесь неуютно, и войти может кто-нибудь... Пойдем в мою комнату и там продолжим. Хочешь?

— Конечно, — с готовностью откликнулся Репа, и член его шевельнулся. Они поднялись с дивана, Репа торопливо собрал одежду и, сунув ее под мышку, устремился по коридору вслед за подругой, проследовавшей к своей комнате все той же волнующей походкой тигрицы. На пороге Надежда на миг остановилась и послала Репе такую улыбку, от которой у парня пересохло в горле, а ствол вновь восстал, словно и не был в работе всего несколько минут назад.

В разнообразных любовных упражнениях они провели ночь, встретили рассвет и забылись сном, когда солнце стояло уже высоко над горизонтом. Надежда была вполне довольна своим партнером, хотя ни на минуту не выпускала из головы свой замысел — с помощью соблазненного Репы добиться свободы. Отдыхать им пришлось недолго — их разбудили доносившиеся снизу заунывные крики:

— Репа, ты где? Репа, пиво гони!..

Надежда с недовольным мычанием завозилась в постели. Увидев ее прелести при свете дня, Репа почувствовал новый приступ желания и положил руку ей на грудь. Женщина выжидательно притихла. Ладонь начала все смелее блуждать по ее телу, достигая постепенно самых интимных мест. Почувствовав ответное желание Надежды, Репа в очередной раз навалился на нее, и тонкие пальчики вновь направили его твердь по нужному пути. Женщина опять стонала, приподнимаясь навстречу натиску партнера, ноготками впивалась в его спину. Ночные утехи зародили у Надежды мысль после освобождения из плена не терять Репу — редкий из ее любовников умел так ублажить. Настоящий жеребец. А что до красоты, то она мужчинам только вредит. Чувствуя нарастание наслаждения, Надежда со стоном обвила своего наездника ногами и задвигалась чаще. Через минуту судороги оргазма сотрясали их обоих.

Еще не успев оторваться друг от друга, они услышали снизу истошные крики:

— Репа, ты где?! Выходи, там в калитку звонят!

Репа выматерился сквозь зубы, скатился с Надежды на влажную постель. Несколько секунд полежал с закрытыми глазами и одним резким движением соскочил на ковер. Одеваясь, он произнес:

— Я там разберусь по-быстрому и вернусь.

— Нет, — сонно протянула Надежда, — я спать хочу... Нельзя же быть таким ненасытным! Приходи лучше вечером.

— Ну тогда вечером обязательно, — согласился Репа.

— Слушай, — сделала Надежда первый подход к интересовавшей ее теме, — а долго нам еще здесь сидеть? Мне эти пьяные вопли слушать надоело.

— Не знаю, — пожал плечами Репа. — Пока Колян не объявится.

— А почему ты думаешь, что он объявится? — спросила Надежда, приоткрыв один глаз. — Если бы он мог, давно бы объявился. Может, его давно загасили. Ты здесь досидишься до тех пор, когда те, кто его мог мочкануть, и до нас доберутся. Сам смотри, мне-то что, я баба, меня вряд ли тронут... А вот тебя и этих уродов внизу?..

Слова Надежды поселили в душе Репы легкое смятение — он не мог не признать правоту ее слов. Тем более что она не знала ни о пропаже Трубы с двумя пацанами, посланными на разведку, ни об исчезновении группы Гнилого, отправившейся на сбор дани. «Досидимся, это точно», — зашнуровывая кроссовку, подумал Репа, но не принял никакого определенного решения — Колян с помощью запугивания напрочь отбил у своих бойцов охоту к самодеятельности. Еще раз пообещав прийти вечером, он скатился по лестнице на первый этаж.

— Ты где был? — встретили его вопросом сонные и нечесаные бойцы.

— В п...е, — честно ответил Репа, пресекая неуместное любопытство. — Чего вы разорались?

— Да пивка бы надо, буксы горят, — заныли бойцы. — И в калитку звонит кто-то.

— С пивом потерпите, — отрезал Репа. — Квасить надо меньше. Я выйду разберусь, кто там звонит, а вы на всякий случай линяйте отсюда и бутылки с собой заберите. Жрете, суки, как в последний раз...

Репа и сам не подозревал, насколько близко к истине было это его замечание. Он вышел из дома, крикнул: «Сейчас, сейчас!», отвечая на настойчивые звонки, подошел к стальной калитке в высокой кирпичной стене, окружавшей дачу, и посмотрел в глазок. Перед калиткой переминались с ноги на ногу пожилой мужчина в дешевом коричневом костюме, в нелепой светлой шляпе и папкой под мышкой — типичный местечковый начальник и его подчиненный — того же возраста, но в синем рабочем халате, в кепке, с рабочим чемоданчиком и дрелью в руках и мотком провода под мышкой.

— Чего надо? — раздраженно спросил Репа.

— Что ж вы так долго не открываете, молодой человек! — с упреком произнес мужчина в шляпе. — Обещали зайти заплатить налог за пользование земельным участком, и до сих пор вас нет. И за электричество у вас до сих пор не плачено, и за газ... А потом, вы же заявку на установку телефона подавали, так надо аванс заплатить.

Начальник в шляпе извлек из папки пачку каких-то ведомостей и сделал шаг к калитке, однако растерявшийся Репа не спешил открывать. Он помнил строгий наказ Коляна не пускать посторонних на дачу. С другой стороны, можно ли считать представителей поселковой администрации вполне посторонними? Самым же веским мотивом, заставившим его открыть калитку, стало упоминание об установке телефона: Репа понимал, что если он сорвет проведение на дачу городского телефона, то в глазах Коляна будет выглядеть полным идиотом.

— Я вообще-то не владелец... — нерешительно пробормотал Репа, пропуская гостей в приоткрытую калитку.

— Да? — на мгновение задумался начальник в шляпе, но тут же вновь оживился: — Но деньги-то у вас есть? Заплатить сможете?

— Есть, а как же, — ответил Репа.

— Ну и ладненько, — сказал начальник, — оставите мне в ведомости свои данные, напишем расписочку «Принято от такого-то и такого-то», и дело будет в шляпе. Сейчас пройдем в дом, снимем показания счетчика, заплатите денежки, мастер разметочку сделает — где будем телефон в дом вводить, где будет аппарат стоять, где розеточки...

Репа закрыл за гостями калитку, и все двинулись к дому. В просторной прихожей человек в шляпе влез на поданный Репой стул и списал в блокнот показания счетчика. Затем они вошли в необъятных размеров холл, к которому с двух сторон примыкали комнаты, отделенные от основного пространства холла арочными проходами без дверей. Повсюду была расставлена мебель для отдыха — диваны, кресла, пуфики, кофейные столики. В разных концах помещения на тумбочках стояли два видеомагнитофона с телевизорами.

— Паспорт есть? — спросил Репу начальник в шляпе. — Впишите данные вот сюда и сюда и распишитесь.

Репа корпел над ведомостью и не видел, как внимательно гости, вмиг утратившие свой несколько придурковатый вид, осматривают помещение. «Начальник», то есть Иван Лебедев, сделал «мастеру», то есть Сергею Абрамову, какой-то знак и скривил лицо в огорченной гримасе. Знак и гримаса означали: «Их здесь не меньше десяти, не знаю, справимся ли». К такому выводу Лебедев пришел по целому ряду мгновенно замеченных им признаков: по диванам со скомканными покрывалами, еще сохранявшими очертания тел людей, сидевших на них минуту назад; по стоявшим там и сям пустым и недопитым стаканам; по сданным на четверых картам на столике в одном конце холла и по переполненной пепельнице на столике в другом конце. Абрамов пожал плечами — это означало, что разведчики от трудностей не бегают. Он кивнул Лебедеву, разрешая действовать, а сам, мягко ступая по коврам, направился к закрытым дверям в другие комнаты. Раздался глухой удар — это Лебедев, неторопливо прицелившись, обрушил свою дубинку на затылок склонившегося над столом Репы. Тот вздрогнул, и его голова со стуком припечаталась к столешнице. Бывший майор подхватил Репу под мышки, бережно уложил его на ковер, завел руки за спину и защелкнул наручники у него на запястьях.

Чижевский приказал бывшим разведчикам при обезвреживании сибирских бандитов любой ценой избегать шума и по возможности — кровопролития. «Наш шеф не любит лишней крови», — заявил при этом Чижевский. «А кто же ее любит-то? — с недоумением спросил Абрамов. — Тем более лишнюю?» — «Не надо из нас делать садистов», — сказал Лебедев. «Мы не эти... Не Чикатилы какие-нибудь», — поддержал его Усманов. «Да? А в антикварном магазине вы что наворотили? — ядовито осведомился Чижевский. — Два трупа, расчлененка, директорша до сих пор в шоке... Мы у нее держим своего врача, чтобы она никуда не ходила и не болтала лишнего. Так даже Колян не действовал». — «А вот этого не надо, — возмутился Абрамов. — Колян изуродованные трупы специально оставлял на видных местах. А мы? Где эти трупы? Ну где? Нету их. Может, они директорше приснились? Может, этих отморозков вообще в природе не было? Вон трое пацанов, что на шухере стояли, тоже ничего не помнят, лечатся себе...» — «Нас поощрять надо, а не плешь проедать нравоучениями», — угрюмо добавил Лебедев. «Ну а где все же трупы?» — миролюбиво поинтересовался Чижевский. «Я же говорю — нету их, — ответил Абрамов. — Есть в Подмосковье одна старенькая котельная, которая на угле работает. Два оператора, оба алкаши. Температура в топке как в крематории, даже кости сгорают дочиста». — «Это точно? — усомнился Чижевский. — Не найдут потом черепа в шлаке?» — «Обижаете, — сказал Усманов. — Мы же проверяли». — «Ну ладно, проехали, — кивнул Чижевский. — Но директива прежняя: никакого шума — это однозначно и по возможности без крови». — «А сколько на этой даче народу? — спросил Абрамов. — Нейтрализовать втроем без крови целую толпу...» — «Судя по количеству продуктов, которое закупает в магазине их человек, народу там немного, — успокоил его Чижевский, не знавший об имевшихся на даче солидных запасах. — Максимум человека четыре». — «Ну, это еще куда ни шло, — проворчал Абрамов. — Но учтите: мы не боги, все предвидеть не можем. Мы и в магазине хотели без крови, а вон как все обернулось».

Указанием воздерживаться от кровопролития и объяснялась та заботливость, которую Лебедев проявлял по отношению к поверженному Репе. Уложив бесчувственное тело на пол, он посмотрел на Абрамова, прильнувшего ухом к двери в комнату. Тот показал Лебедеву на коридор, шедший в глубь дома. Майор кивнул и направился туда. Когда он проходил мимо Абрамова, тот сделал ему знак, сообщавший о том, что в комнате за дверью находятся как минимум четверо братков. Такой вывод он сделал, расслышав вздохи, покашливание и обмен приглушенными репликами. Лебедев озабоченно покачал головой, прошел дальше по коридору до следующей двери, прислушался и показал Абрамову пальцами и мимикой: «Они здесь, их примерно пятеро, я буду прикрывать у двери, а ты действуй». Абрамов кивнул. У него стало легче на душе, поскольку он боялся, что пацанов придется разыскивать по всему дому. Он сунул руку под халат, расстегнул под мышкой кобуру, в которой находился «ПСМ» с навинченным глушителем, подхватил с пола чемоданчик и моток провода, после чего постучал в дверь, заглянул в комнату и сообщил:

— Здрасьте, молодые люди. Будем у вас телефон устанавливать...

Осмотр местности майор произвел мгновенно. Пацанов и в самом деле оказалось четверо — двое сидели в глубоких креслах по обе стороны двери, двое — напротив двери на диване. Комната была просторной — даже чересчур просторной, как все помещения в этом доме: расстояние от дивана до двери составляло метров семь. Майор решил, что это ему на руку.

— А тебя, отец, кто сюда пустил? — спросил парень, сидевший в кресле слева. Ему показалось странным, что Репа, так заботившийся о конспирации и всячески скрывавший наличие в доме многочисленных бойцов, теперь позволил телефонисту свободно расхаживать по комнатам.

— Пушкин, — ответил «телефонист» и, мгновенно развернувшись, с хрустом впечатал подошву своего ботинка в лицо «бдительному» бойцу. Второй из братков успел лишь только приподнять задницу над креслом, когда Абрамов швырнул его обратно сокрушительным аперкотом в голову. — На пол, оба, — не повышая голоса, приказал Абрамов двум оставшимся боевикам, вскочившим было с дивана.

Те хорошо знали, какую опасность представляет пистолет с глушителем в умелых руках, и потому с глухим ворчанием неохотно улеглись на ковер. Послышался булькающий хрип — это боец в кресле слева давился кровью, заполнившей носоглотку. Абрамов левой рукой вырвал его за шиворот из кресла, распластал на полу и ловко защелкнул наручники на его запястьях. Один из лежащих на ковре приподнял голову, но тут же увидел нацеленное ему в лицо дуло пистолета.

— Ну, чего смотришь? Морду в ковер, быстро! И попробуй вякнуть — мозги вышибу, — скомандовал ему Абрамов. Тот поспешно повиновался. Майор открыл свой рабочий чемоданчик и достал оттуда четыре пары наручников. Затем он с кресла, стоявшего справа от двери стянул на пол не подававшего признаков жизни парня и также сковал ему руки за спиной. При этом он не переставал держать под прицелом двух громил, лежавших на ковре. Выпрямившись, майор шагнул к ним. В этот момент его опытный взгляд уловил, как напрягся для броска один из здоровяков. — Ну-ну, пацан, — добродушно сказал Абрамов, — извини, но стать героем я тебе не дам.

Раздался специфический отрывистый звук — нечто среднее между хлопком и стуком. Длинный ворс ковра приглушил крик боли. Бандит стал кататься по ковру, сжимая левой рукой простреленную кисть правой.

— Уй-уй-уй, — причитал он, — уй-уй-уй!

— Вот тебе и «уй-уй-уй», — передразнил Абрамов. — Я мог ведь и в башку тебе пальнуть. Нет быка — и проблемы нет. Эй ты, который еще не раненый, ну-ка посмотри на меня. Да подними морду, не бойся. Держи!

Абрамов бросил второму бандиту наручники. Звякнув, они упали на ковер у того перед самым носом.

— Давай, успокой своего друга и заверни ему клешни за спину, — продолжал распоряжаться майор. — Теперь защелкни наручники... Так, молодец, теперь ложись как лежал и тоже лапы за спину...

Абрамов застегнул наручники на запястьях последнего из четырех пленников, выпрямился и перевел дух.

— Эй, пацаны, кто там пришел? — послышался чей-то голос, видимо, один из дачных сидельцев, услышав шум в соседней комнате, решил посмотреть, в чем дело.

— Ох, как же вы меня достали, — произнес бывший майор и, кинувшись к двери, выглянул в коридор. Он успел увидеть, как Лебедев внезапно отпрянул в сторону от закрытой двери. Дверь распахнулась: Лебедев в ту же секунду нанес мощный удар ногой кому-то невидимому, стоявшему в дверном проеме, и ворвался в комнату. Донесся его крик:

— Руки вверх, уроды! Всех завалю!

Получив страшный удар в грудь, стоявший у порога боец отлетел на середину комнаты и скорчился на полу. Майор, держа в вытянутой руке такой же «ПСМ» с глушителем, как у Абрамова, обводил помещение напряженным взглядом. Он насчитал шестерых. Они сидели в креслах и на диване. Седьмого, пострадавшего, можно было пока не принимать в расчет. При таком невыгодном соотношении сил всякую попытку сопротивления следовало подавлять на корню. А потому, когда бритоголовый неудачно пошевелил рукой, Лебедев, не раздумывая ни секунды, сделал два выстрела. Парень, как ошпаренный, вскрикнув, отдернул простреленную руку от своей куртки.

— Все на пол, руки за голову! — грозно скомандовал Лебедев. Абрамов негромко от входа сказал напарнику: «Ваня, спокойно, я рядом», и Лебедев сделал шаг вперед, освобождая товарищу сектор обстрела.

Сидевший на диване огромный детина, успевший уже основательно нагрузиться с утра, наконец осознал, что всех его корешей пытаются уложить мордой в пол всего-навсего двое хмырей пенсионного возраста в дешевых мятых костюмчиках и нелепых шляпах. Глаза детины налились кровью, и он, разинув пасть, зарычал как дикий зверь:

— Ах ты сука! Да я ж тебя сейчас на куски порву!

— Сидеть! — предостерегающе крикнул Лебедев, но здоровяк, поймав кураж, не обратил внимания на серьезность команды и попытался выпрямиться во весь свой исполинский рост. До Лебедева докатилась волна алкогольных паров, вырывавшаяся из разинутой пасти верзилы. «Еще один герой попался», — проворчал себе под нос Лебедев, нажимая на курок.

Боец отшатнулся, схватился за плечо, потерял равновесие и с размаху плюхнулся обратно на диван. Через мгновение сквозь пальцы его левой руки, которой он зажимал рану, засочилась кровь. Он хотел было еще раз вскочить и броситься на врага, но неожиданно обнаружил, что больше не владеет правой рукой. Ярость мгновенно сменилась страхом, и он, забыв о происходящем в комнате, начал лихорадочно ощупывать руку, а на его глазах выступили неподдельные слезы.

— Я кому сказал — на пол! — рассвирепел Лебедев. — Ну, шпана, быстро!

Его пистолет выстрелил еще раз, и еще один из бандитов, вскрикнув, схватился за простреленную лодыжку.

Братва наконец поняла безвыходность своего положения и начала скоренько сползать со своих диванов и кресел и укладываться ничком на ковре. Абрамов открыл свой чемоданчик, взял оттуда охапку наручников и двинулся с ними к лежавшим на полу браткам. Лебедев продолжал держать всю ненадежную компанию под прицелом.

— Только не дергаться. Будете мирно лежать, останетесь без дырок в голове, — предупредил Лебедев. — Если что, сразу мозги вышибу. Браслетов хватает, а, Сережа?

— Да, — откликнулся Абрамов, — я с запасом взял, как чувствовал.

Он подошел к лежащему на диване верзиле с простреленным плечом и холодно осведомился, ткнув того стволом под ребра:

— Тебе что, особое приглашение нужно?

— Да пошел ты, — не переставая баюкать руку, огрызнулся бык, но тут же завопил благим матом, получив страшный удар в коленную чашечку. Более не сопротивляясь, он со стонами послушно сполз на ковер. Абрамов бесцеремонно заломил назад обе его руки, здоровую и раненую, и, не обращая внимания на новые вопли и обвинения в фашизме, сковал наручниками запястья.

— Слышь, мужик, нам перевязка нужна, — проскулил бандит с простреленной ногой. — Мы так кровью истечем...

— Да и хрен с вами, истекайте, — равнодушно отозвался Абрамов, продолжая методично сковывать руки братанов наручниками. Закончив работу, он выпрямился и обратился к напарнику: — Слушай, Иван, я пока побуду здесь, а ты позови с улицы Фарида и осмотрите с ним дом. Может, остался еще кто-нибудь.

Лебедев вышел во двор, дошел до гаража, примыкавшего к забору возле калитки, и сделал стоявшему на карауле Усманову знак. Тот вошел через заднюю дверь и спросил:

— Ну как там у вас, порядок? У меня-то все спокойно было.

— У нас тоже спокойно, — кивнул Лебедев. — Пойдем дом осмотрим на всякий случай.

В процессе долгого обхода бесконечных комнат, санузлов, балконов и подсобных помещений Усманов постоянно вертел головой и цокал языком:

— Вах-вах! Во дела! Ну и живут сибирячки! Это что же, бригадир ихний сам себе построил или отобрал у кого?

— А хрен его знает, — пожал плечами Лебедев.

— Это каких же бабок стоит! — продолжал удивляться Усманов, глядя на мебель с инкрустациями, витражи в дверных и оконных рамах и вазы из оникса и малахита.

— По мне запалить бы все это, — проворчал Лебедев, поигрывая связкой ключей, найденной им в кармане у Репы. Они повернули в коридор, проходивший через весь второй этаж, и вдруг увидели, как приоткрылась дверь одной из комнат, кто-то выглянул оттуда и, заметив их, резко прикрыл дверь. Щелкнул замок. Бывшие разведчики, достав пистолеты, осторожно приблизились к подозрительной двери и замерли по обеим ее сторонам.

— Эй там. Открывайте немедленно и выходите по одному, руки за голову.

— Вы кто?! — завизжал внутри комнаты женский голос. — Чего вам надо?

— Баба, — расплылся в улыбке Усманов. — Во дела!

— Ты что, забыл — тут же Коля Радченко свою жену держит, с которой он не поладил, — напомнил Лебедев. Он крикнул: — Эй, мадам! Не бойся, мы тебе ничего плохого не сделаем. Давай открывай, некогда мне ключи подбирать!

Послышались неуверенные шаги, дверь приоткрылась, и в тот же миг Лебедев рванул ее на себя. В глаза ему бросилась широченная постель, еще хранившая очертания двух тел, а ноздри ощутили неповторимый запах, витающий обычно в комнате после ночи любви.

— Кто тут?! — рявкнул майор. — Где он?!

— Репа... Он ушел... — промычала перепуганная Надежда и залилась слезами.

— Красивое имя — Репа, — задумчиво произнес Лебедев. — Это не тот, который нас встречал? Да не реви ты! Никто тебя не тронет.

— Не тронет, даже и не проси, — поддакнул Усманов, пожирая жадным взглядом упругие округлости, выпиравшие из-под легкого халатика — того самого, который сыграл определяющую роль в соблазнении Репы.

Надежда впала в отчаяние, поскольку вместо ясно обозначившейся возможности с помощью Репы обрести свободу над ней вновь сгустились тучи неизвестности.

— Вы кто? — робко спросила она.

— Хрен в кожаном пальто, — с готовностью откликнулся Лебедев.

— Мы пришли вас освободить, мадам, — поспешил смягчить грубость товарища Усманов.

Надежда окончательно перестала что-либо понимать и оттого заплакала еще горше.

— Ну ты идешь или нет?! — потерял терпение Лебедев.

— Выйдите, я переоденусь, — попросила Надежда.

— Ага, сейчас все бросим... — ехидно сказал Лебедев.

— Ничего, красавица, мы отвернемся, — заверил Усманов, — и потом мы не мальчики, столько уже всего видели-перевидели. Так что давай одевайся, и поскорей.

Надежда покорно начала переодеваться. Она уже начала привыкать к роли пленницы, и ее просьба выйти прозвучала скорее для проформы, по привычке. К тому же стесняться своего тела ей не приходилось — разведчики, которые, естественно, и не подумали отвернуться, вынуждены были это признать.

Потом Лебедев отправил женщину вниз под конвоем Усманова, а сам продолжил обход дома.

— Никого нет, — сообщил он Абрамову, через десять минут спустившись вниз.

— Ну и ладненько, — кивнул Абрамов. — Если кто-то и был здесь, то теперь он уже, наверно, к Москве подбегает. Будем звонить начальству.

— А что со всей этой командой делать? — спросил Усманов.

— Не знаю, может, всех в расход? — подмигнув Лебедеву, с серьезным видом сказал Абрамов, наблюдая, как от ужаса задергались еще полчаса тому назад такие «крутые» ребята.

— А может, их ждет экстрадиция: купят, наверно, им билеты до родного города, посадят на самолет, и гудбай!

— Н-да, — неодобрительно хмыкнул Лебедев, понимая, что такой неопределенный ответ вызывал недоумение и растерянность в умах насмерть перепуганных пленников.

— А с дамочкой как? — полюбопытствовал Усманов.

— С ней сложнее, — ответил Абрамов. — Ее даже трахнуть нельзя. Она ведь не просто дама, а законная жена Коли Радченко. Сам понимаешь: дает не всем, а только через одного, как, например, Репе.

И с этими словами он вытащил из кармана сотовый телефон, чтобы доложить начальству о благополучном завершении операции.

ГЛАВА 7

Варяг в одиночестве сидел за огромным столом своего кабинета, откинувшись на спинку удобного вращающегося кресла. Сегодня он работал в щадящем режиме — накануне вечером он вернулся из двухдневной командировки на Южный Урал, в течение которой успел побывать на нескольких крупных оборонных заводах, и теперь ему надо было переварить полученные впечатления. В последнее время он стал регулярно практиковать такие поездки по предприятиям. При этом он вовсе не надеялся на то, что его появление или его ценные указания как-то улучшат производственную ситуацию, и потому старался не мозолить никому глаза своей персоной, всячески избегать дешевой помпы. Поездки были нужны прежде всего ему самому, чтобы ясно представить себе и обстановку на производстве, и настроения в обществе. С каждой поездкой в нем крепло странное ощущение: ему казалось, будто ему удалось прорваться сквозь завесу собственной растерянности, будничной усталости, скованности, стыда. Но вместо этого он почти физически стал ощущать, как его со всех сторон окружает палящий тяжелый жар копящейся в его подчиненных ненависти. Ему не раз стал приходить в голову парадоксальный вопрос о справедливости воровской идеи. Вот в прежние советские времена любой вор знал: обворуй он работягу хоть дочиста, первого числа тот все равно получит зарплату и встанет на ноги. Варяг всегда брезговал теми, кто крадет у людей, живущих на зарплату, однако при «совке» таких воров всегда было много и с их существованием приходилось мириться. Они оправдывали свой сомнительный заработок формулой «Дураков учить надо» и напоминали, что ничего непоправимого с их жертвой не произойдет: потерпит пару недель, а потом пойдет в заводскую или институтскую кассу и получит деньги.

Но теперь ситуация изменилась — теперь украсть у простого человека означало почти то же, что убить его, а ведь убивать не по приговору сходняка и не в порядке самообороны ворам всегда категорически возбранялось. За вызывающе роскошный образ жизни в прежние времена законного моментально потянули бы на правилку, теперь же хамское расточительство «апельсинов»-скороспелок в нищей стране воспринималось почему-то как должное. Собственно, Варяг и сам жил богачом — не для того, чтобы пустить кому-то пыль в глаза, а чтобы соответствовать неким установившимся стандартам. Однако в последнее время роскошные офисы, сверкающие лимузины и супердорогие клубы начали вызывать в нем неприятное чувство — за ними он видел лица людей, лишенных всего, и тогда атрибуты богатства казались ему каиновой печатью, по которой в скором будущем осужденных станут отличать от оправданных.

«Б-р-р, — потряс головой Варяг, — хватит думать об этом!» В последнее время он старался жить очень скромно, погрузившись в заботы обычной жизни, не давать воли тягостным мыслям. Однако в глубине души он понимал: если для того, чтобы жить прежней привычной для него жизнью, человеку требуются усилия, то, стало быть, эта жизнь вскоре должна измениться.

Варяг уже кое-что знал о первых шагах Алексея Михайловича Лобанова на политическом поприще. Доверенные люди Лобанова два года назад учредили несколько дочерних фирм, торговавших продукцией лобановского комбината и поставлявших для него сырье. Эти фирмы, объединившись, создали банк, который и профинансировал создание в Челябинске новой газеты «Уральский вестник». Кроме того, на средства единомышленников Лобанова в городе открылось несколько общественных объединений и клубов, преследовавших официально лишь чисто гуманитарные цели, вроде организации досуга и культурного развития своих членов. Однако в руководство объединений вошли люди со вполне определенными политическими взглядами, которые настойчиво, хотя и вполне деликатно, старались придать деятельности своих объединений строго определенный политический характер. Побывав однажды в таком клубе на собрании, посвященном какой-то нейтральной теме, Лобанов потом долго посмеивался, удивляясь напору и находчивости молодых ведущих, «заводивших» зал почище иных эстрадных звезд.

Екатеринбургский директор Федор Кузьмич Данилов в силу своей крестьянской осмотрительности старался не иметь к политике никакого видимого касательства, людей подбирал очень осторожно, деньги давал скупо и только через подставных лиц. Однако и он не мог обойтись без молодых энтузиастов, а дело, попав в их руки, начинало быстро двигаться. Вскоре Данилов с удивлением обнаружил, что контролирует одну из крупнейших на Урале ежедневных газет и вещающую на всю Западную Сибирь радиостанцию. К его чести надо сказать, что он не делал никаких попыток навязывать свои установки ни главному редактору «Екатеринбургской газеты», ни директору радиостанции: ему достаточно было не торопясь, обстоятельно поговорить с человеком и присмотреться к нему в процессе беседы. Если директор проникался доверием к собеседнику, то дальше предоставлял ему полную самостоятельность, и Данилова никто никогда не подводил. Варяг и сам удивлялся тому, как быстро все происходит в провинции: казалось, достаточно открыть какой-то незримый шлюз, а там поток уже сам прокладывает себе дорогу. В столице все шло гораздо медленнее — слишком многочисленным был здесь слой людей, неплохо живущих и при существующих порядках и не склонных ничего менять, а то и прямо причастных к расхищению государственного достояния. С другой стороны, большинство этих людей были продажны, а потому легко управляемы. Что касается средств массовой информации, то в Москве за ними стояли такие мощные силы и такие огромные деньги, что, даже имея за собой «Госснабвооружение» и воровской общак, стоило дважды подумать, прежде чем ввязываться в открытую схватку.

Варяг полностью отдавал себе отчет в том, какого масштаба дело он затевает и какие трудности ждут его впереди. Однако, придя к выводу о том, что перемены в России необходимы, он презирал бы себя, если бы ничего не сделал для этих перемен. Действовать же ему предстояло чужими руками, через подставных людей, и он постепенно подбирал этих людей.

Вот и сегодня у него была назначена встреча с одним молодым, но уже весьма известным журналистом. Парень писал в основном о культуре, но походя затрагивал и экономику, и политику, и криминал. Варяг немало позабавился, читая его опусы. Тон статей был развязным, беспардонным и наводил на подозрение, что ради красного словца молодой писака не пожалеет даже родных матери с отцом. Однако таково, видимо, свойство почти всех знаменитых московских журналистов. И Варяг решил поговорить с парнем. На столе звякнул аппарат внутренней связи, Владислав Геннадьевич нажал кнопку переговорного устройства и услышал голос секретарши:

— К вам господин Козицын.

Варяг взглянул на часы — журналист был точен. Мало что в жизни бесило Варяга так, как неточность и необязательность в делах, и, начиная чиновничью службу, он пообещал себе, что ни одному посетителю не придется просиживать штаны в его приемной — Варяг не понаслышке знал, как унизительно такое сидение и как мало оно способствует возникновению дружеских чувств к хозяину офиса. Несколько раз Варягу пришлось даже прервать, не доведя до конца, обсуждение важнейших деловых вопросов, чтобы не заставлять ждать следующего посетителя, однако затем он научился укладываться в отведенное для разговора время и побуждать к тому же своих собеседников. Вечером после возвращения из поездки Варяг намеревался работать в свободном режиме и специально пригласил на этот день журналиста, с которым ему хотелось поговорить не торопясь.

— Просите, — сказал Варяг.

Дверь открылась, и в кабинет уверенно, но в то же время с почтительной улыбкой вошел пухлый розовощекий господин и, кланяясь, обратился к Варягу с приветствием:

— Здравствуйте, Владислав Геннадьевич. Я Козицын, Леонид. Давно хотел познакомиться с вами.

— Ну что же, здравствуйте? — поднялся навстречу гостю Варяг. — Чем же я привлек ваше внимание?

— Загадочностью, — ответил журналист, приближаясь к Варягу и протягивая мягкую влажную руку. — Вы — известная личность, все о вас слышали, но парадокс в том, что толком о вас никому ничего не известно. Для меня же вы — в полном смысле слова герой нашего времени: человек, который сам себя сделал.

Варяг сдержанно возразил:

— В конечном счете всякий человек сам себя делает. У каждого есть свои недостатки и свои преимущества — человек должен преодолевать первые и использовать вторые...

— Вы прекрасно формулируете, — вставил гость. — Я бы с удовольствием сделал с вами интервью.

— ...Но если вы думаете, что мне никто не помогал, то вы, Леонид, ошибаетесь, — закончил Варяг свою фразу. — Помогали, и немало, и очень серьезно — с моей стороны было бы нечестно умалчивать об этом. А что касается интервью, то за чем же дело стало?

— Прекрасно, тогда обговорим условия... — обрадовался журналист.

— Что за условия? — изображая недоумение, переспросил Варяг. На самом деле он, конечно, прекрасно понимал, о чем идет речь.

Козицын, преодолев секундное замешательство, стал объяснять собеседнику свою мысль:

— Видите ли, сейчас уже все понимают, что информация о данном конкретном человеке — это товар для этого данного конкретного человека. А любой товар стоит денег — это сказал еще Маркс...

Варяг хотел было заметить, что Маркс старался всуе не говорить таких пошлых вещей, но сдержался.

Журналист продолжал:

— К тому же у меня есть начальство...

— Я все понял, — прервал его Варяг, — и разделяю целиком вашу идею. Но сейчас я бы предложил не зацикливаться на этом интервью. Мне хотелось бы обсудить более долгосрочное сотрудничество. Речь пойдет об издании новой газеты.

Для Варяга в принципе не составляло трудности учредить не только одну газету, но и целый ряд изданий. Воровское сообщество контролировало множество предприятий, способных профинансировать любое периодическое издание. Загвоздка состояла в том, что сообщество вряд ли одобрило бы выделение денег просто на пропаганду неких политических идей — во всяком случае, на данный момент воры были к этому не готовы. Другое дело, если бы издание быстро стало приносить прибыль — тогда вопросов скорее всего не возникло бы. Но чтобы сделать газету прибыльной, требовались бойкие перья и профессионалы, знающие газетную кухню. Поэтому Варяг, не желая ходить вокруг да около, прямо заявил Козицыну о своем намерении основать газету и подобрать для нее сильный авторский коллектив.

— Вы смотрите в корень, — заявил гость. — Сильные авторы сделают газету интересной, а там и реклама пойдет, и заказные статьи... Проблем нет, предложение очень интересно, и я готов к сотрудничеству. Если будут подходящие условия, то считайте, что я ваш.

— Простите, под условиями вы что имеете в виду? — осведомился Варяг. — Уровень оплаты или что-то еще — направление газеты, например?

— Да нет, зачем? — пожал плечами журналист. — Мы же профессионалы, наша задача в каждом направлении найти изюминку. Мне важно только одно, чтобы моя работа в вашей газете не препятствовала мне сотрудничать в других изданиях.

Варяг на некоторое время задумался. Он собирался говорить о принципах, которых должна придерживаться новая газета: защита национальных ценностей, борьба с расхищением национального достояния и тому подобное, однако перед лицом такой простодушной продажности все речи о принципах звучали бы крайне глупо.

Варяг улыбнулся краешком губ, вспомнив о разговоре, который он недавно вел с известным московским вором по прозвищу Саша Турок. Говорили о прессе — эта тема интересовала Варяга, а Турок, любивший вращаться среди писателей, артистов, журналистов и прочей богемы, рассказывал ему о своих знакомых.

— Перечитывал недавно книжку про Ходжу Насреддина... — хвастался Сашка, любивший почитать книжки. — Знаешь, что считалось самой редкой вещью на Древнем Востоке?

— Голубой верблюд? — вспомнил Варяг.

— Точно, — с уважением посмотрел тогда на Варяга Турок. — Ну еще бы, кто я такой, чтоб тебя учить... Тогда короче, я так скажу: легче найти голубого верблюда, чем порядочного журналиста в Москве. За бабки что хошь напишут.

— Может, тебе просто не везло, Сашок? — предположил Варяг.

— Ну, пацанов из патриотических газет я не знаю, они на тусовки не ходят. И по-моему, все зануды, — пожал плечами Турок. — А прочие, которых я знаю, — все жулики и политические проститутки поголовно.

...Припомнив этот разговор, Варяг внимательно посмотрел на Козицына и подумал, что этот человек уж точно не является голубым верблюдом в мире журналистики.

— Самый обычный верблюд, — пробормотал Варяг себе под нос.

— Что? — переспросил Козицын, придвигаясь ближе к столу.

— Ничего, — ответил Варяг. — К сожалению, мое время истекло. У меня дела. Приятно было познакомиться. И до свидания!

ЧАСТЬ II

ГЛАВА 8

Потревоженный настойчивым звонком в дверь, Андрей Спиридонов подскочил на постели и ошалело огляделся. Комнату заливал бледный утренний свет.

— Да что они, охренели, что ли, времени четыре утра! — ворчал Спиридонов, шлепая босиком к двери. Он посмотрел в глазок и в тускло освещенном коридорчике увидел хмурое лицо Коляна. Андрей издал восторженный возглас и принялся торопливо отпирать замки. Колян ввалился в прихожую, стуча зубами, и сразу потребовал чаю.

— Б-р-р, холодно под утро, — буркнул он, — а на мне только эта рубашонка, и то не моя. Да и штаны, по правде говоря, тоже не мои.

— А может, чего покрепче? — заикнулся было Андрей.

— Вы что тут, бухать без меня приучились, а, Аспирин? — сурово взглянул на него Колян. — Придется завязывать, теперь не до этого будет. Много дел накопилось...

— Я уж волноваться начал, — заговорил Андрей. — От тебя столько времени ни слуху ни духу, а как с тобой или с ребятами связаться, я не знаю...

— И слава богу, Андрюха, — усмехнулся Колян. — Поэтому тебя и не вычислили. А ребят больше нет. Горыныча и Хорька замочили, и других десятка два полегло. Насчет остальных точно не знаю, но думаю, что тоже ничего хорошего. Я сейчас Гнилому попробовал позвонить, а там только определитель номера сработал, и все. Хорошо, что я из автомата звонил...

— А что стряслось-то, Колян? — спросил Спиридонов. Глаза его округлились от испуга. — Ведь такая могучая бригада была!

— Она и осталась, — возразил Колян. Он обращался теперь и к другим бойцам, которые, продрав глаза, в одних трусах возникли в дверях кухни и теперь слушали рассказ бригадира. — Мы ведь живы, а значит, и бригада жива. Нас предали, мы понесли потери, но окончательно уничтожить нас не смогли. Посмотри на меня — я жив-здоров, а ведь побывал у них в лапах, валялся на полу, прикованный к трубе, и били меня, и всякой дрянью обкалывали...

При упоминании об уколах Колян прикусил язык: бойцы могли догадаться, что речь идет о «сыворотке правды», и поинтересоваться, не сболтнул ли чего лишнего их бригадир своим мучителям. К счастью, на эти слова никто не обратил внимания, и Колян продолжал:

— За троих наших я уже отомстил. Меня трое охраняли. Я всех троих замочил и ушел. Это ихние шмотки на мне — мои все в кровище были. Я одному башку отрезал и поставил на стул в прихожей против двери — передал свой прощальный привет. Пусть знают, суки, с кем связались. Но главная моя месть впереди: за свои страдания я этого Варяга заставлю пострадать да помучиться. И уже знаю — как!

— Круто, — покачал головой Спиридонов. — А кто же нас предал-то?

— Угрюмый, — соврал Колян, решив всю вину свалить на бывшего своего заместителя: все равно эти бойцы не знали, когда и при каких обстоятельствах Угрюмый покинул бригаду. — Мы должны были одного законника грохнуть, который мешал многим людям. Я сам готовил это дело, а Угрюмого оставил на хозяйстве.

Так он, паскуда, предупредил того законника, и нас там уже ждали. Пацанов посекли из «калашей», я чудом уцелел, но попался. Мало того, он, сука, все хаты наши продал, какие знал, так еще все точки, которым мы «крышу» давали, сдал...

— А какого хрена он связался с этим законником? — задал резонный вопрос Спиридонов. — Чего ему не хватало-то?

— С Надькой моей спутался, а я им мешал, — мрачно процедил Колян. Не очень-то приятно было признаваться в этом бойцам, но, во-первых, таким образом логично объяснялась мнимая измена Угрюмого. Во-вторых, Колян твердо решил любой ценой покарать Федьку и Надьку, а без помощи этих парней теперь ему было не обойтись.

— Точно! — встрял в разговор наконец проснувшийся и притопавший к дверям кухни Леха Водолаз. — Я тут недавно звонил в Таежный, так оказалось, что Угрюмый там объявился.

— В Таежном? — дернулся на табуретке Колян. — И что он там делает?

— С пацанами из твоей бригады контачит, которые там остались. Говорит, Коляна больше нет, в натуре. И что он, дескать, теперь будет бригадиром.

— А что пацаны? — пытаясь сохранять спокойствие, поинтересовался Колян.

— Сомневаются пока... — пожал плечами Аспирин.

— Правильно сомневаются, — усмехнулся Колян. — Рано он меня похоронил. Будут еще на коленках передо мной ползать — и он, и эта блядь Надька. Но пока нам здесь кое-какие дела надо доделать. У вас было конкретное поручение: разработать богатых фраеров по списку, который я вам дал. Какие успехи?

— Сейчас... — Спиридонов сходил в комнату и вернулся с кожаной папкой — в прежние времена с такими папками под мышкой ходили комсомольские работники. Он вел подробные записи о наблюдении за «фраера-ми». Записей накопилось уже достаточно для того, что-бы составить обобщенный распорядок дня каждого из наблюдаемых. Они жили не маскируясь — отчасти это объяснялось тем, что у большинства из них имелась «крыша».

— Ну что ж, неплохо поработали, — кивнул Ко-лян. — А у кого какая «крыша», не выяснили?

— Нет, Колян, извини, — виновато сказал Спиридо-нов. — Одних проследили до Долгопрудного, других до Коптева, а больше ничего узнать не удалось. Ты же сам велел не светиться.

— Ничего, все правильно, — бригадир похлопал Ас-пирина по руке, разглядывая аккуратно разграфленные листки с записями. — Ты молодец вообще-то. Я тебя давно хотел спросить: ты почему с таким талантом тех-никум бросил?

Спиридонов что-то смущенно промычал, а Колян сказал, снисходительно усмехаясь:

— А что? Получал бы сейчас полторы штуки — хоть и с трехмесячной задержкой, пользовался бы уважением товарищей по цеху. Женился бы, детишки бы пошли... Жили бы, правда, впроголодь, зато был бы на хорошем счету у руководства завода...

Андрей потупился и явно не знал, что отвечать, зато на лицах других бойцов появились ухмылки. Кто-то из них вытащил сигареты.

— Отставить! — резко сказал Колян. — При мне ни в квартире, ни в машине не курить. И нечего ржать: Ан-дрюху хоть на завод взяли бы, а вам-то одна была дорож-ка — на городском рынке мусор убирать и мешки подта-скивать. Вам надо судьбу благодарить за то, что вы в бригаде! И я вам гарантию даю: мы еще поднимемся! Уже сегодня начнем! Так что сейчас идите досыпать, а потом поедем наносить визиты. И телефоном пользо-ваться только с моего ведома, — слыхали?

Колян с отвращением стащил с себя чужую одежду, принял душ и разлегся на диване, с которого беспрекословно переместился на ковер Леха Водолаз. Леха был так прозван потому, что когда-то работал вместе с Коляном в водолазном отряде. Бойцы уже начали похрапывать, а Колян принялся изучать записи Спиридонова. Это занятие так его захватило, что он даже не попытался вздремнуть. Уже через час он растолкал Андрюху.

— Сегодня какой день, Аспирин?

— Суббота вроде бы, — ошалело посмотрел на бригадира Андрюха.

— Ну вот, а то я со счета сбился. Хрен ли ж мы дрыхнем? Подъем и по машинам! Клиент ждет нас на даче!

Колян имел в виду Ашота Арутюняна, владельца фирмы по продаже компьютеров. Вскоре две машины с остатками некогда многочисленной бригады выехали со двора. Первую машину, видавшую виды «тойоту», вел Андрей Спиридонов, знавший дорогу до нужного им дачного поселка. За руль такой же потрепанной «мазды» сел сам Колян. Всю дорогу он сквозь зубы приговаривал:

— Ну давай, ну чего ты еле ползешь, Андрюха...

Колян решил, что не надо терять время. Важно попасть на дачу без шума и застать хозяев врасплох, чтобы без помех провести предварительные переговоры. Колян выбрал дачу в Поваровке, старом подмосковном дачном поселке, — во-первых, недалеко ехать, во-вторых, масса зелени и соседям зачастую не видно, что происходит на окрестных участках, в-третьих, поселки большие и плотно охранять их невозможно. Собственно, согласно записям Спиридонова, там, куда они ехали, и не было специальной службы охраны — только зимой дачники в складчину нанимали сторожа. Роль охранника при торговце компьютерами Арутюняне, согласно тем же записям, играл водитель, здоровенный детина, привозивший на дачу босса с семьей и оставшийся там ночевать. Это Коляна тоже вполне устраивало.

— Вы не лезьте, я сам посмотрю, что он за фрукт, — сказал Колян своим бойцам, имея в виду охранника. — Что-то застоялся я, охота кости размять.

По тенистым, влажным от росы улицам поселка машины подкатили к высокому деревянному забору. С другой стороны над забором возвышалась живая изгородь из непролазных кустов боярышника, а над верхушками кольев тянулась колючая проволока. Промежуток в живой изгороди имелся только над калиткой.

— Андрюха и ты, — Колян показал на широкоплечего приземистого парня по кличке Гвоздь, — остаетесь за рулем. Если кто подойдет и начнет интересоваться, что вы здесь делаете, покажете им свои ментовские ксивы. Говорите жестко, напористо. Помните: вы — менты на ответственном задании.

Гвоздь прыснул. В другое время Колян дал бы бойцу в морду, но теперь его переполнял боевой азарт, и он ограничился замечанием:

— Смех без причины — признак дурачины. Смотри, Гвоздь, если лопухнешься, кадык вырву. В случае опасности даете сигнал — три отрывистых гудка. Так, разобрали инструмент, — обратился он к остальным, — ты — фомку, ты — ломик, ты, Водолаз, ножницы по металлу. Ну, вспомнили спецназ и один за другим через калитку. Ты, Водолаз, впереди, режешь проволоку.

Форсирование калитки проходило по-военному слаженно: Водолаз, которого снизу поддерживали двое бойцов, перерезал проволоку над калиткой, метнул вперед ножницы, воткнувшиеся во влажную почву газона за забором и, словно подброшенный трамплином ныряльщик, головой вперед перемахнул через калитку. Приземлялись бойцы почти бесшумно на носки армейских ботинок, делали кувырок вперед и тут же вскакивали на ноги. Это были наиболее подготовленные люди

Коляна — не зря бригадир держал их в резерве. Колян шел последним — оттолкнуться для прыжка ему помог Спиридонов, который тут же сел за руль «тойоты».

Оказавшись на участке, пятерка молча ринулась к двери трехэтажного деревянного особняка. Каждый без слов знал, что делать: один всадил между косяком и деревянной дверью фомку и отжал дверь, второй вставил в образовавшуюся щель ломик, и, когда дверь с треском распахнулась, Колян и еще двое ринулись внутрь, а взломщики последовали за ними. Нападавшие действовали быстро и целеустремленно, не задерживая взгляд на шикарной мебели в старинном стиле. Колян рванул на себя одну дверь — в комнате никого не оказалось, рванул другую — и тут никого.

— Вы следили за домом — где этот блядский водила дрыхнет? — сквозь зубы прорычал Колян. Боец по кличке Барнаул замешкался с ответом, пытаясь сориентироваться. И тут из комнаты на противоположной стороне обширного холла появился сам водитель, он же охранник, — с помповым ружьем в руках. Колян, в чьей руке появилась красная книжечка, деловито направился к нему со словами:

— Спокойно, милиция!.. Вы двое наверх!

Барнаул и боец по кличке Зародыш, прозванный так за несоразмерно большую голову, устремились к лестнице на второй этаж.

— Какая на хер милиция?! Стоять! — рявкнул охранник-водитель, вскинув ружье.

Барнаул с Зародышем замедлили шаг, но Колян рявкнул в ответ:

— Ты что, офонарел? Сопротивление милиции?

При этом Колян, не сбавляя скорости, продолжал надвигаться на водителя, словно не видя направленного на него ружейного дула. Он рассчитал совершенно верно — охранник не решился застрелить в упор безоружного человека, который называл себя милиционером. Колян уве-

104

ренным движением схватился правой рукой за ствол ружья и рванул его на себя. Он вновь рассчитал верно — верзила-охранник не выпустил оружия из рук и от рывка подался вперед, а это позволило Коляну, уклонившись влево, четко, словно на тренировке, провести бросок через бедро. Верзила взмахнул руками, не выпуская ружья, и с грохотом опрокинулся навзничь. Со всего размаха ударившись задом об пол, охранник издал непроизвольный крик и так же непроизвольно спустил курок. Ружье бабахнуло, как пушка, влепив в тесовый потолок дробовой заряд и наполнив помещение кислой вонью пороховых газов. На этом стрельба закончилась — Колян молниеносно ударом ноги выбил из рук охранника ружье, сильно отпихнул его на другой конец холла и обернулся к своим бойцам, тупо глазевшим на схватку:

— Ну, чего уставились, придурки? Марш наверх, я здесь разберусь!

Бойцы, перепрыгивая через две ступеньки и вытаскивая на ходу пистолеты, бросились на второй этаж, а Колян повернулся к охраннику, уже успевшему подняться с ковра.

— Ну что, падла, портки не обоссал? — осведомился Колян. — Готовься, настало время хозяйские деньги отрабатывать. А то ишь какую репу отъел...

Глаза верзилы налились кровью — за всю его жизнь с ним никто не осмеливался так разговаривать, даже «деды» во время армейской службы. Он издал угрожающий рык и двинулся вперед, делая выпады огромными кулачищами и стремясь перевести поединок в борцовскую схватку, в которой его преимущество в весе и физической силе могло бы сыграть решающую роль. Однако Коляну с его отменной реакцией не составляло труда уходить от грузного противника и при этом дразнить его ехидными замечаниями:

— Что, холуй, трудно тебе, брюхо мешает? Вон какой мамон отпустил на хозяйских харчах!

Колян быстро отметил слабое место противника — охранник время от времени пытался наносить удары ногами, но делал это явно неумело и с трудом сохранял равновесие. Колян отступал, нырками уходил от его огромных кулаков и зорко следил за ногами. За поединком из прихожей следили два бойца, оставленные там бригадиром для страховки. Кулачищи охранника со свистом рассекали воздух — любой из таких ударов запросто мог бы свалить быка. Однако, помня запрет бригадира, бойцы не вмешивались. Наконец кулак ослепленного яростью верзилы врезался в стоявшую на высокой этажерке керамическую вазу. Ваза разлетелась вдребезги, осыпав дерущихся осколками и землей. Колян разразился издевательским смехом, окончательно взбесившим великана. Тот нелепо дрыгнул толстой ногой, словно танцующий слон, и в тот же миг Колян, согнувшись в три погибели, нанес подъемом армейского ботинка мощный удар по опорной ноге противника. Охранник грохнулся на пол как подкошенный, и не успел он приподняться, как Колян подскочил к нему и каблуком сокрушил челюсть великана. Он закашлялся, брызгая кровью, мгновенно наполнившей рот. Очередной столь же сокрушительный удар пришелся ему в скулу — после него верзила мешком повалился на ковер, пуская изо рта кровавые пузыри. Однако Колян уже не мог остановиться, невзирая на явную беспомощность противника. Что было сил с разворота он обрушивал удар за ударом на голову охранника, молотя ее пудовыми ботинками. Брызги крови разлетались в разные стороны, попадая на старинную мебель, на бронзовые безделушки, на картины и эстампы, развешанные по стенам.

— Ты с кем вздумал тягаться, сука?! — выкрикивал Колян, забывая о том, что сам решил потягаться с охранником. — Думал, ты крутой?! Думал, круче тебя нету, говна кусок?! На! Получай!

— Он его до смерти забьет, бля буду, — с восхищением шепнул один из бойцов, стоявших в прихожей, своему напарнику.

Напарник промолчал, не отрывая жадного взгляда от происходившей расправы. Охранник уже не подавал признаков жизни, и только его голова, превратившаяся в сочащийся кровью бесформенный нарост, безвольно моталась от ударов из стороны в сторону. Ботинки Коляна были сплошь облеплены сгустками крови, камуфляжные штаны в крови до самых бедер. Только голоса наверху заставили его прекратить экзекуцию — впрочем, уже явно поздно для жертвы. На верхнюю площадку лестницы из коридора вытолкнули хозяина дачи, лысого толстяка с черными бакенбардами, его жену, крашеную блондинку раза в два моложе мужа, но тоже успевшую располнеть, и дочку лет десяти, которая, судя по ее ошалевшему виду, еще не успела проснуться. Арутюнян был в шелковой розовой пижаме, которой чрезвычайно гордился. Члены семьи столкнулись на лестничной площадке и от толчков Барнаула и Зародыша чуть не покатились вниз по лестнице.

— Ну чего, не проснулись еще?! — орал на них Барнаул. — Давай вниз, базар есть!

Арутюняны двинулись вниз по лестнице, но на середине первого марша вдруг остановились, разглядев наконец устрашающую картину внизу — лежащего на ковре охранника с лицом, превратившимся в кровавое месиво, и обрызганного кровью Коляна, который смотрел на них с хищной улыбкой.

— Ну-ну, смелее, — подбодрил клиентов Колян. — Что вы на него так смотрите? Парень мне нагрубил и был наказан. Вы-то при чем? Вы же мне грубить не собираетесь? Никто не может безнаказанно грубить Николаю Радченко. Слыхал про меня, Матросыч?

— Мартиросович, — машинально поправил Арутюнян. В его мозгу пронеслись обрывки рассказов о сибирских беспредельщиках, о расстрелянных авторитетах, о трупах с разрубленными черепами...

— Да знаю я, Матросыч, — махнул рукой Колян. — Шучу я. Но ты на всякий случай мне не возражай, мало ли что мне в голову взбредет. Ну, спускайтесь, рассаживайтесь вот тут. — Колян показал на кресла вокруг низенького кофейного столика, стоявшего в холле. — Быстро!

Барнаул нанес Арутюняну такой мощный толчок в спину, что он смог удержаться на ногах, лишь ухватившись за жену и дочь и вместе с ними затопотав вниз. Мать и дочь, косясь с ужасом на лежавшего замертво охранника, добрались до диванчика и присели там. Хозяин дома деревянной походкой доковылял до кресла и плюхнулся в него. Колян подошел к его креслу, поставил окровавленный ботинок на подлокотник и, положив руки на колено, нагнулся к самому лицу толстяка, блестевшему от пота.

— Вот что, Матросыч, — задушевно произнес Колян, — я слышал, ты в порядке, а мы с пацанами лапу сосем... Ты телевизор смотришь? Там выступают такие же жулики, как ты, а что говорят? «Делиться надо!» Жулики, а понимают! Ты вот про меня слышал, а ведь не подумал: «Как-то там Колян Радченко, хорошо ли ему, есть ли у него бабки?..» Это не дело, Матросыч.

За спиной Коляна его бойцы хрюкнули от смеха, а он продолжал:

— Заметь, Матросыч, я тебе «крышу» не навязываю, постоянно доить тебя не хочу. Просто у нас временные трудности, и нам от тебя срочно требуются двадцать тонн баксов. Всего-навсего! Я ведь твои возможности знаю. Я не хочу, чтобы долго собирал бабки, мне нужно немного, но срочно.

— Но я уже плачу — большие деньги каждый месяц, — выдавил из себя Арутюнян. — Двум «крышам» сразу...

— Да? — усмехнулся Колян. — Так-так, многопрофильному предприятию «Стикс» и Дро Нахичеванскому. Ну, «Стикс» я знаю, это коптевская братва. Я на Коптеве недавно убил одного — был такой Гном. Может, слыхал? Ну вот, моя работа. А Дро Нахичеванский кто такой? Твой земляк! А как ты думаешь, поможет тебе твой землячок-армяшка, если я твоей дочке раннюю беременность захочу устроить? И не будет она, бедная, знать, кто же папаша ее маленького — может, я, может, кто из моих боевых товарищей, потому что они тоже поучаствуют. Зародыш, к примеру, — это вон тот, с необычной такой башкой. Хочешь, девочка, себе такого же маленького? — обратился Колян к дочке бизнесмена.

Девочка задрожала и прижалась к матери, которая обняла ее, словно птица, защищающая крылом птенца. Колян обошел диванчик и уселся на него рядом с девочкой. Пальцами, перепачканными запекшейся кровью, он принялся ласково поглаживать мать по руке.

— Что-то молчит ваш папаша, о чем-то напряженно думает, — проворковал Колян. — Наверно, о том, как бы меня сегодня выпроводить без денег, а потом «крышам» своим на меня нажаловаться?

— Но у меня правда нет здесь таких денег, — пробормотал Арутюнян.

— И послать за ними уже некого, — понимающе добавил Колян, кивая на безжизненное тело охранника. Женщина внезапно пронзительно вскрикнула и отдернула руку, которую поглаживал Колян, потому что тот неожиданно сдавил ее запястье своими железными пальцами, словно клещами. Колян немедленно обнял девочку и привлек к себе. — Хорошая, сладенькая... — пропел он нежно. — Хочешь, мы будем встречать тебя после школы? Ты ведь в английской школе учишься, да? Зародыш, я забыл, какая это улица?

— Малая Бронная улица, — услужливо подсказал Зародыш.

— А если ты к бабушке в гости поедешь, мы можем прийти во дворе с тобой поиграть... — продолжал мурлыкать Колян, поглаживая дрожащие плечи девочки. — На какой улице наша бабушка живет?

— На Олеко Дундича, — глумливо улыбаясь, ответил Барнаул.

— Вот-вот... Видишь, маленькая, мы тебя везде найдем, пускай папа твой об этом тоже знает. Хочешь, я тебе погадаю? Положи ладошку на стол. Ну положи, не бойся... Пальчики растопырь, вот так... Сейчас посмотрим, что с тобой может случиться...

Колян не спеша полез рукой под куртку. Внезапно он молниеносным движением выхватил огромный охотничий нож и с воплем всадил его глубоко в стол между раздвинутых пальцев девочки.

— Молчишь, сука, блядь, пидор гнойный?! — бешено орал Колян. — Денег для меня жалко?!

Девочка в ужасе отдернула руку, но Колян зарычал:

— Клади обратно, тварь, а то сейчас всю руку отрежу!

Он припечатал ладонь девочки к столу. Женщина завизжала и попыталась оторвать дочь от Коляна, но подошедший сзади Барнаул схватил ее за волосы и прижал ее голову к спинке дивана, так что руки женщины только бессильно хватали воздух. Девочка стиснула пальцы в кулачок, Колян разжал их, но пальцы непроизвольно сжались снова.

— Ах так? — проскрежетал Колян. — Ну как хочешь! Огромный нож вновь взлетел над столом, чтобы обрушиться на хрупкую детскую ручку. Лишь отчаянный вопль несчастного отца заставил Коляна остановить в последний момент занесенную руку.

— Стойте! Я дам вам денег! — кричал Арутюнян. — Можете взять все, что есть в доме...

— Странный какой человек! — засовывая нож обратно под куртку, устало вздохнул Колян. — Я ему конкретно говорю про двадцать тонн баксов, а он мне хочет впарить какие-то шмотки. Ты пойми, дурья твоя башка, мне бабки нужны, баксы. Нал. Если бы я пришел за твоими побрякушками, я их уже забрал бы. Ну что, я сейчас буду бегать по Москве и твои побрякушки барыгам впаривать? Короче, завтра тебе позвонят и скажут, куда подвезти баксы, а брюлики я оставляю твоей супруге. Цени, Матросыч!

Колян глянул на неподвижное тело охранника.

— Этот твой холуй уже помер, наверное, — равнодушно произнес он. — Если да, вызывай ментуру, я не против, если нет, отвези его в больницу. Придумай что-нибудь про налет неизвестных бандитов, — ну, не мне тебя учить. А бабки мне нужны завтра. И не дай тебе бог, Матросыч, меня нае...ть! Ну ладно, ты вроде бы все понял!

ГЛАВА 9

Герасим Савельевич Заботин последнее время чувствовал себя неуютно. Налет на особняк Варяга провалился. Радченко, на которого возлагались такие надежды, как в воду канул... Глупо было надеяться на то, что Варяг не поймет, откуда ветер дует, и не предпримет ответных действий. Следовало во что бы то ни стало его опередить. Заботин и его партнеры не имели теперь, как в прежние времена, в своем распоряжении надежных кадров КГБ, однако благодаря сохранившимся полезным связям Герасиму Савельевичу удалось выйти на профессиональную группу киллеров из Средней Азии, уже проведшую в России несколько удачных ликвидаций. Руководитель группы час назад сообщил Заботину о том, что подготовка в целом закончена и акция будет проведена, как только объект покинет охраняемую территорию и выедет в город. От Заботина больше уже ничего не зависело, и он решил слегка расслабиться. Секретарша принесла ему чаю и пирожных, а он налил себе коньяку и уже подносил рюмку к губам, как вдруг зазвонил телефон. Заботин снял трубку. Когда он узнал голос в трубке, то выронил рюмку и расплескавшийся коньяк залил деловые бумаги.

— Радченко? Ты откуда? — сдавленным голосом спросил Заботин.

— Вы что-то не в форме сегодня, Герасим Савельич, — ехидно заметил Колян. — Дурацкие вопросы задаете. Да и фамилию можно было бы не называть. Очень возможно, что наш общий друг слушает ваш телефончик!

— Да, верно, — пришел в себя Заботин. Колян в данный момент был не очень ему нужен, и он стал лихорадочно соображать, как бы поскорее отделаться от опасного субъекта. — Мне не очень удобно сейчас говорить. Я свяжусь с тобой позже, только намекни, как тебя найти.

— А чего меня искать, — удивился Колян, — я же вот он, с вами говорю. Мне некогда ждать — я из всей этой передряги вышел голым, мне бабки нужны.

— Николай, ты что, какие бабки? — возмутился Заботин. — Ты и так аванс получил, а дело не сделал.

— Сделал не сделал — это мы потом обсудим, — нетерпеливо отрезал Колян. — Мы одной веревочкой повязаны, так что выручайте. А потом, глядишь, я вас выручу. А обижать меня не советую — я и так сейчас весь на нервах.

Заботин отлично знал, что этот тип может быть опасен. Поэтому Герасим Савельевич посопел и сказал:

— Ну ладно... Как с тобой связаться?

— Вот так-то лучше, — одобрил Колян. — Я к вам подошлю человечка, который в Москве еще не засвечен.

— А как я узнаю, что он от тебя?

— По разговору догадаетесь, — засмеялся Колян и повесил трубку.

* * *

Тем временем в малогабаритной квартирке на окраине Москвы зазвонил телефон. Симпатичная мать-одиночка быстро схватила трубку, опасаясь, что звонок разбудит ребенка. Она сразу узнала уверенный голос своего покровителя:

— Привет, Мурочка, это я! Как слышно? А то я мобильник забыл, из автомата звоню... У тебя все в порядке? Ну и прекрасно. Я заеду сегодня вечером, не возражаешь? Ну я еще звякну предварительно. Слушай, у меня тут карточка кончается, сделай доброе дело, позвони за меня приятелю и скажи: «Я согласна». Он поймет. Запиши номер...

Через пару минут в неприметной старенькой «Волге», стоявшей во дворе среди бело-голубых блочных многоэтажек неподалеку от здания «Госснабвооружения», раздалась трель мобильного телефона. Сидевший за рулем загорелый мужчина лет сорока, весь словно вылинявший на солнце, поднес аппарат к уху. Трое пассажиров, сидевших в салоне, умолкли, как по команде, и прислушались.

— Понял, спасибо, — лаконично произнес водитель и отключил связь.

— Ну что? — нетерпеливо обратился к нему пассажир, сидевший с ним рядом — маленький, невзрачный, с бледно-голубыми глазками, которые казались стеклянными на загорелом и обветренном лице.

— Двигаемся. Он выезжает, — ответил водитель. Два пассажира на заднем сиденье, такие же невзрачные и выцветшие, как и те, что сидели впереди, молча открыли каждый свою дверцу, подошли к багажнику, достали оттуда две спортивные сумки и вернулись в салон. Водитель тем временем включил телефон, набрал номер и коротко распорядился: — Начинаем. Все как договорились.

В соседнем дворе водитель старенькой «копейки» кофейного цвета завел двигатель, а двое его пассажиров совершили точно такой же марш к багажнику, как и пассажиры «Волги». В сумках глухо лязгнул металл. Обе машины осторожно покатили среди играющих детей и мамаш с колясками в сторону гудевшей за домами оживленной магистрали, по которой можно было домчаться до Кремля за десять минут. Выехав на шоссе, обе машины повернули в сторону области и не торопясь доехали до того места, где на другой стороне дороги виднелось за деревьями и кованой оградой трехэтажное здание «Госснабвооружения». Варяг сам присмотрел это здание и перетащил в него из прежнего офиса весь аппарат концерна. Постепенно работники оценили преимущества нового местоположения — некоторая отдаленность от центра с лихвой возмещалась уютом, тишиной, обилием зелени и ощущением защищенности. Впрочем, этому ощущению суждено было вскоре развеяться.

В тот день Варяг сообщил заместителям, что уезжает в аэропорт для встречи высокопоставленного военного чиновника с Тайваня. Он страшно не любил эти ритуальные встречи, однако китаец собирался обсудить условия поставки крупной партии авиационных боеприпасов и запчастей для самолетов, и Варяг опасался неточным соблюдением протокола затруднить заключение сделки. Из аэропорта сообщили, что самолет вот-вот должен приземлиться, Варяг вышел из своего кабинета и начал спускаться по лестнице. К этому моменту все звонки, извещавшие о его скором выходе, были уже сделаны, и невзрачные мужчины с обветренными лицами в своих неприметных машинах приближались к перекрестку, образованному автомагистралью и боковым проездом, из которого на шоссе предстояло выехать жемчужно-серому «мерседесу» Варяга.

— Не нравится мне это, — облизывая пересохшие губы, негромко сказал коротышка, сидевший в «Волге» рядом с водителем. — Пальба в Москве, на улице, средь бела дня... Смотри, машин сколько!

— Ну и что теперь? — сухо спросил водитель.

— Ничего, — пожал плечами коротышка. — Рисковое дело, бандитизм какой-то.

— Тебе что, в первый раз? Или денег мало?

— Да нет, не в первый, и по деньгам нормально... Но здесь ведь не Ош, не Душанбе. Покойникам бабки ни к чему.

— Ну давай, иди к бабаям кетменем махать, — зло ощерился водитель. — Им русская рабсила нужна... Повъебываешь целый день за пару лепешек и стакан бормотухи, тогда, может, поумнеешь. Ладно, все, поздно базарить, работать надо. Дело сделаем, а там иди куда хочешь.

— Да брось, Леха, ты чего? Слова сказать нельзя? — удивился коротышка.

Между колен у него стоял уже заряженный гранатомет «муха». С заднего сиденья послышался лязг оружия. «Волга» в потоке машин медленно пробиралась к перекрестку. Когда она въехала на перекресток, горел зеленый свет, но кортеж Варяга еще не показался даже в боковом проезде. Водитель выматерился сквозь зубы и добавил в утешение:

— Ладно, зато не опоздали. Конечно, надо бы получше подготовиться, но раз заказчик спешит...

«Волга» остановилась на перекрестке, водитель включил аварийный сигнал, но сам остался за рулем. Вместо него с заднего сиденья, оставив автомат под сброшенным пиджаком, вылез кряжистый толстяк с порыжевшими от солнца волосами, одетый в розовую рубаху, потемневшую от пота под мышками и на спине. Толстяк открыл капот и начал для виду копаться в моторе, бросая по сторонам настороженные взгляды. Ему казалось, будто все в порядке: другие водители спокойно объезжали забарахлившую «Волгу», кофейный «жигуль» припарковался сразу за перекрестком, а в боковом проезде через дорогу уже показался жемчужно-серый «мерседес».

Толстяк не слышал, однако, той лихорадочной переклички телефонов, которая началась на противоположной стороне шоссе. Сидевшего на переднем сиденье старшего группы охраны предупредили по мобильному телефону:

— Внимание! Подозрительная «Волга» на светофоре!

Говорил наблюдатель из квартиры на пятом этаже нового шестнадцатиэтажного дома, расположенного метрах в двухстах от перекрестка. Оттуда шоссе и выезд на него из бокового проезда были видны как на ладони — потому-то Чижевский и не пожалел денег, чтобы снять эту квартиру для нужд охраны.

— Почему подозрительная?

— Тачка вроде бы заглохла, но водила сидит за рулем, а чинить вылез другой. Так не бывает.

— Хотят сразу с места рвануть, когда мы подъедем, — понимающе хмыкнул старший охраны.

— А на той стороне сразу за перекрестком вижу кофейный «жигуль», в нем три мужика, — продолжал наблюдатель. — Припаркован очень грамотно — при повороте налево сразу можно попасть под перекрестный огонь из «Волги» и из «жигуля». В Питере так недавно одного начальника грохнули. Сейчас свяжусь с другими постами.

«Вот они, чрезвычайные меры безопасности», — подумал Варяг, вспоминая свой разговор с Чижевским. Впереди он уже видел перекресток, застрявшую на нем «Волгу» и склонившегося над мотором типа в розовой рубахе.

Старший охранник обратился к Варягу:

— Владислав Геннадьевич, надо поворачивать. Похоже, заваруха начинается.

— Что же, я так и буду всю жизнь поворачивать? — возразил Варяг. — Кроме того, если эти ребята действительно ждут меня, то они тут же смоются, когда увидят, что мы повернули. Сегодня смоются, а потом спокойно выберут удобный момент и нападут. Нет, надо ехать вперед.

— Тогда вам придется сойти, — сказал охранник. — Это очень опасно, а мы за вас отвечаем.

— Как же я теперь смогу незаметно сойти? — поинтересовался Варяг. — Да и западло мне как-то бегать от разных отморозков. Нет уж, ребята, пока тут я командую: давайте вперед!

Варяг вытащил из кобуры под мышкой «макаров», который с недавних пор стал носить, и дослал патрон в ствол. Его переполняло радостное предчувствие боя. Старший охранник заволновался:

— Владислав Геннадьевич, да вы что? Мы не можем!.. Мы же вас охранять должны!.. С нас же голову снимут!..

— Молчать! — рассвирепел Варяг. — В окно смотри!

— Они что, охренели?! — воскликнул наблюдатель на пятом этаже. — Они не останавливаются! — прокричал он в мобильный телефон. — Если что, работайте по «жигулю»!

Наблюдатель отшвырнул телефон и бинокль, схватил винтовку и поймал в оптический прицел злополучную «Волгу». Он увидел согнувшегося над двигателем рыжеватого толстяка в розовой рубашке. Толстяк воровато обернулся, увидел приближающийся к перекрестку «мерседес» и бросился к задней дверце. Наблюдатель повел за ним перекрестье прицела, держа палец на курке. Толстяк рванул дверцу, отшвырнул свой пиджак на асфальт, схватил с сиденья автомат и повернулся к «мерседесу», выезжавшему на перекресток. Из «Волги» выскочили еще двое, а сама машина рванулась наперерез машине Варяга. Впрочем, наблюдатель этого уже не видел: держа в прицеле голову толстяка, он плавно спустил курок. В воздухе мелькнули кровавые ошметки, отлетевшие от головы бандита. Он взмахнул руками, выронив автомат, зашатался и навзничь рухнул на асфальт. Наблюдатель между тем уже ловил в прицел коротышку в потрепанном темном костюмчике. «Мерседес» с грохотом врезался в «Волгу», подставившую ему борт. Стекла «мерседеса» были уже предусмотрительно опущены, и в полутьме салона маячили пистолетные стволы. С разных сторон послышалось щелканье стрельбы, совсем негромкое и нестрашное в гуле огромного города. Коротышка не успел навести автомат на остановившуюся машину — пуля из винтовки наблюдателя ударила его в шею под ухом, он как-то странно согнулся, словно собираясь принять позу эмбриона, и ничком повалился на мостовую. В это время в салоне «мерседеса», оглушая Варяга, уже вовсю грохотали пистолеты охранников и звенели стреляные гильзы. Невзрачный напарник коротышки, которого никто не успел толком разглядеть, завертелся волчком на одном месте, отбросив автомат в сторону. Сделав два-три неверных шага, он с размаху ударился о какую-то машину, водитель которой с ужасом взирал на происходящее, и, пачкая ее светлый борт кровью, сполз по нему на асфальт. Стрельба тем временем разгоралась все сильнее: палила охрана, выскочив из остановившегося «джипа», стреляли из неприметной старенькой «тойоты», стоявшей возле продовольственного магазина поодаль от перекрестка, из окон близлежащих домов, из мастерской «Шиномонтаж», находившейся напротив магазина... Весь огонь сфокусировался на стареньких «жигулях» кофейного цвета. Сидевшие в них автоматчики успели только распахнуть дверцы, когда на них обрушился шквал свинца. От машины отлетали искры, она осела на простреленных шинах, оторванный капот с грохотом взвился в воздух и, кувыркаясь, полетел на газон. Сидевший на заднем сиденье человек с автоматом выронил оружие и боком вывалился на мостовую. Водитель тоже отбросил автомат и отпрянул от дверцы, но град пуль мгновенно изрешетил крышу, обрушил лобовое стекло и впился в человеческую плоть. Водитель распростерся на вспоротых пулями передних сиденьях, заливая их кровью. Третий автоматчик, вылезший из машины со стороны бордюра, был единственным из нападавших, кто успел выстрелить. Очередь задела по касательной крышу «мерседеса», выбив из нее искры, после чего ушла вверх, и из окон дома посыпались стекла. Услышав, как со всех сторон свистят, стучат и щелкают пули, бандит отбросил автомат, поднял руки и завопил, срывая голосовые связки:

— Не стреляйте!

Вероятно, для него было бы разумнее распластаться на земле за корпусом машины и дождаться, пока утихнет азарт боя. За свою ошибку он поплатился жизнью, поскольку в тот самый миг, когда он поднял руки, нажали на курок наблюдатель на пятом этаже и пулеметчик в мастерской «Шиномонтаж». Траектории одиночного снайперского выстрела и очереди из ручного пулемета скрестились на голове бандита. Снова в воздух взлетели какие-то красные клочья, и в следующую секунду тело покатилось по газону и застыло в неловкой позе, напоминая сломанную куклу. Доносившееся с разных сторон щелканье стрельбы вдруг разом стихло, и в наступившей тишине стали отчетливо слышны женский плач и отдаленное завывание милицейских сирен. Оно не приближалось — этому мешала громадная автомобильная пробка, над которой в горячем летнем воздухе висело сизое марево выхлопных газов. Варягу так и не удалось ни разу выстрелить — стреляли только его охранники. Все завершилось в течение одной минуты без всяких потерь со стороны обороняющихся, если не считать, конечно, поцарапанной крыши «мерседеса». Так что проведенный полковником Чижевским подбор кадров в охрану следовало признать удачным.

ГЛАВА 10

Неожиданно дверь распахнулась, и в кабинет ворвался Чижевский. Отставной полковник имел право входить к шефу без доклада, но никогда этим правом не пользовался, считая, что порядок должен быть один для всех. Он не принадлежал к числу нервных людей, но теперь на нем лица не было.

— Что случилось, Николай Валерьяныч? — подчеркнуто спокойно спросил Варяг.

— Радченко сбежал! — выдохнул Чижевский.

Да, от такого известия можно было разволноваться. Хотя налет банды Радченко на дачу в Раздорах и завершился провалом, Варяг по достоинству оценил отчаянную дерзость противника. Не стоило надеяться на то, что Радченко забьется в какую-нибудь нору и станет дожидаться там, пока о нем забудут. Нет, такие люди дерутся до конца и стараются любой ценой отомстить за поражение. Впрочем, судя по рассказу Чижевского, мстить Колян уже начал.

— Вы знаете, Владислав Геннадьевич, я всякого в жизни навидался, но такое мне редко доводилось видеть, — рассказывал полковник. — Как только мне доложили, что там телефон не отвечает, я сразу догадался, что дело плохо, и поехал туда сам. Открываю дверь своим ключом, и прямо напротив двери в прихожей стоит стул, а на стуле отрубленная голова одного из наших ребят, что его охраняли... Кровищи в квартире — как на скотобойне! Второй охранник убит из пистолета, причем этот гад стрелял ему сначала в колени, потом в живот и только потом в голову. Третьего он заколол острой железкой в глаз — видимо, во сне. Радченко снял со стены в своей комнате картину и сделал из металлической рамки что-то типа гарпуна.

— Находчивый парень, — хмыкнул Варяг.

— Как бы его находчивость нам боком не вышла, Владислав Геннадьевич, — не принял шутливого тона Чижевский. — Не забывайте, что он и наручники как-то ухитрился открыть. Кто знает, что он еще придумает?

— Не будем драматизировать положение, Николай Валерьянович, — сказал Варяг. — Мы выявили все его хаты, обезвредили всех его людей. Ему не на кого опереться, а в одиночку он мало что может сделать. Возможно, у него хватит ума выйти из игры.

— Да нет, Владислав Геннадьевич, он не успокоится, и вы это знаете, — покачал головой Чижевский. — Такие парни, как Радченко, мне встречались в жизни, хотя и не часто. Он будет мстить, даже если ему скажут, что он рискует головой. Необходимо удвоить меры безопасности.

— Мне от этих мер и так житья нет, — поморщился Варяг.

— Ситуация и так была очень опасная, — стал убеждать Чижевский. — Ну как должны повести себя Заботин и вся его шайка, узнав о том, что налет на вашу дачу провалился и Радченко неизвестно где? Конечно, они будут считать, что вы знаете, по чьему заказу организовано нападение, и готовите ответные меры. Значит, у них один выход: как можно быстрее нанести новый удар. А тут еще побег Радченко! Получается, что удара надо ждать с двух разных направлений.

— А разве Радченко не может связаться после побега с Заботиным и вновь начать действовать по его указаниям? — заметил Варяг.

— Трудно сказать, — покачал головой Чижевский.

— Так... И что вы предлагаете? — поинтересовался Варяг.

— Да ничего особенного — только согласовывайте со мной все свои перемещения, — ответил Чижевский и добавил: — Очень вас прошу.

После его ухода Варяг поднялся из-за стола и стал мерить шагами кабинет. Настроение у него испортилось. Побег Радченко был плохой новостью уже потому, что такие отморозки, по твердому убеждению Варяга, не имели права жить среди людей. Кроме того, Варяг прекрасно понимал степень исходившей от Радченко угрозы и необходимость дополнительных мер безопасности. «Туда ходи, сюда не ходи, обо всем предупреждай, везде таскай за собой целый хвост охраны», — ворчал Варяг себе под нос. Он прекрасно знал, что чрезмерное количество охраны наводит деловых партнеров, да и вообще всех окружающих на всякие нехорошие мысли. Они думают, что человек не зря принимает такие меры предосторожности — значит, чего-то очень боится, а следовательно, долго не протянет.

Он рассеянно выслушал сообщение секретарши о приходе очередного посетителя — директора нижнетагильского механического завода, производившего детали для самоходных гаубиц. Контракт на поставку крупной партии таких орудий был недавно заключен «Госснабвооружением» с одной из стран Юго-Восточной Азии. До Варяга дошли стороной слухи о том, что завод лихорадит, и он приказал Чижевскому негласно выяснить, какова там ситуация и как в этой ситуации ведет себя директор. Детальную справку он получил неожиданно быстро и поинтересовался у Чижевского, не халтура ли это и какова причина такой скорости. Дело объяснилось просто: Чижевский корешился с начальником режимного отдела завода еще по своей службе в КГБ, а тот хорошо знал обстановку на предприятии и рад был услужить старому приятелю. Читая справку, Варяг качал головой и отплевывался, пораженный картиной будничного, обыкновенного российского беспредела: взятки, воровство, дочерние фирмы, расхищение бюджетных средств. Так что к визиту директора он был подготовлен, но все же несколько удивился, окинув взглядом возникшую в дверях фигуру гостя. Варяг не любил роскоши, однако жизнь научила его разбираться что почем, и он мгновенно оценил и отлично сшитый дорогой костюм, и перстень с брильянтом, и выглянувшие из-под белоснежного рукава сорочки часы «Ролекс»... Манеры благоухавшего французским парфюмом директора оказались чем-то неуловимо схожи с манерами журналиста Козицына. Хотя в душе у Варяга нарастало раздражение, он вежливо поздоровался, предложил гостю садиться и после обмена малозначащими фразами насчет дороги и погоды поинтересовался, чем «Госснабвооружение» могло бы помочь в решении проблем завода. Директор гладко, без запинки заговорил о проблемах — чувствовалось, что подобные речи ему приходилось вести уже не раз. Здесь были и неплатежи потребителей, и поставщики, вздувавшие цены на комплектующие изделия, и непомерные налоги, и рабочие, месяцами не получающие зарплаты... Выяснилось, что директор хотел бы, чтобы концерн «Госснабвооружение» в порядке помощи произвел бы полную оплату еще не выполненного заказа и, кроме того, посодействовал бы заводу в получении льготных кредитов.

— Навел тут кое-какие справки... — сказал в ответ Варяг. — Оказывается, потребители исправно оплачивают вашу продукцию, а деньги застревают в банке. Я могу повлиять на этот банк: в нем есть и наш счет, через который проходят немалые деньги, да и другие рычаги тоже имеются...

Предложение Варяга вызвало у гостя невольную кислую гримасу. Варяг не случайно задал этот вопрос — в полученной им справке высказывалось предположение, что банк годами прокручивает деньги завода по согласованию с директором, между тем как рабочие сидят без зарплаты. По реакции собеседника Варяг понял, что эти предположения справедливы. Директор не ждал от Варяга такой осведомленности и забормотал что-то о неточности информации, имеющейся у Варяга, и о том, что надо все еще раз проверить. Затем он прозрачно намекнул на то, что без помощи со стороны «Госснабвооружения» завод может сорвать поставки, а тем самым и выполнение всего контракта. Варяг выслушал его с непроницаемым лицом, постукивая пальцами по столу, а затем встал, подошел к окну и выглянул во двор. У крыльца он увидел новенький черный «мерседес», на котором не постеснялся бы разъезжать президент какой-нибудь благсполучной европейской страны. Возле «мерседеса» топтался верзила в черном костюме, при галстуке и с мобильным телефоном в руке Внезапно Варягу расхотелось играть в кошки-мышки.

— По моим прикидкам, если вы продадите ваш «мерс», а сами пересядете на «Волгу», то не меньше тысячи рабочих смогут получить месячную зарплату, — резко сказал Варяг.

— Машина создает имидж, престиж... В бизнесе это очень важно, — удивленно возразил директор.

— В бизнесе важно соответствие доходов расходам, — оборвал его Варяг. — Дешевые понты еще никому не создавали престижа. Другое дело, что по ним узнают друг друга крысятники, которые воруют у своих людей.

— Но позвольте, с чего вы взяли?.. И кто вам дал право?.. — возмутился гость, привстав в кресле.

— Сидеть! — презрительно скомандовал Варяг, и гость послушно сел. — Вы сами хоть раз получали зарплату с опозданием? А ведь зарплату вы себе назначили, мягко говоря, немаленькую. При этом вы исправно получаете премии, которые в десятки раз превышают зарплату. Интересно, за какие заслуги, если ваши люди пухнут с голоду?

— Но завод работает... Продукция реализуется... — защищался директор.

— Ну ясное дело, — усмехнулся Варяг. — Только если посчитать, во что эта продукция обходится заводу, то непонятно, как вы назначаете цены на нее. Или заводу не нужна прибыль? Откуда такая щедрость? Может, вам потребители втихаря платят за то, чтобы вы занижали отпускные цены?

Директор начал лихорадочно соображать, кто мог бы его защитить, а Варяг безжалостно продолжал:

— И вот что я вам скажу. Вы меня как директор завода не устраиваете!

Директор, как бы хватаясь за соломинку, предложил Варягу связаться с известным вором Федей Курганским и решить все вопросы с ним. Однако Варяга этот грозный персонаж нисколько не напугал.

— С Федей я отдельно поговорю, — сказал Варяг. — Если товарищ Курганский запутался в своих сомнительных связях с вами, то мы его поправим. Но речь не о нем, а о вас. В сущности, вопросов-то никаких нет. Был один вопрос — это вы, но он для меня уже решен. И не думайте, что вам оставят все то, что вы уже нахапали. Мы тут прикинем, сколько вам придется отдать, а сколько оставить себе, и назовем вам сумму. Что вы там бормочете? Хотите проверить, смогу ли я заставить вас выполнить все мои требования? Не советую. Федя Курганский вам растолкует все, что вам еще непонятно...

Перспектива расставания с уже нажитыми деньгами так потрясла директора, что Варяг счел нужным его ободрить:

— Постарайтесь отнестись к вашим неприятностям философски. Я вам обещаю, что такого рода неприятности будут не только у вас.

ГЛАВА 11

Колян стал готовиться к переходу на нелегальное положение. Он решил первым делом обзавестись липовыми, но надежными общегражданскими документами. После недолгих размышлений он по газетным объявлениям обзвонил несколько фирм, «изготавливающих печати и штампы». Затем по его приказу все эти фирмы обошел Андрей Спиридонов. В большинстве фирм работали весьма ушлые ребята, понимавшие с полуслова проблемы клиента, но Андрею больше всех приглянулась третья по счету — «Графика-Т». Там ему предложили не просто добыть надежную ксиву, но за приличные комиссионные свести с человеком, который умеет сварганить паспорт в комплекте с московской пропиской и квартирой. Андрей без торга отсчитал названную сумму и небрежно предупредил:

— Учтите, ребята, я человек серьезный и работаю на серьезных людей. Если в срок не уложитесь, то бабки вернете без всякого базара. Кроме того, мы знаем, что такие фирмы, как ваша, под ментами сидят, поэтому по хорошему прошу: если тут у вас место паленое, давайте лучше, пока не поздно, разбежимся — ни я вас не видел, ни вы меня... А то ведь в случае чего вам гланды вместе с глоткой вырвут.

Ребята заверили Андрея, что все будет нормально, и в условленный день и час устроили ему встречу со всемогущим человеком, способным в одночасье превратить беспаспортного бомжа в обеспеченного жилплощадью полноправного москвича. Чудотворец оказался неприметным сутулым хмырем в засаленном костюмчике. Хмырь записал данные Коляна — возраст, особые приметы — и сказал, что подходящий вариант имеется. Суть комбинации заключалась в том, что Колян получал паспорт и квартиру внешне похожего на него москвича — одинокого алкоголика, которого никто никогда не хватится. Спиридонов на всякий случай спросил:

— А этот ваш клиент не вернется внезапно на свою хату?

— Не вернется, — ответил хмырь в засаленном костюмчике с такой мрачной ухмылкой, что у Андрея пропала охота спрашивать дальше. Боец с немалым стажем, побывавший во многих переделках, он внезапно ощутил самый настоящий страх. Спиридонов отдал фотографию для паспорта и, вернувшись на хату, доложил бригадиру о встрече,

— Ладно, будем ждать звонка, — сказал Колян. — Если посмеют нас кинуть, я с этих печатников-штамповщиков в три раза больше сдеру.

Хмырь, однако, позвонил точно в назначенное время — видимо, такие богатые и сговорчивые клиенты были редкостью, и он не желал их терять. Кроме того, люди, делающие бизнес на смерти, без крайней нужды не обманывают своих партнеров, поскольку понимают, что наказанием за обман может служить только смерть.

Хмырь назначил Андрею местом встречи автобусную остановку у метро «Юго-Западная» — едва ли не самый людный пятачок во всей округе. Он подошел к Спиридонову сзади, тронул его за локоть, молча передал пакет и так же молча исчез в толпе. Колян, сидевший неподалеку в летнем кафе, даже не заметил, как все произошло. Андрей направился в условленное место — на пустырь, и бригадир, соблюдая изрядную дистанцию, двинулся за ним. Раскрыв на пустыре паспорт, Колян оценил по достоинству качество работы: документ был под стать дате его выдачи в сентябре 1979 года: потрепанный и засаленный, и такой же потертой стала фотография Коляна. Как ни вертел Колян паспорт в руках, как ни разглядывал его так и сяк, но придраться к чему-либо было невозможно. Кроме паспорта в конверте оказались ключи и записка, нацарапанная так коряво, что казалось, будто писали левой рукой. Записка извещала о том, что все остальные документы новый владелец паспорта найдет в квартире по указанному адресу.

— Что ж, все правильно, одобрительно хмыкнул Колян. — И ксива путевая. Значит, я теперь Патрикеев Николай Юрьевич. Как был Коляном, так и остался. Удобно... Надо будет съездить туда, глянуть, что там мне оставили. А что там этот сморчок говорил насчет соседей — не заметят они, что у них сосед сменился?

— Он говорил, что соседи там сами менялись уже несколько раз, — отозвался Андрей, — а бывший хозяин в квартире появлялся очень редко, так что они его плохо знают. Конечно, если будет приходить какой-нибудь хрен во фраке, то они удивятся, а на простого мужика они и внимания не обратят.

— Ладно, — усмехнулся Колян, — постараюсь подкосить под простого мужика. Это мне сейчас очень надо!

Он готовился к осуществлению своей заветной цели, о которой думал все дни и ночи напролет после побега. Колян решил примерно наказать своего обидчика Варяга — да так, чтобы тот долго мучился. Для этого Колян придумал хитрый план, о котором он поставил в известность одного Барнаула...

* * *

Молодые пацаны, которых Барнаул по указанию Коляна срочно вызвал из Таежного, после переезда в .лоскву отнюдь не вкусили тех романтических ощущений, на которые рассчитывали. Каждое утро их грузили в кузов крытой «газели», строго-настрого запрещая выглядывать, и куда-то везли. Судя по звукам, доносившимся снаружи, через некоторое время «газель» выезжала за город, мчалась по шоссе еще примерно минут сорок, затем заезжала в какой-то гараж. В гараже ребята вылезали из кузова, через дверь в кирпичной стене переходили в только что отстроенное здание придорожного ресторана «Русь», к которому примыкал гараж, а потом спускались в подвал. В подвале при свете пары тусклых лампочек под потолком их глазам представал пролом в стене и черное жерло тоннеля. В подвале имелось достаточно лопат, кирок, носилок, фонарей. У одной стены громоздились крепежные балки, которыми укрепляли потолок и стены тоннеля, у другой возвышался штабель мешков с землей. Землю выносили скрытно, только в аккуратно зашитых мешках, а мешки волокли в гаражи и загружали ими «газель». Потом грузовичок заезжал куда-нибудь в лес, там из мешков вытряхивали землю, пустые мешки забирали с собой и уезжали. Землекопы-проходчики в тоннеле менялись каждые полчаса: один полчаса долбил грунт изо всех сил, потом его сменял другой, потом третий и так далее, пока очередь вновь не доходила до первого. Ребята старались не щадя сил, поскольку им с самого начала было сказано: «Это ваше главное испытание. В нашем деле из пистолетов шмалять не главное. Иногда нужны терпение и дисциплина». Однако дни шли за днями, тоннель все удлинялся, а работе все не было конца, и пацаны приуныли. Они по-прежнему трудились старательно, но уже без прежнего пыла. Работа была сугубо секретной и потому особенно нудной — ни прогуляться, ни осмотреть окрестности, ни просто выглянуть на свет божий. О каких-то развлечениях не было и помину. Конечно, кормили ребят отлично — так, как им никогда не приходилось питаться дома, в Таежном. Горячую хавку привозили в больших термосах, и там были жареные куры, яркокрасный борщ, источавший множество вкусных запахов, плов с разнообразными пряностями, мясо, тушенное с овощами и травами, и прочие столь же вкусные вещи. Если землекопы заказывали что-то сами, то их пожелания непременно исполнялись — так распорядился Колян, который не хотел, чтобы у молодых бойцов бандитская жизнь ассоциировалась только с тяжелой и монотонной работой. «Пацанов надо побаловать, — говорил бригадир. — Девок им, конечно, пока не видать, но пусть хотя бы жрут от пуза. Пускай прикинут: если бригада может их так кормить, пока они работают, то она им даст все, когда они будут отдыхать». Холодные закуски ребятам привозили самые разнообразные — и лососинку, и осетринку, и икорку красную и черную, и всевозможные мясные изделия, а ко всему этому горячий хлеб, овощи, зелень и фрукты. Сигареты привозили самые дорогие — всякие там «Примы» и «Беломоры» Колян привозить запретил. «Пусть привыкают к хорошему, — заявил он, — тогда будут ценить жизнь в бригаде, тогда их к прежней жизни не потянет». Прохладительными напитками землекопов снабжали в таком же изобилии, но из горячительных допускалось только пиво, и то в умеренных дозах, чтобы исключить всякие неожиданности. Ребятам запрещалось пить даже на той московской квартире, где они порой ночевали. «Один пьяный скандал, один засвет перед ментурой — и все, ребят можно отправлять обратно в Таежный, они уже здесь не нужны».

От такой жизни «молодые волки», которых превратили в кротов, начали постепенно звереть. Первые пару недель их еще как-то развлекали разносолы, которыми их кормили, но затем еда в качестве единственного развлечения перестала их удовлетворять. Роптали они потому, что им надо было дать какой-то выход накопившейся усталости. Однако во всяком человеческом сообществе непременно находится смутьян, который принимает народный ропот за чистую монету и стремится немедленно и любой ценой изменить жизнь. Если такую паршивую овцу вовремя не вышвырнуть из стада, то она непременно его испортит. Смутьян завелся и в компании сибирских землекопов — высокий, крепкий темноволосый парень, прозванный Паленым за бугристый шрам от ожога, видневшийся у него под подбородком. Все разговоры товарищей насчет непосильной работы и скучной жизни вызывали у него горячее сочувствие. Казалось, будто Паленый только и думает о своем униженном положении, хотя дома, в Таежном, он вряд ли мог рассчитывать на что-то лучшее, а уж на такую жратву — и подавно.

— Мы так не договаривались, — брюзжал Паленый. — Нам большие бабки должны платить за такую работу, а нас только кормят. Да на хер мне твоя жратва — ты мне бабки давай, а жратвы я себе и так куплю!..

Его просили говорить потише, но он, наоборот, повышал голос:

— А чего мне бояться?.. Я что, сюда землю копать ехал? Мне серьезные дела обещали! Ломом орудовать я и дома мог. Какого хрена менять шило на мыло? У меня конкретная цель была: поработать в бригаде как боец и в дело войти. И вы все того же хотели, так чего ж вы теперь молчите?

— Паленый, в Таежном пацаны покруче тебя хотели выступить против Коляна, так он им всем головы поотрывал. Смотри, достукаешься — узнает он, как ты хвост поднимаешь, живо с тобой разберется. Ты что, Коляна не знаешь?

Паленому говорили правильные вещи, но он уже закусил удила. Есть люди, которых хлебом не корми — дай покачать права, заявить протест, устроить разборку. Паленый был как раз из таких. В криминальной среде такие люди долго не живут, но Паленый был в этой среде новичком, потому и давал волю своему характеру. Ему страшно хотелось поспорить как равный с равными с подручными знаменитого Коляна, а если повезет, то и с самим Коляном. Что ж, его мечта сбылась, и в этом смысле ему повезло.

Никто не знал, где Паленый хранил сигареты с травкой — вероятнее всего, на московской квартире среди личных вещей. Как-то ближе к ужину, когда во время перекура ребята, толковавшие о том, какую еду им подадут, вдруг закрутили носами — запах травки знали все, его ни с чем не спутаешь. Один Паленый сидел, безмятежно прикрыв глаза, и жадно втягивал в себя дым. В тот момент ему никто ничего не сказал: что курить — это личное дело каждого, лишь бы крыша оставалась на месте. Но вот крыша у Паленого как раз и съехала: докурив сигарету, он еще некоторое время посидел с закрытыми глазами, а потом заговорил на свою излюбленную тему об ущемлении прав молодых бойцов. Уже давно пора было заканчивать перекур, а он все бухтел и бухтел. Землекопы поднялись и попробовали пройти в тоннель, но Паленый встал на их пути, загородив вход и не переставая работать языком. Он размахивал руками, приседал, подпрыгивал, мотал головой — было ясно, что после долгого воздержания травка произвела на него особенно мощное действие. В тот момент, когда его речь достигла высшего накала, наверху лязгнул люк и в подвал не спеша спустились сначала Барнаул, а за ним молодой человек с бородкой и в темных очках. Однако этот маскарад не сбил землекопов с толку. «Колян, Колян», — испуганно зашептались они. Почуяв что-то необычное, примолк даже Паленый. Колян шагнул вперед и остановился прямо перед ним. Хотя Паленый теперь молчал, но во время спуска в подвал до ушей бригадира успели долететь слова насчет того, что «сам бугор сейчас большие бабки делает, а нас поставил сюда землю ковырять» и что «раз все в одной бригаде, значит, все должны любую работу делать, и плохую, и хорошую».

— Ну что, может, ты меня пустишь посмотреть? — не повышая голоса, спросил Колян. — А то базарить-то все мастера. Еще ни хрена не сделали, а уже начинают права качать.

Паленый с ворчанием отодвинулся, и Колян, включив фонарик, который он держал в руке, шагнул в проход. За ним последовал Барнаул, на ходу погрозив Паленому кулаком.

— А чего?.. — опять принялся за свое Паленый. — Я что, неправильно говорю? Нет, если ты бригадир, то сядь с бойцами, потолкуй, перетри все вопросы...

Однако и Паленый, и все землекопы, ожидавшие оценки своего труда, невольно прислушивались к тому, что происходило в тоннеле. Оттуда доносились только обрывки фраз Коляна, но, судя по его спокойному тону, бригадир был доволен. Присев на корточки, Колян поднял голову и посветил на потолок, а потом спросил Барнаула:

— Слышишь, где шоссе? Уже прямо над нами тачки проезжают!

Тот прислушался и кивнул, а Колян продолжал:

— Молодцы, хорошо продвинулись, но здесь крепления понадежнее надо поставить. На, свети!

Он отдал Барнаулу свой фонарик и начал пробираться к выходу из тоннеля — туда, где слышались сбивчивые разглагольствования Паленого. Пригибаясь, он вышел из тоннеля в подвал, выпрямился и потянулся. Паленый выжидательно смотрел на него, не сомневаясь в том, что бригадир слышал его слова. С лица Паленого не сходило вызывающее выражение — он изо всех сил старался показать, что не боится грозного бригадира.

— Ну что ж, молодцы, поработали здорово, — с улыбкой произнес Колян. — Правда, дальше придется крепления помощнее делать на потолок, но все равно уже немного осталось.

Колян умолк и начал неторопливо стряхивать песчинки с одежды. Паленый уже открыл рот, собираясь что-то сказать, как вдруг бригадир резко повернулся к нему, молниеносно выбросил вперед правую руку и тут же мгновенно ее отдернул. В воздухе мелькнуло окровавленное жало заточенной отвертки. Паленый издал короткий вскрик и с протяжным стоном, зажимая руками глубокую рану в животе, стал приседать, а затем упал на колени.

— Ты что сделал? — прохрипел он. — За что? Я ведь только побазарить хотел!

— Я знаю, — спокойно сказал Колян. — Вот как раз за базар. Ты об одном не подумал: кто ты такой, чтобы я с тобой базарил?

Паленый, качая головой, вновь издал такой страдальческий стон, что содрогнулись все бойцы бригады, молча взиравшие на эту жуткую сцену. Внезапно Колян вновь выбросил вперед правую руку. На сей раз удар был нацелен в голову. Раздался короткий отвратительный хруст, рука отпрянула обратно, стон тут же оборвался, и Паленый беззвучно повалился на пол лицом вниз.

— Может, кто-то еще хочет со мной обсудить, как мне себя вести? — доброжелательно спросил Колян. — Никто не хочет? А то давайте, пока я здесь. Все-таки нет? Ну, значит, будем работать дальше, а я в долгу никогда не оставался. А это говно уберите отсюда. И не вывозите его никуда, чтоб менты не засуетились — закопайте прямо в тоннеле. Пускай пацаны вспоминают, когда будут работать, про покойника Паленого, который не любил работать, а любил базарить.

Колян поднялся по лесенке наверх, за ним последовал Барнаул. Прежде чем закрыть люк, Колян посмотрел вниз на оцепеневших бойцов и холодно произнес:

— Ну, что стоите? Я же ясно сказал: уберите его и за работу!

Для Паленого в стенке тоннеля вырыли нишу, кое-как затолкали в нее его тело, заложили сверху кирпичами и забросали землей. Вскоре труп начал разлагаться, и проходчики морщились от невыносимого зловония, затаскивая в тоннель бетонные перекрытия для укрепления потолка, над которым слышался шум проезжавших по шоссе автомобилей. Колян был прав — каждый из них, проходя с ломом, киркой или лопатой к своему рабочему месту, невольно косился на нишу, издававшую трупный запах, и вспоминал «этого дурака Паленого».

Через пару дней Барнаул спустился в тоннель, промерил его рулеткой, сравнил полученные данные с какими-то записями в бумажке и набрал номер на мобильном телефоне. Бойцы уже знали о том, что над подвалом находится здание, в котором недавно открылся придорожный ресторан «Русь». Сейчас в ресторане что-то ремонтировали. Говоря по мобильнику, Барнаул вроде бы отчитывался перед хозяином ресторана о ходе ремонтных работ — во всяком случае, бойцам так показалось. Однако в его докладе несколько раз прозвучало словосочетание «на всю ширину», и бойцы стали догадываться, что на самом деле Барнаул толковал о ходе рытья тоннеля.

— Ну, братва, — объявил он, отключив связь, — кончились ваши муки. Сегодня отметим завершение работ. Заодно и помянем Паленого.

ГЛАВА 12

— Проходите, Николай Валерьяныч, садитесь, — сказал Варяг появившемуся в дверях Чижевскому. Начальник охраны неторопливо подошел к столу Варяга и уселся на ближайший к шефу стул. «Волнуется», — подумал Варяг, увидев, как внешне невозмутимый Чижевский придвинул к себе пепельницу. Пока он закуривал, Варяг предложил: — Давайте сначала по Радченко. Не проявлялся наш беглец? Что говорит ваша агентура?

Бывший полковник КГБ за свой немалый срок службы хорошо усвоил ту истину, что настоящий сыщик раскрывает преступления, тщательно собирая наводки стукачей, а не ползая вокруг мертвеца с лупой в руке. То же относится и к шпионам: их задача — не проникать в правительственные здания под покровом ночи для взлома бронированных сейфов с документами, а встречаться с агентами в уютных местах. Поэтому, приступив к работе в качестве начальника охраны Варяга, Чижевский начал с того, что вышел на связь со своей старой кэгэбистской агентурой, а затем принялся терпеливо вербовать новую, преимущественно в криминальных кругах. В результате стоило Радченко после побега приступить к активным действиям, как к полковнику уже начала стекаться информация о его новых подвигах.

— Проявился — и это меня очень беспокоит, — начал Чижевский. — Из всех разговоров, которые опять о нем пошли, можно понять следующее: Радченко спешно оперяется, выбивает деньги у коммерсантов, которых, видимо, его люди давно пасли. Берет сравнительно понемногу — видимо, чтобы получить быстро и без проблем. Действует, как всегда, с крайней жестокостью, методом устрашения. Вопрос: зачем ему понадобились деньги? Это мы пытаемся выяснить.

— А разве у него еще остались в Москве какие-то бойцы? Разве мы не всех вывели из строя? — с удивлением спросил Варяг. — Или, может, кто-то из Сибири успел вернуться?

— Не думаю, Владислав Геннадьевич, — покачал головой Чижевский. — Видимо, он просто не все нам рассказал.

— Да неужели? — еще больше удивился Варяг. — Его же так прессовали! От одной вашей химии у любого язык развязался бы!

— У него тоже развязался, но, видно, не до конца, — сказал Чижевский. — Он многое рассказал, но умолчал о каких-то своих резервах.

— Что ж, он, конечно, мерзавец, но в чем-то все же молодец, — с невольным уважением сказал Варяг. — Чувствую, мы с ним еще хлебнем горя. Он сейчас берет со своих клиентов не очень помногу из-за того, что торопится, хочет побыстрее собрать деньги. Тут я с вами согласен. Обычно-то его стиль — драть три шкуры под угрозой пыток и смерти. Впрочем, к клиентам он потом сможет вернуться. Но для чего сейчас такая спешка?

— Боюсь, что для войны, Владислав Геннадьевич, — тяжело вздохнул Чижевский. — Руки чешутся у парня.

— Что ж, повоюем, Николай Валерьяныч. Нам не привыкать, — спокойно сказал Варяг. — Я вас попрошу прикрыть в первую очередь тех людей, которым Колян навязал свою «крышу», а то ведь он вздумает на них зло сорвать.

— Постараемся, — кивнул Чижевский. — Но я уверен, что он сейчас не станет на это размениваться. У него сейчас другая цель — вы. И учтите, что последнее нападение — это работа не Радченко. Он своего удара еще не нанес.

— Учту, — усмехнулся Варяг. — Что ж, давайте теперь разберемся с этой заварухой на перекрестке. Что удалось выяснить?

— К сожалению, все нападавшие были убиты. Но пальчики одного из них нашлись в компьютере на Петровке. Зиннуров Ренат, уроженец Саранска, гражданин Киргизии. Шесть судимостей, кличка Хомяк. По сведениям из Бишкека, принимал участие в межнациональных конфликтах в том регионе. По неподтвержденным сведениям, входил в банду, занимавшуюся заказными убийствами. В последнее время из поля зрения местных органов исчез и, по слухам, гастролировал в России. По сведениям моей агентуры, Хомяка замечали в разных российских городах в компании с его приятелем Васильевым по кличке Арбуз, уроженцем Коканда. В криминальной среде считалось, что Зиннуров, Васильев и их группа занимаются в России устранением людей, но более точной информации никто не имел, поскольку компания держалась особняком. Одним словом, мы имели дело с наемной бандой, которой вас кто-то заказал. Кто конкретно — у мертвых не спросишь. Я, конечно, попытаюсь отследить их связи, но на это потребуется время, а успех не гарантирован. Хотя мы и без этого можем догадаться, кем сделан заказ.

— Можем, — подтвердил Варяг. — Тем более что комитетское прошлое господина Заботина могло облегчить ему выход на банду Хомяка.

— Я обратил внимание вот на что... — медленно произнес Чижевский. — Все поведение банды указывает на то, что киллеры получили сигнал о вашем выезде. То есть они не торчали на перекрестке, дожидаясь, пока вы появитесь, а находились где-то поодаль, не привлекая к себе внимания, и подъехали к перекрестку синхронно с вами. Сигналы же им могли дать только из нашей конторы и только те люди, которые были в курсе ваших планов.

Варяг ощутил нетерпение охотника, почуявшего близкую добычу. Он вспомнил собственные размышления о странных сбоях в работе «Госснабвооружения» и о том, кто из его сотрудников может быть к ним причастен.

— В курсе были все замы, секретарша и водитель, — сказал Варяг.

— Я тоже так решил, — кивнул Чижевский. — Все телефоны в офисе прослушиваются, но человек, который нас интересует, это, конечно, понимает. Водитель до вашего выезда все время находился в гараже и никуда не звонил — я это проверял. Да его, честно говоря, и трудно серьезно заподозрить в подрывной работе такого масштаба. Записи разговоров секретарши я прослушал, проверил, кому она звонила, — ничего особенного, обычная деловая рутина. Остаются замы. Костылева с утра не было в офисе — он отъезжал на переговоры, а в момент его отъезда еще не было известно, каким рейсом прилетит китаец. В офис Костылев не звонил — стало быть, он не мог знать, когда вы поедете в аэропорт. Переговоры Платонова я тоже послушал, и они у меня подозрений не вызвали, тем более что большинство его собеседников я хорошо знаю и суть разговоров мне была известна. А вот с Лозовским сложнее. Его звонки тоже чисто деловые — все, кроме одного. После того как вы позвонили ему по внутренней связи и сообщили о своем отъезде, он сразу позвонил на мобильный своему референту, которого он с утра услал из офиса. Разговор внешне совершенно невинный, но в нем есть несколько необязательных фраз, которые вполне могут быть кодовыми.

Мобильные телефоны наших сотрудников тоже прослушиваются...

Заметив, как поморщился Варяг, отставной полковник, словно оправдываясь, воскликнул:

— Ну не придумано пока других методов, Владислав Геннадьевич! К тому же у нас сейчас настолько сложный период, что моральные предрассудки лучше отбросить. На все машины «Госснабвооружения» я приказал поставить радиомаячки...

Варяг не сдержался и прыснул.

Чижевский посмотрел на него с укором и продолжал:

— Так вот, машина референта едет к метро и стоит там двадцать минут. При этом разговора по мобильнику не зафиксировано. После этого машина возвращается в офис. Возникает вопрос: с чего это парень мотается полдня на машине без дела, причем с разрешения начальника? И зачем эта поездка к метро? Ответ может быть только один: все это меры конспирации при выходе на связь, когда учитывается возможность прослушивания.

— Н-да, — кивнул Варяг, — он боялся прослушки и поехал к метро, чтобы позвонить там из автомата, но не учел, что вы сможете проследить за его передвижениями.

— Ну, передвижения к делу не подошьешь, — сказал Чижевский. — Парень может сказать, что вышел за сигаретами, хотя мы знаем: кроме него, условный сигнал о вашем выезде из офиса никто подать не мог. Мне нужна ваша санкция на жесткий разговор с этим парнем, чтобы внести в дело окончательную ясность. Причем степень жесткости прошу разрешить мне определять самому.

— Санкцию я вам даю, но особенно усердствовать не нужно, — предупредил Варяг. — Парню просто могли приказать позвонить туда-то и сказать то-то, и он выполнил приказ. Вероятно, он не в курсе.

— Тогда пусть все расскажет, — твердо ответил Чижевский.

— Кстати, как его фамилия? — спросил Варяг.

— Квач, — последовал ответ. — Борис Квач.

Через несколько часов Чижевский вновь появился в кабинете Варяга.

— Квач запираться не стал — понял, что намерения у меня серьезные, — сообщил он. — Он сразу сказал, что Лозовский отослал его к метро и велел ждать в машине звонка по мобильному телефону. Было условлено, что Лозовский позвонит, произнесет некий малозначащий текст, но с кодовой фразой. По этому сигналу референт, чтобы его не прослушали, идет в метро и звонит из автомата по номеру, который ему дал Лозовский. Когда на том конце снимают трубку, референт произносит условную фразу, и на этом его миссия закончена.

— Понятно, — усмехнулся Варяг. — Во всем, значит, виноват Лозовский, а Боря Квач — просто послушный исполнитель.

— Я тоже подумал, что все это больно невинно, — кивнул Чижевский. — К тому же мне рожа этого парня сразу не понравилась. Я ему прямо заявил, что его объяснения меня не удовлетворяют и с его стороны будет разумнее рассказать все до конца. В общем, он действительно знал о существовании заговора и о связи Лозовского с Заботиным. Заботин пообещал Лозовскому, что после вашего устранения Платонова тоже «уйдут», а Лозовского назначат главой «Госснабвооружения». Сигнал о вашем выезде должен был получить Заботин — только он знал, как связаться с киллерами. Но Заботин тоже боялся прослушивания и потому попросил, чтобы сигнальный звонок звучал как-нибудь нейтрально. Словом, Квач из метро позвонил не прямо Заботину, а своей любовнице, которую он содержит на денежки Лозовского. Он дал ей номер Заботина, попросил позвонить ему и сказать: «Я согласна», — мол, друг поймет...

— Ну да, — заметил Варяг, — звонит дама, говорит: «Я согласна», — при чем здесь стрельба, киллеры? Просто у человека есть личная жизнь...

— Приняв этот звонок, Заботин тут же позвонил на мобильник Хомяку и его ребятам, и они двинулись на тот перекресток, — закончил Чижевский. — Теперь возникает вопрос, что делать с Квачом. Если с ним что-нибудь произойдет, то Лозовский перепугается и заляжет на дно. Квача надо бы включить в нашу игру — он должен делать вид, будто он свою задачу выполнил и его никто ни в чем не подозревает. А мы тем временем подготовим операцию по устранению Лозовского.

Варяг не чувствовал злобы к Лозовскому, но понимал, что этого человека, который так много знал, придется устранить — во всяком случае, вывести из игры. Уволить Лозовского правительственные чиновники не дадут, уйти по собственному желанию он вряд ли согласится, да если и согласится, то станет не менее опасен, открыто перейдя в стан Заботина.

— Только операция должна пройти тихо, — предупредил Варяг. — Вокруг концерна и так многовато шума. Мне стоило большого труда замять инцидент с уничтожением банды Хомяка.

— Разумеется, будем стремиться к тому, чтобы все прошло тихо, — пообещал Чижевский. — Есть у меня смекалистые ребята...

ГЛАВА 13

Главной страстью генерал-майора Павла Сергеевича Лозовского, одушевлявшей всю его деятельность, являлось ненасытное тщеславие. Он не принадлежал к числу тех людей, которые успокаиваются на достигнутом — наоборот, каждое достижение лишь укрепляло его в мысли, что он достоин большего. Для такого человека неожиданное появление Владислава Игнатова на посту заместителя генерального директора «Госснабвооружения» было как нож в спину. Птичка напела на ушко Лозовскому, что за фрукт этот Игнатов, известный в некоторых кругах по кличке Варяг, так что неизменная доброжелательность и учтивость Игнатова не могли никак изменить отношения Лозовского к новому коллеге. И то, что Игнатов стал, по сути дела, единолично определять политику концерна, отнюдь не добавляло в душе Лозовского добрых чувств к нему. Этим и объяснялась та легкость, с которой Заботин завербовал молодого генерал-майора. Для налета банды Коляна на загородный особняк Варяга его помощь практически не понадобилась, однако в организации недавнего покушения он сыграл ключевую роль. Это обстоятельство и сыграло роковую роль в его судьбе. Хотя Лозовский тщательно соблюдал все меры предосторожности, слежка за ним оказалась слишком плотной. Варяг вовсе не жаждал мести, но ни у него, ни у Чижевского не было ни малейшей

144

надежды расстаться с Лозовским цивилизованным путем. Поэтому Варяг и дал добро на силовую акцию.

Чижевский, получив задание, немедленно вызвал к себе славную троицу бывших офицеров ГРУ. Отставные разведчики образцово наладили систему наружного наблюдения. Теперь важно было в кратчайший срок устранить Лозовского так, чтобы эта акция не вызвала кривотолков в прессе и дотошного расследования. Смерть клиента не являлась непременным условием задания — достаточно было вывести его из игры на более или менее длительный срок.

— А если он капитально разгрохается на машине в результате несчастного случая — этого будет достаточно? — поинтересовался майор Абрамов.

— Если капитально, то да, — ответил Чижевский.

— Тогда будем действовать в этом направлении, — сказал Абрамов. — По слухам, наш друг очень любит быструю езду, и это хорошо. Вы не знаете, где у него дача? Я так понимаю, что землю под строительство дач всем работникам концерна ответили где-то в одном месте?

Получив все необходимые сведения, разведчики удалились, как выразился Абрамов, «обмозговать дельце». Однако к концу дня Абрамов вернулся и положил перед Чижевским листок бумаги, исписанный аккуратным почерком курсанта-отличника. Это был счет — слева на листке в столбиках перечислялись различные предметы, а справа указывалась сумма в рублях и долларах.

— Десять импульсных электроламп... Конденсаторы... — поднял брови Чижевский. — А, кажется, понимаю!

— Ну и пара скоростных иномарок нам понадобится, — заметил Абрамов. — Хочется надеяться, что не насовсем.

Через три дня Лозовский, завершив последнюю деловую встречу и дав указания юристам по составлению договора с партнерами, сложил в портфель бумаги, которые хотел просмотреть вечером, и направился в гараж. Заместителям генерального директора персональная охрана не полагалась — водитель одновременно выполнял и функции охранника. Лозовский любил сам водить свой «лексус» и потому частенько отпускал охранника. «Вот и хорошо, — заметил по этому поводу Абрамов, — одним грехом меньше будет на душе». Лозовский весело насвистывал — он окончательно убедился в том, что его участие в покушении не раскрыто, и предвкушал несколько спокойных дней. Он, конечно, понимал, что Заботин не оставит его в покое и принудит продолжать интриги, от которых генерал-майор уже изрядно устал. Но пока можно было стряхнуть груз страха и опасений и не думать ни о чем, кроме работы, а это для Лозовского стало в последнее время разновидностью отдыха.

Он выехал на шоссе и ощутил себя в своей стихии, сгоняя фарами с левой полосы более тихоходные машины и протискиваясь вперед на светофорах. Наконец он выехал из города, и на дороге стало посвободнее. «Лексус» понесся вперед сквозь надвигающиеся сумерки, свистя, как ракета, и заставляя попутные автомобили шарахаться вправо. Лозовский с высокомерным выражением лица обгонял других водителей, отпускал по их адресу пренебрежительные реплики, язвительно усмехался и даже порой делал неприличные жесты. Он, разумеется, не обратил внимания на трехсотый «мерседес» синего цвета, стоявший у придорожного ресторанчика и тронувшийся с места в тот момент, когда серый «лексус» Лозовского пронесся мимо, пугнув клаксоном какую-то невзрачную «копейку», ехавшую в левом ряду.

— Ишь какой молодец, — заметил майор Абрамов, провожая взглядом задние огни серого «лексуса». — Всех решил сделать. Но всех не сделаешь.

Майор поднес к губам рацию и произнес в микрофон:

— Ван, Ван, слышишь меня? Давай заводись и будь готов — клиент проследовал мимо меня, скорость примерно сто пятьдесят. Я выезжаю, а ты пока свяжись с Фаридом, пусть тоже будет наготове.

— Есть, командир, — откликнулся Лебедев.

Синий автомобиль мягко выкатился со стоянки на обочину, пропустил, не останавливаясь, мчавшиеся мимо машины и, взревев мощным двигателем, рванулся вперед. Уже через пару минут впереди замаячили кормовые огни «лексуса» Лозовского.

Павел Сергеевич почувствовал себя задетым за живое, когда его легко обошел справа такой же точно автомобиль, как его собственный, и занял левую полосу. Лозовский резко прибавил газу и мигнул фарами, однако наглец и не подумал уступить ему полосу. По правде говоря, генерал-майор не сумел ни на сантиметр сократить расстояние до синего «мерседеса», так что его претензии выглядели не слишком обоснованными. Он дергался то вправо, то влево, прикидывая возможность обгона, однако прежде чем обгонять соперника, сначала требовалось его догнать. Уже стемнело, Павел Сергеевич проехал две трети дороги до дачи, однако он не замечал ничего вокруг, видя перед собой только кормовые огни машины, пробудившей в нем соревновательный дух. «Сделаю его раз, а там пускай он меня обгоняет», — загадал Павел Сергеевич, уже с некоторым трудом удерживая в равновесии бешено летящий по неровной дороге автомобиль. Его обидчик принадлежал, видимо, к числу фанатиков автодела, все выходные проводящих в гараже, копаясь во внутренностях своего железного друга и украшая его всевозможными наворотами вроде тех многочисленных дополнительных фонарей и фар, которыми была в изобилии снабжена корма синего «мерседеса» и которые торчали на его крыше на специальной раме. «Вот дурак, — пробормотал Лозовский, — это же не «джип»...» Лозовский вновь дернулся вправо, но приближался извилистый участок дороги, и обгонять справа было не с руки. За время преследования скорость в сто пятьдесят километров в час стала для Павла Сергеевича совершенно естественной и привычной, так что он не стал сбавлять ее и перед поворотом, следуя примеру своего соперника, который, видимо, тоже не собирался замедлять ход. Мелькнул знак «Дорожные работы», на противоположной стороне дороги появились кучи песка и гравия, трактора и какие-то дорожно-строительные агрегаты. Все это стремительно приближалось в свете фар вместе с поворотом. Справа с автомобилем Лозовского поравнялась какая-то красная машина. Павел Сергеевич вскипел, решив, что и этот водила хочет его обогнать и влезть перед его носом в левый ряд. «Хрен тебе», — процедил Павел Сергеевич, прибавляя газу. Внезапно он с ужасом увидел, что «мерседес», мчавшийся впереди, вдруг резко затормозил. Одновременно с этим он услышал резкий щелчок: это разом сработали все дополнительные фонари, которыми был увешан синий «мерс». Ряд фонарей, установленных на крыше, перед тем как включиться, предварительно развернулся на своей раме и уставился назад, прямо на скрючившегося за рулем генерал-майора. Все фонари синхронно произвели вспышку, и Павел Сергеевич совершенно ослеп. Он автоматически вывернул руль влево, потому что вправо его не пускала красная машина, и неудержимо понесся куда-то в пространство. Если бы он сейчас затормозил, машина, конечно, перевернулась бы, но он начисто забыл про тормоза.

«Лексус» мгновенно пересек полосу встречного движения и на обочине с ходу врезался в тракторный прицеп, нагруженный песком. Этот прицеп расчетливо подал назад, навстречу «лексусу», сидевший в кабине трактора «К-700» капитан Усманов. Раздались гулкий грохот, скрежет металла, сминаемого и рвущегося, как бумага, и звон стекла. Удар пришелся несколько вкось, и у иномарки мгновенно сорвало обе правые двери вместе со стойкой и пробило бензобак. Выбитые столкновением искры попали на бензин, и тот мгновенно вспыхнул. Машина отлетела в сторону и с грохотом закувыркалась куда-то в темноту, перелетев через кювет. На мгновение разведчики, внимательно наблюдавшие за происходящим, потеряли ее в темноте из виду, но затем глухо ухнул взорвавшийся бензобак, и глазам наблюдателей предстали под невысоким откосом охваченные пламенем обломки. Все было сделано четко, быстро и абсолютно слаженно — настолько четко и слаженно, что даже не сразу верилось в удачный исход. Первым очнулся Усманов, хотя он же и пострадал больше всех — трактор так дернуло от удара по прицепу, что капитан разбил себе нос о приборную доску. Тем не менее он скатился из кабины на землю, сбежал с откоса на луг, пробежал по нему в темноте метров пятьдесят и снова выбрался на дорогу. Лебедев в своей красной «тойоте» уже подъехал к этому месту.

— Ну, ты живой, Федя? — спросил он товарища, когда тот с окровавленным лицом плюхнулся на соседнее сиденье.

— Нормально, — прогнусавил Усманов, утираясь извлеченным из кармана куртки носовым платком. — Поехали отсюда, а то уже зеваки собираются.

Мимо них неторопливо прокатил синий «мерседес» Абрамова. Майор размышлял: «Опять небось нас мясниками назовут. А с другой стороны: каково было задание? Чтоб клиент капитально разгрохался на машине. У нас он разъебошился так, что капитальнее некуда. Выходит, мы все сделали правильно...» Навстречу майору пронеслась, завывая сиреной и озаряя мрак бликами мигалки, машина ГАИ. Абрамов усмехнулся, закурил и включил радио. Бодрый голос ведущего объявил: «А сейчас Вадим Черешня исполнит в оригинальной аранжировке романс «Ямщик, не гони лошадей»...» Майор рассмеялся и начал подпевать.

ГЛАВА 14

Заработавшись допоздна с бумагами, Варяг в очередной раз заночевал в офисе. Ему уже давно не приходилось спать одетым на диване — для него оборудовали вполне комфортабельную комнату отдыха с душевой и тренажерами. Проснувшись, Варяг полежал не больше минуты, а затем заставил себя рывком подняться, налил себе чашку кофе из термоса, стоявшего на столике, сделал большой глоток и направился к тренажерам. Хорошенько размявшись, он вновь вернулся к столику, чтобы отхлебнуть кофе, и повторял такие перемещения несколько раз, прогоняя сонную одурь, пока тело его не заблестело от пота. Затем он прошел в ванную комнату и встал под душ, обжигающе горячими струями которого смыл с себя пот, после чего пустил ледяную воду. Такие ежеутренние встряски возвращали ему свежесть и проясняли мышление и память. Прояснение наступило и сейчас — Варяг хлопнул себя по лбу и застонал, вспомнив о том, что Светлана с Олежкой сегодня должны ехать в Москву — сыну предстояло пройти вступительный тест в гимназию, а он забыл послать за ними машину. Варяг набрал номер мобильного телефона Светланы и, услышав ее спокойное «Да», заговорил:

— Света, это я... Прости, вчера так все навалилось, не смог приехать. Ну не сердись, пожалуйста...

— Владик, я все понимаю и не сержусь, но нам надо сейчас выезжать, — мягко сказала Светлана. — На чем мы поедем? А ты сам не хочешь поприсутствовать? Все-таки твой сын сдает первый в жизни важный экзамен...

— Как же быть?.. — Варяг задумался. — Я сейчас же вышлю «мерседес». Выезжайте на нем, а я перехвачу вас по дороге. Буду на казенном «ауди». Конечно, мы поедем вместе!

Светлана, похоже, смягчилась.

— Ладно, Владик, сделаем, как ты сказал — лови меня по дороге в Москву. Мы выедем через час.

— Хорошо, я сейчас же пошлю машину. Встречаемся у ресторана «Русь». А лучше сразу после него — не надо привлекать внимания... Ну, до встречи!

Примерно через час служебная «ауди», в которой Варяг сидел рядом с водителем, преодолела подъем и оказалась на гребне холма, с которого расстилался вид на обширную заснеженную низменность, на горизонте вновь переходившую в подъем, увенчанный черной зубчатой стеной леса. По широкой черной ленте шоссе, пересекавшей низменность, в обе стороны тек поток автомобилей. Внезапно солнце проглянуло сквозь белесую пелену плотных зимних облаков, и разноцветная эмаль бегущих автомобилей ярко засверкала в его лучах. По обе стороны от шоссе по равнине были разбросаны домики деревни, из труб которых кое-где поднимался дымок. Варягу показалось, будто вдалеке он видит свой «мерседес», и он приказал водителю:

— Останови здесь. Они сейчас подъедут, а мне надо выйти отлить.

Водитель повиновался. Варяг вышел из машины и сбежал в придорожный овраг.

Теперь Варяг уже ясно видел мчавшийся по шоссе жемчужно-серый «мерседес». Вот он минует мост через речушку, вот въезжает в деревню, вот приближается к тому месту, где у начала подъема на холм стоит последний дом — старинное здание из красного кирпича. Когда-то в нем, кажется, была чайная, потом дом пребывал в запустении, а теперь какой-то московский предприниматель переоборудовал его под приличный придорожный ресторан. Ремонт длился долго, но, судя по внешней отделке — кованому навесу над крыльцом, фонарям, ажурным наличникам, красивой вывеске, — заведение было не из дешевых. «Надо будет как-нибудь зайти туда, посидеть со Светой», — подумал Варяг. Тем временем жемчужно-серый «мерседес» поравнялся с рестораном и уже начал подниматься в гору.

Внезапно земля завибрировала у Варяга под ногами. Водитель пулей выскочил из машины и ухватился за крыло. Послышался глухой подземный гул, и Варяга пронизало предчувствие чего-то ужасного. Какую-то долю секунды на шоссе ничего не менялось, но затем дорожное покрытие и земля по обе стороны шоссе под «мерседесом» задрожали и вздулись бугром. Серый автомобиль тяжело прыгнул вверх. Еще какое-то мгновение гул рокотал под землей, но вдруг из образовавшегося в асфальте бугра, словно из кратера вулкана, рывком выплеснулся огромный столб земли, камней, огня и дыма. Грохот и треск раскатились над округой. Упругая волна горячего воздуха швырнула Варяга назад, так что он едва удержался на ногах. Щеголеватый ресторан в одно мгновение лишился новенькой блестящей крыши, крыльца и всех стекол. Варяг потрясенно смотрел на место взрыва, еще не сознавая, что случилось, и ощущая только страх. Однако там ничего нельзя было разглядеть — только дым и пыль, которые свивались в облако и жутким живым грибом поднимались к белесому небу. Варяг заметил, как из этого облака падают на землю какие-то дымящиеся обломки и вновь исчезают в дыму. Земля вокруг почти мгновенно почернела, а дым все клубился, расползаясь, и в нем уже можно стало различить рваные края громадной воронки, вздыбившиеся, словно черные торосы, глыбы асфальта, какие-то деревянные обломки и контуры траншеи, тянувшейся к зданию ресторана и рядом с ним исчезавшей под землей. В отдалении послышались крики, завыла охранная сигнализация какой-то машины. Варяг бросился к «ауди», вскочил за руль и включил зажигание. Водитель открыл рот, но не успел ничего крикнуть — машина с ревом сорвалась с места, обдав водителя градом комьев земли, вылетела с обочины на шоссе и устремилась под уклон, к месту взрыва.

— Тоннель к дороге подвели, суки, — вслух, словно помешанный, бормотал Варяг. — Взорвали «мерс»... Убили Свету, убили Олежку...

При этих словах из глаз у него брызнули слезы, мешая видеть дорогу. Осознание случившегося пришло в самый неподходящий момент. Несмотря на влажную пелену, заволокшую обзор, Варяг по какому-то наитию бросил машину с дороги влево. «Ауди» с грохотом перелетела через кювет, пронеслась полсотни метров, проломила штакетник и, промчавшись по краю дымящейся воронки, резко остановилась у самой стены ресторана. Варяг выскочил из-за руля, споткнулся о выброшенные взрывом комья земли, упал, но тут же вскочил на ноги и огляделся. Он вытащил из кобуры под мышкой «ПМ» и взвел курок. Дым уже рассеялся достаточно для того, чтобы было видно: вокруг воронки нет ни одной человеческой фигуры. Варяг метнулся было к траншее — точнее, к тоннелю, обвалившемуся в результате взрыва, однако, как и следовало ожидать, тоннель оказался наглухо завален. В глаза ему бросился дымящийся кусок пластиковой упаковки с сохранившейся этикеткой «Аммонит промышленный». Это могло стать уликой, но Варяг не мог тратить время на сбор улик. Он бросился обратно к зданию, с разбегу взлетел на капот «ауди» и через него прыгнул в окно. Приземлившись на пол, он бросился в глубину здания. Пробежал через кухню, пересек коридор, ворвался в кабинет на другой стороне коридора и через выбитое взрывом окно увидел пустырь перед шоссе, а на обочине шоссе — «жигули»-«шестерку» с работающим двигателем. К машине бежал человек в перепачканной землей кожаной куртке. Варяг вскинул руку и выстрелил через окно, но не попал. Сообразив, что расстояние слишком велико, он вскочил на подоконник и выпрыгнул наружу. Прокатившись несколько метров по земле, он поднялся на ноги и бросился за убегавшим. Последние годы Варяг старательно поддерживал свою физическую форму и сейчас бежал так резво, как не бегал никогда в жизни. Дистанция между ним и человеком в кожаной куртке стала сокращаться, но все же время было упущено: Варяг видел, что не успеет догнать врага прежде, чем тот сядет в автомобиль. Из груди Варяга вырвался надрывный стон отчаяния, а человек в кожаной куртке двумя прыжками поднялся на шоссе, обернулся и, злобно оскалившись, дважды выстрелил в своего преследователя. Одна из пуль свистнула у самого уха Варяга. Тогда Варяг остановился и, с трудом переводя дыхание, сам начал стрелять. Убегавший метнулся, прячась за машиной, к месту водителя. В воздухе хлопнуло несколько выстрелов, зашуршали осыпающиеся стекла, разбитые пулями, но тем не менее человек в кожаной куртке сел за руль и с лязгом захлопнул дверцу. В глубине салона Варяг различил очертания его головы, вскинул руку и вновь открыл огонь. Взревел двигатель — «жигули» рванулись с места. Варяг вновь нажал на спусковой крючок, но ударный механизм беспомощно щелкнул — в магазине кончились патроны, и лишь россыпь пустых гильз золотисто поблескивала на земле у ног стрелка. Варяг, почти обезумев от бессильной ярости, вдруг заметил, что тронувшаяся с места машина продолжает двигаться какими-то судорожными скачками, словно ею управляет человек, впервые севший за руль. Еще несколько скачков — и двигатель заглох. «Жигули» остановились, и Варяг опрометью ринулся вперед. Однако, выбежав на дорогу, он остановился, все еще сжимая в руке бесполезный пистолет. Он увидел, как передняя дверца неподвижной машины приоткрывается и из нее неуклюже, с огромным усилием выбирается человек в кожаной куртке. Из его головы на перепачканную землей спину куртки обильно струилась ярко-алая кровь. Кое-как встав на ноги, человек повернул к Варягу искаженное болью лицо, что-то прохрипел и, потеряв равновесие, тяжело рухнул на дорогу. Варяг подбежал к нему и перевернул на спину, но тот уже агонизировал: по его телу пробегали судороги, глаза невидяще смотрели в небо. Одна из пуль Варяга попала ему в голову, другая — в шею. Было удивительно, как с такими ранениями он еще смог выйти из машины и пройти пару шагов. Впрочем, Варяг не задавался такими вопросами. Он так и остался сидеть на обочине дороги возле тела убитого им врага. Пойти к воронке и посмотреть на то, что осталось от жены и сына, — это было выше его сил.

ГЛАВА 15

Все было подготовлено к устранению семьи Варяга, и Колян отдал приказ о проведении акции. Верный Барнаул с раннего утра занял наблюдательную позицию на втором этаже ресторана, поджидая жемчужно-серый «мерседес», который полчаса назад порожняком пронесся мимо, направляясь из Москвы в Раздоры. Как только на том отрезке шоссе, под который был подведен тоннель, набитый аммонитом, покажется машина, Барнаул поворотом ключа пустит ток, ток приведет в действие детонаторы в подкопе, и семья фактического руководителя «Госснабвооружения» неминуемо отправится на небеса. Это произойдет даже в том случае, если Барнаул включит адскую машинку чуть-чуть не вовремя — взрыв ожидался такой силы, что на участке шоссе метров в двести все живое должно было погибнуть. На всякий случай Колян, связавшись с Барнаулом по мобильнику, спросил:

— Ну сколько времени ты сможешь просидеть с биноклем, чтоб не заснуть? Может, тебе сменщика дать? Учти, головой за дело отвечаешь!

— Не надо, — отказался Барнаул, — с лишними людьми быстрей спалишься. Я выносливый, могу не спать сколько угодно, особенно если зачифирю.

На том и порешили.

Коляна в связи с покушением беспокоили два момента: во-первых, что делать с пацанами, копавшими тоннель, и, во-вторых, не наследил ли он каким-либо образом, проживая в квартире безвестно пропавшего гражданина Патрикеева — по документам этого самого гражданина. После некоторых раздумий бригадир перестал беспокоиться. Конечно, весь молодняк можно было бы положить в том же подвале, но, с другой стороны, какая же бригада без «пехоты»? Да и так ли плохо, если по столице разнесется слух, что Варягово отродье сплавил на тот свет Николай Радченко? А если пехотинец даже и попадется в руки ментам или людям Варяга и те заставят его разговориться — что ж, парень сможет сказать: «Да, рыл подкоп, да, видел там Коляна». И что дальше? Где искать бригадира, такая шелупонь и представления не имеет. Стало быть, пусть пацаны живут и честно работают на бригаду. А что касается гражданина Патрикеева, то Колян перестал им быть с того момента, как отдал команду на взрыв. Бригадир, разумеется, понимал, что и менты, и спецслужба Варяга сразу бросятся искать хозяина ресторана — ведь именно из ресторанного подвала тянулся тоннель под шоссе. Поэтому Колян приказал своим бойцам вернуть настоящего Патрикеева по месту жительства, а сам обзавелся новыми документами. На его удачу, удалось провернуть классный вариант: настоящий паспорт с пропиской плюс сама квартира — причем двухкомнатная, в которой был прописан владелец паспорта.

Его новая квартира находилась в доме, где лишь недавно началось заселение и потому жильцы еще не могли хорошо узнать друг друга. На это выгодное обстоятельство Коляну указал посредник, объясняя со своей паскудной улыбочкой, почему цена так высока. Видимо, ему хотелось предстать перед Коляном мудрым торговцем, понимающим проблемы клиента. У Коляна же даже не хватило духу возразить, что зато дом находится на отдаленной окраине, где и метро-то пока нет, — слава богу, хоть телефон провели. Впрочем, Колян знал, что посредник ответил бы: «Такие люди, как вы, на метро не ездят».

Итак, Колян сидел в своей новой квартире, куда сгинувший владелец успел завезти только кухонный гарнитур да видавший виды диван, подсчитывал прорехи в бюджете и размышлял, как бы их побыстрее заткнуть. О деньгах он не жалел — ему не жаль было никаких денег, лишь бы удалось отомстить Варягу. Тем не менее пополнить кассу бригады каким-то образом следовало. Пока реальным источником поступлений могли стать только доходы от взятых «под крышу» торговых точек в городе.

Очередная передача денег была назначена на сегодня, в торговом зале на втором этаже книжного магазина «Библио-Глобус». Колян наскоро перекусил и отправился в магазин, где дотоле ни разу не бывал. Там, в толчее у книжных стеллажей, кейс с деньгами перекочевал из руки гонца в руку Коляна. Колян услышал сдавленный шепот гонца: «Тут двадцать шесть штук» — и отошел в сторону. Вечером он позвонил диспетчеру.

Услышанное огорошило его, но не слишком. Диспетчер, сам толком не понимая, что говорит, поскольку всю информацию он получал на условном языке, тем же условным языком пересказал Коляну последние новости. Двое бойцов, ожидавших Барнаула на шоссе в машине, так его и не дождались. В их машину Барнаул при отступлении должен был пересесть, а свою, старую угнанную «шестерку» с перебитыми номерами, бросить на обочине.

Взрыв уже давно прогремел, движение со стороны области прекратилось, поскольку все машины, успевшие миновать ресторан до взрыва, давно проследовали в Москву, а Барнаул все не появлялся. Тогда бойцы развернулись и поехали к месту взрыва. Всеми правдами и неправдами миновав выстроившуюся на дороге огромную пробку, они въехали в деревню, увидели огромную дымящуюся воронку, окруженную машинами милиции и «скорой помощи», понаблюдали, как пожарники тушат горящее здание ресторана, но вскоре их внимание привлекло другое, значительно меньшее скопление автомобилей и людей за поворотом той самой деревенской улицы, на которой они припарковали свою машину. Они подошли поближе, и на них, как на обычных любопытных, немедленно прикрикнул милиционер из оцепления:

— Чего вам здесь надо? Идите отсюда!

Однако в толпе людей, суетившихся на дороге между милицейскими автомобилями и каретой «скорой помощи», бойцы уже успели разглядеть того, кого надо. В группе крепких мужчин стоял высокий светловолосый человек с волевым, запоминающимся лицом, в небрежно накинутом на плечи пальто. Окружающие смотрели на него с участием и тревогой, словно он был ранен, однако крови на его одежде не было. Бойцы Коляна впились в этого человека недоумевающими, потрясенными взглядами. Затем они, не сговариваясь, отошли подальше от милиционера, остановились, и один из них выдохнул:

— Ё-моё! Это ж сам Варяг!

— Точно, он! — подтвердил второй. — Я его по фоткам знаю!

— Смотри, там кого-то на носилки грузят, — толкнул его в бок первый. Тот пригляделся и произнес окончательно упавшим голосом:

— Это же Барнаул. Вот и нашелся, блин...

* * *

Владислав приехал на дачу поздно, когда за окнами уже сгустилась ночная тьма. Лиза и Лена еще не спали. Лиза подбежала к отцу, порывисто обняла его, но, поняв, что он не собирается с ней играть, вернулась к своим куклам. Лена, смущаясь, тихо поприветствовала неожиданного гостя и стала молча наблюдать за ним. Таким она еще его не видела. На Владиславе не было лица: он казался похудевшим, постаревшим, точно на него многопудовой громадой давила какая-то невидимая тяжкая ноша.

— Что-нибудь случилось? — тихо спросила Лена.

Владислав перевел взгляд на Лизу, беззаботно возившуюся с куклой, и тихо сказал:

— Случилось. — И добавил: — Потом... Поздно уже, Лизе пора спать.

Лена поняла его с полуслова и быстро увела девочку в спальню. Когда она вернулась, Владислав уже сидел за столом, и перед ним — что было совсем уж странно и не похоже на него — стояла бутылка коньяка и наполовину опустошенная рюмка.

Прежде чем она успела задать ему свой вопрос, он глухо выдохнул:

— Сегодня погибли моя жена и сын.

Лена вздрогнула. Она давно уже подозревала, что этот сильный красивый мужчина, который редко, но регулярно приезжал сюда повидаться с дочкой, ведет жизнь, полную тайн и опасностей, но не смела его ни о чем выспрашивать. Безошибочным чутьем, которое дано женщине от рождения и никак не связано с ее возрастом и жизненным опытом, она давно уже поняла, что у Владислава есть где-то семья, что он занимается большим и, возможно, опасным делом. И вот теперь он сам приоткрыл завесу тайны. Она терпеливо ждала продолжения.

— Их взорвали в машине... — глухо продолжал Владислав. — В моей машине. Вероятно, хотели убить меня, а погибли... они. Тяжело мне, Лена. Мы со Светой столько пережили вместе за эти годы, что и передать нельзя... Я ей жизнью обязан, она меня спасла... А потом столько крови было, столько всего... — Он не договорил и, опрокинув рюмку коньяка в рот, налил себе еще. —

Никому не рассказывал, а тебе вот рассказываю... Не знаю почему. — Он посмотрел на Лену потухшими глазами.

— Как же так... Как же вы теперь? — срывающимся голосом спросила девушка, почувствовав, как защемило у нее сердце от этих страшных слов.

— Не знаю, не знаю... Тяжело очень, Лена... Но надо жить, — упрямо проговорил Владислав. — Теперь у меня только Лиза осталась. Одна Лиза. Больше никого нет.

Его последние слова прозвучали как тихий выстрел, так что Лена даже вздрогнула и отшатнулась. Ей вдруг захотелось обнять этого сильного мужчину за шею, прижать к своей груди, шептать ему на ухо ласковые слова, утешать. Ей почему-то показалось, что ему сейчас очень нужна ее поддержка. Но она смущалась, стеснялась — не ведала, как следует себя с ним вести...

— Я не знаю, кто это... Но обязательно узнаю, — жестко произнес Владислав, решительно отодвинув бутылку и пустую рюмку в сторону. — Я до них доберусь. Вот этими самыми руками отвинчу голову... — Он вытянул руки вперед, сжал кулаки и вдруг бессильно уронил на них голову.

Лене показалось, что он плачет. Девушка инстинктивно положила обе ладони ему на голову и стала гладить по волосам, шепча:

— Ну успокойтесь, ну будет вам...

Он резко встал из-за стола и решительно направился к выходу.

— Поеду... Сам не понимаю, зачем сюда приехал... Наверное, надо было выговориться. — Он невесело улыбнулся. — Хорошая ты, Лена. — Помолчав, добавил: — Только Лизе не рассказывай. Ей не надо об этом знать!

И вышел. Через минуту в ночи взревел автомобильный двигатель, зашуршали шины по аллее, а еще через полминуты все стихло.

ГЛАВА 16

Смерть Барнаула Колян воспринял с удовлетворением — как свидетельство того, что судьба все же не совсем от него, Коляна, отвернулась. «Было бы хреново, если бы его живым взяли, — рассуждал Колян. — Хотя до меня через него не добрались бы, до диспетчера — тоже, но все равно покойник знал много чего. Ладно, выходит, что не все так плохо». Колян впился жадным взглядом в окаменевшее лицо Варяга, появившееся на экране. Он не мог не отдать должное мужеству врага — во-первых, выяснилось, что именно Варяг в перестрелке один на один убил Барнаула, а во-вторых, после всего случившегося Варяг не отказался ответить на вопросы журналистов. «Да, я тоже считаю, что покушение было направлено против меня, а мои близкие пали жертвой роковой случайности, — говорил Варяг. — Я не подозреваю никого конкретно, в последнее время я не получал никаких угроз... Однако я знаю, что в стране есть немало сил, которые хотели бы огромный потенциал нашего концерна использовать не на благо России, а на личное обогащение. Покушение — дело рук этих сил, которым я отныне объявляю смертельную войну».

Колян слегка поежился, потому что при этих словах Варяг, смотревший в землю, внезапно взглянул прямо в телекамеру напряженным, почти безумным взглядом. Однако в следующую минуту бригадир издевательски рассмеялся.

— Ох как страшно, — процедил он. — К твоему сведению, у меня еще задаток за твою голову. Все еще только начинается! Молись богу, сука, чтобы умереть быстро, а я постараюсь, чтобы ты умер по-другому!

Недолго Колян разрывался между двумя пламенными страстями: свести счеты с Варягом и покарать неверную жену и ее любовника. Первая задача была решена оперативно и точно. И теперь ненависть к Надежде и ее любовнику Федору Угрюмому достигла в душе Коляна страшного накала, совершенно помрачая его ум и отравляя существование. Теперь, когда была уничтожена семья Варяга, надо было срочно линять во избежание неприятностей: ищейки Варяга непременно найдут концы взрыва у подмосковного ресторана «Русь», думал Колян, и это дело нескольких дней. Так что самое лучшее для него было рвануть из столицы в свой родной город Таежный, чтобы привести в исполнение свой приговор неверной жене и бывшему корешу Федьке Угрюмому. Он не знал в точности, какая сейчас обстановка в Таежном, и не хотел звонить своим подчиненным, которых оставил там «на хозяйстве», поскольку, по слухам, Угрюмый, распространив лживую весть о его смерти, подмял под себя весь криминалитет города. Вполне могло получиться так, что человек вежливо поговорит с бывшим бригадиром, пригласит его приехать, заверит в том, что все его ждут не дождутся, а сам, едва повесив трубку, побежит с докладом к Угрюмому. В результате вместо того, чтобы покарать изменников, Колян сам сунет голову в петлю и позволит Угрюмому разделаться с ним. То-то Федька вздохнет с облегчением! Но нет, он, Колян, привык доверять только себе и потому не доставит своим врагам такого удовольствия. Он не будет никому звонить, сам приедет в последний момент, а сначала отправит в Таежный пару-тройку толковых ребят, которых там не знают, — пусть разнюхают все про Федора с Надькой и подготовят почву для страшной, но справедливой казни.

Колян так и поступил: в Таежный полетел Костя Бийский, который, как указывала кличка, происходил из столицы Алтайского края, и Зародыш. Эти двое должны были установить место жительства и распорядок дня Федора, а также деловые связи Федора, который по всем приметам вознамерился занять в Таежном то место, которое прежде занимал Колян.

Зародышу с его нестандартной внешностью нелегко было бы вести слежку, не привлекая к себе внимания, и потому Колян предназначил ему роль «засланного казачка».

— Походи по кабакам, где братва собирается, потусуйся в ночных клубах, запишись в качалку, походи по рынкам, — наставлял Зародыша Колян. — Все нужные адреса я тебе перед отъездом дам. В друзья ни к кому не набивайся, разговаривай с достоинством, без подхалимажа. Ты ведь у нас тоже из Барнаула?.. Ну вот, скажешь, нашалил в Барнауле, пришлось оттуда ноги делать, решил, мол, пока обосноваться в Таежном, где тебя никто не знает. Скажи, ребята рассказывали про бригаду Радченко, говорили, что команда крутая, вот и ты хотел, дескать, в нее влиться. Ну, а потом действуй по обстановке. Твоя задача — быть в курсе всех перемещений Угрюмого, чтобы мы смогли спокойно подготовиться и в один прекрасный день его прихлопнуть. На, держи, это тебе на мелкие расходы, — и Колян сунул Зародышу толстую пачку долларов. — Скажешь, в Барнауле насшибал деньжат.

— Здесь слишком много, Колян, — смущенно сказал честный Зародыш.

— Мне лучше знать, слишком или не слишком, — усмехнулся Радченко. — Ты легенду продумай о том, чем в Барнауле занимался и почему дернул оттуда. Проверять тебя вряд ли станут, но мало ли что... Потом легенду мне расскажешь — может, что-нибудь придется поправить.

— Сделаю, Колян, — с воодушевлением пообещал Зародыш.

* * *

Чтобы найти квартиру гражданина Патрикеева, владельца того самого злополучного ресторана «Русь», Николаю Валерьяновичу Чижевскому понадобилось всего несколько часов. На душе у полковника тоже скребли кошки: теперь он видел в своей работе немало промахов. «Конечно, все частные дома вдоль трассы не проверишь, но уж ресторанишко-то, тем более недавно отстроенный, надо было обшмонать сверху донизу, — с горечью думал полковник. — Придумать предлог, прийти с липовыми документами и устроить проверку вплоть до подвала...» Полковник в пылу раскаяния забыл о том, что его люди под разными предлогами не раз наведывались в «Русь», как и в прочие подобные заведения вдоль трассы, однако не обнаружили ничего подозрительного. Одно было странно: новый хозяин ресторана, гражданин Патрикеев Николай Юрьевич, постоянно пребывал в отлучке. Впрочем, подчиненные Патрикеева объясняли это тем, что у их шефа имеется еще немало разных заведений в Москве. Когда же Чижевский выяснил, что Патрикеев быстро вышел на контакт с долгопрудненскими ребятами и согласился пойти под их «крышу», то подозрения полковника почти рассеялись: он уверился в том, что Патрикеев — обычный бизнесмен полукриминального типа. Тем не менее полковник все же проверил по своим каналам в МВД, действительно ли гражданин Патрикеев Николай Юрьевич прописан в Москве, а затем сличил его данные с регистрационными документами на покупку здания. Все совпало, и полковник окончательно успокоился. А теперь он ломал голову над тем, кто же такой этот Патрикеев и на кого он работает.

Он решил, что есть два варианта: или взрыв «мерседеса» организовали какие-то неведомые конкуренты Варяга — возможно, люди из окружения Заботина, желавшие убрать его из «Госснабвооружения», — или это дело рук сбежавшего Николая Радченко, который нашел себе подручных среди москвичей — и Патрикеев как раз и является одним из таких подручных. «Но зачем же этот чудак позволил так себя по-глупому засветить? — озадаченно думал полковник. — Ведь он не мог не понимать, что его сразу найдут. Хотя Радченко попробуй не позволь...»

Поскольку поисковая операция обещала быть опасной, Чижевский взял с собой десятка два своих людей — большую их часть расставил вокруг дома, на лестнице и на чердаке, а с остальными двинулся на штурм квартиры. Снабженную замками дверь холла мгновенно вскрыли подобранным ключом, и полковник остался в дверях, держа пистолет в кармане и зорко глядя на верхний и нижний лестничные марши. Однако в душе у него нарастало сомнение — слишком уж просто все получалось. Он посмотрел в глубину длинного холла — один из его молодцов нажал на кнопку звонка, потом тронул рукой дверь и неожиданно провалился внутрь: дверь оказалась не заперта. Вся бригада ринулась в квартиру, а потом из дверного проема высунулось недоумевающее лицо:

— Можно вас, Николай Валерьяныч!

Чижевский после некоторого колебания бросил свой пост и проследовал в квартиру. Там он увидел посреди практически пустой комнаты немытое и нечесаное существо в лохмотьях, сидящее на полу. Рядом с существом стояла бутылка с какой-то желтоватой жидкостью вроде мебельного лака, а в комнате стоял удушливый запах застарелого перегара.

— Что за черт, это еще кто? — гневно спросил Чижевский.

— Больше никого нет, — виновато ответили бойцы.

Существо издало требовательное мычание. Видимо, оно считало, что вторжение в его квартиру кое-что стоит.

— Ты кто такой? — загремел Чижевский.

Существо продолжало мычать и простирать руки к непрошеным гостям. Несмотря на невнятность его языка, становилось ясно, что оно хочет водки...

— Все обыскать, — распорядился Чижевский. Обыск квартиры ничего не дал, но из донельзя засаленного мешка, явно принадлежавшего немытому субъекту, были извлечены военный билет и еще ряд документов на имя Патрикеева Николая Юрьевича. Сравнение фотографий на документах с грязным и заросшим лицом субъекта не составляло сомнений в том, что это и есть Патрикеев.

— Что за херня? — прорычал Чижевский. — А где хозяин квартиры?

— Я х-х-хозяин, — наконец внятно произнесло существо. — А т-т-ты кто?

— Ах вот оно что, — понимающе пробормотал Чижевский. — Ну, рассказывай, как это ты дошел до жизни такой...

— Бухнуть н-н-надо, — вместо ответа заявил хозяин.

— Сбегай вниз, купи бутылку водки, — приказал Чижевский одному из своих бойцов, а потом предупредил хозяина: — Не будешь говорить — ничего не получишь. Давай рассказывай!

— Значит, так, — собрался с мыслями подлинный гражданин Патрикеев. — П-п-пошел я с месяц назад в магазин...

— Там тебе предложили выпить, — продолжил за него Чижевский, — ты согласился, выпил и с тех пор ничего не помнишь. Очнулся здесь...

— Откуда знаешь? — вытаращился на Чижевского возникший из небытия хозяин квартиры.

— А что тут знать-то, — вздохнул Чижевский. — Дело обычное. Ты бы прежде чем опохмеляться, сначала паспорт бы себе выправил. Паспорт ведь у тебя забрали, верно?

— Хрен его з-з-знает, — озадаченно почесал затылок Патрикеев.

— Может, вспомнишь, кто тебя заманил?

Алкаш нахмурился, точно припоминая что-то.

— Вроде как того мужика звали... График... Или Рафик... Ну точно! — вдруг просиял настоящий Патрикеев. — График Тэ.

Кое-как ворочая языком, Патрикеев сумел воссоздать картину его похищения оборотистыми ребятами из конторы «Графика-Т». Теперь задача Чижевского несколько упрощалась...

— Ты вот что, Коля, — сказал Чижевский, — давай выходи из штопора и займись делом. А вообще-то повезло тебе, мужик. Тебя ведь должны были грохнуть... Ну ладно, некогда мне. Бывай здоров.

— Э, э, э, — забеспокоился Патрикеев, — а где этот, который за пузырем побежал?

— Не волнуйся, принесут тебе пузырь, — усмехнулся Чижевский. — А когда просохнешь, в церковь сходи, поставь свечку. Ты ведь, считай, все равно что заново родился.

ГЛАВА 17

За окном, занавешенным белой шелковой портьерой, виднелась краснокирпичная стена с зубчатым верхом. В просторном кабинете, обшитом темными деревянными панелями, стояла грозная тишина. Только большие часы с маятником строго тикали, отмеряя исторический ход времени, как они делали это последние сто с лишним лет.

За столом сидел моложавого вида человек в темном дорогом костюме и что-то писал в блокноте. Зазвонил телефон. Не поднимая глаз от блокнота, он потянулся к батарее светлых телефонных аппаратов на боковом столике и уверенно снял нужную трубку.

— Сапрыкин слушает!

— Александр Иванович! Алик! — В трубке зазвучал знакомый голос Виктора Ивановича. — Все, о чем мы договаривались, готово. Осталось дать команду к исполнению...

— Ну и ладненько, — заметил Сапрыкин. — Тогда все остается как и договорено. До встречи!

Он положил трубку и задумался. Прошло две недели с того вечера в Жуковке-5, когда они принимали на даче министра, играли в бильярд, пили виски «Джек Дэниэлс», а потом завели сильно поддатого и разморенного министра в потайную комнатенку, где его уже поджидали две девки, а за стеночкой стояла видеозаписывающая

169

аппаратура... Теперь и впрямь все было готово. Осталось немногое: довести дело до конца. А это было самое трудное. Нужные материалы были собраны, нужные люди задействованы, нужные кабинеты посещены.

Но теперь возникла новая, не предвиденная ранее проблема. Радченко... Алик давно убеждал своих «подельников» (именно так то ли в шутку, то ли всерьез он обычно называл постоянных своих партнеров по тайным посиделкам в Жуковке-5) в том, что Варяг ведет себя совсем не так, как от него ожидали, и его пора немного охолонить. Варяг совершенно оттеснил от управления концерном людей, связанных с «подельниками», и не собирался делиться ни с кем, кроме своих друганов по сходняку. Алика — Александра Ивановича — это стало сильно раздражать. И он вынужден был принять непростое, но единственно верное в этих условиях решение: убрать Варяга, а на его место поставить другого, более сговорчивого вора со славным прошлым, пользующегося большим авторитетом среди криминальных авторитетов России. Такого, как, скажем, Закир Большой. Тем более у него вырос огромный зуб на Варяга из-за срыва приватизации Балтийского торгового флота, на подготовку которой российские воры угрохали гигантские деньги. И тогда Алику пришла идея убрать Варяга руками какого-нибудь неизвестного в Москве чужака. Так в тонкую и сложную игру, которую затеяли в Жуковке-5, волею случая попал сибирский бандюга Коля Радченко, которого нашли с помощью трусливого и послушного Заботина. Но и тут произошел облом: Радченко оказался тот еще фрукт! Если Варяг был мужик упрямый и себе на уме, то сибирский гастролер был вовсе неуправляемый — сущий отморозок! Теперь, когда ему удалось каким-то образом вырваться на свободу и за короткий срок провернуть сложнейшую операцию по уничтожению семьи Варяга, ситуация и вовсе вышла из-под контроля. Теперь Варяг и Радченко наверняка начнут игру в прятки и будут охотиться друг за другом до тех пор, пока кто-то из них не погибнет. Хорошо, если это будет Варяг — тогда задача смены руководителя крупнейшего военно-промышленного концерна, а заодно и смотрящего России будет успешно решена — в нужном направлении. Но если в этой смертельной игре победит Варяг — а Алик почти не сомневался, что вор с богатейшим опытом теперь не успокоится, пока не уничтожит убийцу своей семьи, — то тогда придется все начинать сначала.

Потому что основная цель Алика и его «подельников» заключалась в том, чтобы подобраться к российскому общаку, чтобы использовать криминальный банк на нужды важнейшей политической игры — выборов очередного президента России. Громкие финансовые скандалы вокруг прошлых президентских выборов показали, что тайное использование государственных средств в политических интригах рано или поздно вскроется и какой-нибудь слишком рьяный депутатишка или генеральный прокуроришка начнет копать... Когда же используешь деньги из «теневых» источников — а российский общак в этом смысле был идеальным источником, — никто подкопаться не сможет.

Но это дело будущего. Пока что надо что-то срочно решать с Радченко. Пожалуй, подумал Алик, стоит подождать естественного хода развития событий. Пусть Владислав Геннадьевич немного побегает за сибирским бандюгой — это, между прочим, хорошо для нашего бизнеса: теперь все мысли и силы Варяга будут заняты охотой за Коляном, и его внимание на делах немного притупится. А когда Варяг уничтожит Коляна, будет создана новая конфигурация сил — а там, глядишь, что-нибудь еще придумаем.

Александр Иванович встал из-за стола, подошел к окну и выглянул на площадь. Он увидел толпу туристов, направлявшихся к колокольне Ивана Великого, и подумал о том, как бы удивились эти гости столицы, скажи им, что не в кабинете президента России в Большом Кремлевском дворце, а в этом вот желтом здании прошлого века, в этом кабинете, за этой белой портьерой принимаются решения, которым, даст бог, суждено сыграть важнейшую роль в судьбе страны на пороге следующего тысячелетия...

Он вернулся к столу и сел в вертящееся кресло. Итак, Варяг. Пока его стоит оставить в покое — пусть события развиваются так, как развиваются. Но на тот случай, если он расправится с Коляном слишком быстро, думал Сапрыкин, и нам не удастся подготовить нужную кандидатуру из воров, — тогда придется организовать Владиславу Геннадьевичу еще какой-нибудь неприятный сюрприз. Но об этом следует подумать попозже...

Сейчас ему предстояло обдумать линию поведения с незадачливым министром юстиции, запечатленным на двухчасовой видеокассете в очень сомнительной компании...

ГЛАВА 18

Варягу порой казалось, будто он попал в водоворот — работа лавиной захлестнула его, не давая вздохнуть свободно ни минуты. Но это сейчас ему было необходимо: работа позволяла заглушить боль утраты, отвлечь от тяжелых раздумий о гибели жены и сына. Он все реже выбирался на дачу к Лизе, из-за чего его постоянно грызла совесть. Разумеется, он продолжал нежно любить Лизу и постоянно хотел ее видеть, но дочка оставалась где-то в стороне, а работа всегда требовала его постоянного присутствия. Разве мог Варяг, к примеру, хоть на день затянуть создание собственного научно-технического сектора в системе «Госснабвооружения»? Мощно развивавшийся в последнее время концерн уже не мог пассивно принимать все те изделия, которые ему предлагали партнеры. Укрепленный по инициативе Варяга отдел изучения спроса (Варяг не любил слова «маркетинг» и прочих корявых новомодных словечек) постоянно готовил аналитические записки, в которых описывалась ситуация на мировом рынке вооружений, указывалось, на какие свойства продукции потребители обращают особое внимание сейчас и что будет преимущественно цениться в скором времени. На основании подобных материалов технический отдел разрабатывал примерные требования к будущим изделиям. Дальнейшей разработкой ранее занимались научно-технические учреждения промышленности. Однако руководство «Госснабвооружения» совершенно не устраивала их деятельность: отсутствовало взаимодействие между институтами, между институтами и опытными заводами, то и дело срывались сроки, материально-техническая база учреждений-разработчиков успела устареть... Трудности и недостатки, унаследованные от советской эпохи, стали нарастать, как снежный ком, в дни разгула экономических реформ. Количество заказов неуклонно снижалось, а вместе с этим уменьшались и доходы учреждений. Институты и заводы под любыми предлогами пытались приватизировать, очень часто эти попытки увенчивались успехом, и тогда о выполнении заказа уже не было и речи. Материально-техническую базу не удавалось не то что модернизировать, но даже восстанавливать изношенное. Зарплату работникам не платили годами, лучшие специалисты разбегались, а без них не стоило надеяться на создание новых перспективных изделий.

Варяг начал методично вкладывать все большую долю прибыли концерна в создание новых и модернизацию старых научно-исследовательских институтов и опытных производств. Концерн сделался крупнейшим в стране покупателем приборов, инструментов, испытательных стендов, всевозможного научного оборудования. Недрогнувшей рукой Варяг обращал те деньги, которые не проходили ни по каким документам и были прежде специально предназначены для общака, на нужды научно-технического сектора «Госснабвооружения». Залезть в общак в таких размерах ему пришлось впервые, однако посягнув на эту воровскую святыню, страха он не испытывал. Он знал, что работает на будущее, что спасает деньги от бездарного проедания и потому правда за ним. Наградой же его трудам служили первые отчеты об испытаниях новой техники, первые сводки с результатами стрельб, первые чертежи и модели новых изделий. Все данные о разработке и испытаниях новых видов вооружения по требованию Варяга аккуратно направлялись в Министерство обороны, однако военные, сидевшие в последние годы на голодном финансовом пайке, вели себя весьма пассивно. Варяг понимал их: внедрение новых вооружений им было сейчас не по карману — удержать бы от развала то, что есть. Поэтому он предусматривал в своих финансовых планах изготовление опытных партий новых изделий для полевых испытаний, дальнейшей доводки и обучения специалистов работе на них. Те же изделия, которые шли на экспорт, было предусмотрено комплектовать таким образом, чтобы заложенные в них новые технические решения покупатель не мог изучить и использовать в своей военной промышленности.

А что касается претензий сходняка, то Варяг надеялся справиться с этой проблемой. За последние месяцы претензии, и порой весьма серьезные, ему предъявляли на каждом сходняке, но в итоге его деятельность всегда получала одобрение. И немудрено: с тех пор как он стал держателем общака, доходы воровской кассы стремительно росли и никогда не были такими большими, как сейчас. Вряд ли воры станут резать курицу, которая несет золотые яйца. К тому же на крайний случай Варяг мог предъявить весьма неприятные контрпретензии многим столпам криминального мира. До поры до времени он не хотел этого делать, надеясь, что на сходняке эти люди будут молчать и тем самым помогут ему сохранить свободу рук. Так что проблема сохранения своего влияния в воровском сообществе Варяга не слишком волновала. Не особенно беспокоила Варяга и возможность того, что воры докопаются до его тайной политической деятельности и связанных с ней расходов: он был уверен, что сможет подать это как продвижение воровского сообщества в политическую власть. О своих подлинных побуждениях Варяг, разумеется, на сходняке распространяться не собирался, точно так же, как и представлять кому-либо хоть сколько-нибудь значительную информацию о своей работе в этой области. Помимо всего прочего речь шла о людях, которые доверились Варягу, согласились работать с ним, и потому Варяг не считал себя вправе засвечивать их перед кем-либо, а тем более перед такой решительной и предприимчивой публикой, как воры в законе. Варяг считал, что у воров и без того весьма обширное поле деятельности и с них достаточно выслушивать отчеты о щедром пополнении общей кассы, не влезая при этом в его дела.

Дела же в политической сфере продвигались своим чередом, разворачиваясь по стране все шире. Схема повсюду была примерно одинакова: предприятия—партнеры «Госснабвооружения» объединяли свои финансовые ресурсы и ресурсы своих партнеров. Затем на базе этих ресурсов возникали, во-первых, средства массовой информации — газеты, радиостанции, телеканалы, издательства, во-вторых, различные общественные движения, избирательные движения и даже партии. При всех этих общественных объединениях непременно создавались места для общения людей — клубы, лектории и просто помещения для регулярных встреч и собраний. Варяг контролировал распространение всех ячеек новой гигантской политической сети, однако вряд ли кто-нибудь помимо него замечал, как эта сеть охватывает страну, поскольку Варяг и его единомышленники стремились неукоснительно соблюдать несколько правил. Во-первых, следовало сохранять в тайне источники финансирования новых СМИ и новых общественных движений и уж во всяком случае скрывать роль «Госснабвооружения» в этой финансовой подпитке. Во-вторых, новые политические образования, преследуя общие цели, не должны были в то же время говорить одним голосом. Не следовало показывать, что между ними имеется связь. Они могли даже полемизировать между собой, но при этом сохранять готовность к выступлению в случае необходимости единым фронтом. Наконец, в-третьих, все бойцы этой скрытой политической кампании не должны были догадываться о том, что они являются частью огромного единого воинства. Разумеется, в своем городе и даже в своем регионе тот или иной деятель неизбежно знал своих единомышленников, с которыми он действовал заодно. Усилия, предпринимаемые порознь, в политике к успеху не ведут. Однако общий масштаб вовлеченных в кампанию сил и средств Варяг считал необходимым сохранять в тайне даже от таких информированных и влиятельных людей, как капитаны промышленности Данилов и Лобанов, как лидеры новых, набирающих силу политических движений, как руководители новых СМИ. Стоило политическим силам, заинтересованным в ослаблении Российского государства, представить себе общую картину разворачивающегося исподволь политического наступления, как после первого шока они, несомненно, оказали бы отчаянное сопротивление. Это сопротивление наверняка стало бы достаточно эффективным, поскольку, как полагал Варяг, в России под контролем антигосударственных сил находятся крупнейшие средства массовой информации (к счастью, им уже мало кто верит), в значительной степени — силовые ведомства (в центре и в особенности в некоторых регионах) и в преобладающей степени — главные финансовые потоки. Кредиты, бюджетные ассигнования, государственные заказы, налоговые льготы — мало современных российских предприятий могут выжить, лишившись всего этого. А есть ведь еще коммерческие банки, в которых могут пропасть деньги, предназначенные на оплату уже выполненных заказов и на зарплату работникам; есть комитеты госимущества и прочая чиновничья рать с ее неуемной деятельностью по приватизации; есть борцы с экономическими преступлениями, всегда готовые состряпать дело; есть, наконец, рэкет и бандиты. Про то, как могут испортить жизнь предприятию милиция и ФСБ, подключаемые по приказу сверху, не стоит и говорить. Весь этот пресс относительно цивилизованных мер воздействия может вышибить дух из любого предприятия, а значит, и финансовую опору из-под всех вновь возникших СМИ и политических организаций. Варяг не забывал и о том, что само «Госснабвооружение» — фирма формально государственная, а сам он формально является государственным служащим и, значит, в один прекрасный день может быть уволен. Правда, концерн с каждым месяцем приносил все большую прибыль; правда, росли суммы, которые перекочевывали в карманы лиц, туманно именуемых в прессе «окружением президента»; правда, служба полковника Чижевского неустанно и весьма успешно собирала компромат на этих лиц, однако все же нельзя было ни на миг терять бдительность. На карте стояло нечто гораздо большее, чем просто судьба отдельно взятого человека по имени Владислав Игнатов по прозвищу Варяг.

Зазвонил телефон на столе — тот, по которому можно было соединиться прямо с Варягом, минуя секретаршу. Варяг снял трубку.

— Владислав Геннадьевич? — услышал он голос в трубке. — Это Данилов из Екатеринбурга беспокоит. Хочу вам сообщить, что у нас все нормально, заказ ваш выполняется по графику. Временные трудности, о которых я вам давеча докладывал, удалось быстро преодолеть, так что не волнуйтесь...

Варяг в последнее время не говорил с Даниловым ни о каких временных трудностях и догадался, что осторожный директор просто темнит, потихоньку подбираясь к истинной причине своего звонка. Так и вышло.

— Извините, что не позвонил вам вчера в это же время, как обещал, — продолжал Данилов. — Оказалось, что у нас выборы проводят взамен выбывшего депутата — пришлось срочно ехать на избирательный участок, а там встретил знакомых, то да се... Получилось как бы выездное совещание, поэтому и задержался со звонком, а потом уж рабочий день кончился.

— Ну и как прошли выборы? — нарочито равнодушно спросил Варяг.

— Выборы-то? Да нормально, без осложнений, — благодушно ответил Данилов. — Главное было избирателей собрать, но явка в этот раз оказалась большая. Ну и выбрали хорошего человека.

Данилов помолчал и с мужицкой хитринкой в голосе повторил:

— Очень хорошего человека.

— Понял тебя, Федор Кузьмич, — тепло сказал Варяг, незаметно для самого себя перейдя на «ты». — У меня для тебя тоже есть кое-какие новости. Ты когда в Москву собираешься? Через неделю? Ну вот тогда и поговорим.

Варяг положил трубку и с улыбкой посмотрел на конструктора.

— Я тут еще посижу с бумагами, — сказал он, — а вам явно надо отдохнуть. Я распоряжусь — вас отвезут в гостиницу. И спасибо за отличные новости.

ЧАСТЬ III

ГЛАВА 19

— А почему из Ярославля? — недоуменно спросил Андрюха Спиридонов. — И почему до какого-то Краснокаменска?

— Не понимаешь, дубина? — ласково спросил Колян. — Тебе-то небось хочется подвалить в Домодедово, сесть на воздушный лайнер — и через четыре часа ты дома...

— Ну да, — подтвердил Андрюха.

— Ох, Аспирин, Аспирин, — вздохнул Колян, — тебе еще учиться и учиться нашей премудрости. В нашем деле без конспирации никак нельзя. Знаешь, сколько пацанов спалилось только на том, что хотелось им побыстрее и с комфортом до места добраться? Счету нет этим мудакам, которые ментам работу облегчают. А я тебе больше скажу: мы и до Ярославля на перекладных поедем — по Ярославке на маршрутке, потом сядем на какой-нибудь станции на электричку, и уже до конечной... Ты подумай, дурья твоя башка: ну где нашему другу, Варягу этому, меня искать? По всей Москве, что ли? У него таких возможностей нет. Зато в аэропорты людишек направить ему ничего не стоит. А уж в аэропорту Таежного меня пасут наверняка. Они же знают: у меня в Таежном дела, мне надо свою власть в городе восстановить, наказать Федьку Угрюмого за измену... И вот представь: прилетаем мы в Таежный веселые и доволь-

180

ные, а там нас встречают, и вывозят в тайгу, «и никто не узнает, где могилка моя». На московских вокзалах нас вряд ли ждут, но все же шанс такой есть. Стоит ли рисковать и отъезжать с вокзала? А с поезда мы сойдем в Краснокаменске, не доезжая Таежного, и до дому на тачке доедем. Короче, лучше перестраховаться, чем погореть по-глупому из-за собственной лени. И я, Андрюха, тебя настоятельно прошу: когда ты думаешь над каким-нибудь делом, чтоб ход мысли у тебя был примерно такой же, как я тебе сейчас рассказал. Раз командуешь людьми, значит, должен все предусмотреть...

— Может, на нашей «тойоте» поедем? — предложил Андрей.

— А зачем? — поинтересовался Колян. — Приключений захотелось на свою жопу? И ты мне в Таежном нужен свежий и в форме, а не вымотанный после езды за четыре тысячи верст. Кроме того, сейчас на дорогах полно бандитов... Да и в розыск меня могут объявить, а ведь морда моя есть в ментовских архивах. Остановит тебя какой-нибудь бдительный гаишник за превышение скорости или просто для проверки документов, посмотрит на меня внимательно, и начнутся у нас приключения...

Спиридонов с почтением посмотрел на бригадира — сам он не имел обыкновения столь тщательно обдумывать свои действия.

— Рекс с двумя ребятами поедет с нами, но отдельно, — добавил Колян. — Пусть со стороны кажется, будто нас только двое. А в случае чего Рекс нас прикроет. И в дороге вести себя тихо! Наша задача — доехать без всяких приключений. Слушай меня и делай только то, что я скажу.

На следующий день обе группы доехали на перекладных до Сергиева Посада, а оттуда на электричке до Ярославля. Там они без всяких проблем взяли билеты до Краснокаменска и водворились в поезде в двух разных купе. Рексу с приятелями не повезло — их соседкой по купе оказалась бесцветная молодая мамаша с крикливым ребенком. Повинуясь категорическому приказу Коляна избегать в дороге всяких инцидентов и трений, бойцы стойко терпели непрерывный скулеж ребенка, разговаривали вполголоса, когда ребенок наконец заснул, и до ночи, изнемогая от скуки, играли в преферанс по копейке за вистик. Зато Коляну с Андрюхой подфартило — в своем купе они обнаружили двух бойких и весьма смазливых девиц, вяло попивавших пивко и встретивших попутчиков с нескрываемым интересом. Андрюха с надеждой посмотрел на Коляна, и бригадир не обманул его ожиданий, сразу взяв быка за рога.

— Ну, будем знакомиться, девочки, — предложил он. — Откуда едете? Из Москвы? Из самой? А куда? В Чистогорск? Слыхал, слыхал... А что вы, москвички, там забыли? Ах, вы сами оттуда? Никогда бы не подумал — в вас есть такой чисто московский шик. Позвольте представиться: я — Николай, а это Андрей. А в Москве вы чем занимаетесь? Учитесь? На фотомоделей, наверно? А что вы смеетесь? На бухгалтеров? Почему такая скромность? Я бы на вашем месте, то есть с вашей внешностью, в артистки пошел. То есть в артисты. То есть в артистки... Фу, девушки, вы меня совсем запутали... Почему это вас не примут? Как они посмеют? Таланта нет? А кто это определил? Ладно, мы сейчас это проверим. Что главное для артистки? Конечно, умение красиво целоваться. Ну что, приступим?

Колян неожиданно остро ощутил, что у него уже давно не было женщины, и потому испытал приступ красноречия. Почувствовав интерес со стороны случайных попутчиц, он решил сразу проявить напор и ни в коем случае не ослаблять его вплоть до конечного успеха. Переводя дух, он вновь принялся весело трещать:

— Почти незнакомы, говорите? Ну и что? А думаете, артистки хорошо знают всех тех, с кем им приходится целоваться по долгу службы? В том-то и штука: надо уметь страстно целоваться с незнакомыми мужчинами. Вам и на прослушивании могут показать на какого-нибудь пацана, тоже поступающего, и попросить разыграть с ним сцену с поцелуями. А отказываться, как вы понимаете, нельзя и стесняться тоже. Что это за артистка, которая стесняется таких вещей? Я вам больше скажу: хорошая современная артистка и покруче вещи должна уметь делать и при этом ничего не стесняться. Какие вещи? Ну я же не артистка, поэтому я стесняюсь вам так прямо об этом говорить. Мы же так мало знакомы. Вы еще подумаете, что я пошляк... Лучше скажите мне наконец, как вас зовут, и можно будет выпить за знакомство.

Пухленькую брюнетку с восточными маслянистыми глазами, рядом с которой молча сидел Андрей Спиридонов, звали Ларисой. Рядом с Коляном сидела статная блондинка с огромными наивными синими глазами, в глубине которых, однако, порой мелькало то непередаваемое выражение, по которому опытный донжуан сразу узнает ищущую острых ощущений похотливую самку. Блондинку звали Оксаной. Под тонкой маечкой у нее ничего не было, и Колян то и дело алчно косился на ее высокую упругую грудь.

— Ну, девочки, а теперь, когда наше знакомство состоялось, предлагаю поднять бокалы за это незаурядное событие, — заявил Колян. — Вперед, в вагон-ресторан! А целоваться будем после.

Рекс, стоявший в коридоре вагоне и смотревший в окно, понял намерения бригадира и вслед за шумной компанией вместе со своими людьми направился в ресторан. В ресторане в этот ранний час было совершенно пустынно. Мимо окон проносились унылые промзоны предместий Ярославля. Колян, старавшийся нигде и никогда не засвечиваться сам, послал Андрюху потолковать с директором вагона-ресторана. Пачка сотенных перекочевала в карман грязноватого белого халата, и работа закипела. Вскоре на столик Коляна понесли шампанское и холодные закуски.

— Икорку как будете — в виде бутербродов или прямо ложечкой? — галантно спрашивал Колян.

— Ребята, ну зачем так шиковать, — смущались девицы. — Сейчас еще рано, мы и есть-то пока не хотим...

— Понятно, — кивнул Колян, — значит, икорку можно и так, и так. Ну, давайте для начала шампанского — за наше случайное знакомство!

Рекс, прихлебывая пиво, с завистью следил за весельем, которое бригадир устроил своим попутчицам. Сам то Рекс, согласно инструкции, должен был оставаться трезвым и постоянно держать под контролем окружающую обстановку. Девицы, несмотря на их уверения в том, что они не голодны, с жадностью накинулись на шашлыки, для которых директор самолично выбрал лучшие кусочки. Рексу же и его парням пришлось битый час дожидаться наспех разогретых в микроволновке бифштексов. Впрочем, хотя Колян и не пожалел денег на сервировку стола, но все же старался не привлекать излишнего внимания к себе и к своей компании: он говорил, не повышая голоса, трезвым и рассудительным тоном и тем самым держал в рамках девиц, явно склонных к безудержному разгулу. Девицы то и дело заходились хохотом, когда Колян безостановочно рассказывал забавные истории, якобы случавшиеся с ним во время его работы в водолазном отряде. А истории были и впрямь забавные — судя по обрывкам разговора, долетавшего до ушей Рекса.

— А классно Колян им лапшу вешает, — обменивался он впечатлениями со своими ребятами. — Оттянутся пацаны сегодня. А нам с этой нашей рыбой и с ее дитем четыре дня маяться... Даже бухнуть, и то нельзя...

Хотя Колян сам почти не пил, однако внимательно следил за тем, чтобы бокалы девиц не пустели. Тостами он сыпал как из рога изобилия. Опорожненные бутылки из-под шампанского он незамедлительно убирал со стола, так что вскоре девицы уже и сами не знали, сколько они выпили. Однако по их заливистому смеху, раскрасневшимся лицам и заплетающимся языкам было ясно: дамы, что называется, дозрели. Они уже безропотно позволяли себя обнимать и лишь томно выгибали спины, словно кошки. Несколько часов застолья пролетели незаметно, и Колян наконец заявил:

— А вот в моем пионерском лагере уже отбой.

Девицы встретили эти слова хихиканьем, но возражений не последовало. По тому, как они выжидательно примолкли, Колян понял, что момент выбран верно, и предложил:

— Ну что ж, пора переходить к неформальному общению. Андрюха, собери тут все необходимое для продолжения банкета в интимной обстановке и догоняй нас. Мы пошли в наш маленький уютный домик на колесах. А смотрели вы, девочки, такой душевный фильм «Новые приключения Красной Шапочки»? Неужто нет? А еще хотите в артистки пойти. Ну ничего, я вам сейчас все расскажу...

Девицы, сопровождаемые Коляном, пошатываясь, двинулись прочь из ресторана. Спиридонов одолжил у директора корзину, быстро загрузил ее бутылками и закусками и направился следом. Через минуту поднялся и Рекс со своими ребятами — им предстояло охранять веселье бригадира.

Вернувшись в купе, Колян, не дожидаясь Андрюхи, разлил по стаканам то пивко, которым с утра опохмелялись девицы, и произнес очередной тост:

— За умение красиво целоваться!

Как только пиво было выпито, он без долгих разговоров обнял блондинку и припал губами к ее губам. Та замычала, делая вид, будто сопротивляется, но Колян почти сразу же почувствовал ее ответ, крепко стиснул ее в объятиях и прижал к ее упругому бедру свой напрягшийся член. Оксана все смелее гладила его мускулистое тело под тонкой тканью рубашки и при этом горячо шептала ему в ухо:

— Ты с ума сошел... Лариска же смотрит!

— Она нам завидует, — отвечал Колян, пока его ладонь переползала на грушеобразную грудь Оксаны.

Лариса внимательно смотрела на них, не скрывая своего интереса к происходящему, а Коляна и его партнершу только сильнее возбуждало ее внимание. В купе ввалился Андрей с корзиной и застыл в недоумении, глядя на бригадира, страстно обнимавшегося с Оксаной.

— Ну что ты стоишь столбом? — насмешливо и в то же время призывно произнесла Лариса. — Садись сюда.

Она похлопала рукой по скамье совсем рядом с собой, и Андрей послушно сел на указанное место. Лариса наблюдала, как шаловливая рука Коляна скользнула Оксане под майку и начала там пощипывать набрякшие соски. Между тем сидевший рядом с Ларисой не менее крепкий самец даже и не думал переходить к активным действиям. «Фу, какой недотепа! — подумала девушка. — Неужели я сама должна на него вешаться?» Однако Ларисе уже не хотелось себя сдерживать, и ее узкая ручка опустилась Андрею на бедро в опасной близости к инструменту наслаждений. Девушка слегка провела ладонью по мужскому бедру и с радостью почувствовала, как восстающий внушительных размеров член натягивает ткань брюк. Лариса знала толк во всех видах секса, но оральный предпочитала еще со школьных лет — ей нравилось до тонкостей ощущать мужское возбуждение, управлять им, мягко, с перерывами, но неуклонно наращивать его и наконец смаковать горячий взрыв мужской страсти, переживая пароксизм наслаждения вместе с партнером. Со временем Лариса, восприняв советы более опытных подруг, обнаружила, что может, делая партнеру «французский поцелуй», и сама доводить себя до оргазма движениями бедер или просто рукой. Однако она все же предпочитала либо заставлять партнера отвечать ей любезностью на любезность, либо заканчивать оральным способом обычный половой акт. Ей нравились сильные мужчины, ее возбуждала мужская мощь, но вместе с этим в сексе ей требовалась утонченность, даже изощренность, а оральный секс позволял ей удовлетворить все ее предпочтения. Когда она чувствовала себя утонченной развратницей, это ее заводило. Однажды она открыла, что именно такое чувство она испытывает, когда во время орального секса за ней наблюдают. Испытав огромное удовольствие, Лариса потом все же встревожилась и вновь поделилась своими переживаниями с более опытными подругами. Те успокоили ее, сказав, что ее эмоции совершенно нормальны, и в доказательство дали ей почитать книгу о восточном сексе. На Востоке же, как известно, любовники, чтобы полнее насладиться друг другом, зачастую предварительно специально подыскивали «стороннего наблюдателя». Поэтому и теперь Лариса несколько раз провела ладонью по тому месту, где на брюках Андрея возникло внушительное возвышение, а затем уверенной рукой расстегнула молнию, извлекла мощный ствол атлета на свет божий и, сжав его в маленьком кулачке, весело посмотрела сидевшей напротив Оксане прямо в глаза.

Подруга, млевшая в объятиях Коляна, уже запустившего руку ей под юбку, тем не менее внимательно наблюдала за всем происходившим перед ней и ответила Ларисе улыбкой. Уверившись в том, что Оксана смотрит на ее действия, Лариса нагнулась над вертикально возвышавшейся мужской твердью и ласково обхватила губами ее головку, вызвав у партнера сладострастный стон. Оксана тоже застонала — в этот самый миг пальцы Коляна проникли в ее влажное лоно. Губы Ларисы заскользили вверх и вниз по стволу Андрея, и в такт этим движениям двигался ее кулачок, по-прежнему крепко охватывавший член у самого его основания. Лариса постаралась так повернуть голову, чтобы ее язык и губы плотнее прилегали к наиболее чувствительным местам партнера. Однако перед этим она бросила взгляд на подругу. Колян уже развернул Оксану, снял с нее джинсы и трусики, заставил ее опереться на скамью и выгнуться ему навстречу. Оксана, обернувшись через плечо, смотрела то на него, то на Ларису с Андреем. Колян мгновенно разделся — девушки не могли не оценить по достоинству его великолепную фигуру — и одним точным движением ввел свой окаменевший член в подставленную пещерку Оксаны. Та невольно вскрикнула, затем схватила полотенце и закусила его зубами. Сделала это она как раз вовремя, потому что Колян после краткой паузы принялся с таким напором проникать в нее, затрагивая своей беспощадной твердью самые сокровенные недра, что девушка никак не смогла бы удержаться от крика. Оксана никогда не испытывала ничего подобного — хотя все произошло по взаимному согласию, ей казалось, будто ее насилует какой-то дикарь, обладающий невероятной мужской мощью. Колян же и вправду предпочел бы грубо изнасиловать эту девицу, но коли уж все случилось иначе, то отсутствие принуждения он компенсировал своим звериным напором.

— Что, сучка, нравится? — глухо рычал он. — Ну давай, подмахивай, двигайся мне навстречу! Не бойся, я быстро не кончаю — загоняю тебя в доску!

Оксане нравились и полные необузданной страсти удары мужского тарана, проникавшие до каких-то немыслимых глубин, и то, как эти удары приноравливаются к вагонной качке, и жесткие пальцы мужчины, сжимавшие ее ягодицы, и даже это приглушенное рычание и бранные слова. Ей не хватало только одного — возможности выплеснуть свои ощущения в крике. К тому же и все ее партнеры говорили ей о том, как возбуждают их ее стоны и вопли.

— Я хочу кричать, — капризно пожаловалась она, словно маленькая девочка, требующая чего-то заведомо запретного, когда Колян на секунду остановился.

— А то! Со мной все хотят, — самодовольно сообщил Колян, повращал в ней членом и с новой силой возобновил свои атаки.

Оксана вновь закусила полотенце. Некоторое время в купе слышались только ритмичные причмокивающие удары мужской тверди, проникающей в лоно женщины, и нежное чмоканье Ларисы, продолжавшей на разные лады ласкать своего партнера.

Через минуту Андрей изумленно застонал, почувствовав неудержимое нарастание наслаждения, и горячие струйки с силой ударили Ларисе в нёбо. Та не останавливалась, заставляя вновь и вновь сотрясаться в судорогах тело партнера. В то же мгновение и Колян издал торжествующий рык. Оксане показалось, будто в ее недра пролился расплавленный свинец, и оргазм захлестнул своей волной все ее существо. Еще несколько судорожных ударов, и Колян замер, продолжая оставаться в партнерше, словно прислушиваясь к собственным ощущениям. Затем он шумно перевел дух, медленно извлек член из лона подруги, уселся на лавку и, с улыбкой глядя в глаза Ларисе, принялся тщательно вытирать член тем самым полотенцем, которое Оксана только что сжимала зубами, дабы не закричать.

— Тебе понравилось? — спросила Лариса, ущипнув Андрея за бок.

— Еще бы! — честно ответил тот и умолк.

— Классно было, — сказала Оксана, усаживаясь на лавку рядом с Коляном.

— Еще бы, — хмыкнул тот, продолжая неторопливо вытираться. Лариса смотрела ему прямо в глаза, а затем перевела взгляд на его член, который, словно под действием магнетизма, начал неудержимо увеличиваться в размерах. Колян усмехнулся и сказал Ларисе: — Что смотришь? Иди сюда.

Девушка послушно встала со скамьи и двинулась к Коляну. Ее и без того пухлые губы набрякли еще больше в предчувствии новых наслаждений.

— Извините, я тут, наверное, лишняя, — с шутливой обидой сказала Оксана и пересела к Андрею.

— Маленький, — проворковала она, поглаживая Андрея по бедру, — избаловала тебя эта противная Лариска? Не хочешь поработать?

Андрей пробормотал что-то неразборчивое, но явно утвердительным тоном.

— Только на тебе слишком много надето, — заметила Оксана.

Тот послушно поднялся и начал раздеваться.

— Андрюха, — засмеялся Колян, пригибая к своему члену голову Ларисы, — будь другом, сделай две вещи: задерни занавеску на окне и закрой дверь на замок. Нам с девочками еще долго ехать, не хотелось бы, чтобы кто-нибудь вперся без спроса...

Ночь обещала быть веселой.

ГЛАВА 20

Майор Абрамов раздавил в пепельнице окурок, одним махом влил в себя весь коньяк из пузатого бокала и блаженно откинулся на спинку кресла.

А Чижевский продолжал:

— Итак, господин Заботин. Перед нами стоит задача устранить его. Возникает вопрос: как это сделать? Вы долго наблюдали за ним, многое о нем знаете. Хочу услышать ваши соображения.

— Соображения имеются, — кивнул Абрамов. — В последнее время, после неудачного покушения на Владислава Геннадьевича, он почти все время проводит в офисе, даже ночует там, а при выходе из здания постоянно окружен плотной охраной. Загородные поездки полностью прекратил. Чтобы войти с ним в контакт в офисе или поблизости от него, потребуется проводить целую войсковую операцию. Поэтому мы разработали вариант с ювелирным отстрелом объекта...

— Дальний выстрел снайпера, — вставил Лебедев.

— Да, дальний выстрел, — кивнул Абрамов. — Собственно, другого в том районе и быть не может — мы все там тщательно осмотрели, и ближайшая позиция для стрельбы имеется на расстоянии около полутора километров...

— Полтора километра?! — воскликнул Чижевский. — Вы собираетесь работать на таком расстоянии? Где гарантия...

— Мы не собираемся, — перебил его Абрамов. — Надо знать пределы своих возможностей. Дальняя стрельба — не наш профиль. А гарантий в нашем деле не бывает, вы сами это прекрасно знаете.

— Значит, так: есть план, есть позиция, но кто будет осуществлять этот план с этой позиции, неизвестно, — подытожил Чижевский.

— Дальняя стрельба — специальность редкая, — многозначительно возразил Абрамов. — Такие специалисты у всех на слуху.

Абрамов помолчал и с хитринкой в голосе добавил:

— Степан Юрьев. Он же Сержант. Вот он бы с такой работенкой справился.

— Ну и где прикажете искать этого Юрьева? — поинтересовался Чижевский, хотя прекрасно знал, что Степана Юрьева по прозвищу Сержант Варягу долго искать не придется — этот человек постоянно, хотя и неявно, находился рядом с Варягом, появляясь в самые критические моменты. Как во время налета Коляна.

— Думается мне, что наш босс мог бы вам что-нибудь посоветовать, — все с той же хитрецой ответил Абрамов.

— Хорошо, я поговорю с шефом, — кивнул Чижевский. — И если мы найдем этого Юрьева, вам придется подготовить операцию — вывести его на позицию, обеспечить ему прикрытие во время работы и отход.

— Сделаем, — по-военному кратко отозвался Абрамов.

* * *

Герасим Савельевич Заботин после провала миссии Коляна стал и впрямь сверхосторожен. Те меры безопасности, которые он принимал, носили какой-то истерический характер — он устроил у себя в офисе спальню, заставлял охрану в полном составе ночевать в здании, постоянно устраивал дома и на работе тщательные проверки на предмет выявления подслушивающих устройств, а когда приходилось наносить деловой визит, путь от машины до подъезда он совершал бегом и согнувшись, словно уже находился под обстрелом. Обеспечение безопасности помимо времени и нервов стоило еще и уйму денег — на технические средства, на содержание увеличенного штата охраны, на покупку бронированного автомобиля... Кроме того, бизнес немало страдал из-за того, что Заботин до минимума ограничил деловое общение и вообще все связи с внешним миром. Теперь Герасим Савельевич сам проклинал себя за то, что в свое время начал эту глупую войну с Владиславом Игнатовым. Конечно, унизительно, когда тебя вышвыривают с теплого местечка и лишают жирного куска, но, с другой стороны, его ведь не просто на улицу вышвырнули! У него же была своя фирма, которая благодаря его мощным связям успешно развивалась, были собственные доходы помимо зарплаты в «Госснабвооружении», было и все прочее, что прилагается к доходам — вкусная еда, хорошая выпивка, свежие девочки, возможность хорошо отдохнуть в любом уголке земного шара. Так нет ведь, все мало было старому дураку! Надо же было связаться с этим отпетым бандюгой Радченко! Правильно жена говорила — она хоть и больная совсем, а соображает получше любого здорового: «Гера, сейчас у тебя деньги завелись, а их никогда много не бывает. Смотри, будь осторожен, не зарывайся!» Он, конечно, кивал в знак согласия, чтобы не волновать страдалицу, а сам втихаря окучивал Радченко. Ну вот, за что боролся, на то и напоролся: Колян теперь тянет из него деньги, Игнатов живживехонек, а сам он, уважаемый бизнесмен Заботин, сидит в осаде в собственном офисе и трясется при каждом телефонном звонке. Поначалу мысли о собственном плачевном положении вызывали у Заботина приступ ненависти к Игнатову. Ведь это как-никак Игнатов турнул его из «Госснабвооружения», а значит, Игнатов во всем и виноват. При этом Герасим Савельевич, разумеется, не вспоминал о том, как беззастенчиво запускал лапу в кассу концерна. Однако со временем, устав от собственных страхов, Заботин пришел к мудрому выводу: «Довольствуйся тем, что имеешь». И когда Радченко в очередной раз позвонил ему и потребовал денег, он ему сделал очередное деловое предложение.

— Я хочу сохранить с тобой нормальные отношения, Коля, потому и даю тебе деньги, — заявил Заботин. — Но деньги надо отрабатывать. Мою главную проблему ты знаешь — это господин Игнатов. Надеюсь, что ты поможешь мне эту проблему решить, а я в долгу не останусь.

Молодой наглец издевательски засмеялся:

— Хотите сказать, что вы мне башляете ради того, чтобы сохранить со мной дружбу? Да бросьте, Герасим Савельевич. Вы просто меня боитесь. Думаете, Радченко — беспредельщик, от него можно ждать чего угодно, лучше ему пока дать денег, а там видно будет... Очень правильный ход мысли, Герасим Савельевич, за исключением только одного момента: потом ничего видно не будет. Ничего не изменится — вы так и будете мне платить. Кто раз со мной связался, будет платить мне до самой смерти. Теперь вы не мой заказчик, а я не ваш работник, теперь я — ваша «крыша».

Заботин онемел от такого неожиданного поворота разговора. Колян помолчал, давая собеседнику переварить услышанное, и продолжил:

— Мне про дружбу мозги пудрить не надо. Я же понимаю, что если бы вы могли меня достать, то с удовольствием грохнули бы. С исполнителями так ведь и принято поступать, если они не совсем ручные. Но вы не переживайте, в вашем положении есть и свои плюсы. Кто-то ведь должен вас избавить от Варяга, и я этим с удовольствием займусь. Так что плюсы от нашего сотрудничества для вас вполне могут перевесить минусы.

— Ты откуда звонишь? — обрел наконец дар речи Заботин. За свой телефон после всех мероприятий по выявлению «жучков» он был спокоен. Вдобавок спецы внедрили на его линию генераторы помех, и теперь любой, кто хотел бы прослушать разговоры Заботина, услышал бы только отчаянный треск.

— Из автомата! — с ухмылкой ответил Колян. — Надеюсь, что вы как профессионал приняли меры против прослушки. А если не приняли, то это ваши проблемы! Я-то все равно на нелегальном положении. И если кто-то узнает, что я решил убрать нашего общего друга, то мне на это наплевать. Они скоро увидят: мое слово твердое. Раз я сказал, что сотру кого-то, то я его сотру. А его я сам хочу стереть — не ради вас или ваших сраных денег!

Последние слова Колян произнес с таким бешенством, что Заботин подумал: «Нет, у него и правда крыша поехала». Вслух же он произнес:

— Коля, ты не волнуйся так. Мы еще с тобой поработаем, все будет нормально... Я же не против того, чтоб с тобой работать!

— А куда вы денетесь, — медленно остывая, процедил Колян. — Короче, ситуация такая: мне тут надо на три денька отъехать кой-куда и кое с кем разобраться. Когда вернусь, займусь нашим общим другом вплотную. А пока советую быть с ним поосторожнее — думаю, что Варяг тоже не прочь с вами разделаться.

Заботин скрипнул зубами.

— Ладно, как приедешь, звони, — сказал он и повесил трубку.

ГЛАВА 21

Луна висела на ночном небе, заливая призрачным светом расстилавшийся перед Коляном луг. Тускло поблескивала листва деревьев в отдалении. Между деревьями виднелись облитые лунной слизью крыши пригородных домишек. Колян пристально вглядывался туда, где за изгородью и за кустами сирени угадывалась темная туша знакомого дома — дом принадлежал Надькиной матери, бывшей его тещи. Хотя с Надеждой Колян еще не был в разводе, но и жену, и тещу, и любовника жены он считал как бы бывшими людьми — все они еще жили, дышали, ели, смеялись, но были уже приговорены. Наконец Колян отвлекся от наблюдений и обратился к Рексу с Зародышем, которые лежали по обеим сторонам от него:

— Значит, говорите, Федя с Надькой сюда без охраны приезжают?

— Бывает и так, — отозвался Рекс. — А если с охраной, то всегда на ночь пацанов отпускают, а утром они возвращаются.

— Осмелел, сука, Федя, — процедил Колян. — Что ж это он совсем не бережется.

— А кого ему тут бояться? — возразил Зародыш. — Он как вернулся в город, так выставил все так, будто он твой законный наследник. Все и легли под него без звука.

— Да, и Надька моя тоже, — с усмешкой, не предвещавшей ничего хорошего, заметил Колян. — Но я понимаю, в чем тут дело. Федьке же никто не доложил, что я жив-здоров и на воле. Он, дурачок, меня похоронил давно. Значит, сегодня ему предстоит разговор с восставшим из гроба покойником. Да, блин, веселый будет разговор... Ну, ладно, пацаны, пошел я.

— Ты что, Колян, один пойдешь? — удивился Рекс.

— А то! Что я, с Федькой и двумя бабами один не справлюсь? — пренебрежительно хмыкнул Колян. — А вы чуть попозже берите канистры с бензином и выдвигайтесь за мной. Когда я там все закончу, то знак вам подам. Ну чего ты так смотришь, Рекс? Я же этот дом отлично знаю. Мне в дверь стучаться не надо — пролезу так, как покойнику положено, без стука.

Колян поднялся и, пригибаясь, вдоль кромки кустов двинулся в сторону. Дойдя до того места, где луг пересекала лощина, он этой лощиной направился в сторону домов. Вскоре спутники потеряли его из виду.

— Где он? Ни хера не вижу, — озабоченно промолвил Зародыш.

— Вон, вон, — заметив через некоторое время темную тень, мелькнувшую на фоне березовых стволов, прошептал Рекс. Тень исчезла в тени кустов и затем легко, по-кошачьи перемахнула через забор.

— А не заметят его? — опасливо спросил Зародыш.

— Не должны, — пробормотал Рекс.— Дома в эту сторону задами выходят, а на задах окон нет. Вон и света не видно нигде, хотя не спят еще.

Между тем Колян, спрыгнув с забора и мягко приземлившись на рыхлую землю какой-то грядки, присел и надолго замер в полной неподвижности, оглядывая окрестность. В темноте виднелись высокие стебли растений, застывшие низко над землей корявые ветви яблонь. Вокруг Коляна густо звенели комары, слетевшиеся на тепло, однако на кожу они не садились, поскольку все открытые части тела Колян густо намазал кремом «Тайга». Слева от себя он видел темную массу строения — это была банька, двускатная крыша которой врезалась клином в звездное небо. По ту сторону баньки находился нужник, и от дома к этим постройкам вела вымощенная кирпичом дорожка. Колян вспомнил, как помогал теще мостить эту дорожку, и злобно сплюнул. «А теперь она перед Федькой на цирлах ходит, сука старая», — подумал он.

Держась в стороне от дорожки, Колян между грядок и обтянутых полиэтиленовой пленкой парников пополз к дому. Приблизившись к застекленной террасе с пристроенным к ней крыльцом, он устроился за кустом смородины и стал ждать. Животом он чувствовал твердое — это был засунутый за ремень под курткой туристический топорик. Стоило ему остановиться, как его вновь начали донимать комары. Они терпеливо отыскивали не смазанные репеллентом места, забирались в волосы, пытались просунуть хоботки сквозь ткани одежды. Иной раз им это удавалось, и тогда Колян, шепча проклятия, осторожно почесывался. Сырой ночной холодок уже начал пробираться под одежду. Наконец Колян заметил, что свет, падавший на забор из окон дома, погас и тьма вокруг дома окончательно сгустилась. Колян выждал еще некоторое время, а затем, уверившись, что выходить из дома никто не собирается, подполз к террасе. Терраса была возведена на четырех кирпичных столбиках, между которыми, закрывая пространство от земли до пола, были прибиты доски. Колян знал, в каком месте в этой дощатой обшивке имеется дверца, позволявшая приспособить подполье для хранения пустых бутылок и прочего хлама. Он повернул деревянную щеколду, открыл дверцу и скользнул в непроглядный мрак. Пахнуло сырой землей, плесенью и тлением. Колян старался двигаться как можно осторожнее, чтобы не зазвенеть пустыми бутылками. Пробираясь вперед на четвереньках, он ощупывал перед собой дорогу руками. Через некоторое время ему показалось, будто доски опускаются над его головой. Пространство между ними и землей начало сужаться. Справа и слева от себя Колян нащупал холодные кирпичи, а впереди приметил проем в фундаменте дома. Колян втиснулся в узкий зазор между полом и землей и пополз туда, где, как он знал, находился погреб. Он двигался извиваясь, как змея, и распластавшись, словно лягушка, угодившая под автомобиль. Брюки его пропитались холодной сыростью, головой он терся о шершавые доски и очень опасался занозить себе голову или зад. Ближе к яме погреба ему пришлось буквально продавливать свое тело в зазор. На мгновение он остановился, чтобы передохнуть, и тут же услышал донесшийся сверху слабый протяжный звук.

Колян прислушался. Звук повторился, и Колян понял, что слышит страстный женский стон. «А Федька, сучий потрох, времени даром не теряет, — с ненавистью подумал Колян. — Ишь Надежда-то как заливается...» Колян сделал еще несколько рывков и скатился в погреб, больно ударившись об угол стеллажа, на полках которого были расставлены банки с различными вареньями и соленьями. К счастью, ни одна банка не упала на пол, а шум от падения тела получился глухим. Колян некоторое время стоял неподвижно, прислушиваясь к тишине, однако шум, видимо, не донесся до людей наверху.

Он, крадучись, подошел к лесенке, которая поднималась к люку, находившемуся, как он помнил, в кухне. «Подожду, пока они угомонятся», — подумал он и присел на нижнюю ступеньку лесенки. Достав из внутреннего кармана куртки пистолет, он не спеша навинтил на дуло глушитель и дослал патрон в ствол. Когда речь шла о мести, Колян обладал завидным терпением: прошло больше часа до того момента, как негромко лязгнуло кольцо, привинченное сверху к крышке люка, и крышка начала тихонько подниматься, спугнув искавшую поживы мышь, никак не ожидавшую, что ее потревожат в такой час и таким странным образом. Из-под крышки показалось бледное напряженное лицо Коляна, который изо всех сил старался не произвести никакого шума. Он вылез в кухню, осторожно опустил крышку на место, не спеша расшнуровал и снял кроссовки и затем, ступая беззвучно, как привидение, хорошо знакомым ему путем направился в комнату тещи. Он вспомнил, что старуха имеет обыкновение во сне шумно вздыхать, похрапывать и издавать различные иные звуки. Это было очень кстати, поскольку Колян хотел сначала покончить с ней и не знал, удастся ли сделать это без шума. А так если даже и закряхтит перед смертью старая стерва и если даже Надежда с Федькой это услышат, то не обратят внимания, решив, что она просто опять слишком плотно поужинала. Колян убрал готовый к стрельбе пистолет обратно в карман и вынул топорик. Подойдя к знакомой двери, он услышал тяжелое дыхание и всхрапы. Он слегка потянул дверь на себя. Та подалась, но при этом качнулся и предательски лязгнул привинченный к ней изнутри железный крючок. Всхрапы прекратились. Колян замер. Во мраке и тишине только тикали где-то ходики да в духоте комнаты, пропахшей несвежим женским телом, слышалось тяжелое старческое дыхание. Вскоре раздался неуверенный всхрап, потом еще один, и дальше старуха захрапела по-прежнему. Колян удовлетворенно усмехнулся, приоткрыл дверь еще чуть-чуть, проскользнул в щель и прикрыл дверь за собой. В темноте он видел смутно белевшее лицо старухи и темный провал ее разинутого рта, из которого вырывался храп. Колян перехватил поудобнее рукоятку топорика и прикинул, как ему стать и как занести руку, чтобы наточенный как бритва клинок разрубил переносицу. Внезапно он вздрогнул — старуха открыла глаза. В тишине отчетливо прозвучал ее удивленный шепот:

— Федя, ты что, сынок?

— Нет, мамаша, это не Федя, — злорадно процедил Колян. — Не узнала, богатым буду...

200

И в этот самый миг, когда старуха вновь разинула рот, готовясь в ужасе завизжать, Колян молниеносно взмахнул рукой и со страшной силой опустил топорик на намеченное место. Клинок, с хрустом прорубив кости лица, целиком ушел в череп. Изо рта женщины вместо крика вырвался только негромкий булькающий звук, ее тело судорожно напряглось, пальцы бестолково зашарили по одеялу. Колян вырвал из раны топор, чувствуя, как кровь брызжет на его руки, лицо, одежду. Он знал, что нанесенный им удар смертелен, но ему хотелось вновь ощутить, как клинок врубается в живую плоть, и он вновь обрушил топорик на голову жертвы. Остановился он только тогда, когда и лицо на подушке, и сама подушка превратились в одну темную влажную массу, в которой нельзя было различить никаких отдельных черт. Вся расправа происходила в полной тишине, подушка полностью поглощала звуки ударов. Колян неторопливо вытер об одеяло топорик и липкие от крови руки.

— Прощай, мамаша, — хихикнул Колян, — сейчас отправлю за тобой следом твою дорогую дочечку и твоего сынка Федю. Тебе с ними не скучно будет. Вот только узнаете ли вы друг друга...

Продолжая улыбаться, Колян выскользнул в коридор и двинулся к той комнате, где когда-то спали они с Надеждой, если им случалось заночевать у тещи. Топорик он переложил в левую руку, а правой достал из внутреннего кармана пистолет. Федька Угрюмый — это не старуха-теща, с ним приходилось быть настороже и не полагаться на холодное оружие. «Погоди, Федя, — думал Колян, — сперва я тебя свалю с катушек, а потом покрошу топориком. Ты у меня быстро не помрешь...» Теперь, когда теща была мертва, Колян уже не особенно старался соблюдать тишину и без особых предосторожностей потянул на себя дверь спальни. Шагнув через порог, он увидел слева от входа, на хорошо ему знакомой широченной тахте, очертания двух тел под одним одеялом. Ни Федор, ни Надежда не услышали, **как** он вошел — видимо, налюбившись вволю, они **теперь** спали без задних ног.

— Подъем! — включив свет, заорал Колян и пнул ногой кровать. — Харэ дрыхнуть, законный муж пришел!

Спавшие подскочили на кровати, открыли глаза, и Надежда завизжала от ужаса, а Угрюмый смертельно побледнел. Колян и впрямь представлял собой ужасное зрелище: он был весь густо забрызган кровью, лицо его превратилось в ухмыляющуюся кровавую маску с перекошенным ртом и горящими глазами.

— Что, Федя, вылупился? Не веришь, что я живой? — глумился Колян. — Да, рано ты меня похоронил! Или хотелось поверить, что меня вот так запросто стерли в порошок?

Угрюмый сделал движение, словно пытаясь встать, но Колян мгновенно вскинул руку с пистолетом. Раздался хлопок, и Федор, схватившись за живот, закорчился на постели под одеялом. Колян рывком сдернул на пол простреленное одеяло и захохотал:

— О, да ты у нас голенький! Ну-ка посмотрим, чем ты мою жену любил... Что, больно, да? Ничего, сейчас еще больнее будет!

Раздалось несколько глухих хлопков подряд. Федор издал крик ужаса и боли — одна из пуль почти оторвала ему половой член, и кровь потоком хлынула на простыни, две другие пробили колени. Для верности Колян еще всадил своему врагу пулю в плечо, затем убрал пистолет, переложил топорик в правую руку и, подойдя к кровати вплотную, ласково спросил:

— Ты ведь не помрешь от шока, Федя? Не кинешь мне еще и такой подлянки? Давай, держись, ты ведь у нас богатырь. На, богатырь, получи!

И Колян с размаху наискось рубанул Угрюмого топором по лицу. Надежда, которая тряслась в углу постели, свернувшись в комок, невольно вскрикнула. Колян хотел растянуть расправу над своим обидчиком, но, ударив раз, он уже не мог остановиться. Следующий удар разрубил Угрюмому грудную мышцу, еще один отек ухо и врезался в плечо. Затем удары посыпались на голову жертвы. Угрюмый сделал было попытку закрыться руками, но Колян сразу же оттяпал ему кисть одной руки и пальцы на другой.

— Смотри, Надька! Смотри, как я его уделаю! — с пеной у рта прорычал Колян.

Он уже изуродовал своего врага до неузнаваемости — разрубленные губы свисали кровоточащими кусками мяса, из кровавой дыры на месте отрубленного носа сочилась кровь, правый глаз, задетый клинком, вытек и заливал разрубленную щеку потоком слизи. Однако Угрюмый еще жил и даже пытался заслоняться от ударов искалеченными руками. Колян сделал резкий выдох и всадил топор глубоко в череп жертвы. Угрюмый сразу обмяк и откинулся на постель. Было видно, как дергаются в агонии его ноги под одеялом. А Колян все рубил и рубил, превращая голову убитого в чавкающее кровавое месиво. Наконец он отшвырнул топорик в угол, вскочил на кровать и расстегнул брюки.

— Слышь, Надюха, — с жутким смешком произнес он, — говорят, если на дохлую жабу поссать, то она оживет. Проверим?

И он с тем же жутким смешком принялся мочиться на размозженную голову Федора. Затем, не застегивая брюк, он опустился на колени, схватил сжавшуюся в комок Надежду за волосы и, рванув, распластал ее на тахте.

— А ты думала, я тебя не трахну в последний раз? — прохрипел он. — На прощанье-то — святое дело! Первым я у тебя не был, так зато стану последним! Ну, давай, сука!

Обезумевшая от ужаса женщина пыталась сопротивляться, но Колян, казалось, обладал силой доброго десятка человек. Он припечатал руки Надежды к кровати, стиснув ее запястья так, что она застонала от боли, коленями раздвинул ей ноги и грубо вторгся в нее, одновременно укусив за щеку и ощутив на губах металлический привкус крови.

***

Минут через сорок лежавшие в кустах Рекс и Зародыш увидели там, куда они смотрели все это время, крошечный мигающий огонек на темном фоне дома.

— Пошли! — в один голос скомандовали они друг другу, подхватив канистры с бензином и, пригибаясь, двинулись через росистое поле.

— Тихо, чего топаете, как слоны! — зашипел на них Колян, когда они приблизились к забору. — Давайте мне канистры и сами перелезайте сюда. В доме надо все облить бензином и запалить. Возможно, я наследил там... Заодно и натюрморт посмотрите.

Колян двинулся вперед, Рекс и Зародыш зашагали следом. Он поднялся на крыльцо, посвечивая себе фонариком, уверенно прошел в спальню тещи, открыл там ящик старинного буфета и выгреб тускло блеснувшие в луче фонарика драгоценности. Ссыпав их в карман куртки, он вновь запустил руку в ящик и вытащил оттуда пачку долларов.

— Не пропадать же добру, — ухмыльнулся он, обращаясь к своим подручным. Почуяв неладное, он присмотрелся к ним повнимательнее. Оба неподвижно стояли на пороге и с ужасом смотрели на то, что осталось от головы старухи, распростертой на тахте, и на прилипшие к окровавленным обоям комки мозга. Внезапно Зародыш бухнул канистру на пол, выскочил в коридор, и оттуда донеслись характерные утробные звуки рвоты. Рекс, по всем признакам, тоже с трудом сдерживал рвотные спазмы.

— А ты как думал? — продолжая рыться в ящике, самодовольно заметил Колян. Он уже успел переодеться, найдя где-то в шкафу свою старую одежду. — Если карать, то уж по полной программе. Ладно, я отсюда выхожу, а ты начинай поливать. И полей хорошенько вот эту кучу — тут шмотки, которые на мне были, они все в крови.

Пацаны, ошалевшие от увиденного, уже не были слишком потрясены тем, по выражению Коляна, «натюрмортом», который им пришлось увидеть в спальне. А там они увидели красовавшуюся на стуле отрубленную голову Надежды, встретившую их страдальческим взглядом из-под полузакрытых век и оскаленным в мучительной гримасе ртом. На постели еще сочилась кровью бесформенная груда изрубленного мяса, еще недавно называвшаяся Федором Угрюмым и претендовавшая на главенство в криминальном мире города Таежного. Рядом распласталось обезглавленное и совершенно обнаженное тело женщины. Несмотря на свои безукоризненные пропорции, оно уже не вызывало никаких чувств и привлекало не больше, чем любой другой неодушевленный предмет.

— Вот он, фирменный почерк Николая Радченко, — с гордостью сказал Колян. — Ладно, давайте поливать эту падаль, а то Аспирин нас уже заждался и светать скоро начнет. Да и выспаться не мешает, поскольку у нас завтра... то есть уже сегодня вечером, серьезные дела. Я слышал, кое-кто из наших бывших братков не хочет, чтобы я был главным в городе Таежном. Придется с этими людьми разобраться.

Зародыш, выходя из комнаты последним, остановился и вынул из кармана зажигалку, но Колян схватил его за руку:

— Ты что, сдурел? Запомни: шум должен подниматься только тогда, когда мы уже далеко. А если ты сейчас все запалишь, то мы побежим отсюда на фоне пожара.

— Что же делать? — тупо спросил Зародыш.

— Выливай все и дуй отсюда через забор туда, где Андрюха Спиридонов ждет с машиной. Я вас догоню.

Зародыш повиновался. Перелезая через забор, он увидел, что Колян, пригибаясь, следует за ним и по пути сыплет из пачки на землю какой-то порошок. При этом бригадир явно старался, чтобы просыпанная им дорожка проходила среди грядок и прочих возвышений. У самого забора Колян задержался и чиркнул спичкой. Бледный огонек побежал между грядок к дому, почти незаметный со стороны. Он мелькнул на крыльце и скрылся под дверью. Колян тем временем успел перемахнуть через забор и добежать до середины луга. Там он оглянулся и увидел, как окна дома налились зловещим пульсирующим светом, совсем не похожим на обычный электрический. Добежав до зарослей, он оглянулся еще раз. Теперь участок вокруг дома был весь освещен тем же неровным дрожащим светом. Из-под крыши все гуще начинал валить дым. Внезапно стекло в окне вылетело от жара, и огромный огненный язык вырвался на волю, жадно лизнув листву стоявшей неподалеку яблони. Колян повернулся и побрел по тропинке среди кустов к тому месту, где к зарослям подходил проселок и где должен был ждать Андрюха. Его недавнее возбуждение бесследно миновало, и он чувствовал только усталость.

ГЛАВА 22

Варяг сидел за круглым столом на террасе дачи академика Нестеренко, потягивал из хрустального бокала виноградный сок (этот сок из мускатного винограда был его слабостью) и читал постепенно входившую в моду газету «Московский экспресс». Это издание принадлежало некой фирме, хозяева которой решили обогатиться, издавая веселую бульварную газету. Возможно, их задумка была и неплоха, но беда в том, что у предпринимателей напрочь отсутствовали и чувство юмора, и вкус, и всякое представление о газетной работе. Смутно сознавая все это, фирмачи разыскали в московской богемной тусовке пару шустрых провинциалов с журналистским образованием. Провинциалы изо всех сил старались закрепиться в столице и потому хватались за все. С особой радостью ухватились они за проект издания популярной газеты, так как считали себя самыми подходящими людьми для такой работы. Нахальства у них и впрямь было хоть отбавляй, но с культурой, юмором и вкусом дело обстояло ненамного лучше, чем у их работодателей. Собственно, в журналистской среде эти качества вообще мало распространены, поскольку люди, стремящиеся вступить в данное сословие, обладают, с одной стороны, огромными амбициями, а с другой — чувствуют в себе недостаток объективных дарований для подкрепления собственных амбиций. Этот недостаток представители второй древнейшей профессии возмещают напором, дерзостью, сплошь и рядом переходящей в наглость, и способностью с апломбом рассуждать о чем угодно — даже о тех вещах, о которых они не имеют ни малейшего представления. Варягу приходилось читать номера «Московского экспресса» той поры, когда его редактировали хваткие провинциалы. «Да, правильно говорят, что гениальный человек в журналисты не пойдет», — вздыхал он, морщась от натужных острот, безвкусных юморесок и бредовых афоризмов, претендовавших на глубину. В этот поток сознания постоянно вклинивались ученые статьи о сексе, словно переписанные из журнала «Здоровье» десятилетней давности и способные подавить инстинкт размножения даже у закоренелого эротомана. Номера «Московского экспресса» Варягу принесли в соответствии с его заказом — он решил вплотную изучить ситуацию на рынке СМИ, найти перспективные, но недостаточно финансируемые издания и через подставных лиц прибрать их к рукам. Параллельно, разумеется, приходилось подбирать этих самых подставных лиц — требовались люди, во-первых, сведущие в своем деле, во-вторых, умеющие молчать о том, о чем говорить не следует, и, в-третьих, обладающие элементарной житейской честностью. Главная трудность заключалась в том, что ни в коем случае нельзя было выказывать свой интерес к СМИ и к людям, способным в них работать.

Варяг поручил полковнику Чижевскому выяснить финансовое положение нескольких заинтересовавших его изданий. Вскоре Чижевский сообщил, что фирма, издающая «Московский экспресс», близка к банкротству, выпуск газеты решено прекратить, а шустрых провинциалов-редакторов и прочих сотрудников не могут уволить лишь потому, что им уже несколько месяцев не выплачивали зарплату и они подали в суд.

— Имеет ли смысл купить всю эту фирму на корню? — спросил полковника Варяг. — Что у них там вообще есть?

— Есть оборудование для подготовки пленок, — стал перечислять Чижевский. — Когда пленки готовы, их остается только отдать в типографию и на следующий день забрать тираж газеты.

— Технологией, Николай Валерьянович, можете меня не грузить, — усмехнулся Варяг. — Я постарался в общих чертах изучить всю эту кухню, прежде чем в нее влезать. Стало быть, технический персонал оттуда, как вы говорите, еще не разбежался... Скажите мне вот что: отдел сбыта там есть?

— Есть, — кивнул Чижевский. — Эта фирма кроме «Московского экспресса» выпускала и другие издания: книги, брошюры, рекламные листки... Поэтому они имели человека, который держал связь с организациями розничной торговли. Этот человек пока не уволился, и я попросил его не торопиться — сказал, что, возможно, фирма снова заработает. Он очень обрадовался — коллектив у нас, говорит, подобрался очень хороший, вот только редакторы — полные козлы.

— Какая-то блатная у вас стала лексика, Николай Валерьяныч, — заметил Варяг. — А что у них с помещениями?

— Задолженность по аренде за два месяца, — доложил Чижевский. — Достаточно ее погасить, и проблем не будет — можно работать дальше. С типографией картина точно такая же.

— Во сколько обойдется покупка фирмы?

— Поторгуемся, — пожал плечами Чижевский, — но в любом случае недорого. Кому эта фирма нужна в ее нынешнем положении? Думаю, несколько раз дать рекламу в том же «Московском экспрессе» и то обошлось бы дороже.

— А сколько стоит выпуск газеты?

— Смотря каким тиражом. Нынешним — тысяч восемь баксов максимум.

— Всего-навсего? — хмыкнул Варяг. — Н-да, это надо же было так обвалить тираж! Вначале-то у них было под сто тысяч!

— Но вы же читали газету, — возразил Чижевский. — Это же полная... — Он сделал паузу. — Полная галиматья. Я прочел несколько номеров и даже не улыбнулся ни разу. Удивительно, как они теперешний тираж еще умудряются кому-то рассовывать.

— Короче говоря, — подытожил Варяг, — фирма есть и готова работать, но ее приобретение будет иметь смысл лишь в том случае, если мы найдем хороших редакторов — остроумных, с творческой жилкой, умеющих найти свою нишу на рынке, уловить то, что требуется аудитории, и в первую очередь столичной. Нам не по карману войти на столичный рынок СМИ с парадного, так сказать, входа — перекупив с потрохами какое-нибудь раскрученное издание. Но можно войти с черного хода — поставив на ноги несколько таких вот газетенок и постепенно их раскрутив. Раскрутить их за счет одной рекламы на ТВ мы не сможем — это слишком дорого. Значит, надо делать выдающиеся газеты. А для этого нужны выдающиеся люди.

— Легко сказать, — уныло произнес Чижевский. — Где ж их взять-то?

— Ладно, — подытожил Варяг, — покупайте фирму на себя и оплачивайте все их долги из нашей черной кассы. Не настолько же оскудела земля русская, чтоб мы не смогли поднять какой-то там «Московский экспресс»!

На ловца, как известно, и зверь бежит — вскоре знакомый писатель, работавший в редколлегии весьма известного журнала «Подъем», пригласил Варяга на мероприятие, проходившее в редакции этого престижного издания.

Прослушав рассказы Зощенко в исполнении популярного и действительно очень одаренного актера, а затем выступление виртуозов джаза (к которому Варяг остался абсолютно равнодушен), гости переместились в соседний просторный зал, где были накрыты столы для фуршета. Знакомый писатель не соврал, обещая вкусное угощение: тарталетки и прочие закуски были действительно приготовлены на славу. Варяга особенно порадовало то, что из напитков присутствовали не только традиционные водка, шампанское и джин, а и его любимые российские виноградные вина. Появление «Муската Мысхако» Варягу показалось просто маленьким чудом — до тех пор, пока пригласивший его писатель на намекнул прозрачно на то, что редколлегия была бы счастлива заиметь спонсора в лице «Госснабвооружения». Выходило, что гостеприимные хозяева угадали вкус Варяга отнюдь не случайно. Впрочем, к ситуации он отнесся с юмором и, уплетая за обе щеки ломтики жареного картофеля, намазанные смесью сыра и тертого чеснока, озирался по сторонам, прислушивался к разговорам и незаметно переходил от стола к столу — как бы для того, чтобы поздороваться со знакомыми. Без определенной доли везения ему пришлось бы посетить множество таких тусовок, прежде чем он нашел бы нужных ему людей. Однако в тот день Фортуна оказалась на его стороне. В самом углу зала он увидел компанию молодых людей лет тридцати, отгородившуюся столиком от людской толчеи. Молодые люди азартно спорили о чем-то и то и дело начинали заразительно хохотать.

— Как же вы призываете меня создавать прекрасное и одновременно порицаете труд?! — возмущенно возопил рыжий толстяк.

Оба его собеседника — мрачный приземистый брюнет и зеленоглазый шатен с одутловатым лицом — сардонически расхохотались в ответ.

— Ваша тупость скоро войдет в поговорку, — заявил шатен.

— Вот именно, — поддержал его брюнет и одним глотком осушил стопку водки, после чего жестом потребовал у рыжего толстяка сигарету.

Тот заворчал, открывая пачку:

— Тоже мне, отражатели прекрасного — сочиняют всякие дурацкие песенки, всякие бредовые статейки...

— А вы как думали? — самодовольно отозвался шатен. — Прекрасное живет и в самых малых формах. Все зависит от личности художника.

Варяг стоял опершись локтем о столик, вполоборота к спорящим, попивая мускат и делая вид, что оглядывает зал. В последних фразах насчет «статеек» и «малых форм» для него уже содержалась положительная информация. Ребята, видимо, не были снобами, которые готовы скорее голодать, но не писать для заработка. Варяг тоже считал, что настоящий профессионал вполне способен раскрыть то лучшее, что в нем заложено, даже работая на заказ и для заработка. Все указывало на то, что эти спорщики, доставившие Варягу несколько веселых минут, от работы не бегают.

— Прошу прощения... — обратился Варяг к трем приятелям. Те тотчас же прервали спор и уставились на него доброжелательными взглядами людей, всюду ищущих повод для веселья. — Прошу прощения, господа, вы случайно не художники? Мне кажется, я видел вас недавно на выставке в Манеже. Меня в одной газете, которая только начинает выходить, просили подыскать художников для сотрудничества...

— Да, мы художники, — приосанился шатен. — Художники слова!

— Вы могли видеть нас в Манеже, — начал объяснять толстяк, — но не потому... То есть именно потому...

— Так как же насчет сотрудничества в газете? — перебил его Варяг.

Толстяк с неожиданной для художника деловой хваткой принялся выяснять, о какой газете, о каких формах сотрудничества и о каких заработках идет речь. Хотя вся троица произвела на Варяга чрезвычайно благоприятное впечатление, условия, которые он назвал, были весьма скромными — друзьям пока не следовало знать, что за газетой стоят какие-то деньги.

— Мой друг рассчитывает поднять тираж и в соответствии с ростом тиража поднять зарплату, — пояснил Варяг. — А для этого он ищет талантливых людей.

Он дал друзьям телефон Чижевского, которому предстояло выступать официальным главой фирмы-издателя, и предложил обговорить с этим человеком детально все вопросы. Сам он уже прикидывал в уме, какие инструкции дать полковнику для будущего разговора.

— Для нас принципиальное значение имеют не столько деньги, сколько две следующие вещи, — сказал брюнет. — Первая: мы полностью определяем состав номера, без всякой цензуры со стороны владельца, и вторая: мы приходим и уходим, когда хотим.

Брюнет испытующе посмотрел на Варяга. Видимо, поэт раскусил собеседника и понял, что тот имеет вовсе не косвенное отношение к газете, о которой шла речь.

Варяг пожал плечами и с деланным безразличием произнес:

— Я думаю, что это вполне разумные требования.

* * *

На следующий же день вся троица встретилась с Чижевским. Варяг удивился такой оперативности, поскольку видел, с какой силой художники слова налегали на даровые горячительные напитки. Однако к Чижевскому все трое явились свежими, трезвыми и в прекрасном настроении. Условия их удовлетворили, и они незамедлительно приступили к работе. Троица избрала рыжего толстяка главным редактором, несмотря на его отчаянное сопротивление, а двое других были назначены его заместителями. При этом брюнет сказал толстяку: «Вы помоложе, друг мой, так что если нас бросят в застенки за наши писания, то вы выйдете оттуда еще полным сил, а мы выйдем дряхлыми старцами. Поэтому сидеть в качестве главного редактора должны вы, так будет справедливо». После долгой и жаркой дискуссии название газеты решено было оставить без изменения, и вот теперь Варяг сидел и читал уже десятый номер «Московского экспресса». Чтение доставляло ему истинное наслаждение, и даже не столько конкретные примеры остроумия авторов, сколько сам парадоксальный стиль их мышления. Таким стилем отличалось большинство материалов, и это заставляло Варяга подозревать, что, несмотря на обилие мелькавших на газетных полосах фамилий авторов, троица сама пишет практически весь номер, укрываясь под различными псевдонимами. Впрочем, художники слова этого и не скрывали, объясняя неистощимость своей фантазии банальным желанием получить гонорар. В ходе предварительного разговора с новыми редакторами Чижевский намекнул им о том, что газета должна иметь вполне определенную, то есть резко оппозиционную, политическую ориентацию и политически окрашенные материалы должны занимать значительную долю объема каждого номера. Это было единственное условие, как-то ограничивавшее самостоятельность новых сотрудников.

Дойдя до статьи о войнах олигархов, Варяг, уже не стесняясь, разразился хохотом. Лиза сидела по другую сторону стола и пыталась нарисовать цветными карандашами на листе бумаги портрет Лены, сидевшей у торшера и читавшей книгу. Услышав этот хохот, она немедленно приревновала отца к газете и огорченно сказала:

— Папа, ты уже целый час читаешь эту газету и смеешься, а мы с Леной не знаем, что там смешного. Мы тоже хотим посмеяться.

— Лиза, — подавляя приступы смеха, возразил Варяг, — эта газета все-таки для взрослых. Мне не жалко, я бы ее всю прочел вам вслух, но ведь ты ничего не поймешь. Кроме того, Лена читает книгу и ей не до газеты. Не будем мешать ей своими разговорами: ты рисуй, а я буду читать.

Лена бросила на Варяга взгляд исподлобья и улыбнулась ему одними глазами. От этого взгляда Варяг внутренне просиял, словно сказал нечто чертовски умное. Однако Лиза продолжала канючить:

— А ты читай тихонечко, чтобы ей не мешать... не может быть, чтобы я ничего не поняла. Хоть одно слово я ведь пойму?

— Ну хорошо, — сдался Варяг, — начинаем прямо с названия. Если не поймешь название, то остальное читать и слушать не имеешь права. Итак, читаю: «Экспресс». Ну, что это означает?

Лиза на мгновение задумалась, сгорбившись на стуле и сунув кулачок в рот.

Лена оторвалась от книги и сообщила своим бархатистым грудным голосом:

— Она тут усердно трудилась — изо всех сил старалась побыстрее выучиться читать, чтобы поразить папу...

— Ну Лена! — негодующе воскликнула разоблаченная Лиза.

— Ой, прости, проговорилась, — рассмеялась Лена. — Но ты молодец — ты ведь теперь вовсю читаешь. Нет, правда молодец... Так вот, одолела она первым делом «Сказку о попе и работнике его Балде» Пушкина. Смеялась до слез, и особенно сильно врезались ей в память эти пушкинские черти. Она целый мир создала, населенный чертями. Причем черти делятся на много категорий: там есть чертяки, чертилы, подчертки, чертеныши..

Варяг засмеялся — его позабавило слово «подчерток». Однако даже если бы Лена читала вслух телефонный справочник, он слушал бы ее с упоением, настолько завораживающее действие на него оказывал ее голос. Впрочем, дело было не только и не столько в голосе, а во всем ее существе. Лена казалась Варягу близкой, нежной, нуждающейся в заботе и защите, и в то же время далекой, таинственной и недоступной. Варяг считал, что не обманывается насчет своих чувств к Лене — он признавался самому себе, что девушка ему очень нравится. Опасаясь выступить в пошловатой роли отца семейства, соблазняющего гувернантку, он старался не выказывать своего волнения, но это ему плохо удавалось, и Лена своим женским чутьем не могла не распознать его чувств — потому-то при разговоре с ним она порой опускала глаза и на ее щеках играла краска. Несмотря на ее смущение, ей все же было приятно почтительное восхищение этого сильного, властного мужчины. В глубине души, сама не признаваясь себе в этом, она хотела бы, чтобы, кроме восхищенных взглядов, он решился и на нечто большее, — но, конечно, оставаясь при этом таким же почтительным и скромным. Но видя, что Варяг к ней неравнодушен, она, как и он сам, заблуждалась относительно природы его чувства к ней. Лена не просто нравилась Варягу — он стремительно в нее влюблялся. Если бы он отдал себе в этом отчет и вовремя понял, что с ним происходит, то скорее всего сделал бы все, чтобы воспрепятствовать развитию любви в своей душе — постарался бы видеть Лену как можно реже и сократил бы до минимума общение с ней. Одна мысль о бурном чувстве в то время, когда его жизнь напоминает хождение по лезвию ножа, повергала его в ужас, тем более что все нависшие над ним опасности ему неизбежно пришлось бы навлечь и на предмет своей любви. Однако жизнь, как всегда, оказалась хитрее всех этих благих помышлений. Варяг был всего-навсего человеком и, как свойственно людям, не сумел вовремя разобраться в самом себе. Решив, что ему «просто приятно» общаться с Леной, он зачастил на дачу академика Нестеренко, урывая для этого всякий удобный момент. Удобные моменты выпадали не часто, но когда они все же выпадали, Варяг выискивал любые поводы к тому, чтобы проводить время в обществе не только Лизы, но и Лены. Это удавалось ему тем легче, что Лена охотно шла ему в этом навстречу, также считая, что ей «просто приятно» общаться с Варягом. В самом деле, что она могла чувствовать к этому человеку, который годился ей в отцы, если ее юные красивые ровесники — даже те, с которыми ей случалось заниматься любовью в духе нынешних свободных нравов, — не смогли пробудить в ней никаких глубоких чувств? Ясно, что Владислав Геннадьевич ей симпатичен, и не более того.

— Так ты, стало быть, уже Пушкина читаешь? — с удивлением обратился Варяг к Лизе. — Да еще такие большие сказки? Ну ты молодец! А какие же черти, по-твоему?

— Они смешные. И несчастные, — с глубоким убеждением сказала Лиза.

— Несчастные? — вновь удивился Варяг. — Это почему же?

— Потому что у них характер озорной. Они все время хотят шутить и дурачиться и потому часто попадают в трудное положение, — объяснила Лиза.

— Значит, по-твоему, черти не злые? — спросил Варяг.

— Нет, по-моему, не злые, просто у них характер такой, — ответила Лиза. — К тому же они очень доверчивые. Их могут нарочно подучить сделать что-нибудь нехорошее. Их надо учить, воспитывать и жалеть.

— Ну-ну, — улыбнулся Варяг, — может, ты и права. А вот есть такой город — Вильнюс, так там есть целый музей чертей. Представляешь — огромное здание, и на

217

всех этажах, во всех комнатах выставлены всякие черти, которые только могут быть — водяные, болотные, лесные, домашние, из разных стран...

Лиза даже ахнула от восторга, и Варяг понял, что дочитать газету ему вряд ли удастся. Битый час он описывал Лизе вид, нравы и повадки различных чертей, импровизируя на ходу, словно профессиональный сказочник. К концу этого часа у него пересохло в горле, а мозги устали так, как не уставали даже от долгого изучения самой сложной технической документации и от переговоров с самыми неуступчивыми партнерами. При этом конца вопросам по-прежнему не было видно.

— А как дышат водяные черти? А лесные черти дерутся с водяными? А откуда Пушкин знал чертей? А черти на него не обиделись?

В конце концов Варягу стало казаться, что и он живет в мире, густо населенном чертями самых разнообразных пород и запанибрата со всей нечистой силой. Он и сам не подозревал в себе такой изобретательности и такой богатой фантазии. Вероятно, эти качества развернулись так из-за того, что он видел реакцию Лены на его выдумки: она только делала вид, будто читает, а сама внимательно слушала его рассказы о чертях и время от времени улыбалась и поднимала на него блиставшие весельем ясные глаза. Когда Варяг почувствовал, что вот-вот начнет заговариваться, Лена, каким-то чутьем уловив его изнеможение, строго сказала:

— Лиза, оставь папу в покое. Он, между прочим, приехал отдохнуть после работы, а ты его так замучила, что ему скоро начнут мерещиться твои черти.

Лиза не проявила никакого раскаяния и залилась смехом.

— Ты спросила бы лучше, как там Валя в больнице, — добавила Лена.

Тут Лизе стало совестно. Очередной вопрос о чертях замер у нее на языке.

Она подняла на Варяга виноватый взгляд и спросила:

— Правда, папа, как там Валя? Ты у нее был?

— Был, — переводя дух и чувствуя, что в голове у него еще крутятся черти, ответил Варяг. — Врачи говорят, что операция прошла успешно. Она уже встает и передает тебе привет. Вот передала тебе записку.

Варяг достал из нагрудного кармана рубашки сложенный лист бумаги, исписанный печатными буквами. Лиза развернула лист и склонилась над ним, шевеля губами. Лена встала с кресла, подошла к ней и заглянула в записку через ее плечо, предварительно спросив:

— Можно?

— Можно, — с важностью ответила Лиза.

Лена пробежала взглядом записку, потрепала Лизу по склоненной белокурой головке и вышла на крыльцо. Она иногда курила легкие сигареты, причем, как заметил Варяг, всегда выбирала для этого такие минуты, когда Лиза была чем-нибудь занята. Со двора, где уже темнело, в приоткрывшуюся дверь пахнуло такой благоуханной прохладой, что Варяг тоже почти машинально направился вслед за Леной. Он увидел, как девушка прикурила от зажигалки, выпустила струю дыма в нависавшую над крыльцом листву старой яблони и зябко поежилась. Увидев это движение, Варяг шагнул к ней и обнял ее за плечи, хотя еще секунду назад не собрался делать ничего подобного. Лена вздрогнула и издала какой-то невнятный протестующий звук, словно собираясь вырваться, но тут же ее плечи расслабились, и она со вздохом прильнула к Варягу.

— Никогда бы не подумала, что вы поэт, — сказала она с легкой насмешкой и в то же время ласково.

— Это ты насчет рассказа о чертях? — усмехнулся Варяг, незаметно для самого себя переходя на «ты».

— Да это был не рассказ, а скорее поэма. Хотя нет, я вру, — поправилась Лена, повернув голову и взглянув Варягу прямо в глаза. — Я всегда подозревала в вас что-то такое... — И она засмеялась.

— Что-то смешное?

— Нет, что-то от поэта. Я не тому смеюсь. Я называю вас на «вы», как мадам Грицацуева называла Остапа Бендера.

— Да, это не дело, — согласился Варяг, мягко повернул Лену лицом к себе и поцеловал. Это получилось как-то естественно, словно продолжение разговора, и Лена прижалась к Варягу покорно и доверчиво. Ему, целовавшему в жизни немало женщин, показалось, будто раньше он не встречал таких упругих и прохладных губ, такого сладкого вкрадчивого язычка, такой шелковистой кожи под тонкой тканью рубашки. На самом-то деле любая женщина, которую любят, становится новой и неповторимой, однако Варяг не думал об этом. Он вообще ни о чем не думал, упиваясь нахлынувшим на него ощущением счастья. Оторвавшись наконец от губ Лены, он вдруг вспомнил о ночной встрече с зарубежными партнерами, которая предстояла ему в ресторане делового центра на Краснопресненской набережной, и застонал от огорчения.

— Что такое? — насторожилась Лена.

— Надо ехать, — горестно ответил Варяг. — Опять эти дела, пропади они пропадом.

— Не стоит так огорчаться, — лукаво заметила Лена. — Мы уже привыкли, что вы... что ты не остаешься на ночь.

— А хотелось бы, — вздохнул Варяг и сделал попытку вновь привлечь девушку к себе, однако она уперлась ладонями ему в грудь.

— Как-то не верится, что у тебя всякий раз были ночью дела, — сказала она сурово.

Варяг рассмеялся:

— Ну почему все женщины, даже самые лучшие, такие собственницы?

— А кто тебе сказал, что я самая лучшая? — удивилась Лена. — Я очень плохая — злая, ленивая, развратная...

— Простите, а можно поподробнее насчет разврата? — перебил Варяг и обнял ее.

На сей раз она уже не сопротивлялась. Когда они вновь оторвались друг от друга после бесконечного поцелуя, она спросила:

— Интересно, а как мы объясним Лизе, почему мы вдруг перешли на «ты»?

— М-м... Скажем, что постепенно подружились, — нашелся Варяг, и они оба тихо рассмеялись.

— А насчет разврата я вам так скажу, — деловито сказала Лена. — На данный момент своей жизни я вижу в мире только одного мужчину, грязное предложение со стороны которого я встретила бы с пониманием. Но, к сожалению, у него каждую ночь находятся какие-то дела...

— А я на данным момент вижу в мире только одну женщину, которой мне хотелось бы сделать грязное предложение, — в тон ей отозвался Варяг.

— Ох, все вы, соблазнители, так говорите, — вздохнула Лена, словно умудренная годами женщина, и сама обняла Варяга, прижавшись к его груди.

ГЛАВА 23

В ворота оптового продовольственного рынка города Таежного довольно бесцеремонно въехал темно-зеленый джип «гранд-чероки». Охранники, которым полагалось брать с транспортных средств плату за въезд на территорию рынка, увидев номера джипа, не стали его останавливать, и мощная машина, разгоняя толпу короткими гудками, двинулась вдоль ряда ларьков. Не то чтобы двум бритоголовым парням, сидевшим в джипе, было жалко червонца за въезд — дело заключалось в принципе, в необходимости соблюдения субординации. А какая это к черту субординация, если любой ничтожный охранник будет останавливать машину Назара Второго, дядю которого убил когда-то Николай Радченко и который теперь круто поднялся и завладел многими доходными местами в городе. В число таких мест входила и знаменитая «Фиалка» — место регулярных сборов городской братвы. Несмотря на обилие криминального элемента, «Фиалка» являлась вполне безопасным местом даже для самого законопослушного посетителя, поскольку по просьбе Назара Второго все городские авторитеты дали обещание всячески поддерживать в «Фиалке» порядок и, по выражению Назара-младшего, «не срать там, где живешь». В результате в заведении случались удивительные вещи: даже если какой-нибудь пьяный мужичок «путал рамсы» и начинал ухлестывать за подругой одного из грозных городских авторитетов, ему не ломали ребра и не проламывали череп, а просто выводили из духоты на воздух, отводили метров за двести и там, наградив легким подзатыльником, отпускали на все четыре стороны. К концу этой прогулки бестактный гость, как правило, успевал резко протрезветь. Ему вручали его одежду, портфель, если таковой имелся, и даже не заставляли платить по счету. Авторитеты, готовые перерезать глотку ближнему и за куда меньшую провинность, сами умилялись своему гуманизму и не упускали случая рассказать о случившемся друг другу и Назару Второму. Неприятность произошла только раз, когда какой-то приезжий из райцентра вместо того, чтобы поскорее удалиться от быков, честно вручивших ему плащ и портфель, вдруг выхватил из портфеля обрез. С тех пор этого психа больше никто не видел. Итак, «Фиалка» была вполне прибыльным заведением, которое славилось выступлениями эстрадных звезд, включая и столичных, а также своими тщательно отобранными стриптизершами. Однако раз в две недели кафе закрывалось «на спецобслуживание» — другими словами, в нем происходило совещание криминальных авторитетов Таежного, завершавшееся шумной гулянкой со стриптизершами и заезжими певичками. Доступность и раскованность последних просто поражала местных пацанов, у которых в подсознании еще сохранялись остатки провинциальных предрассудков. Забавы со стриптизершами воспринимались как должное но то, что вытворяли московские гостьи, становилось затем предметом долгих пересудов. Толковища в «Фиалке» проходили долго и бурно после того, как Федор Угрюмый привез из Москвы весть о гибели Коляна (а в том, что Колян не уйдет живым из рук Варяга, Федор не сомневался). Однако за Федора встали горой побывавшие в Москве и выброшенные оттуда Варягом крутые парни, сохранившие в Таежном немало друзей. О своих столичных приключениях парни рассказывали в весьма загадочных выражениях, но все их рассказы сводились к одному: что Москва слезам не верит, что рано еще туда соваться и что если там схавали даже такого орла, как Колян, то лучше окучивать свою грядку и не лезть в чужой огород. «Горыныч, Гнилой и еще полно ребят вообще не вернулись, а куда делись, хрен их знает, — добавляли ветераны «московского похода». — Нет уж, лучше мы дома будем при делах, чем в Москве трупами».

То, что Угрюмый недвусмысленно заявил о своих претензиях на роль главы бригады покойного Радченко, не могло не вызвать глухого недовольства со стороны тех, кто во время отсутствия бригадира и его ближайших подручных оставался в городе. Они, бывшие при Коляне на вторых ролях, после его отъезда мало-помалу привыкли находиться в центре внимания, ощутили вкус власти, да и деньжат у них прибавилось. Теперь им не хотелось всего этого лишаться. Однако Угрюмого и его людей в городе помнили, уважали и боялись. Многие бывали с ним в переделках и знали его послужной список. Все понимали, что он был признанным заместителем Коляна, его правой рукой, и мог, когда надо, вести себя очень круто. Угрюмый и не скрывал, что пойдет на все, лишь бы занять то место, которое принадлежало ему по праву. За ним стояла внушительная сплоченная сила: те, кто вернулся с ним из Москвы, и те, кто поддержал его в Таежном. Одни сделали это из чувства справедливости, другие — из страха, третьи — таких было большинство — в надежде заслужить благоволение нового лидера городского криминального мира, поскольку бригада Радченко уже давно контролировала весь регион полностью и безраздельно. Всяким залетным предоставлялся несложный выбор: либо под страхом свирепой расправы уносить ноги, либо на правах рядовых бойцов вливаться в бригаду. Впрочем, тем, кто внушал хоть малейшее сомнение, светил только первый вариант.

Угрюмый, услышав во время первой с момента своего возвращения из Москвы сходки недовольное ворчание кое-кого из братков, добродушно возразил:

— Вы, пацаны, я вижу, на мою доброту сильно надеетесь. Вспомните, кем вы при Коляне были? Никто и звать никак. Вы такие рожи-то не стройте, я все равно не испугаюсь... Если бы на моем месте сейчас сидел Колян, посмели бы вы хвост распушить? Ну скажите при всех! Молчите? То-то... А я, думаете, такая овца, что буду все эти ваши гнилые базары терпеть?

Прозрачно намекнув на готовность к силовому разрешению возникших противоречий, Федор затем сменил пластинку.

— При Коляне мы все жили по деньгам неплохо, но тряслись от страха, — напомнил он. — Да, Колян денег не жалел, но вы все знаете, что с головой у него было не все в порядке. Он говорил, что надо действовать круто, что все должны нас бояться, но на самом-то деле он просто не мог без крови и без того, чтобы внушить страх. Но я-то, пацаны, человек совсем другой! Вы тут возникаете против меня, а ведь я терплю, говорю с вами спокойно. Я всегда хотел, чтоб в бригаде были нормальные отношения, чтоб мы все были братками. Теперь бригадира никто бояться не будет — идите ко мне с любыми своими проблемами, я всегда выслушаю, всегда помогу...

Эти прочувствованные слова тронули сентиментальные сердца. К тому же Угрюмый заверил, что постарается не затронуть ничьих денежных интересов и вообще вести себя в этой сфере гораздо либеральнее, чем Колян. Пацаны припомнили царившую при Радченко драконовскую дисциплину, периодические расправы, согласились с тезисом Угрюмого о том, что без единого авторитетного бригадира структура скоро начнет разваливаться и по городу пойдут кровавые разборки, и в конце концов на все согласились. В «Фиалке» началось всеобщее братание с объятиями и слезами. Оно переросло в роскошный банкет, в подготовку которого Угрюмый заранее, держа это в секрете, вложил немалую сумму. Повара, собранные со всех ресторанов города, выбивались из сил, готовя те блюда, которые Угрюмому довелось попробовать в Москве, но которых никогда не пробовали в Таежном. Назар Второй решил плюнуть ради собственного спокойствия на сепаратистские устремления, овладевшие им на какое-то время, и всеми силами помогал Угрюмому красиво отпраздновать его восшествие на трон бригадира. Ребятишки жрали, как слоны, и с шумными тостами пили за здоровье нового «бугра». После окончания деловых разговоров в зал запустили девчонок, а на эстраде пирующих увеселяла московская женская поп-группа «Блестки». После того как группа лихо откатала свою программу и публика наплясалась вволю, юных артисток препроводили за стол к новому бригадиру. Когда поп-дивы как следует закусили и выпили на брудершафт со всеми мужчинами за столом, Угрюмый, красноречиво подмигнув, предложил всем расслабиться в сауне. Девицы стали переглядываться и возражать, но довольно вяло, а хор веселых мужских голосов заглушил и эти робкие возражения. Компания спустилась в подвальное помещение, где Назар Второй оборудовал сауну. Там тоже был накрыт столик. Приставать к девицам не нагло, но очень настойчиво братки начали уже за этим столиком. Все они сразу разделись донага и требовали того же от артисток. Те стеснялись, но стоило одной из них, загорелой красотке Вике, разомлевшей от шампанского и от могучих объятий Угрюмого, скинуть с себя простыню (помогло

Угрюмому и то, что девушка очень гордилась своим красивым телом), как тут же обнажились и все прочие члены коллектива. После этого девицы повскакали с мест и с хохотом и визгом побежали в сауну. За ними проследовали самцы, гордо покачивая эрегированными членами. Всеобщее соитие как-то незаметно началось уже в сауне, при температуре 120 градусов выше нуля. Впрочем, когда в одном помещении скапливается столько подвыпивших и полностью обнаженных молодых людей, то долго ли до греха? Расслабившаяся девица, которой от возбуждения казалось, будто ее никто не видит, позволяла мужской тверди проникнуть в себя (и даже бесстыдно направляла ее рукой), а потом, сотрясаясь под яростным натиском партнера, на секунду отводила взгляд в сторону и с удивлением обнаруживала, что все ее подруги вокруг занимаются тем же самым. Тогда юная артистка, вздохнув с облегчением, переставала чувствовать себя преступницей и начинала стонать, вскрикивать, активно двигаться и менять позы. Партнеры так распалялись, что не прекращали забав даже в прохладной воде бассейна. Затем последовала долгая оргия на диванах в предбаннике — с переменой партнеров, с групповым обладанием и со съемкой всего происходящего на видеокамеру — «чтоб память о вас осталась, девчонки». Так прочувствованно заявил Угрюмый, когда все уже расселись за столом и жадно ели, подкрепляясь после любовных игр. При этом Федя ласково гладил по голове гитаристку группы, увлеченно делавшую ему минет.

После этого исторического совещания, закрепившего власть Угрюмого в городе, обстановка в криминальном мире Таежного стала спокойной и почти благостной. Опасность переделов территории отпала, каждый член бригады знал свой участок работы и то, на какие деньги он может рассчитывать сам и какие отдавать в фонд бригады. Мелкие неприятности вроде появления в городе заезжих гастролеров не могли серьезно нарушить общего спокойствия. Все залетные мгновенно попадали в поле зрения бригады. Тех, которые искали контактов с бригадой, вызывали «на стрелку» в «Фиалку» или в место попроще и там пытались найти с ними основы для взаимовыгодного сотрудничества. Всяких мелких аферистов, не слишком задевавших интересы бригады, какое-то время не трогали, но затем либо объявляли им сумму налога, либо настоятельно предлагали покинуть город, если находились местные желающие вести под контролем бригады такой же бизнес. Изредка приходилось и постреля́ть — когда, например, обосновавшаяся в центральной гостинице города компания заезжих кавказцев до полусмерти избила посланного к ним парламентера и на следующий день отправилась на городской рынок наводить свои порядки. Действия гастролеров были, конечно, наказуемы, но, с другой стороны, вызвали у всех членов бригады дружный смех — кавказцы просто не понимали, куда сунулись. Таксист, которого они наняли у гостиницы, работал под контролем бригады и завез их отнюдь не на рынок, а на пустырь в предместье, где у удобном месте выскочил из машины и дал тягу. Кавказцы неожиданно обнаружили, что находятся под прицелом двух десятков стволов. Если бы они с поднятыми руками вышли из машины, то их, разумеется, побили бы, но убивать их никто не собирался. Однако один из них, сидевший рядом с водителем, решил проявить свои качества джигита и прыгнул за руль, благо ключ зажигания таксист оставил в гнезде. Два десятка «АКМ» заработали одновременно, усеивая кузов «Волги» множеством пробоин. Брызнули стекла, автомобиль осел на простреленных шинах. «Стоп, стоп, хватит!» — раздалась команда. Стрельба смолкла. Бойца приблизились к «Волге» и увидели в ней на заднем сиденье три завалившихся друг на друга окровавленных тела.

Однако такие инциденты случались крайне редко, и члены бригады спокойно вкушали все блага налаженной жизни. Преступный мир тех городов, где еще во времена Радченко создала свои ответвления бригада из Таежного, хорошо усвоил, что связываться с бригадой — себе дороже, и терпел ее присутствие на своей территории. Мало-помалу находились общие интересы, налаживались дружеские связи, устраивались совместные гулянки вроде гулянки с «Блестками» в Таежном, и общие приятные воспоминания заслоняли всякие спорные вопросы и позволяли решать их спокойно и к общему удовольствию. Братва становилась братвой в полном смысле этого слова и начинала жить по пословице «Ворон ворону глаз не выклюет», а свою природную склонность к агрессии выплескивала на законопослушных граждан — разных там «фраеров» и «лохов». Теперь во время регулярных сходняков в кафе «Фиалка» обсуждение деловых вопросов занимало совсем мало времени, поскольку дела бригады и так катились по налаженным рельсам. Как правило, уже через полчаса совещание перерастало в дружескую попойку, а попойка при наличии настроения и куража — в любовные развлечения в сауне.

Провизию для «Фиалки» частично закупали на оптовой базе, находившейся в городской промзоне, но практически каждый день джип Назара Второго, в котором сидели двое его бойцов, заезжал также на находившийся совсем рядом оптовый продовольственный рынок. На рынке было удобно делать сравнительно мелкие закупки, чтобы сэкономить время на разъездах, по цене же разница отсутствовала — бригада контролировала и базу, и рынок и могла бесплатно забирать все, что там имелось. «Гранд-чероки» подъехал к мясному ларьку, едва не задавив какую-то зазевавшуюся старушонку.

Та принялась было голосить, проклиная нахалов, на которых нет управы, но водитель деловито приблизился к ней и влепил ей такую мощную оплеуху, что вмиг заставил ее умолкнуть и одновременно подтвердил ее тезис о том, что управы на «крутых» в Таежном действительно нет. Начавшие было собираться любопытные тут же в испуге разошлись, когда бритоголовый водитель обвел их угрожающим взглядом. Затем оба бойца с заднего хода вошли в мясной павильончик, держа в руках огромные сумки, в каких «челноки» перевозят свой товар.

Внимательные наблюдатели, посменно дежурившие на рынке последние несколько недель, уже установили, что посланцы Назара Второго могли посещать самые разные торговые точки, набирая продукты для кафе, и только в мясной павильон они заворачивали непременно, поскольку лучшее парное мясо бывало именно здесь. Загрузив джип до отказа, посланцы, как правило, прихватывали с собой на подмогу грузчика почище и потрезвее и возвращались в «Фиалку». Поэтому местом для засады на людей Назара Второго был избран именно мясной павильон. Глаза вошедших не успели еще привыкнуть после яркого солнечного света к полутьме помещения, как вдруг на голову одного из них обрушилась резиновая дубинка, и он мешком свалился на пол. Второму кто-то одним ловким движением закрутил руку за спину, так что бедняга согнулся в три погибели и застонал от боли.

— Ты зачем, хулиган, бабушку ударил? — захихикал кто-то у него над ухом.

— Ну, здорово, — как тебя там? Михаил, кажется? — раздался в полумраке знакомый насмешливый голос. — Посмотри-ка на меня. Узнаешь?

Михаил поднял глаза, посмотрел исподлобья на говорившего и на какое-то время лишился дара речи от изумления и ужаса. Перед ним стоял давно всеми помянутый Николай Радченко и торжествующе ухмылялся.

— Что, Миша, не ожидал? — спросил Колян. — Вы небось уже и поминки по мне справили? Вам с Федькой, наверно, и без меня хорошо.

Когда-то Колян сам устроил Михаилу «проверку на вшивость», отлупив его до потери сознания в бою без правил на ринге одного из городских спортзалов. Миша хорошо запомнил ощущение беспомощности, не покидавшее его в течение того злосчастного боя. Валяясь в нокауте, он не слышал краткой реплики Коляна: «Держится неплохо, примем», и с того дня испытывал перед бригадиром суеверный страх. Поэтому неожиданное появление Коляна, словно восставшего из гроба, повергло парня в состояния кататонического ступора: бедняга не мог выдавить из себя ни единого слова и продолжал снизу вверх таращиться на ожившего покойника. Впрочем, Коляну его реакция понравилась.

— Отпусти его, — приказал он Рексу, поигрывая длинным стилетом, сделанным из трехгранного штыка русской трехлинейной винтовки.

Рекс, державший пленника в согнутом положении, повиновался, и Михаил медленно выпрямился, не сводя с Коляна округлившихся глаз.

— Сейчас ты сядешь за руль, Миша, — ласково сообщил Колян, — и мы с тобой заедем на задний двор кафе «Фиалка». Ты подъедешь к заднему входу и вместе с нами войдешь внутрь. Что бы ни происходило, держись меня и слушай мою команду. Вопросы есть?

Михаил отрицательно покачал головой, по-прежнему не в силах вымолвить ни слова.

— Вот и хорошо, — с удовлетворением произнес Колян. — Так, снимите с этого козла халат. Халат дайте Зародышу, а этому дайте по башке, чтоб не очухался раньше времени. Да, и мясо-то, мясо захватите! Значит, так мы едем, ты, Рекс, едешь за нами, останавливаешься в сторонке и ждешь, пока мы тебя впустим. Ну, Миша, вперед!

Уже в машине, сидя в синем халате грузчика позади водителя, Колян похлопал Мишу ладонью по щеке и произнес:

— Смотри не шали, дорогой, а то я тебя этой штукой прямо через сиденье пропорю. Ну чего сидишь? Заводи!

До «Фиалки» было рукой подать, но и на этом ничтожном отрезке пути Миша дважды едва не разбил машину.

Колян сердито шипел:

— Какого хрена ты дергаешься? Завалишь дело — прикончу, засранец!

Охранник, увидев в глазок знакомый джип, за лобовым стеклом — двух парней в белых халатах и громоздящиеся на заднем сиденье и в багажнике коробки с мясом, без колебаний открыл ворота. Джип въехал во двор и остановился у заднего хода, через который попадали в подвал с холодильными камерами и на кухню. Закрыв ворота, охранник обернулся посмотреть, что привезли с рынка, и обомлел: на него смотрело дуло автомата Калашникова.

— К стене! — раздалась команда. — Руки за голову!

— Братцы, это ж Колян! — ахнул кто-то, но его грубо оборвали:

— К стене, сука, или убью!

Через минуту все, кто находился во дворе, в подвале и в кухне, выстроились у дальней стены двора напротив ворот под прицелом автоматов. Ворота вновь распахнулись, и во двор въехал автомобиль Рекса. Сам Рекс и трое его бойцов выскочили наружу с автоматами наизготовку. Оружие было из тех тайных складов, которые Колян имел обыкновение создавать везде, где работал.

— Вперед, за мной, быстро! — торопил с крыльца Колян. Бойцы ринулись следом за ним во внутренние помещения кафе, оставив одного для охраны выстроившихся у стены пленников. Колян широко шагал по знакомым коридорам, направляясь к залу, где уже с полчаса шло очередное совещание криминальной верхушки города Таежного, как вдруг из какой-то подсобки выскочил толстяк в белом халате и, обгоняя Коляна, тоже ринулся ко входу в зал.

— Стой, стрелять буду! — приглушенно рыкнул Колян, но повар и ухом не повел. Колян настиг его уже на пороге и отвесил ему такого пинка, что толстяк всей своей тушей с треском распахнул дверь, вывернув с мясом замок, вылетел на середину зала и распластался там, словно подстреленный охотником морж.

ГЛАВА 24

Служба полковника Чижевского в последние месяцы стремительно разрослась, как и положено общественным структурам, на которые не жалеют денег. Все новые и новые соратники полковника, на какое-то время оставшиеся не у дел, пополняли ряды как неофициальной личной охраны Варяга, так и официальной службы безопасности концерна «Госснабвооружение». Кроме того, Варяг создал также частное охранное предприятие для легализации некоторых видов разведывательной деятельности. Полковник Чижевский руководил всеми этими тремя структурами, хотя по документам числился неработающим. Надо сказать, что на новой работе его бывшие коллеги по КГБ и ГРУ деньги получали недаром — новых людей брали только при реальном расширении круга задач, выполняемых этой личной разведкой Варяга, и бывшие офицеры, едва дав согласие на предложение Чижевского, тут же входили в колею привычных тайных операций.

Сейчас перед службой Чижевского стояла основная задача — полностью исключить всякую возможность новых покушений на Владислава Игнатова и проследить связь алкаша Патрикеева через фирму «Графика-Т» с Колей Радченко.

Николай Валерьянович прекрасно понимал, что проверка местности вдоль дороги на дачу Варяга является лишь вспомогательным мероприятием и подлинную безопасность может обеспечить лишь уничтожение врага. Действия, направленные к этой цели, шли своим чередом. Главный противник, Заботин, по-прежнему был опасен, хотя пока никак себя не проявлял. Колян — тот вообще куда-то сгинул. Но хитрый полковник все же добился важного успеха: ниточка, которую невольно дал ему Патрикеев, привела его к многопрофильной фирме «Стикс», чей офис располагался в офисной высотке на Новом Арбате. Тройка бывших военных разведчиков ни на час не прекращала свою работу. Никто из них не вызвался произвести «дальний выстрел», но, учитывая важность акции, зачистку исходной позиции и прилегающей территории Чижевский возложил именно на них.

Абрамов свернул в тенистый переулок, подошел к подъезду огромного семиэтажного жилого дома, построенного еще до революции, огляделся и вошел в подъезд. В противоположном конце переулка он успел заметить знакомую фигуру Лебедева, гуляющей походкой приближавшегося к тому же подъезду. Карманы Абрамова оттягивали связка отмычек и кастет. Майор был готов к нежелательной встрече, поскольку и облюбованная разведчиками площадка на крыше, и чердак носили следы чьих-то регулярных посещений. Накануне Усманов подошел к подметавшей переулок дворничихе и, представившись милиционером, сообщил, что расследует несколько случаев грабежей, совершенных явно одной шайкой. В ходе разговора капитан по легкому акценту и по внешности определил, что дворничиха — татарка, и тут же перешел на не совсем еще забытый язык предков. Женщина, недавно переехавшая в столицу из Казани и скучавшая по родной речи, тут же оживилась и затрещала как пулемет.

Капитан уже и сам был не рад, что применил такой способ вхождения в доверие, так как добрую половину того, что говорила дворничиха, он не понимал.

— Тут, в Центре, в коммуналках, кто только не живет, — рассказывала женщина. — Коренные-то москвичи либо вымерли, либо выехали на окраины в отдельные квартиры, а в коммуналки заселилась всякая лимита...

Капитан усмехнулся — слово «лимита» в массиве татарской речи прозвучало довольно забавно.

А женщина продолжала:

— Жильцы верхних этажей видели, что какие-то люди проходят на чердак, но участковый пришел, а там замок висит. Он его подергал, сказал, что все в порядке, и ушел. А они, может, к этому замку давно ключи подобрали...

— Ладно, апа, спасибо, я все понял, — улыбнувшись, поблагодарил женщину Усманов и поспешно ретировался.

Абрамов, выслушав его доклад, крякнул и сказал с досадой:

— Расплодилось же при демократах всякой погани — куда ни плюнь, все в нее попадешь. Да, каков поп, таков и приход. Что ж, придется делать зачистку.

Усманов проторчал два следующих дня на лестничной клетке дома напротив, откуда интересующий их подъезд был виден как на ладони. В результате наблюдения капитан мог с уверенностью сказать, что подъездом пользуются не только его жильцы — время от времени туда входили, выходили и вновь входили, уверенно набирая код замка, бритоголовые накачанные молодые люди. Когда к подъезду приближались его обитатели, молодые качки предпочитали проходить мимо и возвращаться через некоторое время, когда уже было мало шансов столкнуться с кем-нибудь в дверях или на лестнице. Было очевидно, что парни стараются не мозолить глаза законным обитателям подъезда, большинство которых Усманов уже знал в лицо. На третий день Усманов выждал, когда большая часть молодых людей проследует в подъезд, и по рации сообщил об этом Абрамову.

Майор набрал продиктованный ему Усмановым по рации код и вошел в прохладный гулкий полумрак подъезда. По широкой лестнице с деревянными перилами он поднялся к лифту. Тихоходная кабина со стонами и взвизгами довезла его до шестого этажа, а оттуда он бесшумно поднялся пешком до седьмого и выше, к чердаку — сначала на один лестничный марш до глухой пыльной площадки, где за железной дверцей слышалось гудение лифтовых механизмов, а затем по винтовой лестнице к той совсем крохотной площадке, загаженной голубями, на которую выходили две двери: одна вела на смотровую площадку, а вторая — на чердак. На обеих дверях висели внушительных размеров замки. Майор потрогал их — оба были заперты. Однако, приглядевшись к дверям, он понимающе ухмыльнулся: обе двери неплотно прилегали к косякам, так что изнутри можно было просунуть руку, навесить снаружи замок, запереть его и создать тем самым впечатление, будто за дверью никого нет. Пока майор осматривал замки и двери, до него донеслись обрывки негромкого разговора. Говорили на смотровой площадке:

— Этот лох пьяный был, шел из кабака... рыжий стал с ним базарить, а я подошел незаметно сбоку и как дал — челюсть свернул на хер... Рублей две штуки, сто баксов, цепочка, кольцо, браслет, часы японские, сумка кожаная классная, пейджер...

— На кой тебе сумка и пейджер?.. Стоят ерунду, а вещи приметные. Солидные барыги их не возьмут, а на барахолке продавать — мигом спалишься. Выкинь их, а ружье мне отдай, я его пристрою... Комиссионные возьму, конечно...

Разговор временами заглушался шумом работающего лифта, но и того, что майор смог расслышать, вполне хватало, чтобы составить представление о роде занятий компании, собравшейся на смотровой площадке. «Да, права была дворничиха, нехорошие тут дела творятся, — подумал Абрамов. — Ну и козел этот здешний участковый... Хотя как знать — может, они ему платят? Им ведь какая-то блатхата нужна, где можно собраться, побазарить, вещички награбленные поделить, да и просто покайфовать. В коммуналке-то не очень соберешься — мигом настучат. В этих коммуналках каждый третий имеет судимость и каждый четвертый — агент ментуры. А квартиру за доллары пацанам снимать неохота. Да и вряд ли им ее сдадут, по малолетству-то...»

Размышляя таким образом, Абрамов одновременно и действовал, подбирая отмычку к замку. Он замирал, когда лифт останавливался и в подъезде воцарялась тишина, и вновь принимался за дело, когда гудение механизмов заглушало производимые им негромкие звуки. Когда очередная отмычка наконец подошла и замок открылся, майор аккуратно положил его на пол в темный угол, открыл шаткую дверь, в два шага преодолел четыре железные ступеньки и оказался на обширной смотровой площадке, обнесенной металлическим ограждением, напоминающим ограждение на кораблях. Глазам его предстала идиллическая картина: на площадке на надувных матрасах, сложенных наподобие шезлонгов, восседали четверо совсем молодых ребят — лет по семнадцати, не больше, но уже до того накаченных, что становилось ясно: майор недооценил противника. Пятым членом компании был голый по пояс и сплошь татуированный худощавый субъект лет сорока пяти. По татуировкам, из-за которых его тело имело общий синеватый оттенок, нетрудно было определить и срок, проведенный им на зоне, и его зоновский статус. Субъект явно меньше ценил комфорт, чем его молодые приятели: он сидел не на матрасе, а просто на корточках, и, орудуя языком, сворачивал сигарету. На бетонном полу рядом с ним стояла спиртовка, на которой в жестяной банке кипел чифир. Самокрутками дымили и все молодые качки: Абрамов, покрутив носом, уловил знакомый ему по Афганистану запах индийской конопли. «Ребята не бедные — настоящий гашиш курят», — подумал майор. Его появление стало для всей компании полной неожиданностью: пять пар глаз ошалело уставились на него, словно впервые видя живого человека. Вскоре, однако, выражение недоумения в этих глазах сменилось тем выражением бессмысленной злобы, которое можно видеть во взгляде крупных хищников. Первым, как и следовало ожидать, опомнился и подал голос татуированный субъект.

— Ты кто такой? Ты как сюда попал? — поднимаясь, спросил он.

— Хрен в кожаном пальто, — нахально ухмыльнулся Абрамов. — Много вопросов задаешь. Вот что, ребята, давайте по-хорошему: мне это место нравится, и я вам предлагаю в темпе вальса слинять отсюда. Всем вместе нам тут будет тесно. И попрошу без лишних вопросов.

Пока майор говорил, татуированный субъект напряженно прислушивался к звукам на лестнице и вглядывался в темный дверной проем за спиной незваного гостя. Однако пришелец явно был один. Придя к такому выводу, субъект растянул в торжествующей ухмылке щербатый рот и произнес, обращаясь к своим молодым друзьям:

— Этот фраер думает, что может вот так, запросто, шугать молодежь. Он думает, пацаны, что вы не люди. Надо научить его правильно базарить.

И, обращаясь к Абрамову, синий человек с угрозой прорычал:

— Говори, кто тебя послал? Как ты сюда пролез, козел?

Синий сделал шаг, заходя справа и норовя отрезать Абрамова от лестницы. Все четверо бритоголовых уже поднялись на ноги и медленно надвигались на майора — один заходил слева, а трое наступали в лоб.

— Ты давно с параши слез, гнида лагерная? — не повышая голоса, обратился Абрамов к синему субъекту. — Пора тебя обратно в петушиный угол отправить, чтоб тебе там геморрой подлечили...

— Ах ты падло! — заскрипел зубами синий. — За базар ответишь!

И он выбросил в сторону майора руку с заточенной отверткой, однако майор перехватил его руку в воздухе и мощным броском швырнул тщедушное тело уголовника под ноги трем парням, двинувшимся вперед. Те на мгновение замешкались, а майор шагнул навстречу четвертому, заходившему слева, легко ушел от его выпада и нанес ответный удар кастетом по ребрам. От боли тот присел и застонал, но следующий удар раздробил ему челюсть и свалил его на бетонное покрытие площадки. Трое качков бросились на Абрамова, но помешали друг другу, а он, сделав вид, будто отступает, вдруг шагнул вперед и ловким пинком разбил переднему коленную чашечку опорной ноги. Потеряв равновесие, тот со всего размаху грохнулся на бетон и на миг лишился чувств. Такое развитие событий сбило с парней первоначальный задор, и они в нерешительности затоптались перед Абрамовым, застывшим в расслабленной позе. Внезапно майор сделал выпад,

240

и качки шарахнулись назад. При этом один чуть не затоптал синего, который как раз в этот момент начал подниматься на ноги. Майор тут же воспользовался этим и мощной подсечкой сбил с ног потерявшего равновесие противника — тому показалось, будто его ударили по ногам бревном. Падая, парень ударился боком о железное ограждение площадки и закорчился на бетоне от боли. Последний качок с криком отчаяния очертя голову бросился в атаку, но майор почти не смотрел на него — он больше опасался татуированного уголовника, который, пригибаясь, крался вперед с заточкой в руке. Абрамов увернулся и отскочил назад в самый последний момент — кулак молодого бандита по касательной весьма болезненно проехался по его скуле, зато тело качка прикрыло майора от смертоносной заточки. Слегка отстранившись, Абрамов нанес парню удар кастетом под ложечку, и тот согнулся, ловя ртом воздух — даже развитой брюшной пресс не помог ему сдержать удар. Апперкот левой заставил юного бандита на миг распрямиться и затем плашмя грохнуться наземь. Синий сделал выпад заточкой, но майор отклонил назад корпус, словно тореадор, уходящий от атаки быка, схватил как клещами повисшую на миг в пространстве руку противника и одним коротким движением безжалостно сломал ее, словно сухую палку. Раздался громкий хруст, и Абрамов выпустил противника из объятий. Тот остался стоять, слегка ссутулившись и баюкая сломанную руку здоровой рукой. При этом из глаз его катились слезы, а изо рта непрерывно сыпались грязные ругательства вперемешку с угрозами.

— Печень проколю, сука, глаза вырву... — бормотал бандит. В это время в дверном проеме появился майор Лебедев, поигрывавший своей любимой дубинкой. Взбежав по ступенькам на площадку, он некоторое время с любопытством прислушивался к словоизвержению бандита, а потом нанес ему неожиданный удар дубинкой по голове. Синий осекся на полуслове, с недоумением посмотрел на Лебедева и, неловко повернувшись, повалился на тело своего юного дружка, нокаутированного Абрамовым.

— Что ж ты меня не дождался? — упрекнул друга Лебедев.

— Надоело ждать — уж больно долго ты шел, — ответил упреком Абрамов.

— Ну ладно, все хорошо, что хорошо кончается, — расхаживая по площадке, сказал Лебедев и вдруг пнул в голову парня с разбитым коленом, который попытался было встать на четвереньки. Тот мгновенно плюхнулся на живот, разбросав руки и ноги, и затих.

— Ты потише, еще убьешь, — предупредил его Абрамов. — Куда его девать потом?

— Да не переживай, — ответил Лебедев, — я осторожно. А неплохо бы их всех тут кончить. У, мразь, ненавижу!

— Н-да... А ведь совсем пацаны еще, — произнес удрученно Абрамов.

— Ты моли бога, чтобы твои дети этим пацанам не попались на узенькой дорожке, — оборвал его Лебедев. — Ладно, что с ними делать будем?

— Ну не валить же, — невесело усмехнулся Абрамов. — Подождем, пока очухаются, ввалим еще, чтоб месяца два лечились, и отпустим на все четыре стороны. А потом будем сидеть здесь и прикрывать позицию.

Лебедев подошел к ограждению и всмотрелся вдаль. Среди моря раскаленных солнцем крыш между уступами зданий имелся проем, в конце которого виднелся уже хорошо знакомый майору особняк, ухоженный, как игрушка, возле которого на стоянке блестели разноцветной эмалью ряды дорогих иномарок. У ворот, через которые автомобили въезжали на огороженный участок, и у дверей особняка виднелись фигуры охранников. Пока Лебедев наблюдал за будущим «объектом», к крыльцу особняка подали автомобиль. Двери открылись, и какой-то человек в окружении охраны спустился по ступенькам и, не задерживаясь, нырнул в салон лимузина через услужливо открытую заднюю дверь. Лебедев, подойдя к Абрамову, заметил вполголоса, чтобы его не услышал, придя в себя, какой-нибудь бандит:

— А шустро он в машину вскочил. Похоже, стрелку долго придется здесь лежать и ждать удобного момента.

— А сколько бы ни пришлось, нам все равно надо сидеть здесь и прикрывать его, — сказал Абрамов. — Ну где там Фарид? Пора поднимать эту погань.

ГЛАВА 25

На середину банкетного зала «Фиалки» медленными шагами вышел не кто иной, как бригадир Николай Радченко. Колян почти не изменился — короткие светлые волосы были, как всегда, аккуратно причесаны, на щеках алел румянец, а на губах играла хорошо знакомая многим из присутствовавших зловещая улыбка. Однако лицо его стало как-то жестче, а в глазах затаилось странное выражение — словно он на миг заглянул в бездну. В правой руке, дулом к земле, Колян держал автомат. Позади него в дверном проеме появились фигуры его подручных. Они бесшумно проскользнули в зал и заняли позиции таким образом, чтобы держать под прицелом всех, кто сидел за столиками, а также вход. Рекс устроился на месте бармена и со стуком установил на стойке бара сошки ручного пулемета.

— Здорово, пацаны, — дружелюбно произнес Колян. — Что смотрите? Не ждали?

В зале висела гнетущая тишина. Пацаны никак не могли оправиться от растерянности — слишком резким был переход от веселого базара к нежданному явлению «покойного» бригадира.

— Ну, так и будем молчать? — спросил Колян. — Здорово, говорю!

— Здорово, Колян, — откашлявшись, сухо произнес Репа, тотчас с дрожью вспомнив о своих московских игрищах с Коляновой супругой. — А волына тебе зачем? Здесь все свои.

— Чьи — «свои»? — резко спросил Колян. — Мои или Федьки Угрюмого?

Репа замялся. Прямо сказать, что бригада его отвергает, он не решался: хотя автомат и был направлен дулом в пол, но Репа прекрасно знал, как быстро Колян может его вскинуть и открыть огонь. Начать вилять хвостом и позориться на глазах у всех Репе тоже не хотелось. Положение было затруднительным, но тут Репа краем глаза заметил, что сидевший рядом с ним Хлам незаметно вытащил из-за ремня пистолет Стечкина. Хламу были и карты в руки. Его задача облегчалась тем, что за возвышавшейся на столе батареей бутылок Колян не видел его рук. Дождавшись, пока пистолет перекочует к Хламу на колени и тот снимет его с предохранителя, Репа произнес:

— Колян, мы перед тобой ничем не замараны. Все, кто приехал из Москвы, считали, что ты погиб. Я и сам так думал. И Федор тоже так думал...

Репа решил потянуть время за разговорами, чтобы тем временем братва успела потихоньку вооружиться. Потом можно будет наставить на Коляна стволы и заставить его разойтись без стрельбы. Конечно, преимущество в огневой мощи здесь на его стороне, пулемет на стойке — это не шутки, но если Коляна пристрелят, какой ему прок будет от того, что пулемет искрошит в зале кучу народу? Репа не учитывал одного — что Колян далеко не всегда мыслил логически. А когда Колян имел к кому-то личные счеты, то стремление отомстить затмевало для него все остальные соображения. С минувшей ночи к Репе он такие счеты имел, и дело было вовсе не в том, что Репа согласился признать бригадиром Угрюмого.

— А ты знаешь, Репчик, что жена моя Надежда умерла этой ночью? Вместе с Федькой умерла, ебарем своим? — промурлыкал Колян, И автомат угрожающе закачался в его руке. — Вижу, знаешь. А знаешь ли ты, что она мне сказала перед смертью, когда я спросил ее, кто у нее был из мужиков, кроме меня и Федьки? Сказала, что, дескать, с Репой трахалась на московской даче. С тем самым Репой, которому я ее доверил.

После этих слов, произнесенных вовсеуслышание, Репа уже не сомневался, что Колян будет стрелять. В глазах бригадира вновь промелькнуло уже замеченное Репой странное, пугающее выражение. И в этой накаленной атмосфере какой-то идиот вздумал открывать шампанское — все вздрогнули от внезапно раздавшегося хлопка. Однако уже в следующую секунду Репа понял, что хлопнула не пробка, а пистолет с глушителем. Голова Хлама мотнулась в сторону, липкие темные брызги влепились в стену и поползли по ней вниз, а пуля, прошедшая навылет, со звоном угодила в витую стойку чугунного напольного подсвечника и, отскочив, разбила бутылку виски на соседнем столике. Воцарилась тишина — слышалось только, как журчит струйка виски, стекая со стола на пол. Обернувшись, бандиты увидели Рекса, стоявшего возле двери с пистолетом в руке.

— Не верь им, Колян, — громко произнес Рекс. — Я здесь был и все слышал — они конкретно договорились тебя замочить. Хлам вон уже и пушку достал.

— А может, кто-то был против? — поинтересовался Колян.

— Нет, все были за, — ответил Рекс.

— Ах вот как, — процедил Колян. — Значит, я из вас, уродов, людей сделал, а теперь вы меня же грохнуть решили?

По его тону даже самому тупому из присутствующих стало ясно, что по-хорошему разойтись сторонам не удастся. Внезапно у кого-то из бандитов не выдержали нервы — раздался крик «А-а, ложись!», и в воздухе мелькнула граната, брошенная в пулеметчика. Все мгновенно бросились на пол, под столы и лавки, Рекс исчез за стойкой, и только Колян оказался на высоте — в броске, как футбольный вратарь, он отбил гранату, и она отлетела в зал. Колян распластался на полу, прикрыв голову руками. Грохнул взрыв, засвистели, завыли, защелкали осколки, зазвенела разбитая посуда. Срезанная осколками тяжелая люстра рухнула с потолка на голову лежавшему в проходе Назару Второму, мгновенно погрузив того в беспамятство. Рекс, словно чертик из табакерки, выскочил из-под стойки, и тут же загремел пулемет. За ним открыли огонь Колян, Зародыш и еще трое стрелков. Если на открытой местности звук стрельбы и автомата, и пулемета Калашникова кажется негромким и нестрашным и напоминает монотонное щелканье какой-то механической заводной птицы, то в замкнутом пространстве шквальный огонь из этого же оружия создает оглушительный грохот, от которого непривычный человек способен совершенно ошалеть. Помещение заволокло пеленой кисло пахнущих пороховых газов, гильзы звенящим потоком сыпались на выложенный плиткой пол. От мебели отлетали щепки, от стен — куски кирпича. Вдребезги разлетались бутылки и прочая посуда. Пули рвали в клочья висевшие на стенах картины, высекали искры из пола, стен, декоративной металлической утвари, а при рикошете визжали и завывали. Наконец Рекс прекратил огонь, а Колян и четверо его бойцов, успевшие поочередно сменить магазины автоматов, не переставая стрелять, двинулись вперед. Заметив под столом темную массу человеческих тел, Колян всаживал в нее очередь. Он и его бойцы стреляли в любой темный проем — везде, где могла притаиться трепещущая от ужаса человеческая плоть. Шагая по проходу между столиков, они разделились — одни стреляли вправо, другие — влево. Когда пули достигали цели, слышались сдавленные вскрики. Большинство ламп было разбито, и пламя, вспыхивавшее при стрельбе у автоматных стволов, казалось в полумраке нестерпимо ярким. Внезапно прямо в глаза Коляну полыхнул огнем выстрел — это Репа, успевший под столом достать пистолет, выстрелил в бригадира, лежа на полу. Пуля обожгла Коляну щеку, но он мгновенно ответил короткой очередью, угодившей прямо в белевшее под столом лицо.

— Колян, не стреляй, это я! — поднимаясь, воскликнул Рекс. Глухо захлопал его пистолет — это Рекс расстреливал тех, кто сидел с ним за одним столиком, а затем отлеживался на полу рядом с ним.

— А, сука, предатель! — приподнявшись над столом, зарычал Тумба и вскинул руку с пистолетом, собираясь подстрелить Рекса. Однако выстрелить он не успел — сразу несколько стволов повернулись к нему и рыгнули свинцом. Озаренный отблесками пламени, Тумба нелепо задергался, выронил пистолет и завалился навзничь куда-то в темноту, на груду поваленной мебели и иссеченных гранатными осколками человеческих тел. А снаружи в дверь зала, незаметно запертую Зародышем при появлении Коляна, уже били чемто тяжелым.

— Что там у вас? Какого хрена?! Открывай! — орали с той стороны охранники гибнущих авторитетов. Расстреливая всех ворочавшихся, ползавших и лежавших на полу людей, Колян со своими бойцами дошел уже почти до конца зала. Большинство его жертв при всем желании не могли оказать сопротивление, поскольку не захватили с собой оружия, направляясь в такое спокойное место, как «Фиалка». Внезапно из-под стола вскочил Потрох и закричал, размахивая руками:

— Колян, не стреляй! Я всегда за тебя был и, бля, буду! Не надо, Колян!

Несколько пуль, попавших ему в грудь, отшвырнули его в угол. Растопырив руки и скрючив пальцы, Потрох попытался удержаться на ногах, но затем руки его бессильно упали, и он медленно съехал по стене на пол.

Прочесав зал до конца, Колян услышал стук в дверь и ругань, доносившуюся с той стороны.

— Это что за херня? — спросил он свирепо. — А ну-ка разойдитесь в стороны... Рекс, готов? Дай-ка им просраться!

Рекс, стоявший за стойкой, ухмыльнулся, навел ствол пулемета на дверь и нажал на спуск. Раздался грохот, пламя запорхало вокруг дула, словно голубоватая бабочка. Дверь стремительно покрылась пулевыми отверстиями, от нее брызнули щепки, а с другой стороны раздался крик боли. Стрельба прекратилась, Колян подошел к двери и заорал:

— Что, получили? Мотайте отсюда, это я, Николай Радченко, вам говорю!

В ответ снаружи прогремел выстрел, и пуля, выбив из двери щепки, со звоном разбила бутылку над головой Рекса, который тут же инстинктивно пригнулся.

— Все, уходим, — скомандовал Колян вполголоса. — Теперь они долго не сунутся дверь ломать. Быстро к машинам!

Шагая к двери в служебные помещения, Колян, не останавливаясь, вскинул автомат и дал короткую очередь в какого-то раненого, зашевелившегося на полу. Тот дернулся и затих. Следовавший за бригадиром Зародыш заметил в полутьме что-то белое, шагнул, вглядываясь, в ту сторону и увидел повара, который отполз в нишу стены и дрожал там от страха.

— Не надо... — пересохшими губами пролепетал толстяк.

— Ладно, живи, — бросил презрительно Зародыш. — И смотри: будешь болтать, мы тебя из-под земли достанем. Понял?

Толстяк закивал, и Зародыш бросился следом за остальными. Рекс на прощанье дал по двери еще одну короткую очередь и, подхватив пулемет, выскочил из-за стойки и юркнул последним в коридор. Во дворе они застали пленных, стоявших у стены на коленях с руками за головой. Встать на колени им приказал изрядно нервничавший боец с автоматом, оставшийся наедине со всей этой толпой. Вдобавок снаружи уже начали ломиться в ворота. Боец взволнованно сообщил:

— Они через стену перелезть хотели, но я им сказал, что начну шмалять по этим вот, которые тут у меня. Тогда они ворота начали ломать.

— Молоток, — бросил Колян, подошел к шеренге пленных и вытащил из нее за ухо своего крестника Мишу.

— Ну-ка, Миша, иди к воротам и будь наготове. Откроешь их по моей команде.

Тем временем Рекс черенком подобранной во дворе метлы заложил дверь из кафе во двор и вслед за другими вскочил в машину.

— Слышь, дай-ка мне пулемет, — приказал Колян и добавил, отдавая Рексу свой автомат: — Когда будем выезжать, шарахни по этим козлам, а я добавлю.

За руль джипа Назара Второго сел Зародыш, а Колян скромно устроился в багажнике, подняв дверцу. Таким образом, «гранд-чероки» превратился в некое подобие пулеметной тачанки. Взревели моторы, машины начали маневрировать в тесном дворе и наконец встали в затылок против ворот — впереди машина Рекса, за ней джип с Коляном в багажнике.

— Миша, давай! — весело заорал Колян. Миша неловко завозился с запором. — Хуй ли ты копаешься! — прикрикнул на него Колян, высунувшись из багажника. В этот момент лязгнул запор, и Колян юркнул в багажник, едва успев крикнуть: — Уйди с дороги!

Миша толкнул полотнище ворот и отскочил в сторону. Машина Рекса с ревом рванулась вперед, с грохотом ударив бампером расходящиеся створки, и те распахнулись с такой быстротой, что заставили шарахнуться в стороны толпу, состоявшую из охраны и водителей тех авторитетов, которые погибли в кафе, и просто из подтянувшихся к «Фиалке» бандитов помельче. Вся эта братия рвалась на помощь своим патронам, но, ошеломленная грохотом и ревом, которыми сопровождался выезд Рекса, не успела вовремя открыть огонь. Вдобавок Рекс вышиб стволом автомата заднее стекло и полоснул по толпе длинной очередью, выбившей искры из асфальта. Кто-то бросился на мостовую, кто-то побежал в сторону. Щелкнули только два или три одиночных выстрела, и в джип Коляна, выезжавший следом за машиной Рекса, попала лишь одна пуля, пробившая стекло над головой Коляна. Тот зарычал:

— Ах так, суки?! А ну, Зародыш, помедленнее!

Джип притормозил, Колян устроился в багажнике поудобнее, вскинул пулемет и с колена открыл огонь. Фигуры врагов, кинувшихся вдогонку за беглецами, тут же заметались, рассыпались в разные стороны и залегли — пламя, сверкавшее во внутренностях джипа, и плотный свит пуль над головами мгновенно отрезвили слишком рьяных преследователей. А Колян со злорадным хохотом продолжал хлестать очередями по мостовой. Эта лента оказалась снаряжена трассирующими пулями, и он прекрасно видел, куда ударяют огненные стрелы. Заметив, как дернулся от попадания сначала один, потом другой бандит из числа лежавших на асфальте, Колян с удовлетворенной улыбкой приказал:

— Ладно, Зародыш, притопи. Эти козлы, кажется, поняли, с кем имеют дело.

Зародыш увеличил скорость, однако успокоился Колян рано: из-за угла показались три машины и стали стремительно приближаться, заставив залегших бандитов броситься с дороги к обочинам. Из окон машин высовывались руки, потрясавшие автоматами. Зародыш еще прибавил газу, и джип стремительно понесся вперед, подскакивая на выбоинах, вслед за машиной Рекса, тоже мчавшейся на предельной скорости. Сближение прекратилось, однако преследователи не отставали, вопя и стреляя из окон куда попало. Испуганные прохожие на тротуарах шарахались в стороны и долго смотрели вслед машинам, с ревом промчавшимся мимо. Тем прохожим, которые решили сообщить о происходящем куда следует, в милиции ответили:

— Все в порядке, это наши сотрудники преследуют преступников.

Правда, поведение преследователей было больше под стать не сотрудникам милиции, а молодцам батьки Махно, но прохожие решали, что начальству виднее, и тут же успокаивались. Погоня между тем продолжалась. Колян приказал сквозь зубы:

— Зародыш, оторвись чуть-чуть и вон за тем углом тормозни.

Зародыш кивнул и помчался вперед очертя голову. Каким-то чудом взвизгнувший покрышками джип не перевернулся на повороте. Тут же вновь раздался визг покрышек — это джип, останавливаясь, заюзил по асфальту. Через несколько секунд первая машина погони вылетела из-за угла, но Колян уже успел взять поворот под прицел, и на преследователей обрушился град свинца. Лобовое стекло мгновенно осыпалось, водитель, получивший несколько пуль в лицо, завалился на бок, при этом вывернув руль. Иномарка, не сбавляя скорости, перелетела через кювет, через поросшую травой лужайку, проломила штакетник, заставив кур с кудахтаньем броситься врассыпную, и с грохотом и звоном врезалась в стену избы. Водители двух следующих машин, выскочивших из-за угла одновременно, успели сообразить, что происходит нечто неладное, но при попытке сманеврировать второпях столкнулись друг с другом и остановились.

— Ага, — процедил Колян, — попались, которые кусались!

У одной из машин заглох двигатель, но когда люди попытались выйти из салона, вновь загремела стрельба. Скошенные длинной очередью, два человека бессильно повалились на землю у дверец. Взвыл мотор второй машины, и она на полном газу, заложив немыслимый вираж, укатилась задом за угол. Колян же продолжал расстреливать беспомощно застывший на месте автомобиль. Стекла машины осыпались, кузов покрылся дырами, корпус осел на простреленных шинах. В салоне виднелись тела убитых: водитель откинулся на спинку сиденья и свесил голову на грудь, а человек на заднем сиденье вжался в угол, словно намереваясь спрятаться, но пули достали его и там. Наконец одна из пуль высекла из мостовой искру, попавшую в лужу разлившегося бензина. Тот мгновенно вспыхнул, языки пламени лизнули пробитый бензобак, глухо ухнул взрыв, и лицо Коляна опалило жаром. Машина мгновенно превратилась в огромный костер. Горели даже трупы, распростертые возле нее на асфальте. В этот момент со скрежетом открылась покореженная дверца машины, врезавшейся в угол дома, и из нее стал с трудом выбираться наружу человек с окровавленным лицом. Колян мгновенно перевел туда ствол пулемета. Прогремела очередь, пули зазвенели стеклом, глухо пробарабанили по жести кузова. Ноги человека подломились, он тяжело упал на колени и затем ткнулся лицом в зелень на грядке. Старушка, вышедшая из дома посмотреть, что происходит, доковыляла до угла как раз в этот момент. Бабушке, видимо, довелось в жизни понюхать пороху, поскольку она сразу поняла смысл происходящего, повернулась к Коляну и погрозила ему костылем.

— Ах ты старая клизма, — разозлился Колян, поворачивая пулемет, но бабулька уже успела так ловко залечь между грядок, что совершенно скрылась из виду. Колян все же дал на прощанье очередь по огороду, раздробив несколько штакетин и взбив на грядках рыхлую землю, после чего скомандовал Зародышу:

— Все, поехали!

Машина Рекса давно скрылась из виду, но через пол-часа петляния на большой скорости по самым немыслимым переулкам, дворам и проездам сначала предместья, а потом огромной городской промзоны джип выехал на берег не то огромной лужи, не то болота со зловонной черно-зеленой водой, из которой торчали ржавые части каких-то механизмов. Там его уже ждала машина Рекса. Сам Рекс и его бойцы нервно курили, стоя возле машины.

— Колян, извини, мы не заметили, что у тебя там заваруха получилась, — начал оправдываться Рекс, но Колян перебил его:

— Ничего, все правильно. Вы там мне были не нужны. Молодец, что действовал по приказу, и впредь продолжай в том же духе... Так, а почему машины на открытом месте? А если менты вертолет поднимут? Хотите, чтоб нас всех тут взяли за задницу?

Машины отогнали в стоявший тут же заброшенный ангар. В том же ангаре состоялось краткое совещание, точнее, инструктаж, поскольку говорил один Колян.

— Сейчас расходимся по плану, — сказал он. — Завтра возвращаемся в Москву — все, кроме тебя, Зародыш. У тебя задача двойная: во-первых, подобрать надежного смотрящего по городу. Потом вернешься в Москву — ты мне нужен там. Смотрящий пусть здесь следит за поступлением денег и готовит мне бойцов для Москвы. Настоящие дела будем делать там, а здесь у нас тылы. И во-вторых, мне нужны выходы на здешние угольные и рудные разрезы. Там при проведении взрывных работ применяется огромное количество взрывчатки. Мне эта взрывчатка понадобится в Москве, причем быстро и в больших количествах. И учти: ты должен не склад со взрывчаткой подломить, а наладить канал, по которому мы сможем получать ее регулярно. В идеале ты должен выйти на завод, который производит промышленную взрывчатку. Денег не жалей, давай любую сумму, которую запросят. Главное — замазать человека, а потом он наш, потом уже можно вертеть им как угодно. Попробуй внедрить на завод наших людей. В общем, ты понял: мне нужна взрывчатка, много и быстро.

— Постараюсь, Колян, — кивнул Зародыш. — Сколько у меня времени?

— Надо уложиться в пару недель, — ответил Колян. — Ну все, расходимся. Каждый идет по своему маршруту. Я возвращаюсь в Москву и там ложусь на дно.

И Колян, не прощаясь, повернулся и широко зашагал по пыльной дороге в сторону видневшихся в отдалении железнодорожных путей, за которыми хаотично громоздились разнокалиберные коробки построек бесконечной промзоны индустриального города Таежного.

ГЛАВА 26

О побоище, происшедшем недавно на смотровой площадке, напоминали теперь только бурые пятна засохшей крови на сером бетоне и надувной матрас, на котором лежал Степан Юрьев по прозвищу Сержант, специалист по дальней стрельбе. Встретившись с Абрамовым у метро, Сержант окинул его цепким взглядом и коротко спросил:

— Виделись вроде?

— Было дело, — так же коротко ответил майор, и на этом обмен воспоминаниями был закончен. Разведчики проводили Сержанта на позицию, заперли его на замок снаружи и оставили ему ключ, показав, как можно открыть замок изнутри. Сами они устроились на чердаке, также заперевшись снаружи, и принялись рассматривать объект в бинокль через слуховое окно. Капитан Усманов долго и мучительно искал место, откуда он мог бы, оставаясь снаружи, контролировать переулок. Вновь устроиться на лестничной площадке дома напротив он уже не мог — такой длительный ремонт телефонной линии мог бы вызвать подозрения жильцов. В конце концов Усманов устроился в машине на оживленной улице напротив поворота в переулок. С этого места хорошо просматривался вход в подъезд, однако остановка автотранспорта там была запрещена, и капитан чувствовал себя неуютно. Впрочем, увидев, что проезжающие гаишники не обращают на него ни малейшего внимания, капитан успокоился и сосредоточил внимание на пустынном ущелье переулка. А Сержант, чувствуя за собой надежный тыл, принялся обживать позицию: приспустил воздух из матраса, чтобы чувствовать себя на нем более устойчиво, поставил рядом с собой пластиковую бутылку с водой и другую, обрезанную бутылку, заменявшую ночной горшок, положил рядом одеяло на тот случай, если станет холодно, и горсть очищенных грецких орехов, чтобы подкрепляться. В начале своей военной карьеры он брал на задание шоколад, который не только очень питателен, но и имеет свойство подавлять аппетит. Однако затем Сержант заметил, что возбуждающее действие кофеина, которого так много в шоколаде, уменьшает твердость руки и потому в качестве провианта стал использовать орехи, сало и тому подобные продукты, в которых на единицу веса приходится максимум калорий. Никотин также отрицательно влияет на твердость рук, и потому Сержант никогда не курил ни на задании — что невозможно и по соображениям маскировки, — ни перед заданием. Об алкоголе, разумеется, и речи быть не могло. Перед заданием Сержант как можно меньше ел и пил, поскольку сидение в засаде и выслеживание объекта не благоприятствуют отправлению естественных надобностей. Порой снайпер, чтобы, во-первых, не выдать себя и, во-вторых, не отвлекаться от наблюдения, вынужден проводить на позиции в полной неподвижности несколько дней. В таких ситуациях снайперы стали использовать обычные взрослые памперсы, чтобы справлять нужду не шевелясь, и таким образом абсолютно, казалось бы, мирное изобретение американских педиатров неожиданно нашло себе применение в деле человекоубийства. Однако на этой позиции облачаться в памперсы Сержант посчитал излишним — разведчики уверили его в том, что на крыше его никто не увидит. Солнцезащитными очками Сержант не пользовался, дабы не снижать остроты зрения. На яркий солнечный свет он приучил себя не реагировать, хотя на этой позиции свет делался интенсивнее благодаря его отражению от оцинкованного кровельного железа на недавно отремонтированных крышах. На голову Сержант надел наушники, чтобы посторонние звуки и звук его собственных выстрелов не рассеивали его внимания. Слева от себя Сержант установил на бетоне зеркальце, чтобы, не меняя позы, видеть то, что происходит у него за спиной. Справа Сержант положил раскрытый вещмешок — на таком расстоянии, чтобы до него можно было дотянуться рукой. В вещмешке имелись обезболивающие таблетки на случай какого-нибудь внезапного недомогания, туалетная бумага, десантный нож, чехол которого был предусмотрительно расстегнут, готовый к стрельбе пистолет в расстегнутой кобуре и еще много разных вещей, которые могли пригодиться на задании. Покончив с предметами обеспечения, Сержант открыл специальный чемоданчик, в котором каждая деталь разобранной винтовки хранилась в своем особом гнезде, и неторопливо принялся за сборку. Сержант долгое время работал на Западе и потому использовал американскую винтовку «ремингтон-700V». Он не сомневался в том, что в России имеются стволы не хуже и Варяг легко может обеспечить его лучшим стволом, но как музыкант привязывается к своему инструменту, так и снайпер привязывается к своему оружию. В начале своей стрелковой карьеры Сержант постоянно пользовался советской армейской снайперской винтовкой СВД и высоко ценил это легкое и надежное оружие. Эта винтовка была весьма практична в условиях войны, но для разовых заказов, когда порой приходится работать на очень приличной дистанции, ее прицельная дальность — 12 000 метров — была недостаточной. Для упора винтовки на позиции Сержант использовал алюминиевые сошки — вот и теперь, расположившись на матрасе, он положил на них ствол и прильнул глазом к окаймленному мягкой пористой резиной окуляру оптического прицела.

Расстояние до цели он определил чисто автоматически и с такой точностью, которая могла бы озадачить ученых, однако сам Сержант не находил в ней ничего особенного — для его работы умение определять расстояние до цели являлось такой же необходимой и автоматически выполняемой рутинной операцией, как, например, для шофера включение «дворников» перед выездом в дождливую погоду. Сержант был готов к стрельбе с упреждением, поскольку ему было сказано, что его клиент отличается сверхосторожностью, старается лишний раз не выходить из офиса, а если выходит, то не задерживается на открытом месте, проскакивая расстояние до машины чуть ли не бегом и в плотном кольце охраны. Это, конечно, могло осложнить дело, однако такое необходимое на войне качество, как терпение, у настоящих снайперов развито в невероятной степени, и Сержант приготовился к тому, чтобы провести на позиции хоть месяц. Единственное послабление, которое он себе заранее дал, — это не вести наблюдение в ночное время. Вероятность появления объекта в темное время была слишком мала, чтобы из-за этого пренебрегать отдыхом — ведь усталость притупляет чувства и потому резко снижает эффективность стрельбы.

Окинув взглядом окрестности, Сержант определил скорость ветра — так же быстро и так же точно, как и расстояние до крыльца особняка, на котором должен был появиться клиент.

В прицел Сержант хорошо видел лица охранников, карауливших вход в особняк. Один из них оперся задом о перила крыльца и зевал во весь рот, одновременно почесывая стриженную «под ноль» голову. Его напарник, стоя на ступеньках, потягивался, подняв руки, и тоже зевал. Модный пиджак при этом распахнулся, и взгляду Сержанта предстала кобура пистолета слева под мышкой. В отличие от этих одетых с иголочки охранников их товарищи у ворот были одеты в камуфляжную форму, но тоже имели оружие. Время от времени они выходили из будки и начинали бесцельно слоняться по двору. От наблюдения за этим смертельно скучающим воинством Сержанту и самому захотелось спать. За последние два-три часа он уже несколько раз видел Заботина: один раз тот вышел из подъехавшего автомобиля и, как-то странно сутулясь, в сопровождении охраны прошел в особняк; второй раз Заботин неожиданно выскочил на крыльцо, бросил несколько слов охранникам — видимо, инструкции насчет встречи важного гостя — и вновь юркнул в дверь. В третий раз Заботин вышел проводить того самого важного гостя, квадратного толстяка с ежиком рыжих волос на голове. Тут палец Сержанта нежно прильнул к курку, затем прижался к нему плотнее, но затем Сержант тяжело вздохнул и снял палец с курка, не желая рисковать.

Наблюдавшие с чердака за особняком в бинокли разведчики издали приглушенные досадливые возгласы.

— Ну что же он не стреляет?! — со стоном пробормотал Лебедев.

— Объект все время движется, вот он и боится рисковать, — уныло пояснил Абрамов. От раскаленной крыши на чердаке стояла ужасная духота, и голые торсы раздевшихся до пояса разведчиков блестели от пота, а от непрерывного воркованья голубей, запаха голубиного помета и гудения лифта мутилось в голове. «Еще, не дай Бог, лифт сломается и монтеры придут, — думал Абрамов. — Как-то неохота поддельные ментовские ксивы доставать». Мало-помалу стало темнеть, а Сержант все лежал в той же позе на матрасе и смотрел в сторону особняка то в прицел винтовки, то в бинокль. Наконец стемнело настолько, что взгляд уже не мог отчетливо различать человеческие фигуры возле особняка. Прицелы ночного видения не могли обеспечить точной стрельбы на таком расстоянии, и потому Сержант разобрал ружье, сложил его части в чемоданчик, накрылся одеялом и вновь затих. С матраса он так и не вставал.

— Понятно, почему он такой плотненький, — саркастически заметил Лебедев. — Уж больно у него малоподвижный образ жизни.

Однако когда на рассвете разведчики, зевая, выглянули в слуховое окошко, они обнаружили, что Сержант вновь лежит на матрасе с винтовкой наизготовку и наблюдает в прицел за происходящим вокруг особняка. Когда в фильме «Семнадцать мгновений весны» закадровый голос напыщенно объявил об умении Штирлица просыпаться без будильника в заранее намеченное время, зрители посмеивались над этой способностью русского разведчика. Однако на самом деле такое умение в рядах специалистов тайных операций является настолько необходимой и заурядной вещью, что о нем даже не принято говорить. Поэтому разведчики не удивились, обнаружив, что Сержант проснулся раньше них, а лишь задались вопросом, сколько времени им еще предстоит пропариться на чердаке, прежде чем этот любитель действовать наверняка наконец выстрелит. В течение дня Сержант вновь не раз заставил разведчиков поволноваться: объект вновь трижды появлялся в поле зрения, и оба майора, словно футбольные болельщики, замирали, напрягшись и бормоча: «Давай... Ну давай же!» Однако и этот день прошел безрезультатно — Сержант так и не стал стрелять. Лебедев ворчал:

— Он, может, способен так месяц пролежать, а у меня уже нервы не выдерживают. И потом, здесь же натуральная душегубка!

— Да ладно, — урезонивал его Абрамов, — Фариду вон, в машине на людной улице, еще хуже.

— Фарид — младший по званию, — ухмыльнувшись, ответил Лебедев, расстилая спальный мешок среди всякого чердачного хлама, загаженного голубями. — Слышь, Сань, надо бы перекусить на сон грядущий, а то с этим наблюдением целый день ничего не ели. Так и язву недолго заработать.

— А я бы и стаканчик пропустил, — заявил Абрамов.

— Горячей водки? — съязвил Лебедев.

— Обижаешь, — возразил Абрамов. — Я коньячку с собой прихватил.

— Ну, горячий коньяк — это можно, — согласился Лебедев. Оба отставных майора расположились на деревянных балках, пересекавших чердак поперек, и приготовились к ужину: Абрамов достал бутылку недешевого армянского коньяка, хлеб и банку тушенки, а Лебедев — десантный нож, огурцы и яблоки. Взяв из рук товарища банку, Лебедев проткнул ее ножом с такой легкостью, словно она была из бумаги, и вскрыл одним круговым движением. Абрамов с хрустом открыл винтовую пробку бутылки, словно свернул шею цыпленку, и вытащил из кармашка стоявшей тут же сумки складной стаканчик — так называемый «шоферский». От обычных стаканчиков такого рода этот отличался тем, что был сделан из чистого серебра.

— А я свой такой же потерял, — взглянув на стаканчик, с сожалением сообщил Лебедев. — И где? В этом гребаном Таджикистане, черт меня туда занес!

Лучи закатного солнца били в слуховое окно, розовыми отсветами ложась на балки, стропила и всякий хлам. Друзья настроились на неспешную философскую беседу. Лебедев открыл рот, готовясь осушить стаканчик. И в этот миг на смотровой площадке прозвучал раскатистый щелчок, словно пастух бичом подгонял бредущих с выгона коров. Лебедев закрыл рот, рука его дрогнула, и несколько капель коньяка пролилось на брюки. После паузы раздалось еще пять или шесть щелчков, следовавших через равномерные краткие промежутки и почти слившихся в очередь. Лебедев быстро опрокинул коньяк в рот, и оба майора бросились к окну.

На двор особняка уже легла вечерняя тень, но тем не менее в бинокль еще было хорошо видно все, что там происходило. Охранники с рациями и телефонами в руках, пригибаясь, метались по двору и озирались по сторонам, стараясь определить, откуда стреляли. Какие-то люди в модных костюмах, прятавшиеся за машинами, один за другим опрометью бежали обратно в особняк. Черный БМВ, судорожно маневрируя, на глазах у разведчиков врезался задом в бетонную кадку с декоративной елочкой, а потом дернулся вперед и чуть не задавил охранника, пробиравшегося в свою будку. Разведчикам казалось, что даже на таком расстоянии они слышат раздающиеся у особняка истерические крики.

А виновник всего этого переполоха, Герасим Савельевич Заботин, отставной полковник ФСБ и крупный московский бизнесмен, лежал посреди двора на спине в медленно расстекающейся под ним луже крови. Белая рубашка на его груди тоже вся пропиталась кровью — видимо, Сержант очередью из нескольких выстрелов, последовавших вслед за первым, добивал уже лежавшую жертву. К раненому никто не подходил, никто не пытался оказать ему помощь, опасаясь попасть под обстрел. Окруженный при жизни угодливыми льстецами и покорными слугами, большой человек был теперь брошен на произвол судьбы — никто из его окружения, кормившегося из его рук, не желал теперь рисковать ради своего босса. Впрочем, их опасения были уже напрасны — Сержант молниеносно собрал все свое хозяйство, включая стреляные гильзы, спустился к двери на чердак и открыл замок своим ключом. Разведчики тем временем уже пришли в себя и тоже принялись лихорадочно собираться.

— Ребята, уходим, — сообщил Сержант, стоя в дверном проеме. — Думаю, менты не скоро догадаются, откуда стреляли, но все равно тянуть не надо.

— А мы и не тянем, — проворчал Абрамов. Разведчики собрались за минуту, и Абрамов вызвал по рации Усманова. Тот отозвался немедленно.

— Фарид, где ты? Подъезжай к подъезду, — распорядился майор.

— Я уже тут, — ответил Усманов. — Вроде бы стреляли, так я решил, что надо подъезжать.

— Прямо Саид из «Белого солнца пустыни», — усмехнулся Абрамов, выключая рацию. — Ты точно стер нашего клиента? — обратился он к Сержанту.

— Ну, пульс у него пощупать я не мог, извини, — ответил Сержант. — Точно знаю, что попал в голову и в грудь. Ты видел, как падают убитые наповал? Ну так этот после первого выстрела падал так же.

— Ладно, будем считать, что противник выведен из строя, а завтра разведка точнее доложит, — заключил Абрамов. — Все, ребята, в темпе вниз, карета подана к подъезду.

ГЛАВА 27

— Да... Ты, я вижу, человек неробкий, — одобрительно произнес Колян, оглядывая своего собеседника. — Думаю, ты слыхал, что обо мне базарят, а вот поди ж ты — подвалил на стрелку один, без охраны...

— А чего мне бояться, Коля, — с подкупающей детской улыбкой произнес Витя Тульский. — Какой у тебя зуб на меня может быть? Ты же сам наехал на фирму, которая нам платит, значит, это мы на тебя должны осерчать.

— А вы, похоже, не серчаете, — заметил Колян. — Это мне и странно. Неужели хотите мне свои бабки уступить? Не очень это в духе московских законных.

Витя Тульский потер на щеке белое пятно размером с пятирублевую монету — след от сведенной татуировки, которую ему, мертвецки пьяному пацану, сделали как-то давным-давно на одной хате взрослые бандиты-беспредельщики. За это и прочие подобные художества одного из них потом порезали воры, а второго — сам Витя, хотя и не до смерти. Религиозный, как большинство воров в законе, Витя говорил по этому поводу: «Бог отвел, не попустил взять греха на душу».

Он воровал смолоду — сначала, еще в родной Туле, был Витькой, потом, уже когда перебрался в Москву, Витьком, а вот Виктором так и не стал: видя его щуплую мальчишескую фигурку и такую же мальчишескую улыбку, просто язык не поворачивался его так назвать. Витя в московской блатной среде славился двумя качествами: убедительной речью и отчаянной храбростью. Не то чтобы он имел обыкновение лезть на рожон, — нет, напротив, он отличался миролюбием, но в любой опасности он умел сохранять полнейшее хладнокровие и всегда безропотно брался за выполнение самых опасных поручений братвы. Разборку с Николаем Радченко вполне можно было отнести к числу подобных поручений — такие разборки уже для многих окончились могилой. Особенно впечатлил Витю рассказ о бойне в Таежном, где Радченко не стал вступать ни в какие переговоры с бывшими подельниками, решившими выйти из-под его власти, а просто растерзал их всех — погибло больше двадцати человек. Слухи об этой расправе мгновенно докатились до Москвы, где Радченко успел оставить по себе яркие воспоминания: одно убийство Гнома чего стоило. И вот теперь этот человек, объявленный в федеральный розыск, причем ход этого розыска был на контроле у самого министра внутренних дел, не залег на дно, а оставил в Таежном своего смотрящего, вернулся в столицу и стал терпеливо прибирать под себя всевозможные прибыльные заведения, восстанавливая утраченные на какое-то время позиции и оставаясь совершенно неуловимым для ментов. Не могли выследить Коляна и его враги из криминальной среды, и все по тем же причинам — Колян не пил, не ширялся, не снимал шлюх, ни играл. Соответственно он не появлялся во всех тех притонах, где бывает большинство представителей криминального мира и где подавляющему их большинству суждено рано или поздно погореть. «Да, лихой пацан», — думал, разглядывая его, Витя Тульский. Некоторыми своими чертами, в первую очередь неукротимостью и бесстрашием, Колян напоминал ему знаменитого в двадцатые годы питерского бандита Леньку Пантелеева, о жизни которого Витя когда-то читал. «Да, у этого рука не дрогнет, завалит хоть отца родного, — думал Витя. — Гореть ему в аду... Ну а на земле он, может, нам, бродягам, еще пригодится».

Разговор происходил в маленьком ресторанчике возле Тимирязевского парка. В открытую дверь было видно, как на улице идет дождь. Большинство столиков в зале пустовали, только в дальнем конце сидели и тихо беседовали два неприметных молодых человека с цепкими взглядами — несомненно, люди Коляна. Впрочем, Витя был уверен, что помимо этой пары где-нибудь неподалеку пасутся и другие его быки. В последнее время Колян методично греб под себя рыночные точки у отдаленных станций метро, выбирая те, хозяевам которых не было резона обращаться в милицию. В среде уличных торговцев имя Николая Радченко знали все, и оно наводило такой страх, что содержатели ларьков и лотков говорили «крыше»: «Ребята, как хотите, но разбирайтесь с ним сами, а мое дело сторона. Мне все равно, кому платить, но базары с Радченко мне иметь неохота. Кто знает, что ему в голову взбредет...»

— Так что же, решили отдать мне ваши гадючники? — с иронией спросил Колян. Они оба знали, о каких заведениях идет речь, и уточнения не требовались. Хотя Колян соблюдал золотое правило никогда не соваться лично в криминальные притоны, но получать через ряд посредников доходы с этих местечек он отнюдь не брезговал.

— Да я не о гадючниках пришел поговорить, Коля. Бог с ними! — улыбнулся Витя Тульский. — Это все мелочь. Стоит ли тебе с такой фигней возиться?..

— Как сказать, — возразил Колян. — Курочка по зернышку клюет. Вот все говорят, что Москва — богатый город, а ведь большую часть налогов с оборота здесь, как я слыхал, платят мелкие и средние предприятия. Вот так-то.

— Да я не про то, — пожал плечами Витя, — занимайся и этим, если хочешь. Но есть ведь другие способы зарабатывать деньги. По-моему, они тебе как-то больше подходят.

— О каких деньгах идет речь? — сухо и четко спросил Колян.

Витя не задумываясь назвал сумму.

Такая щедрость удивила Коляна, хоть он и не подал виду.

— О какой работе идет речь? — последовал новый вопрос.

— Работа разная, Коля, — сказал Витя. — Работы много. Нам ведь, ворам, кое-какие вещи не положено делать — кровь проливать, к примеру, и вообще воевать. А как не воевать, если кругом беспредел? Вчера все было поделено, а сегодня появляются какие-то новые люди, и что же — все им отдай? Вот и приходится просить толковых ребят разобраться с теми, кто пришел.

— А что, на меня толковых ребят не нашлось? — поинтересовался Колян.

— И ребят, и стволов, Коля, на всех хватит, — в голосе Вити неожиданно прозвучал металл. — Но лучше, наверно, разобраться, кто может пользу принести, а кто нет. Вот ты толковей всех в некоторых делах. Я, Коля, постарше тебя, а уж повидал-то наверняка побольше, и я жопой чувствую: не нужны тебе эти кабаки, эти притоны, с которых стричь бабки можно потихоньку. Тебе нужно другое: опасность, азарт, слава, ну и все такое. Ты по другому принципу живешь: «Лучше год попить живой крови, чем всю жизнь жрать мертвечину». И мы тебе такую жизнь обеспечим — по полной программе.

— Да ты просто поэт, — усмехнулся Колян.

— А как же, — неожиданно согласился Витя. — Я много песен сочинил, мои песни по зонам поют. Ну а потом у меня такое мнение: всякий настоящий вор — поэт в душе... Так вот, к делу: ты знаешь, в Москве сейчас все больше наркоты продается, это хорошие бабки. А мы, воры, как-то упустили это дело. Были такие люди, которые брезговали наркотой заниматься, ну и хрен ли толку? Что, ее меньше покупать стали? Если есть спрос, то всегда найдутся те, кто обеспечит предложение. Вот и захватили всю торговлю черные — азербоны, а теперь еще таджики и даже негры, мать их... Мы многих таких знаем, кто дурью торгует, но за глотку надо брать сначала самых крутых. Задача простая: сделать так, чтоб мы от и до весь ихний бизнес держали под контролем. Нам самим топтаться на вокзалах и толкать дурь некогда, так что пускай привозят и продают, но перед нами отчитываются и нам платят.

«Да, правильно я всегда говорил про законников, что это лентяи, которым только чужими руками жар загребать, — подумал Колян. — Но, с другой стороны, чем трясти по мелочи всяких барыг, лучше одним ударом заработать много и красиво. Ну а потом, когда чуток оперимся, можно будет снова за этих законников взяться». Вслух же Колян сказал:

— Ну что ж, дело знакомое. Думаю, оно мне по силам. От вас требуется точная наводка: где эти черные живут, где торгуют...

— Негры собираются в кафе «Мама-Африка», а торгуют прямо на дому, наводку я тебе дам, — сказал Витя. — С таджиками сложнее — мы знаем места, где они торгуют, а остальное тебе придется самому выяснять. Вот насчет азеров мы еще думать будем — среди них ведь тоже законные есть...

— Это те, которых «апельсинами» называют? — уточнил Колян.

— Ну да, которые коронуются за бабки, — кивнул Витя. — Но к ним все равно подходить надо по понятиям. Пусть платят в общак, и тогда вопросов не будет.

— Ну и где наводка-то? — спросил Колян.

Витя вытащил из внутреннего кармана дешевенького пиджачка сложенный вчетверо засаленный лист бумаги.

— Вот, — сказал он. — Здесь адреса, места торговли, клички торговцев. Человечка, который этих торгашей в лицо знает, я тебе подошлю. Серега его зовут. Фамилию не знаю, просто Серега. Наркаш. Дай мне свой телефон, и...

— Нет уж, лучше ты мне дай свой, — возразил Колян. — Ты не волнуйся, я человек аккуратный, звоню всегда вовремя, как обещал. Значит, так: мы начинаем разрабатывать сразу негров и таджиков, поэтому сумма возрастает вдвое. Половину вперед — это аванс. Насчет того, как передать деньги, договоришься с моими людьми — к тебе сейчас подойдут. И вот что, Витя: смотри, чтоб подставы не было. Если захотите меня ментам сдать или еще что-нибудь в том же роде, то, во-первых, учти: я все ваши титулы и короны в гробу видел, короной от пули не закроешься, а пострелял я в жизни побольше любого из вас. Во-вторых, как страховаться от подставы и все прочие методы я знаю лучше всех законников, вместе взятых, потому меня до сих пор и не поймали. Как только что неладное замечу, так сразу переключаюсь с черных на вас, и тогда — помогай вам бог! И в-третьих, Витя: в случае чего ты первым будешь отвечать за всю свою братву, потому что я с тобой договаривался. И уж тогда не обессудь... Ну, напиши вот здесь, на бумажке, свой телефон, и я пошел. До встречи!

Витя Тульский, держась за тяжелую пивную кружку, мрачно смотрел вслед Коляну, который смело вышел из-под козырька над входом и, согнувшись под струями дождя, затрусил по лужам непонятно куда. В ходе разговора Вите не раз хотелось поднять эту кружку и треснуть ею молодого нахала по голове, но он вовремя вспоминал, что у Коляна есть свой, пусть не воровской, а бандитский послужной список, по сравнению с которым деятельность многих законников выглядит очень мелко. Колян заработал право на жесткий разговор с кем угодно, это приходилось признать. Кроме того, если бы Витя полез в бутылку, то Колян даже и без помощи своих головорезов сделал бы из вора котлету — Витя достаточно знал о Коляне, чтобы отдавать себе в этом отчет. И наконец, Колян мог принести воровскому сообществу неоценимую пользу — в это сложное время, особенно после 17 августа, когда все словно обезумели, без стрелков не обойдешься, а тут Коляну равных нет. Что же касается старых воровских понятий, воспрещающих проливать кровь, то нынешняя жизнь не оставила ворам выбора: даже им при всем их авторитете приходится либо защищаться, либо позволять новым людям пинками отбрасывать их куда-то к параше. И радоваться надо тому, что существуют такие, как Колян, которые избавляют от собственноручного пролития крови.

Мысли Коляна текли примерно по тому же руслу, что и мысли вора: он злорадно думал о лицемерии воровских понятий. «Значит, нельзя им, болезным, кровушку проливать, — мысленно обращался он к ворам. — А все же завидно, что черные большие бабки загребают. Тут, значит, можно и Коляна нанять, у которого руки по локоть в крови... Что ж, Колян сработает как надо, но запомните, суки: многие хотели Коляна использовать, а на самом деле он использовал всех. И с вами так же будет! И раньше вас не любил, а теперь и вообще ненавижу...» И еще одно возбуждало Коляна: то, что теперь он работает на сообщество, которым руководит его смертельный враг. Вступив в сделку с ворами, он тем самым как никогда приближался к Варягу. Колян пока еще не знал, что может последовать из этого, но отказаться от такого сближения было бы выше его сил. Слово «Варяг» в течение всего разговора стучало в его висках.

А Витя Тульский, смотревший вслед Коляну, увидел, как откуда-то из проезда между домами выехала красная «тойота» и подъехала к бровке тротуара в тот самый момент, как к бровке подошел Колян. Открылась дверца, Колян нырнул в салон, и машина, взревев мотором, понеслась прочь по мокрой улице. Все выглядело очень слаженно. Витя Тульский со вздохом допил пиво и поднялся, чтобы взять у стойки еще кружку. Он не боялся дождя, но ему хотелось еще посидеть в безлюдном кафе, откуда незаметно исчезли даже последние посетители — быки Коляна, и осмыслить свои ощущения от разговора. Он нигде не лопухнулся, выполнил наилучшим образом поручение пославших его людей и при этом остался цел, что было немаловажно, если учесть, с кем ему пришлось иметь дело. Однако на душе у него все равно было тяжело. Витя взял еще кружку пива, пакетик чипсов, сел за столик и уставился на улицу, по которой в облаках водяной пыли пролетали машины. «Да нет, все нормально, — сказал он самому себе. — Это просто осень наступила, вот и все».

ГЛАВА 28

Здесь Варяг словно попадал в другой мир. Каждодневная суета, интриги, вражда и кровопролитие казались в этом мире нелепыми, словно нарочно придуманными кем-то для того, чтобы полностью занять и отравить существование человека на земле. А на Никитиной горе Варяг, сидя на веранде, подолгу слушал шум ветра в кронах вековых сосен и берёз и ждал, когда на него обратят внимание. Он вдруг остро ощутил, что остался совсем один после гибели Светланы и Олежки. И что у него теперь на земле были только два самых близких человека: Лиза и Лена. Они копались на разведенном им огороде, порой начиная шумно обсуждать различные кулинарные рецепты. Лена всегда говорила тихо, а шум создавала Лиза, уверенная, как все дети, что, стоит крикнуть погромче, и собеседник непременно проникнется твоими мыслями. Варяг делал вид, будто читает, но сам больше слушал доносившиеся до него по ветру обрывки их разговоров и мечтал. Мечты его — вероятно, от накопившейся усталости — были бессвязными и представляли собой скорее ряд картин, персонажами которых неизменно были он, Лиза и Лена. Когда Лена за чем-нибудь проходила через веранду в дом, она смотрела в его глаза, угадывала, что он думает о ней, и в уголках её губ появлялись знакомые милые морщинки.

— Ну скоро? — спрашивал Варяг. — Я специально не ел в офисе, а с кухни несутся такие запахи... Я просто изнываю!

— Я воспитываю Лизу, — с улыбкой отвечала Лена. — А она еще не выполнила трудовое задание. Нельзя ее отрывать — это будет крайне непедагогично.

Варяг смотрел вслед Лене, которая легкой танцующей походкой двигалась между грядок, и вновь погружался в мечты. На голод он жаловался не совсем искренне, и потому во время ужина, когда было подано мясо, тушенное с овощами и травами, Лиза огорченно спросила его:

— Папа, что, невкусно?

Владислав, в это время смотревший на Лену, вздрогнул и возразил:

— Нет, что ты! Очень вкусно!

Лена не сдержалась и прыснула, а Лиза пытливо посмотрела на взрослых, но ничего не сказала и вновь принялась обгладывать косточку. Покончив с косточкой, она подняла голову и заметила:

— Вот видишь, папа, уже осень, а у нас есть почти все овощи и всякие травы... Для этого требуется особый подход.

Он перевел взгляд на Лену — ребенок явно повторял ее слова. В уголках губ девушки играли морщинки, но она совершенно серьезно ответила:

— Если приложить руки, то с земли можно кормиться до ноября.

— Папа, давай ничего не покупать, — тут же заявила Лиза. — Будем кормиться с земли и тебя кормить, а потом купим мне новый велосипед.

Владислав удивленно поднял брови, а Лена, старательно пряча улыбку, отодвинула тарелку и сказала:

— Пойду принесу чай.

За чаем разговор поначалу не вязался, тем более что пришлось отбивать нескончаемые наскоки Лизы на ее любимый торт «Птичье молоко». Однако через некоторое время он неожиданно для самого себя обнаружил, что с увлечением рассказывает Лене о делах в «Госснабвооружении», — так, словно выступает на заседании экспертной комиссии Совета Федерации. Разница состояла только в том, что у членов Совета Федерации, слушавших экспертов, никогда не сияли глаза так, как сияли они у Лены. Чтобы видеть эти глаза, он согласился бы рассказывать вечно, однако Лиза с детской бесцеремонностью перебила его:

— Папа, ты повезешь меня кататься перед сном?

Она любила забираться Варягу на плечи и разъезжать на нем по огромному дачному участку, словно на коне.

— Только оденься потеплее, сейчас вечера уже холодные, — сказала Лена. И Лиза, которая надеялась начать скачки немедленно, послушно отправилась в свою комнату, что-то недовольно ворча.

Лена встала, чтобы пойти за ней и проследить за процессом одевания, но Варяг тоже поднялся, преградил Лене дорогу и привлек ее к себе. Закрыв глаза, она робко прижалась к нему.

— Сегодня я ночую здесь, — тихо сказал Варяг, отведя темные локоны от ее маленького розового ушка.

— Это походит на грязное предложение, — не открывая глаз, заметила Лена.

— Нет, — возразил Варяг, — просто Лиза всегда переживает, когда я уезжаю. Не хочу огорчать своего ребенка. Да и что мне теперь делать в Москве...

— Такая глубина родительских чувств делает вам честь, — сказала Лена, открывая глаза. Она смотрела прямо в глаза Варягу, и возле ее полных, красиво очерченных губ играли морщинки. Варяг поцеловал ее в губы, и она ответила на поцелуй с неожиданной страстью, обвив руками его шею. Рука Владислава скользнула ей на грудь, но этот момент в комнате Лизы что-то с грохотом упало, и они резко отпрянули друг от друга. Лена устремилась на помощь Лизе.

Выяснилось, что девочка натянула на голову свой самый красивый свитер и в этот момент, топчась на месте и ничего вокруг себя не видя, наткнулась на расставленный мольберт и повалила его. Лиза так и осталась стоять со свитером на голове, боясь, что случилась какая-то катастрофа, и не желая смотреть на ее результаты. В таком положении и застала ее Лена, быстро одела, вновь поставила мольберт и повела гулять. Притихшая было Лиза оживилась, увидев Варяга, ожидавшего около крыльца, и прямо со ступенек попыталась вскочить ему на плечи. Варяг подбросил повыше ее легонькое тельце, она обхватила ногами его шею и воскликнула:

— Сивка-бурка, поскакали!

Владислав издал громкое ржание и припустился через участок, взбрыкивая и перескакивая через грядки. Вернувшись обратно, он обнаружил, что Лена утирает слезы, выступившие на глазах от хохота.

— Неужели я выглядел так глупо? — озабоченно спросил он.

— Как тебе сказать... — подавляя смех, ответила Лена. — Пожалуй, да. Но, по-моему, это очень хорошо. Человек не должен постоянно бояться выглядеть глупо. Издали в сумерках вы походили на каких-то персонажей из мультика.

Услышав эти слова, Лиза пришла в такой восторг, что едва не свалилась на землю, и немедленно стала упрашивать отца поскакать еще.

— Настоящая авторитетная лошадь очень редко скачет, как жеребенок, да и то, когда ее никто не видит, — возразил Варяг. — А обычно она выступает плавным торжественным шагом. — И он вынес Лизу таким шагом через калитку на улицу.

Там уже зажглись редкие фонари, и в отдалении темнела фигура охранника. Варяг знал, что вокруг множество охранников, просто они предпочитают не показываться и из своих укрытий слушают звонкий смех Лизы. А он думал о том, что сегодня ночью придет к ней и — он это точно знал — она его не оттолкнет. И он поймал себя на мысли, что впервые после гибели Светланы ощутил сексуальное желание. Наверное, он все-таки начинает привыкать к жестокой и неумолимой истине, что их больше нет...

Отец и дочь резвились на улице и потом снова на участке до тех пор, пока не погас ярко-розовый осенний закат. Затем они попили чаю, и Лена отвела Лизу спать. Та уже засыпала на ходу, но капризничала и предлагала еще поиграть.

— Завтра поиграем, — подталкивая ее, отвечала Лена.

— Да-а, а завтра папа уедет, — сонно возражала Лиза.

— Ничего, он будет теперь часто приезжать, — искоса бросив на Варяга лукавый взгляд, сказала Лена.

— И на ночь останется? — полюбопытствовала Лиза.

— Гм... — сказала Лена. — Если сможет. Ну пойдем, пойдем, хватит болтать, ты уже засыпаешь.

Варяг поднялся к себе в спальню на втором этаже. В другом конце коридора находилась комната Лены. Он начал было раздеваться, но затем принялся просто ходить из угла в угол, напряженно прислушиваясь. Когда в другом конце коридора хлопнула дверь, он вздрогнул, подождал еще несколько минут и крадучись вышел из своей спальни.

В комнате Лены было темно. Варяг не ожидал этого и в растерянности остановился на пороге, но через минуту его глаза различили на фоне окна, в которое падал отсвет далекого фонаря, мягкие линии обнаженного женского тела. Кожа ее чуть светилась матовым жемчужным светом. Варяг шагнул вперед. Она протянула к нему руки. Он зарылся лицом в ее душистые волосы, что-то нежно прошептал в ухо, а затем нашел губами ее губы. Поцелуй был долгим и нежным, а тем временем его руки скользили по плавным изгибам ее тела, по ее шелковистой коже, забираясь в самые потаенные уголки. Руки Лены ласкали плечи Варяга, мощные мышцы его рук, затем забрались под майку и ловко сняли ее, затем расстегнули ремень. Варяг испытывал огромное возбуждение от того, что Лена раздевает его — женщина раздевала его не впервые, но этот процесс так действовал на него в первый раз. Когда он остался голым, Лена прильнула к нему, одной рукой обняла его за шею и стала целовать его в соски груди, другой рукой нежно массируя его окаменевший от желания член. Варяг застонал от наслаждения и двинулся куда-то вперед, не разбирая дороги, однако Лена мягко направила его к постели. Она раскинулась перед ним на простыне, мягко светясь в отсвете фонаря, а он склонился перед ней и, смиряя свое желание, принялся целовать ее — целовать с головы до пят, приходя с поцелуями и ласками даже в самые укромные уголки ее тела. Когда она вскрикивала, стонала и изгибалась, ему казалось, что эти ласки, которые позволяют так ощущать наслаждение, испытываемое любимым человеком, едва ли не выше, чем само обладание. Но вот Лена привлекла его к себе одной рукой, а другой направила в себя его набрякший ствол и выгнулась навстречу этому желанному вторжению. Ее самозабвение в любви было настолько полным, что Варяг молил судьбу и свое тело только об одном — чтобы это не кончилось слишком скоро. Она обняла его ногами, двигаясь в такт его движениям яростно, настойчиво и непрерывно, порой издавая стоны и вскрики, и Варягу казалось, будто в этих вскриках слышатся удивление и даже страх перед силой того наслаждения, которое она испытывает и которое все возрастает. Варяг продлевал их схватку как только мог, но оргазм все же приближался и наконец захлестнул его волной наслаждения настолько острого, что оно почти переходило в боль и заставило его застонать. Еще несколько движений навстречу друг другу, еще несколько содроганий, и наконец они затихли, прислушиваясь к тому, как наслаждение постепенно угасает в их телах. Варяг осторожно приподнялся и лег рядом с Леной, а она, повернувшись на бок, нежно прильнула к нему, положив руку ему на грудь.

— Господи, какой ты мужик, — прошептала Лена. — Я чуть с ума не сошла — все было просто на каком-то пределе. Или ты думаешь, что женщины всем так говорят, чтобы подлизаться?

— Другие женщины, может, и да, а ты — нет, — ответил Варяг. В его словах прозвучала такая убежденность, что Лена тихонько заурчала от удовольствия и благодарно потерлась носом о его грудь. — Мне даже как-то неловко перед тобой, — продолжал Варяг. Лена удивленно посмотрела на него, и он пояснил: — Ну, в слово «любовь» принято вкладывать какой-то сугубо возвышенный смысл, а я постоянно тебя хочу. Я просто в отчаянии: вдруг ты подумаешь, что у меня к тебе чисто утилитарный интерес, что я всего-навсего голодный самец и хочу тебя использовать, а потом забыть, как одну из многих...

— Я ничего не думаю, — тихо произнесла Лена. — Если это так, как ты говоришь, то я ведь все равно не смогу ничего изменить, так зачем горевать раньше времени? Сейчас ведь ты со мной. А от того, что ты меня постоянно хочешь, я, честно говоря, просто в восторге.

— Правда? — Варяг повернулся к ней и нежно поцеловал ее в губы. Она ответила, и он ощутил, как в нем вновь оживает желание. Лена тоже это почувствовала и прошептала смущенно и в то же время с удовлетворением:

— Уже? Как быстро... Ты так устаешь...

— От счастья долго не устают, — возразил Варяг. — И долго отдыхать от него не требуется.

— Значит, ты скоро снова приедешь и мы снова этим займемся? — спросила Лена.

— Нет, мы займемся этим прямо сейчас, — обнимая ее, заявил Варяг, и она с блаженным урчанием прижалась к нему, бормоча:

— Прямо сейчас! Как это замечательно, когда ничего не надо ждать, когда самое лучшее — прямо сейчас!

ГЛАВА 29

Полковник Чижевский любил открытые кафе: они вызывали в его душе приятное ощущение беззаботности. Возможно, это было связано с воспоминаниями о работе в Париже, когда Чижевскому, привыкшему к внешнему аскетизму советской жизни, уличные кафе казались чудом. Чижевский, впрочем, быстро к этому чуду привык и проводил под тентом кафе «Ротонда» едва ли не каждый вечер, читая книги, газеты, письма с Родины, потягивая «перье» и кофе, а позже переходя на более крепкие напитки. В открытых парижских кафе, учитывая окружающее многолюдье и хороший обзор, удобно было и встречаться с агентами, но, поскольку за Чижевским постоянно была установлена слежка, приходить на место надо было точно к назначенному времени и долго не рассиживаться. Годы оперативной работы за границей были для Чижевского счастливым временем, когда он был молод и работал на свою могучую державу, на свое мощное ведомство. О наступивших потом годах развала и хаоса полковник предпочитал не вспоминать. Поэтому вряд ли стоит удивляться тому, что какие-то свои привычки, вкусы и пристрастия он сохранил с той самой поры, когда был счастлив, хотя и сам не понимал своего счастья. Вот и теперь местом встречи с будущим партнером Чижевский вновь избрал открытое кафе — на сей раз возле метро «Шаболовская».

Погода начинала портиться, в течение дня вполне мог пойти дождь, но все заведение было закрыто тентом, а у прилавка с охлажденным пивом медленно вращалась на вертеле жарившаяся шаурма. Полковнику предстояла встреча с человеком, официальный статус которого являлся тайной для общественности, но влияние не подлежало сомнению. Полковник отлично знал, совладельцем каких банков и фирм является его будущий собеседник и какие олигархи оплачивают его услуги, однако число столь сведущих людей, как Чижевский, в стране исчислялось единицами. Реальная власть и официальный статус в новой России уже давно перестали совпадать, а для выполнения поставленной Варягом стратегической задачи полковнику требовались именно носители максимальной власти — умные ребята из кремлевской администрации, контролирующие через своих марионеток денежные потоки страны. К числу таких умных ребят принадлежал и будущий собеседник полковника — Анатолий Иванович Баскаков. Чижевский вышел на Баскакова случайно — изучая материалы оперативной разработки сотрудников администрации президента, переданные ему одним старинным приятелем, бывшем сослуживцем. Разумеется, Баскаков вовсе не горел желанием встречаться с каким-то сомнительным субъектом, представлявшим неизвестно какую структуру. Однако в ходе телефонного разговора с ним отставной полковник обнаружил неожиданную осведомленность насчет ближайших родственников «лица», его коммерческой деятельности, личной жизни и ежедневных перемещений. И когда Баскаков попытался было заявить, что пугать его не стоит, поскольку ему наплевать на любой компромат, Чижевский ответил с усмешкой:

— Ну, возможно, вашу жену похождения супруга не волнуют — она и сама не без греха. Но у нас имеется интересная информация, на которую может очень нервно отреагировать вышестоящее начальство. Сами знаете, время сейчас такое, что из-за денег люди просто звереют... Так вот, мы установили всю цепочку фирм, через которую государственные деньги с вашей помощью попадают в некий оффшорный банк на острове Науру, а оттуда — в Австралию. Но вся беда в том, что по пути немалая доля этих денег перекачивается на счета подконтрольных вам фирм, а с них — на ваши личные счета в австрийских банках.

— Это просто чепуха, — возразил Баскаков не совсем уверенно, и тут же, сам себе противореча, заявил: — Кроме того, в мировой практике существует законное вознаграждение за посредничество...

— Существует, — охотно согласился Чижевский. — Весь вопрос только в том, каков его размер. Очень уж большое вознаграждение вы себе назначили. Впрочем, зачем спорить? Давайте я сообщу вашим партнерам, какие суммы вы получаете за посредничество, и посмотрим, как они отреагируют. Откуда я знаю, может, вы именно так и договаривались? Но мне почему-то кажется, что отреагируют они довольно нервно. О подробностях им может многое рассказать ваш старый знакомый, на которого зарегистрирована одна из подставных фирм. Правда, для регистрации он почему-то использовал фальшивый паспорт. Не учел, бедняга, что мы контролируем тех, кто изготавливает такие документы. С некоторых пор мы с этим вашим другом находимся в постоянном контакте.

— Чего вы хотите? — мрачно поинтересовался Баскаков.

— Ну не по телефону же, — с укором ответил Чижевский. — Мне требуется одна маленькая услуга, но давайте встретимся и при личной встрече все обсудим. Мало ли какие общие интересы могут возникнуть...

И вот теперь полковник, с завидным аппетитом съев порцию горячей шаурмы и тщательно вытерев жирные руки, маленькими глоточками прихлебывал холодное «Клинское» и внимательно оглядывал окрестности. Его профессиональный взгляд мгновенно выудил бы «объект» из толпы, но «объекта» все не было. Полковник посмотрел на часы — пора! Когда Чижевский договаривался о встрече, он постарался дать понять собеседнику, что шутить не намерен. По тону Баскакова полковник сделал вывод, что собеседник его понял и постарается не раздражать людей, владеющих столь важной информацией. К тому же в речи полковника проскользнул намек на то, что из-за недостатка времени он будет вынужден пустить в ход не только компромат, но и грубую силу.

«Существуют разные методы воздействия, — сказал полковник, — и мы готовы применить их все. Однако мы сторонники цивилизованных методов. Вы предоставляете нам ту информацию, которая может принести нам пользу, а мы в обмен похороним ту информацию, которая может причинить вред вам. На мой взгляд, все справедливо». Конечно, насчет справедливости полковник слегка покривил душой — в своей работе с Баскаковым он вовсе не старался соблюсти справедливость. Само то обстоятельство, что реальной властью в стране обладает человек, не занимающий никакого официального положения, да к тому же нечистый на руку, говорило о полном попрании справедливости и всех тех моральных норм, на которых полковник был воспитан. Вместо вежливых разговоров он с удовольствием пристрелил бы это ничтожество, вдруг ставшее важной персоной, и рука бы не дрогнула. Однако правила добывания информации не допускали таких простых решений. Как бы то ни было, собеседник полковника явно осознал, что имеет дело с серьезным человеком, способным на решительные действия, и то, что он сейчас запаздывал, не предвещало ничего хорошего. Просто проигнорировать встречу Баскаков не мог, следовательно, он решился на сопротивление. Найти неизвестного, говорившего с ним по телефону, Баскаков сумел бы только здесь, на условленном месте. Следовательно, в этом открытом кафе, где люди безмятежно отдыхали, полковнику грозила вполне реальная опасность. Однако Баскаков, конечно, знал, что за Чижевским кто-то стоит — одному человеку просто не под силу собрать такую информацию. Поэтому полковник понимал, что ликвидировать его прямо в кафе никто не собирается — это было бы глупо. Баскакову он был нужен живым, чтобы узнать, на кого он работает. Другими словами, полковник вполне допускал, что его могут попытаться похитить. Поскольку объект был близок к властным структурам, то похищение скорее всего осуществят какие-нибудь прикормленные менты. «Возможно, конечно, ничего такого и не случится, — спокойно размышлял полковник. — Мало ли почему он опоздал?.. Но жизнь — такая штука, что всегда надо готовиться к худшему». Он еще раз взглянул на часы. По обычным житейским меркам опоздание было маленьким, но только не для такой серьезной встречи.

Чижевский поднял глаза и сразу же натолкнулся на чей-то холодный решительный взгляд, устремленный на него из толпы. «Ага, вот и они», — подумал полковник, увидев сплоченную группу из трех молодых людей, решительно направлявшуюся к кафе с противоположной стороны улицы через трамвайные пути. Перехваченный полковником взгляд не оставлял сомнений в том, что в кафе им нужны не пиво и не шаурма, а седой мужчина лет пятидесяти в черной рубашке и светлых брюках, читающий газету «Московский экспресс» — именно так описал себя полковник Баскакову. Вся троица была одета модно и дорого, на шеях, пальцах и запястьях у каждого поблескивало золото, а шагавший в середине крепыш с бандитской стрижкой на ходу говорил с кем-то по мобильному телефону. На лицах и во всех движениях парней читались властность и угроза, которые они и не думали скрывать. Они, конечно, знали, что привлекают к себе внимание, но, видимо, считали, что это делу не помеха, поскольку помогает морально подавить жертву. Кроме того, полковник, хорошо знавший психологию подобных субъектов, был уверен, что они получают наслаждение от направленных на них испуганных взглядов, от того, что при их приближении смолкают все разговоры и по спинам людей пробегает холодок страха. Трое не стали входить в кафе через проем в ограждении, как все, — они просто перескочили через ограждение и сразу оказались рядом со столиком Чижевского. Крепыш с бандитской стрижкой, не задавая никаких лишних вопросов, жестом фокусника извлек из кармана какие-то корочки коричневого цвета, раскрыл их, взмахнул ими в воздухе и вновь спрятал в карман. Его товарищи, розовощекий толстяк с обманчиво добродушным выражением лица — о криминальных наклонностях говорили только слишком развитые надбровные дуги и глубоко посаженные маленькие глазки — с неожиданной злобой рявкнул: «Сидеть!» и таким же артистическим движением выхватил неизвестно откуда наручники. Третий член «группы захвата», красавчик-брюнет с ничего не выражающими птичьими глазками и зализанными, словно у выдры, волосами, заломил полковнику руки за спину. Впрочем, тот и не сопротивлялся — бравые ребята не видели того, что происходило возле их «вольво» на другой стороне улицы. Полковник же прекрасно это видел и потому сохранял полное спокойствие. Единственное, что он смог определить по мелькнувшему в воздухе документу круглоголового крепыша, так это то, что люди, пытавшиеся его задержать, были руоповцами. Полковник хорошо знал эту породу ментов, расплодившуюся в последние годы — одетые с иголочки, обвешанные золотом, разъезжающие на иномарках крепкие парни, у которых и друзья, и все житейские воззрения, и манера держаться были чисто бандитскими. Пожалуй, эти ребята даже превосходили бандитов по наглости, поскольку у тех не было в кармане корочек, позволявших творить беспредел как бы от имени государства и потому совершенно безнаказанно. Проявление этой наглости не заставило себя ждать — круглоголовый без всякой на то необходимости припечатал Чижевского лицом к столу и зарычал: «Тихо, сука!», хотя полковник по-прежнему не оказывал никакого сопротивления. Все происходящее настолько не походило на действия представителей закона, что какой-то пожилой мужчина поднялся с места и возмущенно воскликнул:

— Эй, ребята, вы что делаете?

— Пошел на х...! — громко и внятно ответил ему круглоголовый. Толстяк приподнял полковника, а брюнет пинком выбил из-под него стул. Чижевскому, руки которого были уже скованы, стоило большого труда не свалиться на грязный пол, с которого его, разумеется, поднимали бы новыми пинками. Посетители кафе притихли, столкнувшись с таким психологическим давлением, и лишь со страхом наблюдали, как Чижевского вывели из кафе и, подталкивая в спину, повели через улицу. Вскоре проходящие трамваи скрыли всю группу от их глаз. Обменявшись мнениями по поводу этого маленького происшествия, посетители вернулись к обсуждению более насущных тем и не видели финальной сцены, разыгравшейся на противоположной стороне улицы. А произошло там следующее: толстяк и круглоголовый синхронно дернули за ручки двух дверец автомобиля, однако обе дверцы оказались заперты изнутри.

— Что за херня? — с возмущением пробормотал круглоголовый и заглянул через окошко в салон. Водитель сидел на месте, но, видимо, крепко спал — голова его свесилась на грудь, а лицо приобрело необычайно глупое выражение.

— Вот урод! — выругался круглоголовый. — Закрылся и дрыхнет. Нашел время!

В этот момент все трое руоповцев одновременно заметили какого-то бедно одетого мужичка, безмятежно восседавшего спиной к ним на капоте их престижной машины, составлявшей личную собственность круглоголового. Поведение мужичка, который вместе со всеми своими потрохами стоил меньше, чем запаска «вольво», выглядело как оскорбление святыни. Круглоголовый сдержал рвавшийся из сердца крик, чтобы не спугнуть наглеца раньше времени, крадучись приблизился к мужичку и размахнулся, чтобы нанести ему мощную оплеуху. Однако майор Абрамов — а это был именно он — видел его отражение в стекле своих дешевеньких наручных часов. Мясистая лапища руоповца вхолостую просвистела в воздухе, поскольку жертва совершенно неожиданно пригнулась. Молниеносно развернувшись, Абрамов нанес круглоголовому удар левой под ребра и правой в печень. Тот застонал громко и жалобно, но майор без всякого сострадания сделал то же, что секунду назад намеревался сделать сам руоповец, а именно свалил противника на асфальт страшным ударом открытой ладони.

— Ты что делаешь, гад?! — воскликнул толстяк, бросаясь к Абрамову. Правда, теперь, увидев, как быстро расправился неизвестный мужичок с его товарищем, он уже не проявлял такого напора, как в кафе, и начал топтаться перед Абрамовым, приняв боевую стойку. Спокойное обветренное лицо противника с неестественно светлыми, словно выцветшими глазами, внушало ему неприятные предчувствия.

— Ты чего творишь, мужик? — попытался завязать переговоры толстяк. — Ты знаешь, на кого прешь? Ты кто вообще такой?

Прилизанный брюнет тоже заволновался, одной рукой притиснул Чижевского к машине, а второй полез под свой легкий летний пиджак.

— А ну стоять! — крикнул он, расстегивая кобуру.

В этот момент к нему деловитой походкой приблизился еще один неприметный мужчина и короткой дубинкой, неожиданно выскочившей в ладонь из рукава куртки, нанес брюнету резкий удар по затылку. Тот как раз собирался что-то крикнуть, но осекся на полуслове и застыл с открытым ртом. Затем ноги у него подкосились, и он, издав нелепый булькающий звук, по спине Чижевского съехал на мостовую. Тут толстяк перепугался уже не на шутку.

— Мужики, да вы чего? — забормотал он прыгающими губами. — Вы думаете, что вы делаете?

— Давай ключи от наручников, — холодно произнес кто-то за его спиной.

Толстяк резко обернулся и увидел невысокого темноволосого человека с сильной проседью и недобрыми карими глазами. Капитан Усманов — а это был именно он — держал руки в карманах своей летней куртки. Карманы были совершенно пусты, если не считать книжечки абонементных талонов для проезда в трамвае, однако напуганный толстяк решил, что там непременно должно быть оружие.

— Сейчас, сейчас, — закивал он. — Вот они...

Получив ключи, Усманов расстегнул наручники, сковывавшие за спиной руки Чижевского. Затем он сунул наручники во внутренний карман, пробормотав: «Пригодятся». Толстяка толкнули в спину со словами:

— Руки на капот, ноги расставить.

Быстрому обыску подвергли и его, и стонавшего круглоголового, и брюнета, по-прежнему пребывавшего в бессознательном состоянии. В результате у разведчиков оказались два пистолета в дополнение к тому, который они уже раньше нашли в машине, служебные документы всех троих из «группы захвата», а также того, кто сидел за рулем, выкидной нож, приличная сумма в долларах и пачка папирос, гильзы которых, как определил, принюхавшись, Абрамов, были набиты анашой.

— Травкой балуетесь? — спросил Абрамов, покачав головой. — Ну и менты пошли — тюряга по вам плачет...

— Вот что: кто вас послал, я знаю, — вступил в разговор Чижевский, массируя запястья. — Кто вы такие и где работаете, теперь тоже знаю. Если еще раз появитесь на моем горизонте, можете смело себе гроб заказывать. Все ясно? Ну и хорошо.

— А документы, а оружие? — жалобно спросил толстяк. — Оно же табельное, нас же с работы выгонят!

— А вас и надо гнать в три шеи, — невозмутимо ответил Чижевский. — Да ты еще шмальнешь в нас сдуру или ментов позовешь... Нет, и не проси. Ну ладно, так и быть: вон в том дворе помойка, там найдешь. Извини, иначе нельзя. Ну, мы пошли.

Лебедев, уже успевший переместиться за спину толстяка, коротко взмахнул дубинкой. «Плохой мент» закатил глаза, закачался и рухнул бы на асфальт, если бы Абрамов и Усманов не подхватили его под мышки и не затолкали в салон машины, которую Абрамов до этого между делом открыл ключами, отобранными у водителя. Вслед за толстяком в салон запихнули брюнета. Последним был круглоголовый, который, предчувствуя неизбежный удар дубинкой по голове, попытался отползти на четвереньках в сторону.

Лебедев неторопливым шагом догнал его, вновь последовал короткий замах, глухой удар, и руоповец, дернувшись, распластался на асфальте. Его подхватили и поволокли к машине.

— Эй, ребята, ну-ка идите сюда! — позвал Чижевский, заметив кучку пацанов, удивленно наблюдавших за происходящим. — Будете свидетелями!

Пацаны тут же тронулись с места и, все прибавляя шаг, удалились в сторону метро.

— Что, засранцы, слабо выполнить гражданский долг? — ухмыльнулся Чижевский. — Ладно, пошли, а то они еще ментов позовут.

По проходу между домами полковник и его группа прикрытия направились к Ленинскому проспекту, где осталась их машина. Опасения Чижевского были напрасны — милицию никто не позвал. Однако через некоторое время гулявшие в соседнем дворе люди могли видеть странную картину — как иномарка, разгоняя толпу прохожих, пробирается по пешеходной дорожке во двор, там, набрав скорость, подлетает к помойке, из нее, пошатываясь и с болезненными гримасами держась за головы, вылезают три шикарно одетых молодых человека и начинают с остервенением рыться в отбросах. У молодых людей был такой решительный вид, что гулявшие по двору старухи не решились сделать им замечание, а только внимательно наблюдали за их действиями. Докопавшись до самого дна контейнера и ничего не найдя, молодые люди начали переругиваться, стоя по колено в отбросах. Заметив внимание старух, один из них истерически завопил: «Ну чего смотришь, старая жаба?!» После этого странные гости, не прекращая перебранки, бросились в машину и с ревом умчались, распугивая мирных обитателей двора. Старухи долго обсуждали, кем бы эти люди могли быть, но так и не пришли ни к какому определенному выводу.

ГЛАВА 30

Подмосковный поселок Барвиха, как и другие поселки вдоль Рублевского шоссе, тщательно охраняется еще со сталинских времен, когда советская элита, держась поближе к вождю, проживавшему обычно на кунцевской даче, стала активно осваивать это направление. Собственно, дело было, конечно, не только в вожде — кто же откажется от удовольствия лицезреть великолепные сосновые леса, которыми изобилуют эти места, и живописные виды на Москву-реку, еще не загаженную здесь стоками столицы. В то время целые куски этих берегов вместе с прилегающими лесными участками отводились под государственные дачи, предназначенные для отдыха особо заслуженных деятелей Советского государства. С наступлением демократии заборов и охраны в округе только прибавилось, а новая российская элита оказалась куда более цепкой, чем советская: если та пользовалась служебными дачами, то новые деятели широко использовали все возможности, предоставляемые приватизацией, для того чтобы за бесценок прибрать к рукам дворцы для отдыха и поросшие соснами земельные участки, а тем самым укорениться в престижных местах навечно, независимо от своего служебного положения в будущем. Концентрация важных персон на землях вдоль

Рублевского, а также Ильинского шоссе уже давно достигла такой степени, что охранять приходилось не только отдельные дачи, но и целые поселки. Вся территория была разбита на квадраты и нанесена на секретные планы, имевшиеся у специальных подразделений МВД и Службы охраны президента. Непрошеный гость мог наткнуться на патруль в самом неожиданном месте — даже в чаще леса. Пользование любыми плавсредствами в здешних водоемах строго запрещалось, и за соблюдением запрета следила водоохранная милиция. Делалось это, конечно, в первую очередь ради экологии, но в результате к престижным поселкам со стороны реки не могли подплывать всякие подозрительные типы, а обитатели поселков могли не сомневаться в чистоте воды, в которой они купались. Одним словом, безопасность элитных поселков находилась, казалось бы, на высоком уровне. Такое впечатление вполне могло сложиться у случайного прохожего, забредшего в эти места, после того как у него раз пять проверили бы документы, каждый раз настоятельно советуя убираться отсюда восвояси. А если бы прохожий вторично попался на глаза одному и тому же охраннику, то его вполне могли бы забрать для выяснения личности. В самом деле, почему гражданин упорно слоняется там, где не живет? И такое могло случиться с прохожим в том месте, которое вовсе не являлось запретной зоной и где жили люди, не наделенные большой властью, — разные там секретные физики, генералы и их потомки. Все они появились в элитном районе в советские времена — теперь он был закрыт для такой мелкоты, и пропуском в заветные угодья теперь служили деньги и близость к узкому кругу обладателей реальной власти. Зато если человек мог сказать о себе, что приобрел недавно дачу в Барвихе, то тем самым он заявлял о своем стопроцентном элитном статусе. А элиту в каждом уважающем себя государстве принято бдительно охранять. Однако если днем все в престижной округе дышало покоем, то ночью картина менялась: в лесу среди вековых стволов перемещались какие-то таинственные тени, пятна лунного света колыхались на траве полян, от берегов реки, поросших густым ивняком, доносились подозрительные всплески, и казалось, будто кто-то неслышно перебегает между спящими дачами, где не горело ни огонька. Хотя охрана, патрулировавшая территорию особых поселков, давно привыкла к таким эффектам ночного освещения, надежности ей это не прибавило. Даже профессионал, привыкший вести боевые действия в ночном лесу, не смог бы проникнуть взглядом во все потаенные уголки лесной округи, а ведь подавляющее большинство охранников такими профессионалами не были. Конечно, боевая подготовка у них имелась, но подготовка разведчика — это нечто совсем другое. К тому же и непыльная служба по охране элитных дач, в течение которой годами не происходит ничего примечательного, отнюдь не способствует развитию внимания и собранности. Патрулировавшие территорию поселков охранники вполне могли засечь и отловить заблудившегося пьяного туриста, перепившегося гостя, забывшего дорогу к той даче, оттуда он вышел погулять, или даже московского хулигана, вдруг возомнившего себя террористом, однако настоящие профессионалы имели перед ними неоспоримое преимущество.

Это преимущество ярко проявилось в теплую, но дождливую августовскую ночь, когда три темные фигуры неторопливо пробирались к Москве-реке сквозь заросли, окаймлявшие берега ее боковой протоки. Шелест дождя заглушал звук шагов, облака, застилавшие небо, скрывали луну, и потому ночь была весьма благоприятной для всякого рода тайных операций. Добравшись до того места, где протока соединялась с основным руслом, три человека в черных облегающих костюмах и с лицами, вымазанными черной мазью, скользнули между кустов ивняка в воду и бесшумно выплыли в Москву-реку. Далее они, забирая против течения, наискосок пересекли русло, причем почти все время держались под водой. Если бы кто-то следил за ними, то вполне мог бы потерять их из виду, тем более что их движение проходило совершенно без всплесков. Затем три черные тени вынырнули на противоположном берегу из воды и скользнули в сосновый лес, подходивший в этом месте к самой реке. Чтобы добраться до поселка, бывшего их целью, им предстояло обойти территорию Рублевской насосной станции, а может, и просто ее пересечь. Однако если бы наблюдатель последовал за этой группой в лес, он бы ее тут же потерял: все трое бесследно растворились в провалах темноты среди неподвижных сосновых стволов, а дождь заглушал их шаги. Охрана поселка, в том числе и та, что караулила запретную зону, не заметила в ту ночь ничего подозрительного.

Анатолий Иванович Баскаков, с которым должен был встретиться полковник Чижевский, весь вечер провел в мучительных раздумьях. Высокий чин из МВД, пославший на встречу с Чижевским своих проверенных людей, получил от них сообщение о неудаче, о чем тут же доложил Баскакову.

— Что за козлы! — выругался Баскаков. — Втроем не могли одолеть одного!

— Ну не такие уж они козлы, — обиделся генерал. — Справлялись со многими серьезными делами. Но у этого вашего клиента рядом оказалась группа прикрытия. Мои ребята осмотрели район вокруг места встречи, но этой группы не заметили. Суть дела в том, что его люди оказались, к сожалению, покруче, чем мои ребята. Выходит, этот клиент отнюдь не прост, а вы-то мне его обрисовали как обычного шантажиста.

— Обычные шантажисты не имеют взрывоопасного компромата на серьезных людей, — проворчал Баскаков. — Ладно, я подумаю, что делать. Могу я еще раз обратиться к вам за помощью?

— М-м... — замялся милицейский начальник. — Этим ребятам придется какое-то время лечиться, да к тому же у них отобрали документы и табельное оружие, и с этим тоже надо что-то решать. Ну а других надежных людей подобрать не так-то просто.

— Ну ладно, свяжемся, — буркнул Баскаков и, бросив трубку, матерно выругался. Было ясно, что генерал поначалу счел свою задачу несложной, но когда почувствовал силу противника, решил отсидеться в кустах. «Нет, — злобно думал Баскаков, — не получится, старая свинья! Я тебя выдвигал, значит, будь любезен, отработай!.. А то ведь мы про твои делишки тоже знаем кое-что. Как бы тебе прямо в Сибирь не отправиться с теплого местечка!..» Его сейчас беспокоило одно: что же за структура может иметь таких бойцов? Какая-нибудь охранная фирма? Нет, непохоже. У ребят, которые прикрывали этого Николая, все прошло без сучка без задоринки, менты и пикнуть не успели, как их отправили в нокаут, отобрали оружие и документы. «Ладно, — решил Баскаков, — утро вечера мудренее. Изберем выжидательную тактику».

С трудом заснув, Баскаков встал поздно. Утро выдалось ясное, повсюду блестели капли ночного дождя. На промытой листве играли влажные блики. Выйдя на крыльцо и вдохнув аромат напоенного дождем хвойного леса, он потянулся и подумал: «Пускай они меня ищут здесь, авось их заметет охрана. Семья в Лондоне, так что пусть решают свои проблемы без меня. А страной можно руководить и по телефону».

Усыпанная каплями трава переливалась всеми цветами радуги. На прилегавшем к старой маршальской даче огромном участке не было никаких пошлых насаждений — хозяину не требовалось ничего выращивать, чтобы сэкономить на овощах. На траве под соснами можно было играть в теннис или бадминтон, гонять мяч, танцевать или просто валяться и смотреть в небо, а потом пойти в беседку, открыть там холодильник, вынуть бутылочку пива или сока и расположиться на удобном диване рядом с красивой барышней, привезенной услужливыми друзьями, а сиамский кот Филька будет, подняв хвост и громко мурлыча, тереться у ног. Хозяин дачи усмехнулся — он не раз замечал, что кот настраивает девушек на игривый, даже эротический лад. Молодой человек, продолжая улыбаться, подошел к беседке, поднялся по ступенькам... Его взгляд упал на массивный круглый стол, стоявший посреди беседки. Некоторое время он непонимающим взглядом смотрел на безобразный предмет, застывший в центре стола, а затем из его горла вырвался дикий вопль ужаса. На столе раскорячился тот самый сиамский кот — несчастное животное было пригвождено к дубовой столешнице большой отверткой, вонзенной ему в то место, где череп соединяется с шеей. Стол был залит уже запекшейся и побуревшей кровью. Видимо, убийство произошло ночью — кот страшно любил побродить ночью по участку, и его не останавливала даже сырая погода. Выходя на улицу, он дичился людей, но, видимо, решил, что человек, встреченный им ночью на участке, никак не может оказаться врагом. Филька был очень милым и забавным зверьком, но в данный момент хозяин не испытывал к нему жалости — его ду-

296

шу затопил страх. Как мог убийца свободно разгуливать по запретной зоне? Пусть эта дача старая и ее ограда не снабжена телекамерами и сигнализацией, но вокруг ведь полно охраны! Чем занимаются эти дармоеды?! Если преступник смог так запросто проникнуть сначала в запретную зону, а затем за ограду дачи и сотворить в беседке такую мерзость, то ему ничто не мешало проникнуть и в дом. Последствия нетрудно себе представить, тем более что он, хозяин, в эту ночь был один, отпустив прислугу. А может, убийца и пытался попасть в дом, но что-то ему помешало? А может, он даже побывал там?

В панике хозяин дачи побежал к дому — не по тропинке, а напрямик, по мокрой траве, сразу промочив ноги. Подбежав к крыльцу, он вдруг остановился как вкопанный и вновь вскрикнул от ужаса. На двери красовался листок бумаги, прикрепленный к дереву гвоздем. Там как никакого стука ночью хозяин дачи не слышал, то, вероятно, гвоздь был просто вдавлен в доску. На листке какой-то бурой жидкостью, — вероятно, кошачьей кровью — были коряво выведены два слова: «Не шали».

Никаких других следов постороннего присутствия ни на участке, ни в доме хозяин не обнаружил, несмотря на двухчасовые лихорадочные поиски. Когда он устал и присел в гостиной отдохнуть, на столе вдруг зазвонил телефон. Скрипучий мужской голос произнес в трубке: «Привет из Лондона», после чего связь прервалась. Баскаков вскочил и заметался ю гостиной — было ясно, что шантажистам известно о пребывании его семьи в Лондоне и что они именно на это и намекают. «А вдруг у них свои люди в Лондоне? Вдруг они следят за детьми?» — думал он.

Жуткие мысли бешеным хороводом крутились в голове хозяина дачи. Он убеждал себя: «Нет, надо успокоиться и все обдумать трезво», после чего подошел к антикварному шкафчику, достал оттуда бутылочку коллекционного виски и хрустальный стакан, наполнил стакан до краев и разом опустошил его наполовину. Алкоголь, принятый на пустой желудок, оказал свое благодетельное действие почти мгновенно, — нехорошие мысли из головы улетучились, но на смену им пришла жгучая жажда деятельности. «Надо ехать, надо собираться», — пробормотал себе под нос хозяин дачи и вскочил с кресла, но тут же со стоном опустился обратно: он вспомнил, что ехать ему некуда, что у него нет телефона шантажистов и что он даже не знает, что им от него нужно. Он схватился за голову и принялся раскачиваться взад-вперед: тупое ожидание для него сейчас было самой изощренной пыткой. В отчаянии он схватился за недопитый стакан. В результате когда звонок действительно прозвучал, «лицо» уже и лыка не вязало. Звонили, однако, не шантажисты, а председатель подконтрольной ему комиссии.

— Анатолий Иванович, надо бы согласовать дату собрания, — произнес директор. — Предварительно договаривались в августе, а вот конкретно когда? Тут поступило предложение пятнадцатого числа...

— Н-н-нет, — промычал Баскаков. — П-почему? З-зачем?

Председатель знал, что Баскаков любит выпить, но никак не ожидал, что он способен так надираться с утра. Тупое мычание в трубке отбивало у него всякую охоту что-либо объяснять. «Какая тебе разница, пьянь несчастная? — подумал он раздраженно. — Хотят люди пятнадцатого, ну и ради бога! Нет, надо повыпендриваться...»

Анатолий Иванович произнес упрямо:

— Нет, пятнадцатого рано. Пусть будет двадцать пятого.

Собеседник только тяжело вздохнул — ему предстояло согласовывать новую дату с множеством людей — и покорно сказал:

— Хорошо, я всем сообщу.

Баскаков, не прощаясь, повесил трубку и вновь потянулся к бутылке, но тут телефон зазвонил снова.

— Ну чего ты там еще не понял? — рявкнул Баскаков.

— Я не понял, зачем тебе понадобилось присылать на место встречи этих гнилых ментов, — ответили ему. С него тут же слетел весь хмель — он узнал этот спокойный голос и начал молоть какую-то ерунду насчет того, что руоповцы превысили данные им полномочия, но голос холодно прервал его: — Оправдываться будешь в суде. Я таких, как ты, насквозь вижу, так что на пустые разговоры можно времени не тратить. Итак, нам надо встретиться. Телефонам в наше время доверять не стоит. И учти: если опять возникнут осложнения, то с тобой случится то же, что и с твоим любимым котом. Место встречи я на всякий случай не называю — встретимся там же, где должны были встретиться в первый раз, сегодня в семь вечера. Ты меня хорошо понял?

И человек, не прощаясь, повесил трубку.

Встреча полковника Чижевского и Баскакова на сей раз прошла гладко и даже как-то буднично. Состоялась она в кафе торгового комплекса «Рамстор» и длилась всего десять минут — для того, чтобы выяснить кое-какие подробности о доверенных лицах новоназначенного премьер-министра, больше и не требовалось. На прощание полковник посоветовал, глядя на опухшее лицо Баскакова и глаза с нездоровым стеклянным блеском.

— От последствий этого дела, — полковник звонко щелкнул себя по горлу, — здорово помогает гомеопатия. У меня-то таких проблем нет, но люди говорят, что она просто делает чудеса. Советую попробовать, а еще лучше — не злоупотреблять. Стоит ли глушить себя спиртным?

Баскаков скептически усмехнулся. Чижевский выставил вперед ладонь:

— Поверьте, я знаю, что говорю. Вы, может быть, нам еще спасибо скажете... ну да ладно, не будем загадывать, время покажет. В одном я уверен — что мы с вами еще поработаем. Конечно, кота вашего жалко — хороший, говорят, был экземпляр. Что делать — жестокое у нас ремесло, издержки в нем неизбежны. Иногда надо произвести впечатление на потенциального партнера... Ну ладно, что-то заболтался я... До свидания! Мы с вами непременно свяжемся.

ЧАСТЬ IV

ГЛАВА 31

Хрущевские пятиэтажки, построенные в Москве в огромном количестве в начале 60-х годов, стоят теперь большей частью словно в лесу — настолько разрослись березы, тополя и клены, посаженные новоселами вокруг своих домов. Именно такая буйная растительность окружала одну из «хрущоб» на Рязанском проспекте, в которой снимали двухкомнатную квартиру граждане Нигерии Эгбейеми Адетунджи, Мохсен Бабангида и Мозес Салемба Мулемба. Кроме них в квартире постоянно проживала их общая подруга Фатима, также гражданка Нигерии. Квартирка была широко известна как место, где в любое время дня и ночи можно приобрести наркотики, и вокруг дома постоянно слонялись всякие подозрительные личности, то собираясь в группки, то расходясь. Время от времени наркоманы, когда им не хватало на дозу, совершали в округе различные правонарушения — то грабили припозднившегося прохожего, то обирали пьяного, то ходили по подъездам в надежде найти незапертую квартиру и при этом воровали все, что плохо лежит. Все это возбуждало протесты местного населения. Милиция пыталась реагировать, но затем, после нескольких визитов в злополучную квартиру, ее жильцов оставили в покое. Населению было сказано, что все бумаги у африканцев в порядке и беспочвенные придирки к ним могут вызвать обвинения в расизме и международный скандал. Нужные для проживания в Москве бумаги у африканцев действительно имелись, однако все они либо были выправлены за деньги, либо просто куплены, а затем заполнены каким-нибудь русским наркоманом с хорошим почерком. Все эти документы не выдержали бы, разумеется, и самой поверхностной проверки, однако именно для того, чтобы избежать всяких проверок, наркоторговцы выплатили местным милиционерам изрядную сумму в долларах и пообещали платить регулярно, если их не будут беспокоить. Между тем настала осень, с деревьев облетела листва, и торчавшие там и сям вокруг заветного дома темные фигуры наркоманов оказались на виду и просто резали глаз — казалось, будто дом является центром притяжения для почитателей какого-то мрачного культа. Кроме того, на лавочках у подъездов тусовались, как всегда, тепло одетые бабульки, уже привыкшие к тому интересу, который проявляли к их дому многочисленные мрачные субъекты, но по инерции продолжавшие проклинать заезжих «черных жуликов».

— Что-то тут до хрена народу, Колян, — заметил Андрей Спиридонов, сидевший за рулем красной «тойоты». — Как бы не спалиться. Могут шум поднять... А может, лучше ночью?..

— Вот ночью-то наверняка шум и поднимется, — возразил Колян. — Эти наркоманы тут всех запугали, все вполглаза спят. Не дай бог, если кому-то что-то померещится — все ментовки в округе подымут по тревоге! Нет, будем действовать, как договорились. Аспирин, припаркуйся вон там, за кустами, а ты, Рекс, иди позови того козла — пусть подойдет к нам.

С «козлом» Серегой, наркоманом, на которого Коляна навел Витя Тульский, уже был разговор накануне, когда Колян подъезжал сюда с Андреем Спиридоновым на разведку. Они привезли Серегу, тот показал им дом, где жили нигерийцы, и Колян за пустяковую услугу посулил ему несколько коробок с ампулами морфина. «Так они же меня знают, — засомневался Серега, — Они мне отомстят. У них тут вся ментура куплена». — «Не бойся, не отомстят, — нехорошо усмехнулся Колян. — Просто не смогут». Серега внимательно посмотрел на него, помолчал, а потом произнес просительно: «Ну ладно, годится. А сейчас-то ты мне чего-нибудь можешь дать? А то если ночью начнет ломать, так я завтра сюда не дойду». Колян вытащил пачку сигарет, прикуривая, огляделся по сторонам и выронил на землю крошечный пакетик. «Подними, — процедил он сквозь зубы, — но сильно не заторчи. Завтра чтоб был здесь как штык без всякого динамо».

К этому самому наркоману теперь подошел Рекс, перекинулся с ним парой слов и повел к машине. Им навстречу вышли Андрей и Зародыш, а Колян остался сидеть в машине, но внимательно слушал разговор через опущенное стекло. Услышанным он остался доволен — инструкции были повторены в точности. Через пару минут все четверо направились к подъезду. Увидев эту компанию, одна из бабулек произнесла негромко, но достаточно внятно:

— Опять к черным за отравой идут, ироды... Надоели хуже горькой редьки, наркоманы проклятые!

Андрей повернулся к старухе так внезапно, что она подскочила на лавке от испуга, и прорычал ей в лицо:

— Ты что, старая, сотрудников милиции при исполнении оскорбляешь?! Мы по вашей же жалобе идем у негров обыск делать, а ты что говоришь? Вот удостоверение — нет-нет, ты глянь!

— Господи, сынок, да на здоровье! — замахала руками старуха. — Наконец-то взялись за этих черных, а то житья от них нет...

— То-то, — победоносно произнес Андрей.

Наркоман набрал знакомую комбинацию цифр на кодовом замке, все четверо проникли в подъезд и деловито затопали вверх по лестнице. Возглавлял процессию наркоман, хотя после первого же марша он начал задыхаться. Подойдя к двери на четвертом этаже, он остановился, переводя дух, но Рекс ткнул его кулачищем между лопаток, прошипел: «Давай!» — и наркоман послушно нажал на кнопку звонка.

Тем временем граждане Нигерии проводили время как обычно, то есть в ожидании клиентов сами потребляли свой товар. Приземистый и широкоплечий Адетунджи после укола тупо таращился в телевизор, длинный, тощий и смахивавший на сумасшедшего из-за нелепейшей прически Бабангида, размахивая руками, расхаживал по комнате и что-то бормотал, а двухметровый гигант Салемба Мулемба и общая подруга Фатима, развалившись в креслах, пускали слюни, устремив в пространство ничего не выражавшие взгляды. Все они в данный момент чувствовали себя прекрасно, однако делиться ощущениями им не хотелось, так как они успели смертельно надоесть друг другу и вдобавок имели друг к другу имущественные претензии. В частности, ни один из них не был свободен от подозрений в утаивании выручки. Вот и теперь Бабангида, устав маршировать по комнате, внезапно остановился и заорал на Адетунджи:

— Вчера Колька-Наташка темно приходил, где деньги?!

Надо сказать, что все компаньоны принадлежали к разным народностям Нигерии и потому объяснялись друг с другом либо на ломаном английском, либо на еще более ломаном русском, либо на смеси этих языков. Кроме того, они щедро приправляли свою речь словами и целыми оборотами из языков хауса, ибо и йоруба. Если разговор с местными жителями и особенно с представителями московских властей приобретал неприятный характер, то они тут же переставали понимать по-русски, хотя со своими клиентами всегда успешно находили общий язык.

— Колька-Наташка товар не брал! — выплыв из океана эйфории, возмущенно заявил Адетунджи. — Они мне должен был за бутылка!

— Колька-Наташка водка не пьет! — возразил Бабангида. — Ты товар давал, а деньги себе брал! Ты часто себе деньги брал!

— Ты мудак, — с насмешкой сказал Адетунджи. — Русский всегда пьет водка — и когда потребляет товар, и когда не потребляет товар. Русский очень любит водка. А ты — нечестный человек.

— Я?! — взвился Бабангида. — Какие у тебя доказательства?!

— А помнишь, вы с Мозесом брали у меня товар, чтобы употреблять — один, два, три... много раз. А деньги ложили меньше раз. Все говорили — «потом, потом». Когда, на хуй, потом?! Деньги сейчас ложи!

Салемба Мулемба, услышав выпад в свой адрес, закрыл рот, вытер с подбородка слюни и тоже принял участие в споре.

— Я мало товар употреблял, а деньги много ложил! — с гневом заявил он. — Я мог вообще деньги не ложил, потому что ты зарплату давно не давал, а мы работал. Меня один раз менты забирал, очень больно мучил, в жопу мне лазил рукой... Я очень много работал!

В голосе Салембы Мулембы послышались слезы. Он поднялся с кресла и, размахивая огромными кулачищами, с пафосом продолжал:

— Я очень много товара продавал, а денег домой мало могу посылал, потому что ты меня обманывал, зарплату не давал. Ты жулик, капиталист!

В процессе спора все трое страшно горячились, таращили глаза и размахивали руками. Бабангида временами даже принимался вертеться на месте, словно в ритуальной пляске, выкрикивая наиболее понравившееся ему слово, например: «Жулик! Жулик!» Однако подобные сцены повторялись ежедневно, и потому общая подруга Фатима все так же равнодушно сидела в кресле, пуская слюни на платье. Но вот прозвучал звонок, и все застыли как по команде и уставились на дверь. Приход покупателя прекращал здесь все споры. Адетунджи подошел к двери и спросил:

— Кто там, чего надо?

— Эдик, открой, это я, Серега, — по привычке заискивающим тоном ответил наркоман.

— У тебя денег нет, пошел вот отсюдова! — сурово произнес «Эдик» Адетунджи.

— Есть, Эдик, я достал, — заторопился наркоман. — Открой, посмотри!

Сделать глазок на своей двери нигерийцы так и не удосужились, и люди Коляна знали об этом со слов наркомана Сереги. Чтобы взглянуть на деньги, африканцам требовалось приоткрыть дверь, закрытую на цепочку. Однако избалованные безнаказанностью африканцы никакой опасности в этом не видели. Дверь приоткрылась, и одновременно с этим наркоман кубарем отлетел в сторону, отброшенный могучей рукой Рекса. Андрей Спиридонов уже стоял с пистолетом наготове. Едва в появившейся щели засверкали белки глаз Адетунджи, как Андрюха вскинул пистолет. Снабженный глушителем «ПСМ» произвел только глухой хлопок, однако пуля, выпущенная в упор, с липким хрустом пронзила череп, вырвала затылочную кость, забрызгав кровью и мозгами всю прихожую, пролетела через комнату и со звоном разбила стекло в серванте. Адетунджи, издав короткий вскрик, с шумом опрокинулся навзничь. Его компаньоны оцепенели, не понимая, отчего вдруг стекла начали разбиваться сами собой, а тем временем Зародыш вытащил из сумки предусмотрительно прихваченные импортные ножницы по металлу и в одно мгновение перекусил ими цепочку. Зародыш с ножницами наперевес и Спиридонов с пистолетом ринулись вперед, а Рекс задержался на секунду.

— Ты чего расселся? — свирепо обратился он к наркоману, сидевшему на полу и оторопело взиравшему на все происходящее. — А ну марш в квартиру!

— Да я лучше пойду, — заскулил Серега.

— Пристрелю прямо здесь, гад! — рявкнул Рекс. — А ну подъем!

Тем временем Зародыш, ворвавшийся в комнату с ножницами наперевес, ткнул ими в бедро, словно штыком, Салембу Мулембу. Однако от героина болевая чувствительность у гиганта притупилась, и он громадными черными ручищами вцепился Зародышу в глотку. Сопротивляться такой силе было невозможно, и Зародыш прохрипел из последних сил:

— Аспирин, спасай!

Спиридонов замешкался, потому что, перескакивая в прихожей через труп Адетунджи, поскользнулся на разбрызганных мозгах и упал. Бабангида с воплем бросился на него, но неожиданно столкнулся с Серегой, которого Рекс мощным пинком втолкнул в квартиру. Оба в обнимку грохнулись на стол и вместе со стаканами и бутылками рухнули на пол. В этот момент Спиридонов извернулся на скользком полу и открыл огонь. Захлопали выстрелы, осколки люстры со звоном посыпались на пол, затем разлетелась на куски стоявшая на серванте статуэтка, но Салемба Мулемба продолжал ломать слабеющее сопротивление Зародыша. Попасть в нигерийца было трудно, поскольку Зародыш прикрывал его своим телом. Рекс толкнул ногой Спиридонова и крикнул:

— Не стреляй!

Ворвавшись в комнату, Рекс мимоходом пнул в голову Бабангиду, попытавшегося было подняться с пола, и с пистолетом наизготовку двинулся к борющимся. Нигериец, прикрываясь своей жертвой, поволок ее в другую комнату, окна которой выходили как раз туда, где у входа в подъезд сидели старухи. Рекс поднял пистолет. Африканец съежился, прячась за телом Зародыша, но, поняв, что смертоносное дуло достанет его везде, отшвырнул от себя своего противника и с ревом бросился в окно. Раздались грохот и звон бьющегося стекла, которые слились воедино с визгом наконец-то очнувшейся Фатимы. Визг оборвался коротким хлопком — это Андрей не долго думая всадил негритянке пулю в лоб, и Фатима бессильно откинулась на спинку кресла. Салемба Мулемба как был, в трусах и в майке, с тяжким стуком приземлился на покрытую опавшей листвой влажную землю между деревьями и больше не подавал признаков жизни. Старушки, оживленно обсуждавшие визит милиции, от такого зрелища мгновенно умолкли и погрузились в оцепенение. А в квартире тем временем Рекс и Спиридонов допрашивали Бабангиду:

— Где деньги? Где товар, сука?

Негр только мотал головой и бормотал какую-то чепуху, притворяясь, будто не понимает по-русски. Зародыш, еще с трудом двигавший головой, тем не менее начал, помогая подельникам, вытаскивать ящики из серванта и вываливать их содержимое на пол.

— Последний раз спрашиваю — где? — поднимая пистолет, процедил Рекс. Негр сжался в комок и трясущейся рукой показал на антресоли.

— Спасибо, — поблагодарил Рекс и нажал на спуск. Тело нигерийца дернулось и бессильно обмякло, а вокруг простреленной головы стала расти лужа крови.

— Быстро, быстро, — хрипло торопил товарищей Зародыш. Рекс подхватил его под мышки, приподнял к антресолям, и оттуда посыпались пакеты с белым порошком. В заключение на паркет хлопнулась объемистая коробка из-под обуви. Крышка отлетела в сторону, и из коробки посыпались пачки советских и иностранных денег. Из угла донесся какой-то странный звук, словно кто-то шумно сглотнул слюну. Рекс посмотрел в ту сторону и увидел скромно сидевшего на стуле Серегу, горящий взгляд которого был устремлен на разбросанные по полу богатства.

— Ребята, — встретившись глазами с Рексом, произнес Серега, — я же вам помог...

— Спасибо, — повторил Рекс и выстрелил навскидку.

Серега подскочил на стуле и затем медленно, боком повалился на пол.

— Зачем? — с упреком спросил Спиридонов. — Это ж лишний грех на душу...

— Затем, — грубо ответил Рекс. — Не понимаешь, да? От этих бабок внизу менты все равно толку никакого не добьются, а вот этого могли бы быстро вычислить, и он бы им нас во всех деталях описал. Зачем нам это?

— Хрен с ним, — поддержал Рекса Зародыш, сгребая в сумку, где лежали ножницы, пакеты и деньги. — Все равно этот козел не жил, а только мучился и других мучил. А так хлоп — и все довольны.

Обнаружив в прихожей на трюмо ключи, компания аккуратно закрыла за собой дверь и быстро спустилась вниз по лестнице. У входа в подъезд бандиты застали ошеломленных старушек, которые никак не могли решить, что же им следует предпринять.

— Ну, мамаши, что пригорюнились? — широко улыбаясь, обратился к ним Рекс.

— Ну так как же сынок?.. Что же делать-то будете? — все еще дрожа от пережитого потрясения, спросила его одна из старух.

— Как что? — удивился Рекс. — Будем реагировать на ваши жалобы. Выселять будем ваших негров к чертовой матери.

— А вот этот-то?.. С этим-то как же?.. — не унималась старушка, указывая на неподвижное тело Салембы Мулембы.

— А, этот... — протянул Рекс. — Этот, мамаша, среди них самый наглый был, поэтому его пришлось выселить первым.

ГЛАВА 32

Варяг пристально вглядывался в лицо премьер-министра — нездоровое, отечное, с капризными складками в уголках рта. Однако впечатление старческой немощи мгновенно развеивалось, стоило вглядеться в холодные, внимательные глаза премьера и поймать на себе его пристальный оценивающий взгляд. Этот взгляд председатель правительства поочередно устремлял на каждого из участников совещания по вопросам вывода промышленности из кризиса. Тон выступлений большинства людей был откровенно похоронным: средства предприятий, находившиеся в обанкротившихся после августовского дефолта банках, по существу, сгорели, потребители не платят, потому что сами находятся в такой же ситуации, поставщики прекращают поставки, потому что опасаются неплатежей...

— Правительство запустит механизм расчетов в народном хозяйстве, — прервал очередного жалобщика премьер. — Мы сознаем важность этой задачи. И мы изыщем для этого необходимые средства. Но не ждите от нас персональных субсидий — всем сестрам по серьгам: это лучший способ растранжирить те скудные финансовые ресурсы, которые еще остались у государства.

Премьер говорил монотонно, скрипуче и, казалось, даже лениво, но почему-то такая манера говорить только прибавляла веса по словам. Впрочем, возможно, это

310

впечатление создавалось потому, что глава правительства высказывал именно те мысли, которые уже давно сложились в головах присутствующих.

— Вместо современной западной модели контроля над экономикой некоторые наши реформаторы внедрили у нас систему дикого капитализма, непременной составной частью которой являются дикие финансовые аферы, — заметил премьер. — Вот теперь мы и расхлебываем эту кашу. На Западе — социалистические по сути методы управления экономикой, планирование, государственный контроль, перекачка большей части национального дохода через госбюджет, а нам навязали борьбу со всем этим, всучив нам экономическую модель времен великой депрессии тридцатых годов. Я уже говорил об этом много раз и сейчас упоминаю об этом только потому, чтобы все осознали: выход из кризиса будет делом нелегким. Те источники средств, с помощью которых мы могли бы быстро и радикально поправить дело, переданы в частные руки, и с них государство не получает не только прибылей, но даже зачастую и налогов. Поступлений от ликеро-водочной продукции, от табачных изделий государство тоже лишилось. Все эти доходы, о которых я сказал, теперь находятся в распоряжении очень влиятельного слоя граждан... Или господ, — усмехнулся премьер. — Наивно верить в то, что эти господа так просто расстанутся с огромными деньгами. Еще более наивно верить в то, что эти господа не имеют мощной поддержки во властных кругах России. Без такой поддержки нынешняя экономическая ситуация никогда бы не могла возникнуть. Поэтому не надо ждать от правительства финансовых вливаний — у него сейчас просто нет для этого средств. Не надо ждать от нас и резкой смены курса, а тем более изменения сложившегося в стране социально-экономического уклада — возможно, такие изменения и необходимы, однако у правительства пока недостаточно власти для их проведения, а другие лица, обладающие властью в России, не желают ничего менять. Более того, даже принимаемые нами меры вызывают у них раздражение. Наконец, — со вздохом добавил премьер, — и само правительство далеко не однородно. Вот почему я призываю вас поддерживать те изменения экономического курса, которые я и мои единомышленники считаем единственно спасительными для страны. Пусть ваша поддержка не перерастает в конфронтацию с властью, но пусть она в то же время опирается на массы трудящихся и носит политический характер. В настоящее время те, кто хочет блага России, имеют слишком мало власти, и власть им может дать только народ, а народ должны организовать в первую очередь вы. Правительство, разумеется, предпримет все меры, которые в его силах, чтобы выйти из кризиса, однако выход из кризиса, как я пытался показать в своем кратком выступлении, не есть вопрос чисто экономический. В огромной степени это также и вопрос политический.

Варяг внутренне напрягся, потому что при этих словах премьер перевел свой холодный испытующий взгляд прямо на него.

— Я не держусь за свое кресло, потому и говорю с вами так откровенно, — продолжал премьер. — Кроме того, мне, разумеется, понятно, что при сложившейся в России системе власти положение председателя правительства непрочно по определению. Я согласился занять эту неблагодарную должность исключительно из желания сделать что-то полезное для страны. Кроме того, я убежден, что знаю правильное направление, в котором следует двигаться. Я не призываю вас устраивать политические акции, которые могут дестабилизировать и без того сложную ситуацию в стране. Но я считаю, что всем нам пора осознать: не бывает экономического оздоровления без народной поддержки, а следовательно, без упорной работы по завоеванию этой поддержки.

Премьер еще раз пристально посмотрел в глаза Варягу, и тот понял, что означает этот взгляд.

Далеко не все собравшиеся знали, что сегодняшнему совещанию, хотя оно и происходило в весьма доверительной обстановке, накануне вечером предшествовала встреча премьера в узком кругу с теми, кого он имел основания считать своими единомышленниками. Встреча проходила на личной даче премьера в подмосковном Успенском, и на ней присутствовали всего пять человек. Поводом к встрече послужила докладная записка, которую по инициативе Владислава Игнатова составили руководители оборонных предприятий. В записке шла речь о том, что дефолт, несмотря на все свои разрушительные последствия, имеет определенные возможности для выхода из кризиса, и прежде всего — в изменении валютного курса. Дефолт 17 августа открывал отличные перспективы для российских экспортеров — например, для оружейного комплекса.

Разумеется, премьер не стал бы встречаться с авторами записки только ради того, чтобы познакомиться с ними. Инициатором встречи выступил сам Варяг — и свое предложение он довел до сведения премьера через Анатолия Ивановича Баскакова... Как человек осторожный и недоверчивый, председатель правительства поручил своим помощникам навести справки о заместителе генерального директора «Госснабвооружения».

То, что премьер правительства прочитал в переданной ему через три дня бумаге, немало его удивило. Причем удивило не столько то, что заместитель генерального директора крупного военно-промышленного концерна оказался виднейшим деятелем криминального мира, — как было написано в пятистраничном документе, «смотрящим России» по кличке Варяг, — сколько та легкость, с какой криминальный авторитет оказался у штурвала государственной компании. Премьер пригласил к себе помощника, подготовившего «объективку» на Игнатова, и у них состоялся любопытный разговор.

— Я что-то не совсем пойму, — осторожно начал премьер. — Если Игнатов держит под контролем колоссальные финансы криминалитета, зачем ему руководство «Госснабвооружением»? Зачем ему вообще лезть в государственные дела? Какой ему прок от этого? Неужели ему хочется погрязнуть в этих интригах, склоках? Любопытная личность этот Игнатов... Как ты думаешь, — понизил голос премьер, обращаясь к человеку, с которым проработал бок о бок лет двадцать и который давно уже стал для него не просто доверенным лицом, но и другом, — кроме нас с тобой, сколько еще людей знает о подноготной Игнатова?

Помощник неопределенно развел руками.

— Насколько я смог выяснить, у Игнатова были прочные завязки практически во всех силовых структурах — в МВД, в ФСБ....

— Почему «были»? — перебил его премьер.

— Потому что он потерял многие свои контакты. У него был пару лет некий покровитель, кстати, действительный член Академии наук... Вы должны были его знать.... Егор Нестеренко!

Премьер даже привстал от неожиданности.

— Егор Сергеевич? Нестеренко? Специалист по международной экономике? Да мы же с ним пуд соли съели! В скольких конференциях вместе участвовали! Он — покровитель Варяга?

Помощник с усмешкой прикрыл глаза и склонил голову.

— Неисповедимы пути господни... Академик Нестеренко долгие годы был фактически мозговым центром криминальной России. А незадолго до своей безвременной смерти выдвинул Владислава Игнатова на роль смотрящего России, как это у них называется... Сделал его главным бухгалтером. А вернее, казначеем.

— Погоди-ка, — задумчиво перебил его премьер. — Насколько я помню, Нестеренко погиб в авиакатастрофе где-то над Канадой года полтора назад...

— Да, — подтвердил помощник. — Есть данные, что та авиакатастрофа не была случайной и ее организовали специально для того, чтобы избавиться от Нестеренко.

— Кто же ее организовал? — невольно вырвалось у премьера.

— Спецслужбы. Лубянка. А если говорить точнее, то те люди, которые давно хотели взять криминалитет под свой контроль. Вы же понимаете, что у Нестеренко были прочные тылы и могучая крыша... Так вот, эти самые тылы и крыша после гибели Нестеренко обеспечили прикрытие для Варяга — Игнатова. Впрочем, ряды его благодетелей тоже сильно поредели. Вы не помните — в прошлом году на Северном Кавказе в результате диверсии погиб генерал Артамонов?

Премьер кивнул:

— Да, я с ним пару раз виделся на заседаниях правительства...

— Так вот, ходят упорные слухи, что Игнатов чем-то очень обязан Артамонову. Игнатова пытались скомпрометировать, даже якобы разоблачить как криминального авторитета. Но это не удалось. И Варяг вышел сухим из... дерьма. И теперь он фактически законопослушный гражданин, бизнесмен, государственный служащий.

— То есть я могу... с ним встретиться? — переспросил осторожный премьер. — И это никоим образом не скажется на моей репутации?

Помощник уверенно помотал головой.

— С Игнатовым встречаются директора крупнейших оборонных заводов, министры, крупные зарубежные дипломаты и бизнесмены... Нет, я полагаю, что формально никаких препятствий для встречи с ним у вас нет. В конце концов, никто ведь не знает, что вы ознакомились с этой бумагой! — И помощник указал взглядом на пять страничек текста, сшитых степлером.

После конфиденциальных консультаций со своими помощниками премьер принял решение о проведении нескольких секретных встреч с руководителями тех отраслей и крупных предприятий, продукция которых еще до кризиса в значительной мере шла на экспорт. О встрече с хозяевами нефтяных компаний премьер думал с отвращением, поскольку считал этих людей жуликами, разворовавшими наиболее доходную в стране отрасль при поддержке своих подельников в правительстве. Немало подобных типов успело внедриться и в обрабатывающую промышленность, однако там большую часть руководителей заводов пока еще составляли люди, сами ступенька за ступенькой поднявшиеся от станка. Их жизненный путь был знаком премьеру, и он считал, что на них можно положиться.

— Владислав Геннадьевич, — начал он, когда все расселись на диванах в гостиной премьерской дачи, — изложите нам вкратце основную идею вашей докладной записки — возможно, кто-то из присутствующих ее не читал.

Идея была достаточно проста: для того чтобы удержать высокий курс рубля, авторы записки предлагали не допускать в страну долларовую массу, вырученную российскими компаниями от экспорта. Долларовая выручка должна была оставаться в зарубежных банках и использоваться для закупок товаров и оборудования. Таким образом, в России возникал дефицит долларов, из-за которого курс доллара должен был оставаться примерно на том же уровне, что и непосредственно после дефолта. Это позволяло резко повысить конкурентоспособность российских товаров, снизить экономическую выгодность импорта и сделать выгодным экспорт.

— Н-да... — протянул кто-то из присутствующих. — Если просто тормозить валюту за рубежом, то тогда получится, что мы сами будем стимулировать ее невозвращение в страну. А создавать такие банки, как предлагает господин Игнатов, — это утопия. Никто не захочет сделать свои доходы прозрачными.

— Во-первых, предложенная мною схема охватывает весь объем валютной выручки, а не какую-то ее долю, пусть даже и значительную, — заметил Варяг. — Во-вторых, в создании специальных банков и заключается основной смысл проекта. При нынешнем положении российская компания, продав свою продукцию и держа выручку на счете в иностранном банке, может с этого счета финансировать какие-нибудь подставные фирмы, может производить у этой фирмы фиктивные закупки, — словом, есть немало способов легальной и полулегальной перекачки выручки даже государственными компаниями, не говоря уже о частных. При создании специальных банков такие операции станут невозможны. Кстати, иностранным фирмам, работающим в России, тоже придется переориентироваться на спецбанки. Конечно, с ними будут поступать несколько по-другому, чем с нашими компаниями, но основные принципы останутся теми же: недопущение неконтролируемых валютных потоков в Россию и обеспечение прозрачности доходов, полученных в нашей стране. Полагаю, что те иностранцы, чей бизнес в России достаточно выгоден, легко на это согласятся — даже те, кто не занимается промышленностью или торговлей, а только ценными бумагами. И наконец, в-третьих: я, конечно, понимаю, что если предложение о принудительной продаже трех четвертей валютной выручки пройдет, то это уже будет большой успех. Но, как мне кажется, тактически более грамотно отстаивать более радикальный вариант, а в случае непреодолимых затруднений согласиться затем на менее радикальный.

После минутного молчания заговорил премьер:

— Я думаю, предложения о принудительной продаже большей части валютной выручки — это на сегодняшний день более реальное предложение. Как бы хорошо я ни относился к проекту Владислава Геннадьевича, ни у меня, ни у правительства в целом не хватит власти, чтобы его, как тут кто-то удачно выразился, «продавать». Но мы можем пойти по другому, эволюционному пути: будем приобретать за рубежом частные банки и предлагать госкомпаниям вести дела через них. Государственные компании смогут также создавать на паях свои банки за рубежом. А раз так, то будем считать, что прения до доклада у нас кончились. Все остальные вопросы обсудим в неформальной обстановке. Прошу к столу!

Премьер хлопнул себя по коленям, но при попытке встать его лицо исказила гримаса боли. Уже поднявшийся Варяг шагнул к нему и, протянув ему руку, рывком поднял его на ноги.

— Замучил проклятый радикулит, — пожаловался премьер и, благодарно похлопывая Варяга по спине, заметил: — Как старый разведчик, я оценил ваше мастерство в организации закулисных встреч. Кто только не подъезжал ко мне по поводу того, что, мол, надо бы собраться, поговорить с теми, кто тащит на себе реальную экономику... Интересно, чем вам обязаны все эти ходатаи?

Каждый маленький шажок давался премьеру с трудом. Поддерживая его под руку, Варяг откровенно ответил:

— Кому-то приходится платить, кто-то боится компромата... Но большинство не обязаны ничем — просто им известны мои взгляды на то, как должна дальше развиваться страна.

— Стало быть, вы и политики не чуждаетесь, — сказал премьер. — Если вы лоббируете во властных структурах свои экономические интересы, то это уже политическая деятельность, но если вы лоббируете свои политические взгляды, то это политическая деятельность в самом чистом виде.

— Трудно с этим спорить, — осторожно ответил Варяг. Они подошли к столу. Хозяин, налив себе бокал «Оджалеши», не спеша, с расстановкой произнес тост («За то, чтобы в России удавалось только то, что делается на благо России»), а затем так же не спеша обошел присутствующих, чокнулся и перекинулся парой слов с каждым, порекомендовав со знанием дела то или иное блюдо, и лишь после этого вернулся к Варягу. Тот первым делом пододвинул ему стул и сам уселся рядом. Премьер поблагодарил, чокнулся с Варягом, отпил глоток и сказал со вздохом:

— Какое дивное вино — его вкус напоминает молодость. — Премьер усмехнулся, помолчал, отпил еще вина и продолжал: — Я вот что хотел вам сказать, Владислав Геннадьевич... Вы как-то не похожи на человека, который занимается политикой, но для которого вся политика сводится к интригам в верхах. Такая политическая деятельность для вас мелковата. В то же время вы не производите впечатления болтуна, который еще не успел ничего сделать, а уже кричит на каждом углу о своих действиях и замыслах. В последнее время я замечаю поразительную синхронность политических настроений в разных концах России. Что бы это могло значить?

И так как Варяг выжидательно молчал, премьер продолжил:

— Есть у меня такое чувство, что некие люди — и, возможно, во главе их стоит некий лидер, — обладающие обширными возможностями в разных регионах страны, развернули политическое движение, которое постепенно набирает силу. Оно еще не вышло на свет, потому что недостаточно окрепло, чтобы впрямую побороться с властью. Люди, которые в нем участвуют, возможно, еще не сознают, что составляют единое движение. Однако в их действиях уже сейчас можно проследить единую волю. — Премьер усмехнулся. — А значит, эта единая руководящая воля существует. Она может действовать не прямо, через многие посредствующие звенья, но она есть и представлена конкретными людьми из плоти и крови.

Хозяин дачи умолк и пытливо посмотрел прямо в глаза Варягу. Тот хотел было что-то сказать, но премьер остановил его:

— Я не требую от вас никаких признаний. К тому же я вполне могу ошибаться. Но даже если мои догадки относительно вас справедливы, то я прекрасно понимаю, что вы не вправе их подтвердить. В любом случае мы должны полагаться друг на друга, поскольку придерживаемся сходных взглядов на будущее страны и на пути движения к этому будущему. С этого дня вы получите возможность связываться со мной напрямую, где бы я ни находился. Можете рассчитывать на мою помощь при решении всех тех проблем, которые мы сегодня обсуждаем. Учтите, — премьер наставительно поднял палец, — это означает, что вам через меня будут помогать множество и других людей — весьма влиятельных, умных и талантливых. Свое кресло я могу потерять в любой момент, и думаю, что скоро и в самом деле его потеряю, но вот друзья, к счастью, всегда остаются с нами. Они всегда придут на помощь. От нас требуется только одно — не опускать рук и не сдаваться.

ГЛАВА 33

Слава Парфенов был счастлив. В самые дорогие столичные магазины он заходил как к себе домой, хозяйским взглядом окидывал красивых девушек. В самом дорогом заведении он мог себе позволить между делом выпить кружку пива, подзывая официанта неподражаемым хозяйским жестом. Слава овладел столицей быстро и без особых усилий, в то время как многие другие тратили и тратят на это лучшие годы жизни. Весь секрет состоял в его умении делать правильную ставку. Для Славы тараном для проникновения в Москву, в эту неприступную крепость, послужили наркотики.

В Душанбе русская семья Парфеновых (родители-инженеры и вчерашний школьник Слава) голодала в самом буквальном смысле этого слова. Когда-то интернациональное население душанбинских новостроек, создав отряды самообороны, сумело защитить себя от банд погромщиков, состоявших из таджикской молодежи, в основном сельской. Погромщики кричали о защите ислама и родной культуры, а сами желали пограбить горожан, которых они считали богачами, попробовать их женщин, казавшихся такими красивыми, а в идеальном случае и вселиться в их дома, такие светлые и удобные. Изнеженные горожане дали, однако, такой свирепый отпор, что в погромах с тех пор никто даже и не помышлял. Однако если с насилием русскоязычному населению удалось справиться, то победить голод им не удалось. Несмотря на разгром исламистов, на дружбу с Россией и на присутствие российских войск, жить некоренному населению, и в том числе семье Парфеновых, становилось все труднее и труднее. Таджикам тоже приходилось нелегко, но они все же могли найти себе работу и не подвергались опасности в повседневной жизни. Любой начальник-таджик при наличии даже самого способного безработного русского все равно нанимал таджика — лучше представителя своего клана, а еще лучше — родственника. Таким образом, при отсутствии каких-то заметных эксцессов на национальной почве выдавливание русскоязычных продолжалось, и главным его рычагом являлся голод. Однако семья Парфеновых и уехать не имела возможности: на контейнеры для перевозки вещей в Россию денег не было, за их душанбинскую квартиру они могли выручить лишь смехотворную по российским масштабам сумму, а самое главное, конечно, состояло в том, что в России их нигде не ждали.

Слава слушал все эти разговоры, перебивался случайными заработками, которых хватало разве что на хлеб, и изнывал от безысходности, когда вдруг встретил на улице бывшего одноклассника Джафара Касимова, сына правительственного чиновника средней руки. Приятели поздоровались, поговорили об одноклассниках, причем оказалось, что уехало чуть ли не полкласса, а затем Джафар задал вопрос, которого Слава ждал и боялся:

— Ты сейчас где?

Жизнь в стране, охваченной гражданской войной, давно приучила Славу не грубить, однако тут перед ним стоял его одноклассник, и он не выдержал и огрызнулся:

— А что, не видно? Помойкой заведую на рынке.

Однако Джафар не обиделся, а с улыбкой обнял Славу за плечи:

322

— Да ты не сердись, я не дурак, все понимаю. Ты в этом не виноват, просто жизнь так повернулась. Сволочь Горбачев, такую великую страну развалил, а теперь нигде порядка нет... Но что же делать, надо как-то выбираться из этого дерьма. Если мы сами себе не поможем, никто нам не поможет.

Джафар еще не перешел к делу, а Слава уже догадался, о чем идет речь. До него и раньше доходили слухи, что Джафар промышляет наркотиками, а его отец входит в узкий круг лиц, которые контролируют этот промысел в республике.

— Наркотики, конечно, нехорошее дело, — продолжал Джафар. — Но если есть люди, которым нужна дурь, то они ее достанут и найдутся люди, которые им ее продадут. Так почему же кто-то другой будет делать бабки, а мы будем хрен сосать?

Слава с готовностью поддержал Джафара. Как только он понял, куда клонится разговор, он уже решил на все согласиться — настолько измотали его нищета и полная безысходность. К тому же вхождение в могущественную структуру наркобизнеса влекло за собой не только хороший заработок, но и уважение окружающих, прочное общественное положение и защищенность. Слава оценил оказанное ему доверие — люди, вовлекаемые в наркобизнес, проходили строжайший отбор, каждая кандидатура всесторонне рассматривалась и обсуждалась. Как ни странно, Славе помогло то, что он был русским. Та структура, к которой принадлежал Джафар, сбывала наркотики в сибирских городах, однако теперь, по мнению руководителей организации, пришло время расширять обороты и выходить на необъятный московский рынок. Для этой цели следовало привлечь новых людей, и предпочтительно русских, поскольку таджики, сколько бы они ни маскировались, все равно резко выделялись среди москвичей, а это не вязалось с той строжайшей системой конспирации, которую постепенно разработали и внедрили наркодельцы. Частью этой системы сделался и Слава. Ему выправили российские документы и московскую прописку, чтобы сделать его своего рода резидентом в столице.

Слава быстро стал фанатиком конспирации. Жизнь его разительно изменилась к лучшему, так что он категорически не желал менять свое нынешнее благополучие на тюремные нары. Поэтому его не надо было агитировать за соблюдение осторожности. Он принимал как должное то, что перед выездом в Москву гонца с партией товара ему звонили совершенно незнакомые люди и произносили некий условный текст, который ничего не мог сказать постороннему слушателю, даже если бы таковой присутствовал при разговоре. Гонца Слава тоже не знал и не встречался с ним — приезжал на вокзал и забирал в оговоренном месте сумку с товаром завербованный Славой человек. С гонцом этот человек тоже не встречался. Затем человек Славы брал такси, доезжал до условленного места, оставлял там сумку и уходил, не заботясь о дальнейшем. Дождавшись его ухода, сумку забирал другой посредник и отвозил товар покупателю, который уже был извещен о готовящемся поступлении. Тот расфасовывал товар и либо продавал его сам, если речь шла о знакомых надежных клиентах вроде содержателей наркопритонов, либо отдавал его розничным торговцам, толкавшимся на Пражском рынке, у метро «Новогиреево», у аптеки на Лубянской площади и в прочих подобных местах, хорошо известных всем наркоманам столицы.

Налаженная система конспирации делала таджикскую мафию и ее московскую структуру, созданную Славой Парфеновым, крепким орешком и для милиции, и для прочих возможных противников. Конечно, милиция время от времени ловила мелких сбытчиков и даже выходила через них на так называемых «фармацевтов», хранивших и фасовавших товар, но далее цепочка обрывалась, так как «фармацевты» не знали тех, кто привозил товар, а торговцы-посредники не знали друг друга, и даже те из них, кого завербовал лично Слава, не знали, как найти его в Москве. Нигерийские наркоторговцы не принимали и сотой доли этих мер безопасности, полагаясь на свой статус иностранных граждан и на то, что из любой затруднительной ситуации можно выпутаться, отказавшись понимать по-русски. Поэтому Коле Радченко не составило труда выйти на торговавших наркотиками африканцев, а остальное для него и подавно было делом техники.

Адетунджи и его компания пострадали из-за того, что подумали, будто с ворами в законе можно поступить так же, как с милицией, то есть просто изобразить непонимание, и от тебя в конце концов отвяжутся. Такое нахальство стоило нигерийцам жизни, зато их земляки, узнав о происшедшей расправе, сделались куда понятливей и принялись беспрекословно платить. Первую часть поставленной задачи Колян выполнил, но эта часть была самой легкой. Об этом он откровенно заявил Вите Тульскому во время их очередной встречи, на которую Витя привез сумку с деньгами.

— Недешево ты нам стоишь, — передавая сумку, пожаловался Витя, но Колян тут же оборвал его:

— Ты думаешь, я не знаю, сколько вам платят в месяц эти черножопые? А все благодаря мне. Так что надо не жаловаться, а спасибо мне сказать. И учти: с неграми разобраться было нетрудно, они держались на виду. А вот таджики — другое дело. Да там, собственно, не только таджики, там, в ихней системе, и русских хватает. Я тут поспрашивал кое-кого — их московские агенты все русские. Короче говоря, выйти на мелких сбытчиков, которые толкают товар на улице, особого труда не составит, но чтобы выйти на тех, кто может платить, потребуется время — возможно, даже несколько месяцев.

— Да ты что, Колян? — удивился Витя Тульский. — Братва таких сроков не поймет. Почему так долго?

— Потому что нельзя иначе, — огрызнулся Колян. — Там у них целая система: тот, кто привозит товар, не знает того, кто его забирает, тот, кто забирает, не знает того, кому дальше передает, и так далее. Деньги вообще отдельно передаются. Так что придется начинать с самого низу, с конца цепочки, и потом разматывать до конца. У них тут должна быть выстроена своя организация, должны быть свои люди. Ваши азербайджанцы с ними ведь не работают?

— Нет, — покачал головой Витя. — Они никого из них не знают, — ну, то есть из главных. Товару больше стало — это да. Толкачи новые на рынке появились, фармацевты новые, но это все мелкота, низшее звено. Чувствуется, конечно, что новая команда в городе появилась, но азеры с ними разбираться не хотят. Зачем им этот геморрой? Товар все равно продается, цены не упали... А начнешь разборки — только весь бизнес ментам засветишь.

— Ну вот, значит, под азеров таджики не легли, — подытожил Колян. — Значит, у них в Москве своя собственная структура имеется, и весь вопрос в том, захотят большие дяди в Душанбе платить за то, чтобы эту структуру не трогали, или им дешевле будет создать новую. А еще дешевле, конечно, будет прислать опытных ребят и разобраться с теми, кто на них наехал.

— Думаю, платить они будут, если не запрашивать слишком много, — сказал Витя, задумчиво выпуская дым к потолку. Они сидели в том же кафе, что и в прошлый раз, только теперь дверь на улицу была уже закрыта — на улице дул пронизывающий холодный ветер, и мрачные облака медленно ползли над пожелтевшей листвой Тимирязевского парка. — Ведь за то время, пока они будут создавать новую структуру, сколько они денег потеряют? К тому же мы и прикрыть, и выручить можем в случае чего... Ну а ребята с автоматами — это, Коля, уже твои проблемы, за то тебе и деньги платят.

— Ну так как же насчет сроков решим? — напомнил Колян. — Я возьмусь за это дело, но только если меня не будут торопить. Учти: в таких делах все на наружке построено, каждого козла надо долго водить, чтобы выяснить, с кем он связан...

— А я ничего и не говорю, — пожал плечами Витя Тульский. — Работай, Коля, времени тебе даем столько, сколько потребуется. Давай только через пару недель свяжемся, и ты мне расскажешь, как обстоят дела.

— Договорились, — поднимаясь, кивнул Колян. Он не преуменьшал сложности задачи, однако был уверен в успехе. Из Таежного наконец прибыл Зародыш и с ним полтора десятка пацанов, готовых на любые подвиги. Этих парней можно было отправить на рынки, где продавались наркотики, для изучения ситуации. Конечно, по неопытности они могли наделать глупостей, однако Колян дал им подробные инструкции и категорически запретил любую самодеятельность. Тем более что новые пацаны могли пригодиться ему очень скоро для выполнения основной задачи — уничтожения Варяга...

ГЛАВА 34

Тощий субъект с длинными темными волосами и испитым лицом шагал от Пражского рынка к улице Красного Маяка, где он жил. Идти было недолго, и, несмотря на несколько часов топтания в толпе, длинноволосый шагал бодро — бодрости ему придавал крошечный пакетик с белым порошком во внутреннем кармане, честно заработанный для внутреннего употребления, и толстая пачка денег в кармане брюк. День был удачным — на рынок пожаловали чуть ли не все старые клиенты, торговля шла бойко и в то же время спокойно. При себе длинноволосый товара не имел — договорившись с клиентом, он шел к напарнику, ожидавшему поодаль в машине, брал у него расфасованный в пакетики товар и возвращался к какому-нибудь условленному месту на рынке, где его уже ожидал клиент. При этом сбытчик держал товар в руке, готовый при малейшем признаке опасности выронить его в грязь. Торговца выматывала не столько сама работа, сколько необходимость постоянно держаться начеку, озираться, замечать на себе чужие взгляды и подозрительные лица в толпе. Мелких сбытчиков ловили редко — МУР с его квалифицированными оперативниками занимался в основном оптовыми торговцами зельем, и мелкота попадала в его сети лишь за компанию. Местным отделениям милиции и без этой публики хватало хлопот. Да и что можно припаять тому, кто продает наркотики по пакетику? Он, разумеется, скажет, что приобрел наркотик для собственного употребления, а это теперь не преступление. Самым страшным для сбытчиков, большинство которых сами являлись наркоманами и занялись торговлей с целью заработать денег на наркотики, была необходимость перенести в отделении ломку. Именно в таком состоянии множество наркоманов и становится осведомителями милиции. Поэтому тем, кто сидит на игле, никто не доверяет никакой важной информации: их участь — топтаться с синим носом на улице и продавать пакетики. Если же наркоману доверяют более важные операции, например курьерские, то стараются сделать так, чтобы он не знал, а еще лучше — не видел ни того человека, у которого забирает товар, ни того, кому этот товар передает. Слишком уж легко наркоманы колются в милиции и превращаются в стукачей, тем более что операм, среди которых наркоманов нет, конфискованного товара не жалко: в соответствующем отделе МУРа постоянно болтаются целые мешки, набитые зельем, и всем мешают, так что наркоману, умирающему от ломки, охотно сделают укол, лишь бы он решил заговорить, и дадут с собой наркотик про запас. Бывают, правда, случаи, когда отравы, как на грех, не оказывается, и тогда бессовестный опер может, выйдя в соседнюю комнату, наскрести со стены обычной побелки, зарядить ею шприц и ввести допрашиваемому в вену. Наука пока молчит о том, как влияют на здоровье инъекции стенной побелки, однако разговорить человека они порой помогают, милиционеров же только это и интересует. О фокусах с побелкой длинноволосый сбытчик не слыхал, но зато был наслышан о прочих ментовских издевательствах над наркоманами и потому тщательно соблюдал конспирацию, опасаясь не столько тюрьмы — менты вряд ли могли поймать его с поличным, — сколько допросов: допрос во время ломки хуже любой средневековой пытки.

Однако теперь трудовой день закончился, можно было прекратить озираться, спокойно идти домой, а после пересчета денег употребить заработанную дозу и расслабиться у телевизора. Он с удовольствием подумал о том, что дома его ждет еще не распечатанная видеокассета с модным голливудским боевиком, и на этом его приятные раздумья закончились. Страшный удар по голове мгновенно погрузил его в беспамятство, а очнулся он на каком-то пустыре в тот момент, когда его выволакивали из машины. Поодаль высились мрачные склады и нескончаемые бетонные заборы, а из-за складов доносились гудки маневрирующих тепловозов и раскаты голоса диспетчера, многократно усиленного мегафоном. Длинноволосый усилием воли заставил себя удержаться на подгибающихся ногах, поскольку вокруг была грязь, и затравленно посмотрел на своих похитителей. Похитителей оказалось трое, все как на подбор здоровенные молодцы, и все смотрели на длинноволосого взглядами, не предвещавшими ничего хорошего. Только тут торговец вспомнил, как выдававший ему товар для продажи и забиравший деньги неприметный человек как-то при встрече обмолвился о том, что бесследно исчез один из сбытчиков, промышлявших на Пражском рынке. Длинноволосый выругал себя за то, что не прислушался к этим как бы вскользь сказанным словам, хотя даже если бы он к ним и прислушался, то все равно не бросил бы своего занятия. «Осторожней мог бы быть...» — думал он и скрипел зубами от досады. Когда его похитители сочли, что он уже достаточно пришел в себя, один из них процедил, глядя на пленника маленькими блестящими глазками удава:

— Если все нам скажешь — будешь жить. Мы даже бабки твои тебе вернем. Если будешь туфту гнать, то пропадешь, как твой приятель.

— Он мне не приятель, — пробормотал длинноволосый. — Я только слышал о нем.

— Вот и хорошо, что слышал, — с удовлетворением кивнул «удав», он же Рекс. — Значит, понимаешь, что с нами шутить не надо. Нас интересует, у кого, когда и где ты получаешь товар. Выведешь нас на него, и все — ты нам больше не нужен.

От облегчения длинноволосого прошибла испарина — его вроде бы не собирались не только убивать, но даже бить. Однако тут же он подумал, что, сдав своего поставщика, он вылетит из доходного бизнеса, а куда в таком случае ему деваться? Тогда прощай и ежедневная доза, и боевики по вечерам, и вообще налаженная жизнь. Кому нужен наркоман со стажем? Длинноволосый пробормотал, запинаясь:

— Но если я его сдам, мне-то что делать?.. Если даже меня не убьют, то все равно помирать — работы не будет, денег не будет...

— Ты чего, поторговаться с нами решил, козел? — прорычал амбал с непропорционально большой головой, похожий на гигантских размеров человеческого эмбриона. — Пока живой, говори, где встречаетесь и когда, а то спустим вон в то болото...

— Ну? У тебя что, со слухом плохо? — спросил Рекс. — Может, тебе вот этим уши прочистить?

Он вытащил из внутреннего кармана большую заточенную отвертку и ловко прокрутил ее между пальцев. Сталь ярко блеснула на солнце, на миг проглянувшем в просвет между угрюмых облаков. Длинноволосый безнадежно вздохнул, а Рекс с ухмылкой подбодрил его двусмысленным обещанием:

— Давай-давай, колись, а мы тебя не забудем.

— Машина будет стоять неподалеку от Пражского рынка — тринадцатый «жигуль» цвета «белая ночь», — стал рассказывать несчастный торговец. — Номер 45—76, буквы не помню. Я пройду мимо него в десять утра и потом буду подходить к нему, брать товар и относить клиентам.

— Вот конспираторы, мать их, — покрутил головой Рекс. — Ну гляди, парень, мы ведь знаем, где ты живешь. В случае чего мы тебя не просто убьем — проклянешь тот день, когда тебя мама родила.

Коляновы боевики уселись в машину. Длинноволосый, словно очнувшись, закричал:

— Ребята, а я-то как же? Добросьте меня куда-нибудь!

— Перебьешься, — рявкнул Зародыш. — Иди вон туда, там где-то платформа электрички должна быть. И завтра не опаздывай!

На следующий день длинноволосый ровно в десять прошел мимо «жигулей» цвета «белая ночь» на территорию Пражского рынка. После этого машина отъехала от ворот и припарковалась у бордюра рядом с газоном, где мимо нее не ходили прохожие. Через некоторое время длинноволосый вышел из ворот рынка и уверенно направился к «жигулям». «Фармацевт» видел его приближение в зеркало заднего вида и спокойно ждал. С собой у него имелось всего несколько доз, — так, чтобы в случае чего можно было заявить, что героин приобретен для собственного употребления. Однако досмотра «фармацевт» надеялся избежать — все дверцы его машины были заперты, стекла подняты, и он в любую секунду мог сорваться с места. Если бы поступил запрос на большее количество наркотика, делец съездил бы за ним на квартиру — не домой, а именно на квартиру, которую он снимал поближе к рынку.

Длинноволосый подошел уже совсем близко к «жигулям», когда невысокий круглоголовый парень, неторопливо тянувший прямо из бутылки пиво у ларька, внезапно отбросил бутылку в урну, зашел за ларек как бы по малой нужде, вытащил из-под куртки рацию и произнес в микрофон короткую команду. Открылась дверца «жигулей», но длинноволосый даже не успел протянуть руку за пакетиком — совсем рядом с ним что-то мелькнуло, оглушительно взвизгнули тормоза, и сбытчик в испуге шарахнулся в сторону. Машина, проезжавшая по левой стороне, мгновенно свернула и замерла прямо перед «жигулями». Другая машина затормозила позади автомобиля «фармацевта». Торговец в испуге молниеносно захлопнул дверь, закрыл замок и нажал на акселератор, намереваясь с места перескочить на своих «жигулях» через высокий бордюр и объехать по газону машину нападавших.

— Растяпы, мать вашу! — злобно выругался Рекс, увидев, что «фармацевт» все же успел закрыться в машине. Взревев мотором, «жигули» толкнулись было на бордюр, но с первого раза и без разбега взять препятствие им не удалось. Тут Рекс двумя ударами рукояткой пистолета сокрушил стекло сбоку от водителя, схватил торговца за волосы и вытащил его голову наружу в окно, едва не сломав ему шею.

— Куда рвешь, пидор? — прошипел Рекс. — А ну глуши мотор, если жить хочешь!

«Фармацевт» захрипел и отчаянно задергался, но, услышав, что нападавшие уже открыли заднюю дверцу и уселись на заднее сиденье, обмяк и выключил двигатель. Рекс отпустил его волосы, обошел машину и плюхнулся на сиденье рядом с ним. Быстро обыскав самого торговца и бардачок машины, Рекс пренебрежительно швырнул на пол пакетики с героином и углубился в изучение найденных документов.

— Ну что ж, поехали!

— Куда? — дрожащим голосом спросил наркоделец.

— Пока к тебе домой, — ответил Рекс. — Посмотрим, где ты живешь, как живешь...

— Но там жена... — заикнулся было «фармацевт».

— А кого это скребет? — поинтересовался Рекс. — Поехали!

По дороге Рекс позвонил жене торговца с мобильного телефона, зарегистрированного на «гражданина Патрикеева», и заставил «фармацевта» сказать ей, что сейчас придет один его друг и передаст конверт с деньгами. Жена забеспокоилась, но торговец тут же придумал какое-то безобидное объяснение.

— Молодец, — похвалил его Рекс, в течение всего разговора державший у живота барыги заточенную отвертку. — Ну чего смотришь, гони бабки. Я же не буду твоей жене свои отдавать. Да не бойся, я ее не трону. Мне просто у тебя осмотреться надо, вот и все.

Проведя рекогносцировку, бандит вернулся и скомандовал:

— Ну, теперь поехали к тебе на хату.

— На какую хату? — изобразил непонимание торговец.

— Ты мне тут дураком не прикидывайся, — злобно ощерился Рекс, и отвертка угрожающе заплясала в его руке. — Ты что, дома наркоту вешаешь? Давай вези, а то живо припорю!

Вскоре они вернулись к Пражскому рынку и, повернув несколько раз, остановились возле неприметного панельного двенадцатиэтажного дома.

— Сегодня у тебя на хате ни с кем встреч не назначено? — на всякий случай осведомился Рекс. — Нет? Ну пошли, покажешь мне, что и как.

На квартире с убогой мебелью, пропитанной затхлым духом запустения, Рекс тщательно осмотрел балкон, с которого глянул вниз, встроенные шкафы, санузел, — словом, все места, где можно было укрыться. Такие инструкции он получил от Коляна. Затем он брезгливо рассмотрел, открыв сервант, пухлый пакет с белым порошком, аптекарские весы, упаковки с одноразовыми шприцами и кучу готовых пакетиков с одной дозой.

— Кто тебе привозит товар? — отрывисто спросил Рекс.

— Я их не знаю... Нет, честное слово, не знаю, — заторопился торговец. — Я год назад дал объявление «Ищу работу», мне позвонил человек, предложил встретиться и поговорить...

— Кто такой, как выглядел? — последовал вопрос.

— Не знаю кто, он не представлялся, и я его с тех пор больше не видел. Он спросил, имею ли я навыки лабораторной работы. Я ответил, что имею, ведь я по профессии химик, это я и в объявлении указал... Лицо я не очень хорошо рассмотрел, но, по-моему, обычное такое лицо, волосы светлые... По возрасту — лет двадцать пять.

— Значит, не таджик? Не смуглый? — уточнил Рекс.

— Нет-нет. Правда, выговор такой... не совсем московский, но сам этот человек русский, я уверен. Когда мы договорились, он дал мне подробные инструкции: чтобы я снял квартиру неподалеку от Пражского рынка и чтобы в холле на своем этаже держал коробки...

— Так, видел я у тебя эти коробки, — кивнул Рекс.

— Он мне несколько раз звонил и спрашивал, как идут дела. Кстати, деньги на то, чтобы снять квартиру, он мне дал сразу же. Нет, вру, звонил не только он, звонили и другие люди от него. Вот у тех был какой-то акцент. Когда я сказал им, что снял квартиру и у меня все готово, мне назвали время, когда я должен выйти и забрать из коробки в холле пакет с товаром. Ну, я вышел, когда было сказано, и забрал его. Кто привез товар, я не видел. Потом мне велели расфасовать товар и ждать у рынка — ко мне должны были подойти и назвать пароль. Потом я уже запомнил этих людей и спокойно выдавал им товар. С собой много товара мне брать запретили — если порошка требовалось больше, я должен был ехать за ним на квартиру. Насчет денег мне звонили отдельно, я их клал в ту же коробку, и их забирали.

— Сам употребляешь? — спросил Рекс.

— Нет, что вы! — замотал головой «фармацевт».

— Ну да, — кивнул Рекс, — самому стремно, а других травить — это пожалуйста. Вопросов, претензий, разборок не возникало?

— Нет, я все делал честно, лишнего себе не брал. Во-первых, я дорожу работой, а во-вторых, тот парень намекнул мне, что в случае чего меня сразу убьют. Оказалось, что они знают, где я живу.

— А то, — хмыкнул Рекс. — Ты же давал в газету телефон, а по телефону это ничего не стоит выяснить. Адрес или телефон родителей не спрашивали — ну, чтобы побыстрее тебя найти, если вдруг будешь нужен?

— Спрашивали, — подтвердил торговец.

— Ну вот видишь, — сказал Рекс. — И бабки у тебя забирают, наверное, не реже чем раз в две недели, чтобы у тебя большие суммы не скапливались. А то вдруг тебе захочется хапнуть большой кусок и слинять куда-нибудь?

— Да, деньги забирают раз в неделю, — растерянно подтвердил торговец. — А вы что, тоже... по этой части?

— Нет, мы другие дела делаем. Нам западло этим заниматься, — гордо сказал Рекс. — Просто наш бригадир знает всю вашу систему. Если бы не он, я бы, может, и не знал, о чем тебя спрашивать... Но ты у меня сам все рассказал бы, — добавил Рекс, и его удавьи глазки свирепо сверкнули. — Ну все, кончен разговор. Иди ремонтируй свою тачку и работай со своим волосатым, как до этого работал. Как только тебе позвонят и скажут, когда привезут товар, позвонишь вот по этому телефону — номер запомни, бумажку сожги. И смотри — если попробуешь нас кинуть, то и тебе конец, и твоей семье, и твоим родителям. А если будешь делать то, что тебе говорят, то и сам останешься цел, и все твои. Ну бывай, дорогой. Ждем звонка с нетерпением!

ГЛАВА 35

Стрелки будильника на кухне неумолимо приближались к двенадцати. Прошло еще несколько минут, и «фармацевт» вздрогнул — в соседней комнате начали бить стенные часы. Рекс, сидевший за кухонным столом рядом с «фармацевтом», услышав их бой, отложил страшную газету, которую с увлечением читал, и потянулся.

— Ну, сейчас посмотрим... — начал он многозначительно. Договорить ему не удалось — в холле за дверью послышались возня, приглушенные голоса, затем тяжелый удар и шум падения человеческого тела на штабель картонных коробок. Рекс сорвался с табуретки и бросился к двери. «Фармацевт» услышал, как в прихожую, тяжело дыша, ввалились несколько человек.

— Мужики, вы что?! Я вас не знаю! — проскулил дрожащий голос.

«Фармацевт» злорадно усмехнулся — гонец, попав в засаду, вел себя ничуть не храбрее, чем совсем недавно он сам. Когда раздался телефонный звонок с извещением о том, что завтра ему привезут очередную партию героина и положат пакет, как обычно, в коробку в холле, «фармацевт», как и обещал, позвонил людям, похитившим его с рынка. Те прислали ему на всякий случай одного из своих бойцов — Рекса, а сами,

337

судя по тому, что сейчас происходило, устроили засаду в подъезде. Теперь гонец, перевозивший наркотик по Москве, оказался в их лапах и плел какую-то ерунду, пытаясь доказать, что оказался здесь случайно — просто перепутал этажи.

— Закрой пасть, а то ща по репе врежу! — пообещал ему Рекс. — Мы тебе не менты, нам лапшу на уши вешать бесполезно.

Гонца втолкнули в кухню, и «фармацевт» с любопытством посмотрел на него. Как и следовало ожидать, перед ним был совершенно незнакомый человек. Рекс, видимо, тоже был уверен, что они не знакомы, потому что спросил «фармацевта» явно для очистки совести:

— Знаешь его?

— В первый раз вижу, — правдиво ответил хозяин квартиры.

Гонец тоже замотал головой с длинными нечесаными волосами и заголосил:

— Да не знаю я его, не знаю! Говорю же: я тут случайно!

Рекс коротко, почти без замаха, ударил его под дых. Гонец осекся, выпучил глаза и стал беспомощно хватать ртом воздух.

— Посадите его на табуретку, — распорядился Рекс. — Вот сюда, спиной к холодильнику. Дайте мне клещи — инструменты вон в том ящике... Слушай, ты, гнида, нам с тобой долго базарить некогда. Мы знаем, как у вас все происходит: тебе звонит человек и говорит, в каком месте Москвы и во сколько тебе надо забрать товар и отвезти сюда. Того, кто привозит товар и кладет его в тайник, ты не знаешь, но нам от тебя не это нужно. Нам нужно, чтобы ты рассказал нам про себя: где живешь, кого трахаешь, где живут твои родители и так далее. Короче, нам надо взять тебя под полный контроль, чтоб ты не вздумал с нами какой-нибудь фортель выкинуть. А потом мы тебя отпустим. Товар отдадим вот ему, как и было задумано, — кивнул Рекс на «фармацевта», — а ты поедешь домой и будешь ждать следующего звонка. Когда тебе позвонят, ты, как положено, поедешь за товаром, но перед этим позвонишь нам и сообщишь, куда и во сколько тебе велено приехать. Остальное уже наши проблемы. Ты понял?

Гонец молчал, тяжело дыша и судорожно постукивая пальцами по коленям.

— Ты еще думаешь? — ласково спросил Рекс. — Ну да, ты ведь еще плохо нас знаешь. Мы с тобой торговаться не будем, не надейся...

С этими словами Рекс схватил пленника за безымянный палец левой руки и, невзирая на сопротивление жертвы, захватил его в клещи. Раздался отчаянный вопль, гонец забился на табуретке, но на него навалились люди Рекса и удержали на месте. На лице Рекса появилась ухмылка.

— Ага, уже начал понимать, — заметил он. — Но еще до конца не понял. Если надо будет, мы тебя доведем до того, что ты захочешь умереть, но тебе не дадут, захочешь с ума сойти — и этого тебе не дадут тоже. Потеряешь сознание — ничего, мы тебя оживим, и все начнется по новой. Нам спешить некуда... Ну скажи, ты мне веришь?

Раздался глухой хруст и вслед за ним дикий вопль, тотчас перешедший в какое-то безобидное сипение, потому что жертва сорвала голос.

— Вот теперь, кажется, начал понимать, — с удовлетворением заметил Рекс, с лязгом кладя клещи на стол. Гонец, весь дрожа, обессиленно привалился к дверце холодильника. Он осторожно поглаживал посиневший и распухавший на глазах палец. По его лицу текли слезы, смешиваясь с крупными каплями пота.

— Ну, хорош хныкать. Вставай и поехали, — поднимаясь, скомандовал Рекс.

— Куда? — простонал гонец.

— Ты мне ваньку не валяй, — разозлился Рекс. — К тебе домой — ты что, еще не врубился? Хочешь, чтобы я тебе и остальные пальцы раздавил?

В результате гонец, перевозивший героин по Москве, стал очередным звеном цепочки, взятым бригадой под контроль. Бригаде было известно, где живет он сам, его разведенная жена с ребенком, его мать. Надо сказать, что у наркоторговцев не было особого стимула для геройства, то есть для того, чтобы рассказать диспетчеру, который им звонил и сообщал о прибытии очередной партии, о том, что они работают уже под чужим контролем. Они не знали ни диспетчера, ни прочих своих товарищей по организации, и потому предательство для них было чем-то абстрактным, зато те кары, которые могли обрушить на них люди Коляна, выглядели вполне конкретно и весьма устрашающе. К тому же Рекс говорил им всем: «Работайте как работали. Нам на хозяев ваших выйти надо и с ними договориться, а вы нам на хрен не нужны. Ну а когда мы с ними договоримся, вы будете работать по-прежнему, только мы вас будем прикрывать. Если есть товар, кто-то должен его продавать, правильно? А зачем новых людей искать, если вы уже есть? И никто вас не осудит за то, что вы нас вывели на поставщиков. А куда вам было деваться?»

Деваться им было действительно некуда, потому и гонец, пойманный возле квартиры «фармацевта», не подвел и позвонил сразу после того, как ему сообщили по телефону, где он может забрать очередную партию героина. Бригада немедленно организовала наблюдение за этим местом — тихим двориком в районе Остоженки, примыкавшим к детскому садику. Ближе к ограде детсада дворик превращался скорее в пустырь, густо заросший бурьяном и одичавшими фруктовыми деревьями. Среди этой растительности там и сям попадались бревна и пустые ящики, на которых всегда могли расположиться любители неторопливого распития спиртных напитков. Они были там скрыты от нескромных взоров, зато сами могли просматривать подходы к зарослям и прятать спиртное при появлении милиции. По словам перевозчика, передача товара в этом месте происходила уже не раз — он просто обнаруживал возле валявшейся в бурьяне бетонной плиты невзрачный пластиковый пакет, а в нем другой пакет — с белым порошком. Когда гонец подбирал пакет и шел восвояси, он замечал по ту сторону огороженной территории детского садика фигуру другого гонца, следившего за тем, чтобы прием товара прошел нормально.

— Как он выглядит? — спросил Рекс.

— Да никак, обыкновенно, — пожал плечами гонец. — На таком расстоянии приметы не разглядишь.

Заблаговременно придя на место передачи товара, братва рассредоточилась вокруг, однако Рекс пришел к выводу, что полноценное наблюдение можно вести только с крыши или чердака старого восьмиэтажного дома, расположенного довольно далеко от пустыря. Боясь опоздать, бойцы бросились к нужному дому, с помощью фомки, поскольку церемониться было некогда, проникли на чердак и установили в слуховом окне американский телескоп с 40-кратным увеличением. В этот телескоп была видна даже мельчайшая деталь одежды невзрачного человека, в условленное время появившегося на пустыре. В руке человек держал пакет с таким рисунком, как было оговорено по телефону. Один из бойцов вызвал Рекса по рации, а второй, прильнув к окуляру телескопа, рассказывал о происходящем на пустыре, словно телевизионный диктор.

— Оставил пакет, — повторял вслед за ним боец с рацией. — Осматривается... Как выглядит? Рыжий, куртка черная кожаная, под ней свитер коричневый с высоким воротом, брюки коричневые, туфли черные... Осмотрелся, закуривает... Рекс, внимание! Идет в вашу сторону!

— А куда ж ему еще идти, — прохрипела рация голосом Рекса и отключилась.

Рыжий курьер заметил на другой стороне пустыря знакомую фигуру, приметы которой ему сообщил по телефону таинственный диспетчер, и успокоился, решив, что все опять пройдет спокойно. Отойдя метров двести, курьер обернулся, убедился, что его незнакомый подельник взял пакет, и уже совершенно спокойно, не оборачиваясь зашагал по тропинке между заборами и какими-то непонятного назначения мрачными постройками к выходу в переулок. Когда впереди уже показался проход между двумя старыми особнячками, выводивший в переулок, из-за угла навстречу курьеру вышли два оживленно беседовавших субъекта. Такие парочки, направлявшиеся к зарослям, чтобы распить бутылку, были здесь не редкостью, и потому курьер спокойно шел навстречу выпивохам, размышляя о том приятном моменте, когда он получит деньги за свои услуги. Особенно радовало и даже забавляло его то, что так высоко оплачивалась деятельность, не требовавшая, в сущности, никакого риска. На губах курьера играла самодовольная улыбка в тот момент, когда он поравнялся с встречной парочкой. В следующую секунду страшный удар свалил его с ног. Курьер не успел опомниться, как его подняли с земли и поволокли туда, откуда он шел, — обратно на пустырь. Там его посадили на землю, прислонив спиной к бревну, и выжидательно уставились на него, пытаясь уловить момент, когда в голове у него прояснится.

— Ну, очухался? — спросил курьера присевший напротив него на корточки здоровенный детина, пытливо вглядываясь в его лицо маленькими блестящими глазками. — Давай-давай, не хера симулировать, а то я тебя быстро в чувство приведу.

Курьер все же молчал, пытаясь собраться с мыслями, но Рекс схватил его за руку, согнул его палец и с силой надавил на последнюю фалангу. Курьер дернулся и заорал, но сзади его тут же схватили за ухо и принялись выкручивать со словами: «Говори, говори, говори...»

— Да что говорить-то? — в отчаянии выкрикнул курьер.

— Откуда наркоту привез? Кто тебе ее передает? Где?

— Да вы что! Да я... — начал было выворачиваться курьер, но Рекс схватил его за грудки и рывком подтянул к себе. Перекошенная от злобы физиономия Рекса находилась в сантиметре от испуганного лица курьера.

— Мы тебе не менты, сука! — прорычал Рекс. — Мы с тобой церемониться не будем — все кости переломаем, пока не запоешь!

Внезапность и напор в сочетании с заверениями, что, мол, «будешь работать как работал» и «нам только с вашими главными договориться», привели к успеху. Спустя несколько часов Рекс и его бойцы встречали под мелким осенним дождем среднеазиатский поезд. Члены бригады, разбившиеся на мелкие группы, наводнили всю платформу, однако ближе всего к условленному месту, где посланец солнечного Таджикистана должен был «забыть» сумку, стоял именно Рекс. Согласно инструкциям Коляна, он обставился кругом чемоданами и сумками и походил на человека, ожидающего поезда. Он сидел на одном из своих чемоданов и не двинулся с места, заметив, как молодой смуглый таджик в слишком дорогой для нищего Таджикистана зимней кожаной куртке потоптался у стены, поставил там сумку и со второй оставшейся у него сумкой направился ко входу в помещение вокзала. Рекс отдал все распоряжения по рации, а дальше все произошло в точности так, как было запланировано: молодого таджика скрутили в здании вокзала у аптечного киоска, причем пост милиции, которому Рекс показал липовое ментовское удостоверение, бдительно следил за тем, чтобы задержанию не помешали сообщники таджика. Затем в линейное отделение милиции доставили понятых, отловленных на привокзальной площади (Рекс потребовал, чтобы понятые были непременно москвичами, чтобы в случае нужды они находились всегда под рукой) и в их присутствии вскрыли сумку, которую таджик имел при себе. За результаты вскрытия Рекс был спокоен, поскольку в суматохе успел подсунуть в эту сумку пакетик с героином. Всю процедуру снимал на камеру один из бойцов Рекса. Выяснилось, что Рекс даже перестраховался, поскольку в сумке оказался увесистый пакет анаши — видимо, для собственного употребления. Найденные наркотики были аккуратно запротоколированы, несчастного таджика, подталкивая в спину, бойцы повели к выходу, а Рекс пожал милиционерам руки и доверительно сообщил:

— Я вообще-то в МУРе недавно. Капитан Горлов моя фамилия. Будем работать!

Фамилию Рекс позаимствовал у «кума», или замначальника по оперчасти той зоны, где когда-то сидел. С жизнерадостной улыбкой он откланялся, сел у вокзала в машину, и команда помчалась в укромное место, где ее уже ждал Колян. Разговор предстоял важный, поскольку курьер был той единственной ниточкой, которая связывала бригаду с организаторами наркобизнеса в далеком Таджикистане, и должен был передать своим хозяевам ультиматум Коляна. Комедия на вокзале потребовалась по двум причинам: во-первых, менты все равно заинтересовались бы, кто это забирает приезжих в их владениях, и во-вторых, чтобы таджик был уверен, что попал в лапы угрозыска, и не дергался во время долгого пути через весь город. Вспоминая сцену в отделении, бойцы пересмеивались, поглядывая друг на друга, но Рекс все же недовольно покачивал головой, расстроенный тем, что засветился перед ментами.

Укромное место представляло собой склад, арендованный «гражданином Патрикеевым» для его торгово-закупочной фирмы. Складское помещение Колян выбирал долго и придирчиво, причем арендная плата не являлась важным фактором при отборе. И лишь увидев мрачное кирпичное строение с крохотными оконцами-бойницами под самой крышей, расположенное среди заросшего кустами пустыря в окружении автобаз, каких-то заводиков и других складов, Колян понял, что наконец нашел то, что ему нужно. Когда машина подкатила к огромным железным воротам склада, таджик забеспокоился. На легендарную Петровку, 38, это местечко отнюдь не походило.

— Куда привезли? Не пойду! — уперся он. Однако с руками в наручниках сопротивляться ему было трудно — его вышвырнули из машины и, не давая опомниться, толчками и пинками загнали в маленькую дверцу, прорезанную в железных воротах. Внутри пустынного гулкого помещения царила полутьма, и пленник некоторое время беспомощно моргал глазами, прежде чем различил молодого человека, сидевшего в одиночестве посреди огромного зала на раскладном стуле. Завидев курьера, молодой человек откинулся на спинку стула, закинул ногу на ногу и с удовлетворением произнес:

— Милости просим! Как добрались?

Курьер не умел отвечать на русские шутки и потому настороженно промолчал, однако молодой человек не рассердился и продолжил:

— Ну что ты там топчешься, парень? Подойди поближе! Как мне с тобой говорить на таком расстоянии? Давай-давай, не бойся!

— Я не боюсь, — обиженно проворчал таджик и подошел к молодому парню устрашающей наружности. Хотя тот был, пожалуй, помоложе курьера, от него исходила такая свирепая властность, что таджик понял: этот человек здесь хозяин и, помимо всего прочего, он может распорядиться по своему желанию и его, курьера, жизнью.

— Я — Николай Радченко, — объявил парень, осклабившись. — Слыхал про такого? Нет? Ну неважно, ты еще салага, тебе простительно. А вот те, кто тебя сюда прислал, наверное, слыхали. Ну вот что... У тебя с русским как?

— Что? — не понял курьер.

— С русским языком у тебя как, мудило? Хорошо понимаешь?

— В школе пять баллов имел, — не без гордости заявил таджик.

— Это хорошо, потому что у меня к тебе важный разговор. Надо, чтобы ты все запомнил и ничего не перепутал. Слушай сюда: я, Николай Радченко, со своей бригадой взял под контроль всю вашу сеть в Москве. Всю, понимаешь? Начиная от того, кто на рынке товар толкает, и кончая тобой, кто его в Москву привозит. Кстати, можешь не переживать — то, что ты в этот раз привез, мы забрали. Но вся сеть пока работает — дурь продается, денежки капают... Мы это дело пока прикрывать не хотим, потому что хотим договориться с теми, кто тебя прислал. Мы считаем, что они должны нам платить, потому что Москва — это наша территория. Мы же в вашу Таджикию не лезем, правильно? А если бы залезли, тогда платили бы вам без звука. Вот так своему начальству и передай.

Гонца не на шутку испугала перспектива передавать своим хозяевам такие неприятные вещи, да к тому же после утраты нешуточной партии товара. Этот русак, видимо, не знал, как дешева в Азии человеческая жизнь.

— Слушай, зачем я буду передавать? — заныл гонец. — Я человек маленький, кто меня послушает? Ты большой человек, лучше сам передай...

— Ты меня не учи, чурка неотесанный, — ласково возразил Колян. — Смотри, договоришься, что я тебе прямо здесь кадык вырву. У тебя ведь там семья, правильно? Правильно, иначе тебя сюда не послали бы. Ну и подумай, что с твоей семьей будет, если ты не вернешься. Сам пропал — ладно, а главное, что товар пропал, который десятка таких, как ты, стоит. А так приедешь, объяснишь все толково — глядишь, тебя и помилуют. Я же тебе говорю: знают твои баи, кто такой Радченко, поэтому поругают тебя и простят. Ну что такой лох, как ты, мог сделать, если сам Радченко на тебя вышел?

— Я наших главных людей в этом деле не знаю, — развел руками гонец. — Как я им передам? Если я нужен буду, меня найдут, а сам...

— До чего же тяжело с вами, чурбанами, разговаривать, — вздохнул Колян. — Я еще в армии это заметил. Если не дурак, то обязательно дураком притворяется. Вот ты товар отвез — тебе отчитаться надо, так?

— Так, — тупо кивнул курьер.

— Вот и передай тому человеку, перед которым будешь отчитываться, все, что я скажу. Больше от тебя ничего не требуется. Если что будет непонятно, большие баи тебя сами вызовут. Да я вот тебе бумажку дам, чтобы ты ничего не перепутал...

Колян достал из внутреннего кармана блокнот и ручку, написал что-то на листке бумаги и протянул листок курьеру.

— Верхняя цифра — это сумма в баксах, которую я хочу получать с вашей торговли каждый месяц, — пояснил он. — Нижняя — номер телефона моей фирмы, по которому надо позвонить и сообщить, куда и когда поступят деньги. И скажи своим баям: если они не захотят платить и решат создать в Москве новую сеть для торговли, то я не пожалею времени, найду этих людей и всех передушу. Если не будете работать в Москве

347

со мной — не будете работать здесь вообще. Понял? Ну и хорошо. Пацаны, отвезите его в аэропорт и отправьте домой первым же рейсом.

Едва курьера вытолкали за ворота, как сидевший у стены Рекс вскочил и бросился к бригадиру.

— Колян, ты что, телефон своей фирмы ему дал?

— Ты что, меня совсем за дурака держишь? — снисходительно усмехнулся Колян. — Нет, дал номер фирмы «Успех», которая у нас под крышей состоит.

— Зачем? — удивился Рекс. — На фирме об этом знают?

— Нет, — ответил Колян и, насладившись зрелищем полной растерянности своего заместителя, стал объяснять:

— У меня расчет на ихнюю азиатскую простоту. Конечно, адрес при наличии номера телефона узнать — раз плюнуть, но это мы здесь понимаем, а при ихней простой жизни это, как им кажется, большая тонкость. Насколько я чурбанов знаю, они сперва, еще до всяких переговоров, попытаются нас просто перестрелять и пришлют для этого несколько «торпед» из Душанбе. Диспетчер, который у них есть в Москве, добудет им адрес, «торпеды» по этому адресу приедут и начнут всех мочить. Действительно, делиться с нами — это немалые деньги, а люди там ничего не стоят. Они обязательно попробуют нас грохнуть. Ну а мы около этой фирмы устроим засаду и покажем чурбанам, что по-плохому с нами разговаривать бесполезно — надо только по-хорошему.

— А на фирме-то будут про это знать? — спросил Рекс.

— А зачем им про это знать? — вопросом на вопрос ответил Колян. — Чтоб они тряслись все время? Нет, я посажу туда своего человечка, вот и все. Если кто-то будет меня спрашивать, его позовут к телефону, и он мне все передаст. Конечно, будет идеально, если таджики позвонят туда и скажут, что они на все согласны. Но помяни мое слово: они не позвонят, они сначала нападут, а если не получится, тогда будут разговаривать.

— Слышь, Колян, а этого ихнего диспетчера мы ведь так и не нашли, — напомнил Рекс. — Как же с ним быть?

— Ну а как его найдешь, если все так организовано, что его никто не знает? — пожал плечами Колян. — Живет в Москве он, конечно, по фальшивым документам, поэтому я посылал ребят в эту хитрую контору — «Графика-Т», думал, может, повезет и они его там вычислят по приметам. «Фармацевт» ведь встречался с ним и описал его внешность. Но ничего не вышло — такое везение редко бывает. Ну а если рассудить: на хрена нам этот диспетчер теперь нужен? Цепочку, по которой проходит товар, мы всю отследили, а для нас это главное. Если баи захотят вести нормальную торговлю, то все равно найдут способ с нами связаться. Хотя через диспетчера это было бы проще.

— Слышь, Колян, а я знаешь что думаю... — осторожно начал Рекс. — Я думаю, что если они захотят сразу наехать на «Успех», то и диспетчера привлекут к этому делу. Сам посуди: Москвы ихние «торпеды» не знают, машины у них нет, а если угонят, то документов на нее не будет. Значит, вся их езда по Москве — до первого гаишника. Ну зачем им такой риск, если у них есть свой человек в Москве? Короче, я так думаю, что этот диспетчер приедет с ними и будет за рулем.

— Засветится... — хмыкнул Колян.

— Да он и вылезать-то не будет! — воскликнул Рекс. — И перед кем засветится? У них же задача простая — всех кончить и уйти. А мертвяки уже ничего не запомнят.

— Н-да, возможно, ты и прав, — задумчиво произнес Колян. — Все ведь логично... Ладно, раскинем — будем строить операцию исходя из твоего предположения. Если подтвердится, за мной премия.

Мясистую физиономию Рекса исказила гримаса, которую только человек с развитым воображением мог бы счесть удовлетворенной улыбкой.

А Колян деловито продолжал:

— Поезжай прямо сейчас к тому дому, где находится «Успех», и посади там где-нибудь поблизости пост наблюдения с рацией. Сам постоянно находись на хате с ударной группой и жди сигнала. А сейчас осмотри все подходы к фирме — потом расскажешь мне и вместе решим, как тебе действовать, когда появятся таджики. Я нутром чую, что они появятся.

ГЛАВА 36

Слава защищался изо всех сил, отстаивая свое право не участвовать в бандитских разборках. Он перебрал все аргументы, напоминая, что у него другие задачи, что он необходим в качестве диспетчера, потому что через него идут все связи, что если его, чего доброго, ранят или убьют, то без него развалится вся сеть... На это старший группы боевиков, приехавших из Душанбе на разборки, некто Назим, дальний родственник Джафара Касимова, простодушно возразил:

— А ты оставь нам все телефоны, адреса... Если с тобой что случится, мы по ним все восстановим.

«Хрен тебе, — раздраженно подумал Слава. — ишь какой умный. Без этих телефонов я уже не нужен. Нет уж, извини, это мой капитал». Славе удалось замять разговор о том, как сохранить сеть в случае его гибели, однако избежать участия в силовой акции ему не удалось.

Накануне раздался звонок из Душанбе, и чей-то холодный голос сообщил диспетчеру, что вся с таким трудом созданная в Москве сеть находится под контролем некоего Николая Радченко.

— Известный бандит, между прочим, — добавил голос, — в Сибири его хорошо знают. Поэтому мы тебе счет и не выставляем за потерянный товар.

По властным интонациям в голосе собеседника Слава понял, что имеет дело с одним из руководителей таджикской организации. Только эти люди, в отличие от рядовых курьеров, знали, кто такой Слава, откуда он взялся и как найти его в Москве. А властный голос продолжал:

— За то, чтобы сеть могла работать как раньше, Радченко требует денег. Оч-чень больших денег. Останавливать торговлю мы не можем, но и такие деньги платить тоже не хотим. Поэтому мы пришлем людей, чтобы они попробовали решить этот вопрос. Если не получится, тогда будем договариваться с Радченко.

Слава робко поддакнул, с облегчением подумав, что все, возможно, решится само собой, без его участия, но собеседник огорошил его:

— Люди остановятся у тебя, потому что жилье им искать некогда, да и Москву они совсем не знают. Ничего страшного, они тебя не засветят. Сделают дело и уедут.

На этом разговор закончился. Славе, конечно, не понравилось то, что в его уютной квартирке расположится банда киллеров, но делать было нечего — в конце концов, эти ребята приедут восстанавливать его торговую сеть, давшую ему возможность последние месяцы жить припеваючи. Слава диву давался, как этому Радченко удалось раскрутить так тщательно законспирированную цепочку поставки товара? А он, выходит, раскрутил ее всю — раз об этом узнали вожаки организации. Видимо, Радченко забрал партию товара, привезенную курьером, а самого курьера отправил в Душанбе со своим ультиматумом. Несладко, наверное, этому парню пришлось... По телу Славы пробежала дрожь. «Ну и нравы тут, в Москве!» — подумал он. Привыкнув считать себя неуязвимым, теперь он вдруг ощутил всю непрочность своего положения. Хорошо, если большим людям удастся договориться, а если нет, если созданную им сеть спишут в расход? Кем тогда станет Слава — рядовым в огромной армии московских бомжей? Квартиру у него, разумеется, отберут — не станут же таджики дарить квартиру в Москве человеку, который на них уже не работает. А если Слава вздумает сопротивляться, то его в один прекрасный вечер найдут в подъезде с простреленной башкой.

Неприятные предчувствия Славы оправдались, когда к нему в квартиру ввалились четыре мрачных субъекта — три таджика и один вроде бы русский, но говоривший с еще более выраженным акцентом, чем его товарищи азиаты. Гости по-хозяйски разместились в Славиной квартире, их главарь Назим достал из сумки несколько банок говяжьей тушенки и принялся греметь посудой на кухне, то и дело спрашивая у Славы, что где лежит, а потом, присев на табуретку, пока варились макароны, сообщил Славе о его роли в предстоящей операции. Слава, имевший в своем компьютере базу с московскими адресами, с легкостью определил местонахождение фирмы «Успех» и решил, что на этом его миссия закончена. Назим, судя по его хитрой ухмылке, это прекрасно понимал и повторял, качая головой:

— Извини, дорогой, иначе никак нельзя. У меня приказ.

Из соседней комнаты Слава услышал металлический лязг — это боевики чистили, смазывали и собирали автоматы, обмениваясь при этом короткими репликами на фарси. Парень с европейской внешностью участвовал в разговоре наравне с другими и говорил даже более оживленно, чем они.

— Это что за чувак? — полюбопытствовал Слава. — Он же не таджик.

— Нет, он вообще-то немец, Робертом звали, — охотно ответил Назим. — Родители у него умерли, когда он еще маленький был, и он в нашей семье воспитывался.

— А почему — «звали»? — спросил Слава. — Он что, ислам принял?

— Да, — кивнул Назим, — теперь Зайнеддином зовут. Зайнеддин Руппель, ха-ха!

— Слушай, — перевел Слава разговор, — а как же вы собираетесь попасть в эту фирму? Там наверняка стальная дверь, охранник... Вам же просто не откроют!

— Ничего, — весело отозвался Назим, — мы хорошо постучимся. Эй, Зайнеддин, покажи хозяину кубик!

Немец, сидевший по-турецки на ковре и собиравший автомат, залез рукой в сумку, вынул оттуда и показал предмет, в котором Слава с содроганием узнал тротиловую шашку — их ему приходилось когда-то видеть в Таджикистане.

— Ладно, дорогой, — обнял Назим Славу за плечи, — не волнуйся, все будет хорошо. В первый раз всегда страшно, но мы уже привыкли, значит, и ты с нами не пропадешь. Давай кушать, потом поспим, встанем и поедем...

Для ловушки Колян выбрал фирму «Успех» не только потому, что она находилась под «крышей» бригады. «Успех» располагался рядом с квартирой, на которой жил Рекс. Получив инструкции от бригадира, Рекс и его бойцы перешли в режим ожидания, то есть никуда с квартиры не отлучались и ждали звонка. Главное, чему старался научить своих подчиненных Колян, — это терпение, и надо сказать, что с этой задачей бригадир справился. Однако сидеть и день за днем дожидаться звонка было все же невыносимо скучно, и потому, когда телефон наконец зазвонил, Рекс подскочил к нему одним прыжком и яростно сорвал трубку.

— Рекс, слышишь меня? — взволнованно шептал в мобильник боец, дежуривший на чердаке дома напротив. — Они въехали во двор... Да точно они, что я, чурок от белых не отличу, что ли?.. Ладно, ладно, я все сделаю по плану, а ты давай быстрее!

Рекса не надо было подгонять — он бросил трубку и заорал:

— По коням!

Сталкиваясь друг с другом и рискуя разбить себе головы о ступеньки, Рекс и его бойцы скатились по лестнице во двор, попрыгали в стоявшую у подъезда «Волгу» и помчались к месту засады. К дому, на первом этаже которого располагалась фирма «Успех», они подъехали через три минуты. В это время из чердачного люка в том подъезде, где на площадке первого этажа красовалась стальная дверь с табличкой «Успех», вылезли и спустились на лестничную площадку верхнего этажа два молодых человека. Если бы их видел посторонний наблюдатель, то он, несомненно, был бы крайне удивлен тем, что люди, покидающие пыльный чердак, одеты в белые сорочки и строгие деловые костюмы, а в руках у них дорогие кейсы с цифровыми замками. Молодые люди спустились на лифте на первый этаж, а там поднялись на один лестничный марш, остановились на площадке у окна и закурили. Теперь любой проходивший мимо жилец подъезда принял бы их за молодых бизнесменов, вышедших покурить из офиса фирмы, находившегося на несколько ступенек ниже. В кармане пиджака одного из курильщиков замурлыкал сотовый телефон. Тот достал аппарат, поднес его к уху и затем спокойно сказал:

— Мы видим, все нормально.

Телефон зазвонил и в помещении фирмы «Успех» — на столике, возле которого сидел посаженный Коляном охранник. Подавив зевок, охранник поднял трубку, выслушал сообщение и коротко ответил:

— Хорошо, иду.

В кабинетах и коридорах фирмы продолжалась обычная деловая суета: слышались голоса сотрудников, говоривших по телефону, гудели факсы и принтеры, стучали каблучки сотрудниц... Однако в холле, где сидел охранник, никого не было. Оглянувшись, охранник подошел к двери, слегка приоткрыл ее и замер, глядя в образовавшуюся щель. В руке у него появился какой-то круглый предмет. Увидев, что дверь офиса приоткрылась, молодые люди поспешно перешли с площадки на следующий лестничный марш, так что лестница прикрывала их снизу. На ходу они торопливо открывали свои кейсы. Скрипнула входная дверь, послышалась приглушенная реплика на непонятном языке и затем осторожные шаги нескольких человек, поднимавшихся по лестнице. Охранник выдернул чеку из гранаты «Ф-1», которую держал в руке, хладнокровно выждал пару секунд, мягким движением послал гранату по пологой траектории на нижний лестничный марш, где слышалось движение, захлопнул дверь и отскочил к стене, прижавшись к ней спиной. Граната звонко ударилась об ступеньку из искусственного мрамора, заставив четверых вошедших в подъезд боевиков вздрогнуть и застыть на месте. На то, чтобы осознать происходящее и попытаться спастись, у них просто не оставалось времени — «лимонка» разорвалась через какую-то долю секунды с ужасающим грохотом и треском, от которых у молодых людей, прижавшихся наверху к стене, заложило уши. Осколки бешено хлестнули по стенам, перилам, потолку, сбивая штукатурку, высекая искры и куски кирпича. Громыхнув по стальной двери офиса, осколки заставили охранника вздрогнуть и плотнее вжаться в стену. На минуту в помещениях офиса прекратилась беготня и смолкли людские голоса, только принтеры продолжали равнодушно гудеть. Затем послышался приглушенный женский вскрик:

— Ой! Что там такое?! Что это?

— Надо пойти посмотреть, — без особой решительности произнес мужской голос.

— Ты что, с ума сошел?! — возразило ему сразу несколько женщин. — Не смей! Подожди, пока милиция приедет и разберется!

Охранник не стал дослушивать этот спор — он достал из-под куртки пистолет, открыл дверь и выскользнул на площадку. Все пространство первого этажа было затянуто известковой пылью от штукатурки, сбитой осколками со стен и потолка. Из-за двери какой-то квартиры неслись панические вопли, однако выйти никто не осмеливался. Охранник сделал несколько осторожных шагов и заглянул на нижний лестничный марш, шедший от входной двери на площадку первого этажа. У двери в полумраке и известковом тумане он увидел бесформенную массу из нескольких человеческих тел, нагромоздившихся друг на друга. Вглядевшись, он не заметил в этой груде никакого шевеления. «Кажется, всем хана», — с облегчением подумал охранник и взялся за перила, готовясь спуститься вниз и добить тех, в ком еще теплилась жизнь. Внезапно прямо в темной груде сверкнула вспышка и оглушительно грохнул выстрел. Пуля свистнула у самого уха охранника и с лязгом врезалась в распределительный щит. В момент второго выстрела охранник отскочил к стене, и пуля, взвизгнув, отрикошетила от стойки перил. Из груды тел, пошатываясь, поднялась человеческая фигура и толкнула дверь. Дверь не поддалась — то ли толчок оказался слишком слабым, то ли ее покорежило взрывом. А сверху уже слышались торопливые шаги — это спускались молодые люди, у каждого из которых в левой руке был кейс, а в правой — пистолет. Раненый боевик кое-как преодолел внутреннюю дверь, но когда он собрался толкнуть дверь, которая вела на улицу, за спиной у него загремели выстрелы. Молодые люди стреляли практически в упор — боевик задергался от нескольких попаданий, выронил автомат, который держал дулом вниз в правой руке, однако все же сумел открыть дверь. В дверном проеме он зашатался, попытался уцепиться за косяк, но рука сорвалась, и он тяжело рухнул вниз лицом на асфальт перед подъездом. Его нога в потрепанной кроссовке застряла в дверном проеме, и дверь не смогла закрыться. Молодые люди и охранник быстро спустились к тем троим, которые неподвижно лежали у начала лестничного марша, и хладнокровно сделали несколько контрольных выстрелов. Теперь, когда двери были открыты, бойцы хорошо видели, куда надо стрелять.

Слава Парфенов без особых затруднений отыскал офис фирмы «Успех», хотя с того самого момента, как он очнулся от беспокойного сна и вспомнил, что ему предстоит, его трясло от нервного напряжения. Пару раз он проскочил на красный свет, так что Назим взглянул на него с удивлением и заметил:

— Слушай, куда гонишь? Торопиться не надо!

Слава постарался взять себя в руки, и до внушительного здания сталинской постройки, в котором размещался «Успех», они доехали без приключений. Однако Слава вновь занервничал, видя, как странно смотрятся на тихой московской улочке смуглые и словно запыленные таджики, обвешанные спортивными сумками, в которых скрывалось оружие. Не успел Слава задаться вопросом, что же они будут делать с кодовым замком подъезда, как немец Зайнеддин вынул из своей сумки ломик-«фомку», одним ударом вогнал ее плоский конец в щель у косяка и, поднатужившись, со скрежетом и хрустом вывернул замок. Дверь распахнулась, и все четверо, на ходу доставая из сумок оружие, скользнули внутрь, в полумрак подъезда, покалеченная дверь сама закрылась за ними. Однако через пару секунд она вновь распахнулась настежь — когда в подъезде ухнул взрыв и на улицу вынесло облако дыма и известковой пыли. Откуда-то сверху со звоном вылетело стекло и вдребезги разлетелось у входа в подъезд. Слава решил, что это выбили дверь в офис «Успеха», и вытер о брюки вспотевшие ладони. В подъезде захлопали выстрелы, и тут Слава понял, что произошла какая-то накладка: стреляли явно не в недрах офиса, а в подъезде, совсем рядом с дверью. Нога Славы уже непроизвольно выжала сцепление, но затем в его голове мелькнула мысль о том, что если кто-нибудь из боевиков уцелеет, то ему, Славе, тогда не сносить головы. Он замешкался — в нем яростно боролись побуждение к бегству и боязнь возмездия. Эта заминка оказалась роковой — спереди и сзади раздался визг тормозов, и две машины заблокировали у бровки Славин «ниссан». Слава в испуге повернул голову, и прямо в глаза ему уставилось дуло пистолета:

— Открывай машину! — скорее угадал, чем услышал команду Слава. Он повиновался не сразу — еще несколько секунд его мозг лихорадочно искал способ спасения. Слава не знал, кто эти люди, окружившие с оружием наизготовку его машину, однако он понимал, что ему во что бы то ни стало надо от них бежать — бежать, даже рискуя жизнью. Однако в то самое мгновение, когда он пытался найти выход из безвыходной ситуации, дверь парадного распахнулась и в дверном проеме возникла шатающаяся фигура немца Зайнеддина. Его безжизненное лицо было залито кровью и густой красной жижей, стекавшей из зияющей пустой глазницы. Зимняя куртка немца была расстегнута, светло-зеленый спортивный свитер на груди был весь изодран пулями и от шеи до ремня тоже набух кровью. Сделав неуверенный шаг через порог, немец зашатался, попытался схватиться за дверной косяк, но пальцы его сорвались, и он тяжело рухнул ничком на асфальт. Это зрелище так поразило Славу, что он автоматически открыл машину. Его тут же выдернули из-за руля, ухватив за воротник пальто, одним мощным толчком перебросили, как мяч, к другой машине и втолкнули в салон. Вслед за ним в машину попрыгали какие-то люди, и она сорвалась с места. Слава вновь услышал хлопки выстрелов и краем глаза успел заметить, как из подъезда выбегают вооруженные люди и, перескакивая через тело Зайнеддина, бегут ко второму автомобилю. Один из них, в камуфляжной форме, обернулся, вскинул пистолет и выстрелил лежавшему в голову. Тело судорожно дернулось, но дальнейшего Слава уже не видел — повернуться, чтобы досмотреть эту сцену, ему мешали два дюжих молодца, сдавивших его с двух сторон своими массивными торсами. Машина ехала быстро, но не слишком превышая скорость, дабы не привлекать к себе внимания. Вместо того чтобы выехать на оживленную автомагистраль, как того ожидал Слава, водитель направился в противоположную сторону и долго петлял дворами, переулками, проездами, проходившими через какие-то мрачные промзоны, пока не очутился на пустыре, где стоял микроавтобус «фольксваген». Славу бесцеремонно вышвырнули из салона, затолкали в микроавтобус и заставили там снять куртку и лечь на спину в проходе между сиденьями. «Фольксваген» тронулся с места, а над Славой навис какой-то мордатый детина и спросил:

— Ну, куда ехать?

Слава замялся, не зная, что отвечать, но детина пояснил:

— Говори, где живешь, быстро!

Слава вновь замялся — при одной мысли о том, что эти грубые бандиты осквернят его уютное гнездышко, ему захотелось плакать. В руках мордатого блеснула отвертка, которую он нацелил Славе в лицо, и он злобно повторил:

— Ты что, оглох? Говори, ну!

И поскольку Слава никак не мог выдавить из себя адрес, мордатый с криком «Получай!» ударил Славу заточкой в лицо. Слава взвизгнул от ужаса и замочил штаны. К счастью, в последний момент мордатый изменил направление удара, и отвертка вонзилась в резиновый коврик, покрывавший пол. После этого Слава уже без всяких дополнительных требований назвал свой адрес.

— Сядь, — приказал ему мордатый. — Закатай рукав.

Слава выполнял все команды послушно и четко, как автомат. В руке мордатого появился одноразовый шприц.

— Согни руку в локте, — продолжал командовать мордатый, — несколько раз сожми и разожми кулак.

Слава всегда испытывал мистический страх перед наркотиками (не мешавший ему, впрочем, активно участвовать в наркобизнесе). Однако сейчас он был до того морально опустошен и подавлен, что даже перспектива попробовать свой собственный товар не вызвала в нем внутреннего сопротивления. Он послушно подставил под шприц вздувшуюся вену на локтевом сгибе, и мордатый ловко ввел иглу в это вздутие. Сделав укол, мордатый спрятал куда-то использованный шприц и выжидательно уставился на пленника. Через минуту Слава ощутил подступающее умиротворение: все огорчения и страхи дня показались ему далекими и несущественными, а его собственно положение — вполне безопасным и комфортным. Глаза у него закатились, и он погрузился в странное полузабытье: он чувствовал тряску от езды, слышал реплики бандитов, знал, что его везут домой, но ничто не касалось его сознания, погрузившегося в бездумное блаженство. Микроавтобус остановился, Слава почти без посторонней помощи вылез на асфальт и с глуповатой улыбкой проплыл в свой подъезд, а затем в сопровождении боевиков поднялся в квартиру. Там ему позволили улечься на диван, а ничего больше ему и не нужно было.

ГЛАВА 37

Пацаны расположились в квартире и стали ждать звонка из Душанбе, а сами между тем связались с Коляном. Тот поостерегся сразу приезжать на квартиру к диспетчеру, пока существовала хотя бы ничтожная вероятность того, что кто-то обратил внимание на возвращение Славы домой в обществе нескольких подозрительных субъектов. Потекли однообразные часы ожидания. Ребятишки быстро выпили все запасы спиртного, которые имелись у Славы дома, со вздохом пришли к выводу: «Хорошо, но мало», однако бежать за добавкой побоялись, поскольку Колян, хорошо знавший своих бойцов, категорически запретил всякие подобные вылазки. Рекс, умевший играть в преферанс, стал учить остальных «писать пулю». Занимался этим он исключительно от скуки — материального стимула у него не было, ибо Колян запретил в бригаде играть на деньги, справедливо считая, что это разлагает коллектив. Правда, бойцы плохо слушали Рекса: во-первых, все они сызмальства ненавидели всякую учебу, а во-вторых, одним глазом они смотрели в телевизор, являвшийся для них вещью более необходимой, чем хлеб. Рекс и сам отвлекся от «пульки», чтобы посмотреть новости. Когда речь зашла о шахтерских акциях протеста, он зычно захохотал:

— Во козлы! Нет, ну какие козлы! Ведь их же собственные начальники толкают через посредников за бесценок ихний уголек, имея с этого процент. Или продают его подставным фирмам, которые наверняка не заплатят, без предоплаты. Это тоже за взятки делается. Мы-то знаем всю эту кухню, сами из угольного края... Менты, прокуратура — все в этой системе повязаны. Так если бы шахтеры не были такими козлами, они взяли бы своего родного директора за глотку: «Кому продавал уголек? Не скажешь — дачу спалим, дочь изнасилуем, тебя зарежем!» И пройтись по всей цепочке, как мы с этими барыгами сделали. И если кто из барыг поднимет хвост, устроить ему показательную казнь, как в Китае, для примера остальным. Снять на видак и разослать по почте. Барыги ведь по-хорошему не понимают. Они у отца родного готовы последнюю копейку стырить и потом с этой копейкой не расстанутся, пока им пушку не сунешь прямо в морду. Нас в бригаде — раз, два и обчелся, но мы все это поняли и трясем, кого хотим, с большим успехом. А шахтеры? Их в стране, наверно, миллионы, а они ходят с плакатиками, касками по асфальту стучат... Тьфу, козлы!

— Каждому свое, Рексик, — философски заметил один из бойцов, недоучившийся студент по кличке Пистон. — Одни люди всегда свое возьмут — как мы, например, а другие созданы для того, чтобы работать в поте лица и получать кукиш с маслом...

Слава зашевелился на диване, видимо, приходя в себя. Пелена блаженного забытья начала стремительно сползать с его сознания, и реальность, увиденная во всей ее неприглядной наготе, наполнила его ужасом и отчаянием. Поймав его осмысленный взгляд, Рекс с удовлетворением заметил:

— Вот и наш барыга проснулся. Это хорошо. Давай-давай, приходи в себя. Сейчас твое начальство позвонит — ты должен ввести его в курс дела, рассказать, что у нас в столице происходит...

За окнами сгустилась холодная тьма поздней осени, расцвеченная повсюду шахматными узорами разноцветных оконных огней. Двум бойцам Рекс разрешил вздремнуть, и они улеглись на ковре, подложив куртки под головы. Третий боец, оставшийся бодрствовать, принес из кухни Рексу и Славе по чашке крепчайшего чая. Слава не двинулся, чтобы взять чашку, и боец поставил ее на табуретку рядом с диваном.

— Не хочешь чайку? Зря, — сказал Рекс со смаком прихлебывая душистую жидкость. — Он у тебя классный, с жасмином, как я люблю... Говорить-то с начальством тебе все равно придется, так что ты уж лучше взбодрись. Они тебя услышат и поймут, что мы не блефуем, что их люди и вправду у нас под контролем. Ты им расскажешь, что произошло, потом скажешь, что мы сидим у тебя, и передашь трубку мне. Ничего сложного, так что не волнуйся.

Взбадриваться Славе не требовалось — все происходящее наконец в полной мере дошло до сознания, и его начала колотить нервная дрожь, бывшая отчасти также следствием наркотического похмелья. Поэтому неожиданно прогремевший телефонный звонок заставил его судорожно подскочить на диване и сорвать трубку с аппарата, стоявшего на журнальном столике. Звонили из Душанбе — таджикский акцент Слава мог бы выделить из тысячи других.

— Ну что, дорогой, — благодушно и в то же время властно произнес человек на том конце линии, — как наши дела? Как наши люди сходили в гости?

— Неважно, — мрачно ответил Слава. — Их плохо приняли.

— Что, совсем плохо? — переспросил собеседник.

— Совсем, — подтвердил Слава. — Хуже не бывает.

— Ты один вернулся?

— Нет, не один, — со скрытым злорадством ответил Слава. — Со мной хозяева приехали. Наших людей уложили там, у себя, а сами приехали ко мне. Хотят с вами поговорить.

В трубке на некоторое время воцарилось молчание, затем собеседник уже без прежнего благодушия произнес:

— Ну давай поговорим.

— Что ж ты, кривая душа, такие штуки вытворяешь? — с упреком сказал взявший трубку Рекс. — Мы же так хорошо начали разговаривать, вы обещали подумать... Вот как, значит, вы думаете! Короче: мы будем договариваться или нет? Что мне старшему сказать?

— Слушай, дорогой, это ошибка произошла, — примирительно произнес таджик. — Ты же знаешь, как это бывает: кто-то что-то неправильно понял, и получилась неприятность. Конечно, будем договариваться, мы же деловые люди. Я тебя понимаю, ты меня поймешь, и все будет хорошо!

— Тогда перезвони сюда через час, — сказал Рекс. — Старшой подойдет, с ним все решите.

Когда подъехал Колян, Слава сидел на диване, потягивал остывший чай из чашки и тупо смотрел в пол, размышляя о своей дальнейшей судьбе. Телефонные звонки, деловые переговоры — все это выглядело как обычный рутинный бизнес, в котором и Славе вполне могло найтись место. А почему бы, собственно, и нет? Кое-какой опыт у него уже имелся, а на кого работать — это ему было безразлично. Но когда Колян, обменявшись с Рексом парой коротких фраз, уселся в кресло и устремил на Славу немигающий взгляд холодных голубых глаз, тому вновь стало не по себе и он почти с облегчением схватил трубку зазвонившего телефона.

— Это опять я, — послышался голос с таджикским акцентом. — Ихний главный приехал? Дай-ка его мне.

Слава протянул Коляну трубку, но тот взял и трубку, и аппарат, поднялся с кресла и удалился в кухню, плотно прикрыв за собой дверь. Оттуда доносились только обрывки произносимых вполголоса реплик бригадира, и, как ни прислушивался Слава, понять ему ничего не удавалось. Впрочем, деловая часть разговора была краткой.

— Ребят ваших мы стерли, — лаконично сообщил Колян. — Пришлете еще — еще сотрем. И бизнеса у вас в Москве не будет, если мы не договоримся. Цифры у вас есть, они окончательные. Что вы решили?

— Очень большие бабки, дорогой, — начал таджик. — Сбавить бы надо...

— Надо бы набавить, — оборвал его Колян. — За то, что вы «торпед» своих прислали, вместо того чтобы договариваться. Ты что, не знал, с кем дело имеешь? Тебе разве не передали, что я — Николай Радченко? Или ты не знаешь, кто это такой?

— Не передали, извини, — соврал таджик. — Человек, с которым ты говорил, забыл передать, дурак такой. Я его накажу. Знаем Радченко, а как же! В Сибири бизнес имеем, как не знать!

— А коли так, то ты должен знать, что я торговаться не люблю, — холодно сказал Колян. — Не будем базар разводить: да или нет?

— Хорошо, дорогой, пусть будет, как ты хочешь, — вздохнул собеседник. — Но ты уж там посмотри, чтоб наших людей больше никто не обижал.

— Вообще-то мы не по этой части, — заметил Колян, — за это отдельная плата полагается. Но поскольку я вижу, что ты человек деловой, то из уважения к хорошему партнеру выполню эту просьбу.

— А как насчет того товара, который у вас? — осведомился таджик.

— Я хотел его забрать в качестве платы за ваш дешевый наезд, — высокомерно произнес Колян. — Но так и быть: начнем с него наше сотрудничество. Товар продадим, возьмем себе то, что нам причитается, а остальное ваше.

— Ну хорошо, — снова вздохнул таджик. — Когда подготовим следующую партию, позвоним...

— Э-э, стоп, стоп! — перебил Колян. — Кому позвоним? Звоните не сюда, а по тому номеру, который я вам прислал. Диспетчер у нас теперь будет новый, которого я назначил. Ваш человек мне на таком посту не нужен.

Собеседник помолчал с полминуты — это время потребовалось ему на то, чтобы проглотить пилюлю. Введением своего диспетчера Колян ставил всю имеющуюся сеть под контроль бригады. Таджики становились просто поставщиками товара, отстраненными от торговли.

— А с этим, как его... со Славой что делать? — заговорил наконец таджик.

— Странные вопросы задаешь, дорогой, — язвительно заметил Колян. — Он нам больше не нужен, а знает много. Мало ли что ему в голову придет... Но ты не переживай, эту проблему я сам решу.

— Слушай, а как же квартира? — забеспокоился таджик. — Ее ведь для Славы покупали! Это большие бабки!

— Не мелочись, дорогой, — ухмыльнулся Колян. — Знаешь такое понятие — «накладные расходы»?

— Ой-бой... — простонал таджик. — Ну ладно, дня через три будем звонить твоему человеку.

— Ждем с нетерпением, — сказал Колян. — И смотри у меня, чтоб без фокусов. А то ведь если я рассержусь, вы не только Москву потеряете — вы и в Таджикии своей от меня не отсидитесь. Салям алейкум!

Колян вышел из кухни, аккуратно поставил телефон на журнальный столик, подошел к Славе и будничным тоном приказал ему:

— Ну-ка пошли.

Этот будничный, равнодушный голос не позволил Славе заподозрить недоброе. К тому же он еще не вполне оправился от действия ослабляющего волю наркотика и потому послушно поднялся и побрел за бригадиром. Колян открыл дверь в ванную и пропустил Славу перед:

— Проходи, не бойся.

Больше всего Слава боялся чем-нибудь раздражить главаря бандитов. К тому же тот, казалось, был настроен вполне миролюбиво. Они вошли в ванную, и Колян прикрыл за собой дверь. В эту закрытую дверь впились взглядами Рекс и тот молодой боец, который не спал — оба догадывались, что сейчас должно произойти.

Войдя в ванную, Слава решил, что предстоит конфиденциальный разговор, и начал поворачиваться к бригадиру, однако повернуться не успел — тот бросился на него, как тигр, одной рукой поймал горло жертвы в локтевой захват, а другой вонзил ему заточку под левую лопатку. Колян ощутил, как жало отвертки проникло в полость грудной клетки, как тело Славы резко вздрогнуло, напряглось и почти сразу же обмякло. Было ясно, что удар пришелся точно в сердце, но Колян не давал убитому падать еще некоторое время — пока не замерли последние судорожные движения и тело не налилось неподъемной смертной тяжестью. Тогда Колян одним ловким рывком перевалил труп в ванну, морщась от резкого запаха мочи, которую в предсмертном расслаблении пустил несчастный диспетчер. Тщательно вымыв заточку и положив ее в карман, Колян вышел из ванной и спокойно сообщил своим бойцам.

— Там надо прибрать, пацаны.

Рекс вскочил, стремительно заглянул в ванную и так же стремительно выскочил оттуда.

— Ты за что его, Колян? — взволнованно спросил он.

— Ни за что, — пожал плечами Колян. — Просто у нас теперь свой диспетчер, чтобы держать всю сеть под нашим контролем. А этот слишком много знал. Еще вопросы будут?

В голосе бригадира явственно прозвучала угроза. Рекс смешался и смолк, а в следующую минуту подумал, что он, пожалуй, прав, как всегда.

— Так вот, приберитесь там, — продолжал Колян. — Я принес несколько сумок, они в прихожей. Разрубите тушу на части, заверните в полиэтилен и сложите в сумки, а потом вывезите куда-нибудь подальше. Только смотрите у меня — не бросайте где попало, лишь бы выбросить поскорей. Полно народу на этом спалилось...

Заметив гримасу отвращения на мясистом лице Рекса, Колян ядовито заметил:

— А как ты его хочешь отсюда вытащить? На плече жмурика понесешь?

Не дождавшись ответа, бригадир сказал наставительно:

— А ты думал, как? Это работа, а наша работа не только в том состоит, чтобы из пистолетиков пострелять, а потом среди телок в кабаке сидеть, как король. Иногда приходится и дерьмо разгребать. Так что буди своих орлов, и чтобы все было чисто сделано.

Все было сделано чисто. Родители Славы Парфенова с тех пор ничего больше не слышали о своем сыне. Только жарким летом 99-го года дети нашли в пересохшем болоте у железной дороги, которое прежде никогда не пересыхало, полуразложившийся торс мужчины. Однако кому принадлежали эти останки, милиции так и не удалось выяснить. В Москве Славу тоже никто не разыскивал, а бесхозную квартиру бригада продала за приличную сумму с помощью надежных нотариусов. При этой сделке пригодились документы покойного Славы, сделанные для него когда-то на другую фамилию. Получив деньги за квартиру, Колян начисто забыл о несчастном диспетчере, с которым и познакомился-то всего за десять минут перед тем, как убить.

ГЛАВА 38

Несколько недель бригада Коляна не проводила никаких значительных операций. Денег, полученных от Вити Тульского в награду за то, что нигерийские и таджикские наркоторговцы теперь платили процент со своих прибылей московскому воровскому сообществу, бригаде оказалось вполне достаточно, чтобы все это время вести роскошный образ жизни. К тому же каждый смог отложить себе приличную сумму на черный день. Бойцы сделали вывод, что не прогадали, поставив на Радченко; их, конечно, угнетала насаждаемая Коляном железная дисциплина, однако платил Колян щедро, тем самым искупая все невзгоды. К тому же в последнее время он стал более либерально относиться к развлечениям своих бойцов, порой даже самолично рекомендуя им рестораны с хорошей кухней или притоны с достойным женским персоналом. Денежное благополучие отчасти объяснялось и тем, что, хотя наркоторговцы платили твердый процент, деньги получали люди Коляна, все дела проворачивались через назначенного Коляном диспетчера и Колян же лично контролировал ситуацию в московской розничной наркоторговле. Бригадир аккуратно передавал деньги Вите, старясь, чтобы сумма не обманула его ожиданий, поскольку к открытой борьбе с ворами он еще не чувствовал себя готовым.

Однако воры получали значительно меньше того, что могли бы получать. Они догадывались об этом, но сложившееся положение покамест их устраивало, поскольку сибирская бригада брала на себя все труды и весь риск. Колян же, как всегда, только ждал момента, чтобы внезапным ударом вытеснить своих нанимателей с прибыльного рынка. Тем временем он терпеливо завязывал связи с криминальными структурами столицы, используя для этого наиболее толковых своих бойцов, а изредка и сам появляясь на «стрелках».

Теперь уже никто не отваживался грубить членам его бригады или манкировать просьбой Радченко о встрече с ним самим или с одним из его помощников. И в результате люди Коляна вступили не только в деловые, но и в дружеские связи с верхушкой московского криминального мира и постоянно находились в курсе событий. «Да, мы — мощная команда, — говаривал Колян, — но что в этом толку, если мы будем торчать на обочине жизни? В случае чего серьезные клиенты нас могут просто не найти и обратятся к кому-нибудь еще. Да и сами мы таким макаром можем все прозевать. Нет, надо быть в гуще событий. Под лежачий камень портвейн не течет». Однако Колян строго предостерегал своих бойцов против панибратства с представителями других криминальных группировок: «Держите дистанцию! Давайте понять, что вы — выше всех, тем более что это так и есть. И никому до конца не верьте: помните, в нашем мире у каждого — свои интересы и он за них отцу родному порвет глотку. Верьте человеку лишь до тех пор, пока ему невыгодно вас предавать».

Люди Коляна не только ходили на почти официальные «стрелки», посвященные разграничению сфер влияния, но и по прямому указанию бригадира посещали казино, рестораны, бильярдные и прочие места скопления криминального элемента. «Никем не брезгуйте, — наставлял Колян своих эмиссаров. — Вам не обязательно дружить со всеми алкашами, блядями, педрилами и наркоманами, но вы должны стремиться к тому, чтобы всех их знать и знать, где кого найти в случае надобности и кого как можно использовать. Менты вон никем не брезгуют, благодаря этому и в тюрьмах такая теснотища». В результате в московских криминальных кругах скоро сформировался определенный имидж бригады Коляна — люди уже представляли себе, чего от бригады можно ожидать и с какими деловыми предложениями к ней можно обращаться. По различным неформальным каналам начали поступать и предложения, но они носили скорее прощупывающий характер, и Колян почти без размышлений их отверг. «Не надо опускать себя и размениваться на мелочи, — разъяснял он свое решение. — Вы могли бы и сами послать их с этими предложениями на три буквы, и я бы вас не наказал. Какой тут должен быть принцип? Чтоб предложение, если мы его примем, поднимало наш авторитет — я имею в виду не только бабки. Понимаете, что я хочу сказать? Вот такие предложения имеет смысл обсуждать. А все остальное можете отвергать сразу, я разрешаю».

Активное нащупывание контактов в конце концов принесло весьма аппетитные плоды. Однажды Коляну донесли, что с ним через своих доверенных лиц стремится связаться активный член одной из подмосковных преступных группировок и одновременно крупный легальный бизнесмен по кличке Феликс, прозванный так из-за того, что с самого начала своей карьеры в бизнесе он держал на столе в своем офисе в качестве талисмана бюст Дзержинского. Колян постоянно помнил о том, что многочисленные контакты, в которые по его настоянию вступали члены бригады, помимо всех несомненных плюсов несли в себе и немалую опасность: можно было нарваться на милицейского агента и вывести его на самого Коляна и других бойцов, находившихся в розыске. Да и любой человек, находящийся под следствием за свои собственные грехи, мог, дабы заслужить благосклонность ментов, сыграть роль агента. Так что Колян постоянно давал своим бойцам самые подробные и жесткие инструкции по соблюдению конспирации и лично на встречи ходил в очень редких случаях. Теперь, однако, как раз и наступил подобный случай: криминальный бизнесмен являлся фигурой всероссийского масштаба, и послать на встречу с ним даже самого проверенного помощника означало нанести большому человеку серьезную обиду и уж наверняка завалить дело, даже еще не узнав, в чем оно состоит. Итак, Колян тщательно проверил, является ли вышедший на контакт мужчина тем человеком, за которого себя выдает (при всероссийской известности бизнесмена сделать это было несложно), и назначил место встречи (в том же знакомом кафе близ Тимирязевского парка, где он не так давно встречался с Витей Тульским).

И Колян, и Феликс прибыли на неприметных машинах и почти без охраны, если не считать водителей. Впрочем, люди Коляна уже успели проверить и само заведение, и его окрестности и теперь коротали время за пивом в углу зала. Однако Феликс тоже оказался человеком весьма осторожным: опасаясь, видимо, наличия подслушивающей аппаратуры и скрытых камер, он после первых сдержанных приветствий предложил прогуляться наедине по парку, начинавшемуся тут же, через улицу. Колян пожал плечами и без особых возражений согласился. Он предвидел такой вариант: на чердаке дома, где находилось кафе, сидел и ждал сигнала человек с дальнобойной фотооптикой. Колян вовсе не собирался шантажировать своего собеседника, но считал, что запечатлеть известного бизнесмена, подумывающего о политической карьере, дружески гуляющим по заснеженной аллее с человеком, находящимся в розыске за многочисленные убийства, никогда не помешает.

— Я много говорить не буду, — монотонно начал Феликс. — Серьезные люди слышали, что ты, Николай, серьезный спец по... силовым, так сказать, вопросам. Они готовы заплатить немалые деньги за устранение одной фигуры, которая очень мешает их планам в бизнесе.

Серое лицо Феликса и губы, сложенные в кислую гримасу, внушили Коляну подозрение, что собеседник явился на встречу с сильного похмелья. Запах, через минуту докатившийся в морозном воздухе до ноздрей Коляна (про такой запах в народе говорят: «Хоть закусывай»), подтвердил его подозрения. Почти непьющий бригадир поморщился, но, разумеется, заговорил о другом:

— Фамилия, имя, место работы у этой фигуры есть?

— Само собой. Это заместитель генерального директора концерна «Госснабвооружение» Игнатов Владислав Геннадьевич.

Губы Коляна искривились в злорадной усмешке. Феликс искоса взглянул на него и поинтересовался:

— Что-то не так?

— Да нет, все так, — медленно произнес Колян, опасаясь выдать охватившую его радость. Ценой немалых трудов и жертв подготовить расправу над своим врагом, а потом узнать, что все эти труды и жертвы будут щедро оплачены, — да это редкая, почти невероятная удача!

— А позволь узнать, кто же хочет его убрать — люди из легального бизнеса или... как говорится, из криминального? Неужели... воры решили наказать такого крупного чиновника? — валял ваньку Колян.

Феликс прищурил один глаз, точно хотел понять, шутит собеседник или и впрямь такой наивный.

— Нет, Коля, это не воры. Воры вряд ли на такое пошли бы. Говорят, Игнатов с ними... общие дела имеет. В устранении Игнатова заинтересован один крупный человек, которому Игнатов сильно мешает.

— Чудно все это! — брякнул Колян рассеянно и не заметил, как при этом опасливо сверкнули глазки Феликса.

Бизнесмен, почти не глядя на Коляна, будничным тоном продолжал, явно стремясь поскорее закончить разговор и отправиться поправлять здоровье:

— Срок — месяц. Берешься?

— Срок вполне подходящий. Но у меня правило — половину гонорара вперед.

— Слыхал об этом, — кивнул бизнесмен. — Деньги здесь. — И он взвесил на руке небольшой изящный кейс, который взял с собой на прогулку.

— Сколько? — поинтересовался Колян, не торопясь брать кейс. Услышав ответ Феликса, он хмыкнул, сделал вид, будто размышляет, и через минуту с расстановкой произнес: — Что ж, сумма устраивает. Будем работать.

Кейс перекочевал в руку Коляна, и бригадир не смог сдержать короткого смешка. Поймав удивленный взгляд собеседника, он пояснил:

— Хочешь — верь, хочешь — нет, но я, сколько живу на свете, все понять не могу — и чего эти бизнесмены хреновы поделиться не могут по-хорошему? Одно дело, когда воры друг дружку мочат, но у них свои законы, а вот почему большие чиновники ведут себя точно урки — я этого понять не могу. А ты?

— Я тоже, — пробормотал Феликс, окидывая Коляна оценивающим взглядом. Парню явно не было еще тридцати, а рассуждал он как человек, умудренный жизненным опытом. Такие рассуждения в его годы говорили о незаурядном природном уме. А ведь бизнесмен ожидал увидеть туповатого убийцу, думающего только о своем ремесле да о деньгах и жизненных благах, которые оно приносит. Радченко разительно отличался от этого распространенного образа бандитского главаря и, следовательно, был гораздо опаснее. «Надо найти предлог, чтобы больше не втираться в это дело», — подумал бизнесмен. Они договорились о связи — Колян дал своему собеседнику телефон диспетчера сети по сбыту наркотиков и сам запомнил названный бизнесменом телефон. Память у него была безотказная — вероятно, благодаря здоровому образу жизни, — и это позволило ему исключить из своего обихода такой опасный предмет, как записная книжка. Собеседники согласовали тексты возможных сообщений, стараясь, чтобы они звучали как можно более нейтрально. На прощание Колян спросил с улыбкой:

— Не боишься, что я заберу бабки и ничего не сделаю?

— Ну, во-первых, бабки не мои, — пожал плечами Феликс. — Меня попросили, я договорился и передал — какие ко мне вопросы? Твою кандидатуру назвал ведь не я. А вообще-то кидалова от тебя не ждут. Во-первых, у твоих заказчиков тоже зубы есть, и большие. Хотя бы в форме денег, — он кивнул на кейс. — Во-вторых, ты ведь хочешь и дальше работать, а если ты кинешь заказчика, кто же с тобой потом свяжется? А в-третьих... в-третьих, ты любишь работать. — И Феликс, дружески улыбнувшись Коляну, протянул руку для прощального рукопожатия.

ГЛАВА 39

Узнав из сообщений прессы, что Заботина грохнули, Колян опечалился: теперь кто ж ему заплатит за убийство Варяга? Но судьба оказалась к нему благосклонной: появился новый заказчик! И это обстоятельство придало Коляну новые силы: личная месть, конечно, хороший стимул. Но когда за это тебе еще кто-то готов отстегнуть приличные бабки — это же еще приятнее! На отработку аванса у него был месяц. Только месяц... Целый месяц... И Колян с рвением принялся разрабатывать новый план покушения. Дело это требовало особой тщательности, поскольку Варяг после гибели жены и сына окружил себя тройным кольцом охраны, постоянно менял маршруты своих перемещений и перестал пользоваться наиболее уязвимым маршрутом от офиса до дачи.

Особняк «Госснабвооружения» стоял на отшибе — рядом с ним негде было укрыться снайперу. Чтобы успешно выстрелить в человека, выходящего из офиса, требовался стрелок высочайшего класса, вроде Соло-ника, но такого у Коляна не было. Охрана Варяга постоянно контролировала окрестности офисного здания, включая подъездную дорогу, подземные коммуникации и прилегающие микрорайоны на предмет выявления подозрительных лиц. Незаметно подобраться к машине Варяга нечего было и думать, да и сама машина являлась звеном системы безопасности: обычная с виду черная «ауди» имела изготовленные по спецзаказу на одном из заводов форсированный двигатель, броневое покрытие и пуленепробиваемые стекла, так что обстреливать ее имело смысл разве что из гранатомета.

Колян уже знал, что Варяг, по крайней мере, раз в неделю приезжает на совещание в министерство на Новый Арбат. На его невероятную удачу, министерство располагалось именно в той самой многоэтажке, где на тринадцатом этаже помещался офис фирмы «Стикс». Место для покушения на Варяга было во всех случаях идеальное. Но и опасное — поэтому на первых порах Колян решил прощупать оборону противника на ближних подступах... В ходе очередной проверки люди Чижевского обнаружили в канализационной трубе неподалеку от офиса «Госснабвооружения» пакет взрывчатки. К счастью, бомба была еще не готова к действию. Немедленно устроили засаду, однако бойцы Коляна вовремя почуяли неладное, и к взрывчатке никто не сунулся. Вскоре прямо на проходной в офисном здании на Мытной улице, куда Варягу часто приходилось ездить, его охранники отловили неприметного молодого человека с мастерски подделанным удостоверением сотрудника «Росвооружения» и с австрийским пистолетом «глок» в кейсе. При задержании молодой человек отбивался как профессионал, а не как государственный чиновник, однако силы были слишком неравны. Никаких ценных сведений Чижевскому от него получить не удалось: молодой человек сообщил, что на него вышли через московских воров, которые знали его как грамотного специалиста по устранению неугодных. Заказчика своего он не знал, а в здание на Мытную намеревался ходить регулярно — до тех пор, пока не изучит все ходы и выходы и не узнает, какие кабинеты посещает Игнатов. Чижевский понимал: киллер не врет, он и не мог знать заказчика. «Специалиста» вместе с его пистолетом сдали в милицию, но фальшивую ксиву «Росвооружения» Чижевский оставил у себя, решив еще поработать с этими «корочками». Не так уж много существует контор, способных изготовить такой документ, а установив изготовителя, полковник надеялся выйти и на заказчика. Разумеется, он усилил охрану вокруг здания на Мытной, хотя и понимал, что расставить своих людей вокруг всех государственных и коммерческих учреждений, которые посещает Владислав Геннадьевич, просто немыслимо...

Узнав о провале своего киллера, Колян был страшно раздосадован, поскольку вариант акции с проникновением в госконтору на Мытной казался ему весьма реальным. Более того, ничего другого Коляну пока не приходило в голову. Да тут еще нескольких молодых бойцов, изучавших обстановку в микрорайоне недалеко от офиса «Госснабвооружения», сгребли и доставили в милицию. Хорошо еще, что эти ребята официально проживали в рабочем общежитии, работали в охране разных фирм и ничто не указывало на их связь с Коляном. Кроме разве что сибирского происхождения.

— Помяните мое слово, Владислав Геннадьевич, они из шайки Радченко! — кипятился Чижевский.

— Бросьте, Николай Валерьяныч, — охладил его пыл Варяг. — У вас мания преследования! Вы что, намерны пытать всех, кто подойдет ко мне ближе чем на километр? Ну и даже если они работают на Радченко, что они вам скажут? Наверняка они получают указания по телефону. Они, возможно, и самого Радченко ни разу не видели и даже не слыхали о нем! — Помолчав, Игнатов добавил: — Но иметь своего человечка в ихней общаге действительно не повредит.

— Сделаем, Владислав Геннадьевич, — отозвался Чижевский.

Колян в глубине души мечтал о славе террориста всемирного масштаба, как у знаменитого венесуэльца Ильича Рамиреса. Но он не желал быть просто безмозглым орудием для осуществления чужих планов и хотел представлять расклад политических сил и интересов в российском обществе, дабы знать, в случае чего, кому предложить свои услуги и кто сможет оплатить эти услуги пощедрее. Ведь уже не раз большие люди пытались использовать Коляна, а все выходило так, что он использовал их — в том же духе он намеревался действовать и дальше, но для этого следовало получше разбираться в ситуации. Он долго размышлял над тем, чей же заказ поступил к нему через бизнесмена с кликухой Феликс, и в последнее время ему стало казаться, что он разгадал эту загадку.

Еще с весны ряд газет и телеканалов открыли массированную кампанию против «Госснабвооружения» и лично против Владислава Игнатова. Колян понял, что ополчившиеся на Варяга газеты и телекомпании контролируются Григорием Борисовичем Чудновым, идейным руководителем «новых русских», чье ненасытное стяжательство давно вошло в поговорку. Конкурирующая пресса неукоснительно разоблачала каждую новую аферу Чуднова, но этот пробивной человек, видимо, хорошо разбирался в структуре российской власти и прежде всего постарался стать «лицом, близким к президенту» или, как стало принято говорить в последнее время, членом «семьи». Имея в своем распоряжении газеты, радио, телевидение и целую армию услужливых журналистов, он не стеснялся смешивать с грязью всех, кто ему мешал. Компромат на неугодных собирали как сами журналисты, так и специально созданные для этой цели охранные фирмы, после чего происходил профессиональный слив компромата в СМИ. Кое-кто из слабонервных уступали Чуднову дорогу, ибо знали за собой немалые грешки и опасались, как бы газетными сплетнями не заинтересовалась Генеральная прокуратура. Однако Игнатов, кого карманные СМИ Чуднова поливали с остервенением, разумеется, не принадлежал к числу слабонервных. К тому же сам компромат на Игнатова выглядел не очень убедительно: в статейках о нем были обильно рассыпаны бездоказательные намеки на криминальное прошлое и настоящее Игнатова, на контрабанду оружия и прочее.

Читая всю эту «сливную» чушь, Колян интуитивно чувствовал здесь какую-то правду: видимо, журналисты раскопали кое-какие темные сделки концерна. Но он не мог знать, что компрометирующий Варяга материал предоставил Чуднову коронованный вор Закир Большой. «А почему ты с этим Чудновым дело имеешь? — спрашивали Закира некоторые воры. — Он ведь сам на «Госснабвооружение» нацелился. А у нас там генеральный директор, можно сказать, свой человек, и Варяг опять же... А ты Чуднову помогаешь. Правильно ли это?» — «Я ему не помогаю, я его использую, — степенно возражал Закир. — Пускай Чуднов копает под Варяга — это, люди, в наших интересах. А потом мы и с Чудновым разберемся». — «Да, надо, надо, — кивали воры, — высоко он хвост поднял. Пора ему показать, где его место».

Организованная Чудновым газетно-телевизионная кампания проходила под лозунгом «Мафия и власть»: журналисты предупреждали общество о грозной опасности, угрожавшей ему в лице Игнатова—Варяга и ему подобных. Чудновские писаки грамотно били в одну точку, не обременяя себя доказательствами. Перечислялись связи Варяга в криминальной среде и в политических кругах, вспоминали о той финансовой поддержке, которую концерн оказывал ряду общественных организаций и средств массовой информации, и делали вывод о том, что Варяг — классический пример того, как мафия рвется во власть.

Но и Варяг не сидел сложа руки. Буквально через неделю после начала кампании Чуднова против Игнатова вдруг выяснилось, что существует немало журналистов, горячо симпатизирующих Игнатову. Не имевшие к нему, казалось бы, никакого отношения газеты, телеканалы и радиостанции вдруг принялись его рьяно защищать. Особенно старался влиятельный «Московский экспресс», напечатавший целую серию колких материалов против Чуднова.

Варяг, как и тысячи других жителей России, изрядно веселился, читая статьи про Чуднова в «Московском экспрессе». Когда в его кабинет вошел полковник Чижевский, Варяг все еще продолжал улыбаться.

— Веселитесь, Владислав Геннадьевич, — сказал с упреком бывший кэгэбист.

— Да вот читаю, как мои ребята разделали господина Чуднова. Это ведь я их нашел, — с детской гордостью сообщил Варяг. — Не читали, Николай Валерьяныч? Очень рекомендую, классная работа.

— К такому человеку, как Чуднов, я вам не советую относиться легкомысленно, — возразил Чижевский. — Он сам — интриган высшего разряда, не стоит его недооценивать. А потом, за ним стоят очень серьезные силы. Я к вам как раз по этому поводу.

— Вас что, встревожила эта шумиха в газетах? — улыбнулся Варяг. — Если да, то зря. У писак Чуднова ничего серьезного нет, и те газеты, которые за нас, уже сбили волну. Всем же понятно, кто начал эту свару и чего он хочет. Журналюги еще немного пошумят и успокоятся. Даже если в верхах весь этот шум и примут близко к сердцу, то ведь просто так снять меня нельзя — по уставу концерна требуется согласие не менее чем...

— Знаю, знаю — не менее пятидесяти процентов участников собрания акционеров, — кивнул Чижевский. — Так почему вы думаете, что ваши противники не наберут этих пятидесяти процентов? Когда началась заваруха в газетах, я распорядился взять под наблюдение большинство акционеров —конечно, аккуратно, чтоб не вышло скандала... И вот смотрите, какие контакты мы зафиксировали, — полковник положил листок со списком на стол перед Варягом. — Как видите, налицо всплеск интереса к нашим акционерам людей Чуднова и тех кто за ним стоит, — я там расписал, кто есть кто. И это при том, что далеко не все контакты, как я полагаю, нам удалось отследить.

— И какова реакция наших уважаемых акционеров? — перестав улыбаться, поинтересовался Варяг.

— Ну, то, что они пошли на контакт, причем тайный, — уже своего рода реакция, — сказал Чижевский. — Были люди, которые сами вышли на меня и рассказали о переговорах, — в списке они отмечены. Однако таких, к сожалению, меньшинство. На некоторых пришлось надавить, и только после этого они рассказали о состоявшихся переговорах. Люди Чуднова стараются к каждому подходить индивидуально, каждому предлагать нечто такое, что может особенно интересовать именно данного человека. Но многим предлагают просто деньги.

— Много? — осведомился Варяг.

— Очень, — кивнул Чижевский. — Устоять трудно. Не всем одинаково, но всем много. А кое на кого у них есть и компромат — не зря же Чуднов содержит охранные предприятия. Одним словом, Владислав Геннадьевич, с этим человеком надо что-то решать — слишком большие у него возможности. Я так понимаю, что вся шумиха в прессе — это прикрытие тех будущих изменений в руководстве концерна, которые Чуднов планирует провести. И боюсь, что мы не сможем ему помешать, если не примем решительных мер.

— Намек ваш понятен, товарищ полковник, — криво усмехнулся Варяг. — Однако крови не хотелось бы. Подумайте, есть ли способ вывести Чуднова из игры, скажем, на несколько месяцев — хотя бы до выборов, когда ситуация в стране изменится. А мы тем временем проведем собрание акционеров, на котором примем решение, что для снятия руководства требуется уже не пятьдесят, а семьдесят пять процентов голосов. На всякий случай — так будет надежнее.

— Слушаюсь, Владислав Геннадьевич, — поднялся Чижевский. — Будем думать.

ГЛАВА 40

Вернувшись в свой кабинет, полковник позвонил [
мой Абрамову, велел ему немедленно явиться для обсу
дения срочного задания.

Майор взмолился:

— Валерьяныч, да ты что? Сам же разрешил мне [
дачу смотаться! Смотри, погода какая!

— Все понимаю, майор, но дело действительно сро
ное, — вздохнул Чижевский. — Иначе не стал бы те
беспокоить. Если сейчас не сработаем как надо, то вскг
ре можем все оказаться на мели.

Абрамов тоже вздохнул и перестал сопротивляться
В кабинете Чижевского он появился через полчаса.
Полковник кратко изложил ему суть задания, но майор
отрицательно покачал головой:

— Авантюра, тем более в такие сроки. Ты знаешь, какая у Чуднова охрана? Знаешь, как охраняются все места, где он бывает? Надо долго изучать все маршруты, все
подходы... А живет он, как я слышал, в правительствен-
ном дачном поселке в районе Барвихи. Там вся территория обнесена забором с подведенной сигнализаций, постоянно ходят патрули, все подходы просматриваются
телекамерами... Нужна какая-то уникальная наебка,
чтоб туда проникнуть. Короче, Валерьяныч, надо долго
готовиться, но и тогда я успеха не гарантирую. Было бы
легче просто стереть объект...

— На это добро не давали, — возразил Чижевский.

— Ну тогда пусть дают нормальные сроки, — заявил Абрамов.

— Саша, да я все понимаю, но нет у нас времени, — простонал Чижевский. — Я тебе не буду всего рассказывать, но уж поверь мне на слово: вокруг концерна в верхах большая буча затевается. Может так получиться, что тот же Чуднов наложит на него лапу. Ты ведь слыхал, наверно, какой шум подняли газеты и телевидение? Ну вот... Ляжешь ты под Чуднова? И я нет. Значит, надо что-то придумывать.

— А что тут придумаешь, — мрачно сказал Абрамов. — Охрана у него — не лохи какие-нибудь, а профи, за хорошие бабки работают. Чтоб с ними справиться и взять объект живым, нужна войсковая операция...

Внезапно майор умолк. Было видно, что его осенила какая-то мысль. Чижевский с надеждой уставился на него.

— Есть у меня один приятель... — медленно произнес Абрамов. — В Афгане познакомились. Служит сейчас тут под Москвой в одном гарнизоне. Позвоню-ка я ему. Идея бредовая, конечно, но чем черт не шутит...

И майор взялся за телефон.

На следующий день ближе к вечеру майор Абрамов сидел в неприметном кафе возле станции метро «Войковская» с крепким широкоплечим мужчиной, по внешности — типичным армейским служакой. Оба собеседника были в штатском и чем-то походили друг на друга — то ли неторопливостью движений, то ли спокойным и уверенным поведением, то ли спокойным и внимательным взглядом. К тому же на обоих оставили свой вечный след солнце и ветер Афганистана — кожа на лице у каждого приобрела неустранимый коричневатый оттенок, а волосы и глаза, наоборот, словно выцвели. Собеседники с аппетитом поедали салаты, запивая их пивом. Абрамов слушал рассказ своего приятеля о безрадостных перипетиях армейской жизни и мрачно кивал. Затем майор заговорил сам. Он сообщил собеседнику о том, что работает в неофициальной охранной структуре очень крупного промышленного концерна.

— Я помню, ты прошлый раз говорил, что куда-то в охрану устраиваешься, — кивнул приятель.

— Охрана охране рознь, дорогой Юра, — усмехнулся Абрамов. — Мы там серьезные дела делаем. И сейчас нам такое дело предстоит.

Офицер почувствовал, что Абрамов переходит к сути разговора, и вопросительно посмотрел ему прямо в глаза. Майор не стал ходить вокруг да около и объяснил все кратко и по-военному. Его собеседник надолго умолк.

— На службе ты сейчас все равно ничего не выслужишь. Так и будешь постоянно думать, то ли увольняться из рядов, то ли нет, — жестко произнес Абрамов, глядя на повесившего голову собеседника. — А так тебе после операции выдадут деньги, которых тебе до конца дней хватит, выдадут настоящие украинские документы на тебя и на семью, и живи себе припеваючи, хавай галушки... Ты ведь с Украины сам?

— Да какая разница — Украина, Белоруссия, Россия... Это все начальники придумали, это все временно, — со вздохом произнес Юра. — А я еще единому Отечеству присягал...

— Ну вот и поможешь Отечеству, — возразил Абрамов. — Ситуация обычная: есть группа оборонных предприятий, которые прибыльно работают, и есть «новые русские», которые решили их прибрать к рукам. Естественно, деньги потекут уже не на развитие производства и не в госбюджет, а этим буржуям в карман. Начнутся задержки зарплаты, все льготы рабочим прикроют, а рабочих, между прочим, сотни тысяч, и у всех семьи, жены и дети. Кроме того, ты как военный должен понимать:

когда придут новые хозяева, у многих из которых двойное гражданство, обо всех новых военных разработках будут раньше знать на Западе, чем в нашем Министерстве обороны. А ты мне тут о присяге что-то толкуешь. Вот и действуй в соответствии с присягой! Тем более что без награды ты не останешься.

— И что ж, мне до самой смерти потом прятаться? — спросил Юра.

— Зачем прятаться? Я же говорю: тебе сделают такие документы, что комар носа не подточит, — ответил Абрамов. — А кроме того, бардак не вечно будет продолжаться. И власть нормальная придет, и страна воссоединится. Тогда подавай рапорт, если захочешь, и опять служи.

— Но мне же после операции надо будет как-то уйти, — заметил офицер. — А если я сам буду уходить, то сразу погорю, я же не разведчик...

— За это не волнуйся, — сказал Абрамов, — это я обеспечу. Мы же вместе будем уходить, поскольку и работать будем вместе.

— Серьезно? — повеселел Юра. — Ну что ж ты сразу не сказал! Это меняет дело. Ну, допустим, я согласен...

— Э-э, — с серьезным видом перебил его Абрамов, — никаких «допустим». Или четкое «да», или четкое «нет». Если ты согласишься, я тебе столько секретных вещей должен буду рассказать, что обратной дороги у тебя уже не будет. И если ты даже не заложишь нас, а просто пойдешь на попятную, то даже я тебя не смогу защитить. Сам знаешь, что бывает с теми, кто слишком много знает.

«Абрам меня не обманет, — подумал Юра, — дело, наверно, и впрямь благородное. Он в дерьме мараться не станет. Мужик я или нет, в конце концов? И в Афгане, и в Чечне сколько раз приходилось жизнью рисковать просто по приказу, а здесь одна операция — и решатся все проблемы и для меня, и для семьи, и для детей, да еще и дело доброе сделаю...»

— Ладно, — решительно кивнул он, — я согласен.

— Молодец, — Абрамов похлопал его по плечу, — мне приятно будет с тобой работать. А за Отечество не волнуйся — оно тебе еще ба-альшое спасибо скажет. Ну, слушай...

* * *

Близился рассвет, но было еще темно, когда в казарме разведывательного батальона N-ской мотострелковой дивизии взвыла сирена боевой тревоги. Солдаты ошалело вскакивали и начинали одеваться, командиры, такие же заспанные, их поторапливали. Вскоре из динамиков прозвучала команда личному составу получить оружие с боекомплектом и построиться на плацу, а механикам — подготовить боевые машины к выезду. Офицеры, грохоча сапогами, прошли по казарме, поторапливая бойцов и сопровождая их в оружейную комнату.

— Что случилось, товарищ лейтенант? — сыпались вопросы.

— Не знаю, — отмахивались офицеры, — сейчас комбат все расскажет.

Когда батальон, состоявший из двух рот, поротно построился на плацу, перед рядами вооруженных солдат появился командир — тот самый Юра, который несколько дней назад разговаривал с Абрамовым. Он был суров и сосредоточен. За его спиной держались три таких же сосредоточенных, подтянутых офицера в камуфляжной форме — майор Абрамов, майор Лебедев и капитан Усманов. Поприветствовав личный состав вверенной ему части, офицер затем оглядел замершие ряды и произнес:

— Разведчики! По поручению командования сообщаю вам, что антинародный режим Ельцина отстранен от власти военными, верными Отечеству и своему долгу. Сформировано и уже работает новое правительство национального возрождения. Оно не сомневается в вашей поддержке...

По рядам прокатился радостный шум. Солдаты весело переглядывались, улыбались друг другу, смеялись. Комбат прикрикнул:

— Разговорчики в строю! Вопросы есть? По машинам!

Редкие водители, передвигавшиеся в этот ранний час по дорогам северного Подмосковья, испуганно шарахались к обочинам, завидев вереницу боевых машин пехоты и движущихся вслед за ними грузовиков с солдатами. Капитан Усманов осматривал местность, высунувшись по пояс из люка передней БМП. На его лице против воли играла улыбка: ему казалось, будто он в Афганистане, помолодел на десять лет и сейчас начнется бой. Уже на подходе к запретной зоне, бывшей целью колонны, из будки ГАИ выскочил милиционер и замахал полосатым жезлом. Усманов приказал водителю остановиться, и вслед за передней машиной остановилась вся колонна.

— Куда следуем, товарищ капитан? — спросил гаишник. — Вы знаете, что находитесь в зоне особого режима, где все перемещения должны согласовываться? Предъявите ваше предписание, пожалуйста.

— Отстал ты от жизни, земляк, — высокомерно сказал Усманов. — Нет теперь никакого особого режима. Власть переменилась, понял? Трогай!

И колонна, взревев дизелями, двинулась с места, обдав ошарашенного гаишника облаком выхлопных газов. Вскоре она свернула с шоссе и остановилась у въезда в обнесенную металлическим забором запретную зону. На столбах у ворот торчали телекамеры, поэтому Усманов, дабы не оставлять будущим расследователям своего изображения, юркнул внутрь машины. Вместо него из люка высунулся лейтенант разведбата и заорал в мегафон:

— Вы что, радио не слушаете? А ну открывай!

Охранники, высыпавшие из будки, тупо глядели н.
лейтенанта и на грозную боевую машину. Наконец старший из них опомнился и заявил:

— Я ничего не знаю, мне никаких указаний не давали, чтобы вас впустить. Ждите, пока я свяжусь с начальством.

Лейтенант, искренне уверенный в том, что произошел военный переворот, угрожающе возразил:

— Нам ждать некогда, мы при исполнении. Открывай, или я силу применю.

Вместо ответа старший охранник скрылся в будке
и увел туда за собой своих людей. Однако дозвонить-
ся они никому не успели — грозно взревел могучий ди-
зель, бронемашина ринулась вперед, и створки ворот
со звоном разлетелись в разные стороны. Неожиданно
заработал пулемет второй БМП: двумя короткими очередями он снес с ворот телекамеры, а третью очередь
выпустил по окну караульной будки. Зазвенели разбитые стекла, и охранники в помещении бросились на
пол, закрывая головы руками. Вереница машин двинулась в глубь запретной зоны, за исключением двух за-
мыкавших колонну грузовиков: они остановились
у КПП, и из них стали выпрыгивать солдаты с автоматами. Один из охранников, лежавших на полу, приподнял голову, увидел эту картину через открытую
дверь и потрясенно ахнул:

— Ё-моё! Что творится?!

Лейтенант, ворвавшийся в караулку во главе своих
солдат, распорядился:

— Собрать у них оружие и выгнать за ворота.

— Земляк, — обратился охранник к лейтенанту, —
что происходит-то?

— Государственный переворот, — сухо ответил офицер. — Много всякой сволочи в вашем поселке скопи-
лось, вот нам и приказано с ними разобраться. Ну, вста-
вайте и марш отсюда, вы нам не нужны.

Тем временем колонна по прекрасной дороге среди мачтовых сосен катила в глубину поселка. В центре поселковой территории остановился еще один грузовик, и высадившиеся из него солдаты заставили проходивший по улице патруль охраны улечься, заложив руки за голову, на ухоженную травку газона, тянувшегося вдоль металлических оград дач, больше похожих на дворцы. Оставшиеся машины, не сбавляя скорости, мчались дальше. Поравнявшись с забором, на котором красовалась табличка с нужным номером, БМП Усманова резко приняла вправо. Охранник, вышедший из своей будки, чтобы посмотреть, почему на рассвете в поселке ревут моторы, еле успел отскочить в сторону — пятнистая стальная махина, со звоном разбив ворота, пронеслась мимо него в глубину громадного участка, обдав ошеломленного стража выхлопными газами. За ней последовали еще несколько, а замыкавший колонну грузовик остановился, и из него посыпались солдаты. На охранника уставилось дуло автомата, раздался окрик: «К стене!», и дальнейшего развития событий охранник уже не видел, но через несколько минут к той же стене пригнали и поставили в ряд еще пятерых его товарищей. Дверь дома молниеносно вышибли с помощью кувалды, Абрамов во главе остальных ринулся внутрь, но в холле на мгновение замешкался: дом оказался таких размеров, что непонятно было, куда идти. Замешкались и солдаты: они закрутили головами, озираясь по сторонам, подавленные зрелищем настоящей роскоши, никогда не виданной ими в жизни. Абрамов, впрочем, быстро опомнился и начал отдавать распоряжения, рассылая в разных направлениях группы бойцов. Его деловой тон подействовал на солдат, которые тоже оживились и начали обшаривать дом, обсуждая при этом, для чего предназначены те или иные предметы обстановки и сколько они могут стоить. Быстро нашли спальню, в которой на необъятной постели лежала супруга олигарха и расширенными глазами взирала на солдат в полном боевом снаряжении, ввалившихся со смехом и шуточками в святая святых. В жизни эта женщина была довольно эффектной блондинкой, но сейчас ее лицо от страха сделалось таким тупым, что могло лишь внушать отвращение.

— Где хозяин? — с угрозой в голосе спросил Абрамов, помахивая пистолетом. Женщина вместо ответа тихо взвизгнула и закрылась подушкой. «Еще обдуется со страху», — с досадой подумал Абрамов и прикрикнул на солдат:

— Ну, чего столпились? Давайте искать.

Впрочем, долго искать не пришлось — испуганного плешивого человечка, похожего на муравья, нашли тут же в спальне, в роскошном инкрустированном шкафу орехового дерева. В одних трусах миллиардер Чуднов выглядел крайне непрезентабельно — сутулый, узкогрудый, с длинными черными волосами, которые как-то клочьями были разбросаны там и сям по мучнисто-белой коже. Солдаты смотрели на него с брезгливым любопытством. Когда он вылезал на свет божий, что-то со стуком упало на дно шкафа.

— Э-э, кажется, надо поторапливаться, — сказал Абрамов, увидев упавший предмет — им оказался радиотелефон. — Уже позвонил куда-то, стервец.

— Я никуда не звонил, клянусь вам! — обрел дар речи Чуднов. — Вы так быстро ворвались, что я просто не успел!

— Вот и хорошо, — кивнул Абрамов. — А теперь закрой рот и помолчи.

Пленник повиновался. Майор достал из кармана катушку клейкой ленты и сноровисто заклеил миллиардеру рот. Чуднов не оказал ни малейшего сопротивления, только ошалело моргал глазами. Затем майор поднял одну за другой руки пленника, вытянутые по швам, и защелкнул на его запястьях наручники.

— Все равно надо торопиться, — сказал Абрамов. — Комбат, ты тут командуй. Задача твоей части — занять и удерживать до особого распоряжения территорию поселка. Людям и технике на этой даче больше делать нечего, пусть выдвигаются на машинах к границам поселка и занимают позиции по периметру. Пару взводов пусти на прочесывание — пусть выгонят с территории всех охранников, а заодно и местных жителей пугнут хорошенько.

Комбат собрал вокруг себя в холле дачи своих офицеров, показал им по карте поселка, врученной ему Абрамовым, направления движения, и вскоре вокруг дачи поднялась суета: загрохотали солдатские сапоги, зазвучали команды, взревели моторы... Впрочем, суета продолжалась недолго, и вскоре все вокруг дачи опустело. О вторжении напоминали только разбитые ворота с перекосившимися распахнутыми створками да зловещие следы огромных рубчатых шин на великолепном газоне. На газоне остались также лежать свернутая в кокон резиновая лодка и аккуратно упакованный в большую картонную коробку лодочный мотор — и то, и другое было доставлено на одной из БМП.

— Ну, вперед! — скомандовал Абрамов. Он и Усманов подхватили лодку и устремились к реке. Перед ними трусил Чуднов, подгоняемый время от времени пинками и тычками. Следом бежали, держа с двух сторон коробку с мотором, Лебедев и комбат. Дачный участок одной стороной примыкал к реке и имел спуск к воде в виде длинной деревянной лестницы. Лестница оканчивалась маленькой пристанью на сваях. На этой пристани разложили лодку, из коробки достали насос и мотор. Лодка была готова к плаванию всего через несколько минут — сказались многократные тренировки. Ее спустили на воды, швырнули в нее Чуднова, и Лебедев, севший на корме, запустил двигатель.

— Эх, на рыбалку бы сейчас... К нам, на Волгу, — мечтательно произнес Усманов, обводя взглядом зеркальную гладь реки, на которой там и сям появлялись круги от играющей рыбы, и плоскую туманную пойму на другом берегу.

Абрамов заметил в ответ:

— Как бы нам еще дальше не пришлось сматываться.

— Вряд ли, — возразил Лебедев. — Продержат этого хрена под замком, пока ситуация в стране не изменится, а когда она изменится, кому будет интересно, кто там его похищал?

Лодка, пофыркивая мотором, наискось пересекла русло и свернула в длинную протоку, где старые ивы, наклонявшиеся друг к другу с двух берегов, образовывали над водой подобие свода. В свое время Абрамов и его друзья потратили немало дней, чтобы под видом туристов основательно изучить эти места и все разветвления стариц и проток. Поэтому сейчас дальнейший маршрут четко рисовался в его голове: свернуть в другую протоку, доплыть до того места, где она подходит к шоссе, а там их уже должны ждать две машины, одна из которых предназначена специально для комбата. У него уже скоро самолет, и ему надо торопиться в аэропорт, где он встретится с семьей. Его разведчики будут удерживать поселок достаточно долго для того, чтобы он успел улететь. В багажник другой машины погрузят Чуднова, все переоденутся в гражданское и поедут каждый своей дорогой. После доставки Чуднова в надежное место операцию можно будет считать завершенной.

— И надо потом сразу на дачу, — вслух подумал Абрамов. — Дострою теплицу, а помидоры там пускай жена сажает. Что я люблю, мужики, так это помидоры.

— Особенно на юге они хорошо идут, — поддержал его Лебедев. — С сыром, с зеленью, с домашней аджикой, да под сухое винцо...

— М-м, кончай, а то у меня уже слюнки потекли, — простонал Усманов.

— А ты не слушай, мусульманин, тебе вино нельзя, — одернул его Лебедев.

— Много болтаем, ребята, — предостерегающе заметил Абрамов. — А клиент лежит и слушает.

— Он не слушает, — возразил комбат. —Он спит.

— Да брось ты, — поразился Лебедев. — Не может быть! Может, помер со страху?

Он нагнулся над пленником, пощупал пульс на его шее, прислушался к его дыханию и покачал головой:

— Похоже, и правда спит. Ну и дела!

— Я слышал, такое бывает на нервной почве, — заметил Усманов.

ГЛАВА 41

Контролируемые Чудновым газеты и телеканалы сохраняли полное молчание об исчезновении своего шефа. Однако известие все же просочилось в прессу и в силу своей загадочности послужило поводом для многочисленных домыслов. Колян, ставший в последнее время усердным читателем газет, не прошел мимо столь странного сообщения, тем более что какая-либо официальная реакция на него отсутствовала. Создавалось впечатление, будто похищенный Чуднов запретил подконтрольным ему СМИ упоминать свою фамилию. Через некоторое время, когда сохранять гробовое молчание стало уж совсем глупо, газеты Чуднова объявили, что их шеф никуда не исчезал, а находится на отдыхе и его местонахождение известно. Еще через некоторое время было объявлено, что Чуднов пишет книгу.

Колян заподозрил, что исчезновение магната — дело рук Варяга, решившего таким образом прекратить газетные нападки на себя и на свой концерн. «По чистоплюйству очень на него похоже, — думал Колян. — Грохнуть не захотел, решил похитить». Однако Колян не был уверен в правильности своих предположений до того дня, когда ему передали просьбу бизнесмена Феликса о новой встрече.

Разговор оказался кратким: Феликс попросил приостановить выполнение заказа на ликвидацию Варяга.

«Точно, Варяга работа. Чуднов попал к нему в лапы, наклал в штаны и дал отбой», — сразу подумал Колян, а вслух сказал:

— Дело хозяйское, но только аванс я не верну. Слишком много уже потрачено на подготовку.

— А никто денег назад и не требует, — ответил Феликс. — Было сказано не «отменить заказ», а «приостановить выполнение». Разницу улавливаешь?

— Это будет стоить, — нахально заявил Колян. — Чтобы законсервировать все приготовления, потребуются дополнительные расходы. Скажем, процентов тридцать от общей суммы.

— Я думаю, заказчик пойдет на это, — кивнул Феликс.

— Ну и ладненько, — улыбнулся Колян. — Значит, договорились. Верю тебе на слово, но учти: свои бабки я вышибу из любого, будь это хоть президент США, хоть господь бог. Так что пусть твой заказчик не тянет с деньгами, а Варяга я ему сделаю в лучшем виде.

Но, подсчитывая барыши, Колян и не знал, что над его головой сгущаются тучи. Николай Валерьянович Чижевский, чувствуя свою вину за гибель семьи Варяга, упрямо вел расследование взрыва на шоссе с ожесточением породистого бультерьера. У полковника изначально имелись две зацепки: гражданин Патрикеев и обнаруженная им на месте взрыва этикетка с надписью: «Аммонит промышленный». Чижевский повел расследование по обоим направлениям. Протрезвевший Патрикеев еще кое-что вспомнил, и этого Чижевскому хватило, чтобы распутать длинную ниточку.

Сидя за своим столом, он с любопытством разглядывал сгорбившегося перед ним на стуле плюгавого посредника из фирмы «Графика-Т» — того самого, который принес Коляну паспорт на имя Патрикеева.

— Ты как, сам будешь говорить или тебя за яйца подвесить для начала? — дружелюбно поинтересовался полковник. — Знаешь вот этого человека?

Полковник выложил на стол фотографию Патрикеева. Собеседник сделал было недоумевающее лицо, но Чижевский грохнул по столу кулаком с такой силой, что крысообразный человечек подскочил на стуле от неожиданности, а затем в страхе съёжился.

— Я тебе не милиция! — орал полковник. — Ты у меня быстро заговоришь! Последний раз спрашиваю, знаешь его или нет?

— Знаю, — исподлобья со страхом глядя на полковника, прохрипел маленький человечек. — Алкаш, Колей звали... Жил тут неподалеку... Мы продали его чеченам, которые под Москвой строительную фирму держат. Черт, сразу грохнуть его надо было, — вдруг вырвалось у посредника.

— Всех вас жадность губит, — ухмыльнулся полковник. — Чечены обещали его грохнуть, правильно?... Паспорт его вместе с квартирой ты кому продал — вот этому?

На стол перед посредником легла фотография Николая Радченко.

— Ему, — вглядевшись в фотографию, пробормотал посредник. — Ох, чуяло мое сердце, что он отморозок, что не надо с ним связываться. Это ведь из-за него вы на меня вышли?

— Ты ему и второй паспорт потом сделал, — не обращая внимания на вопрос, сухо спросил полковник. — На чью фамилию? Серия, номер, где прописан?

Глазки посредника ненавидяще сверкнули из-под клочковатых бровей.

— Ну? — холодно процедил полковник. — Не люблю повторять.

Посредник назвал все требуемые данные, полковник записал их на бумажку и задумчиво произнес:

— Ларионов Николай Евгеньевич... Прямо рок какой-то — все время Коляну одни Коляны попадаются. Вы этого Ларионова тоже продали?

— Нет, — помявшись, выдавил из себя сгорбленный человечек. — Его с самого начала в живых не было...

Тем временем и по линии ФСБ шло расследование теракта, в результате которого погибла семья Варяга, и верные люди Чижевского постоянно держали его в курсе того, как идет расследование. Эксперты с Лубянки быстро определили тип «Аммонита промышленного» и составили список предприятий, на которых такая взрывчатка производилась. Как и предполагал Чижевский, один из таких заводов располагался неподалеку от Таежного — в Краснокаменске. Отставного полковника не удивило и то, что, как оказалось, незадолго до покушения со склада завода была совершена кража большого количества аммонита.

Получив эти данные, Чижевский немедленно связался с регистрационной палатой московской мэрии, и там ему сообщили юридический адрес фирмы с мрачноватым названием «Стикс», недавно переоформленной на гражданина Николая Ларионова. Юридический адрес фирмы совпадал с местонахождением административного небоскреба на Новом Арбате — там же располагалось министерство, куда часто наведывался Игнатов. Чижевский заподозрил, что Колян решил действовать по тому же сценарию, что и при покушении на семью Владислава Геннадьевича, — заминировать трассу, по которой обычно перемещается «ауди» Игнатова, и, когда автомобиль окажется над местом закладки заряда, произвести взрыв.

«А под Новым Арбатом наверняка полно всяких подземных ходов, — подумал Чижевский. — Какой из них проще всего использовать?» И ответил сам себе: «Подземный переход с ларьками. Эти ларьки и хозяйственные подсобки можно набить чем угодно — никто же не сунется их проверять. Скорее всего, подведут провод прямо из офиса «Стикса», например под видом ремонта телефонной линии, из подвала дома через теплотрассу, а когда появится нужная машина, повернут ручку — и ка-ак рванет!»

Выслушав сообщение Чижевского, Варяг спокойно произнес:

— Не кладите трубку, Николай Валерьяныч, давайте минутку подумаем.

Его голос звучал абсолютно ровно, и лишь какие-то неуловимые интонации выдавали волнение. Ровно через минуту Варяг заговорил вновь:

— На всякий случай проверьте, точно ли ларьки в подземном переходе перешли теперь к фирме «Стикс». Раньше ведь их наверняка арендовала какая-то другая фирма. Я предлагаю играть на опережение. Радченко наверняка бывает в этой фирме. Надо установить за ней плотную слежку. Сумеете? Как только он там появится — будем брать эту фирму не откладывая.

— Вы меня недооцениваете, Владислав Геннадье-вич, — улыбнулся Чижевский. — Мои ребята уже три дня со «Стикса» глаз не спускают. Я вас хочу удивить: Радчен-ко сейчас постоянно находится в офисе фирмы и даже ночует там же под видом охранника. Готовится, видно...

Варяг не смог сдержать изумления:

— Действительно, Николай Валерьянович, недооце-ниваю. Ну тогда, раз так, действуйте по своему плану. Но у меня к вам единственная просьба: когда наступит час «икс», то есть когда соберетесь брать Радченко, дайте мне знать. Я непременно должен участвовать в за-хвате. Обещаете?

Чижевский пообещал. Он понял, к чему клонит Вла-дислав Геннадьевич. За Коляном должок, и Игнатов хо-чет этот должок стребовать...

ГЛАВА 42

— Нет, нет, — возразил Виктор Иванович, энергично покачав головой. — Если уж воры решили объявить Варягу войну, то нам не следует вмешиваться!

Алик с сомнением нахмурился.

— Но если мы не вмешаемся, Витюша, то ситуация вообще выйдет из-под контроля. И тогда этот снежный ком покатится под гору и его не остановишь!

Они сидели втроем на даче у Алика Сапрыкина в Жуковке-5 и обсуждали сложившуюся ситуацию. Известие о том, что сходняк хочет вызвать Варяга на правиловку, не стало для кремлевских заговорщиков неожиданностью. Они ожидали такого поворота событий и даже употребили все рычаги своего влияния на воров, чтобы вынудить их (или, точнее сказать, подтолкнуть) к разрыву с Игнатовым. Тем более что отличный повод для этого имелся. Варяг в последнее время вел почти полностью самостоятельную игру, занимаясь делами «Госснабвооружения», — и это многим не нравилось. К тому же самые авторитетные воры до сих пор не могли простить Варягу неудачной попытки купить «Балтийский торговый флот». Словом, конфигурация шаров на столе, как любил говаривать Алик, выстроилась благоприятная. Но был и другой, вполне вероятный вариант — куда менее благоприятный, и его также следовало учесть. За Варяга могли вступиться те, кто безусловно доверял ему — либо по давней дружбе, либо потому, что были ему чем-то обязаны. Вот почему теперь следовало подумать, что можно предпринять в том случае, если Игнатов все же найдет с ворами общий язык. И все же оставалась надежда, что раскол неизбежен. Зная жестокие законы криминального сообщества, Сапрыкин понимал, что, если Варягу объявят войну, он будет вынужден резко переориентироваться — тогда дела в «Госснабвооружении» отойдут на второй план и смотрящий России будет в основном занят обеспечением собственной безопасности. Ведь война со сходняком — это не игра в казаки-разбойники с сибирским отморозком Коляном, тут схватка будет посерьезней.

— Ну вот что, — после долгой паузы произнес Алик. — Будем через наших людей готовить сходняк к принятию решения по Варягу...

— И какое же решение? — по своему обыкновению спросил Петр Петрович, который даже в кристально ясных ситуациях любил всегда переспрашивать и уточнять.

Алик поднял на него сердитый взгляд:

— Ну как же? Варяга надо отлучать от общака — какое же тут может быть еще решение, Петр Петрович! Отлучить его от общака — это важнейшая задача, стоящая перед нами, коллеги! Надо добиться того, чтобы смотрящим России был выбран другой человек... — Алик сделал многозначительную паузу. — И вы его знаете...

Оба коллеги выжидательно смотрели на него.

— Закир Большой! — твердо закончил Сапрыкин.

Виктор Иванович даже крякнул при этих словах.

— Чтобы дагестанца избрали смотрящим России — держателем российского общака!.. Да ты, Алик, шутишь! С этим никто из московских воров не согласится! В России этот номер не пройдет!

403

Сапрыкин резко поднял руку, пресекая всяческие возражения.

— Но ведь согласились же московские партийные вожди, чтобы ими грузин командовал! Тридцать лет он Россией правил — и ничего. Всем вроде нравилось — до сих пор со слезой умиления вспоминают. А Закир Буттаев — вор авторитетный, богатый, он многих под себя подмял еще в семидесятые годы. К тому же он хоть и дагестанец, а давно уже в Москве, и московскими ворами почитается за своего. Так что очень хорошая кандидатура. К тому же мы уже начали с ним работать...

Виктор Иванович пожал плечами и не стал продолжать спор. Он знал, что Алик все равно настоит на своем. Кроме того, он давно знал Сапрыкина и давно усвоил, что тот слов на ветер не бросает: раз считает, что надо Варяга менять на Закира, значит, у него есть основания так считать.

Раздался телефонный звонок. Радиотелефон лежал на бильярдном столе. Алик встал и, неспешно подойдя к столу, взял трубку.

— Да, слушаю... — негромко ответил он, и тут же его лицо прояснилось и в глазах появился азартный блеск. Он зажал микрофон ладонью и шепнул своим гостям: — Как раз наш клиент! — и продолжил: — Да, да, я тебя слушаю. Рассказывай!

Он внимательно слушал собеседника, то и дело кивая головой и угукая в знак одобрения.

— Ну, хорошо! Подробности обговорим при личной встрече. Подъезжай сюда, в Жуковку, в воскресенье часикам к семи вечера. Я буду... Да, и смотри не перепутай — я в Жуковке-5, не попади к старым большевикам в Жуковку главную! — И хохотнув, Алик отключился от линии.

Он чуть ли не швырнул трубку на зеленое сукно и, довольно потирая руки, прошелся по бильярдной.

— Так, друзья мои, маховик раскрутился. Это звонил человек, который обеспечит мне контакт с Закиром Буттаевым. Не прямой, разумеется, а через посредников. Точнее сказать, он и будет этим самым посредником... — Алик остановился и, как бы в раздумье поглядев на Петра Петровича и Виктора Ивановича, добавил: — А звонил генерал Урусов, крупный человек из МВД, который курирует оргпреступность в Москве. Через него у меня намечается выход на Закира. Думаю, все у нас получится. У этого Урусова на Закира имеется во-от такая папка оперативных разработок. Там есть кое-что такое, о чем Большой Закир и не подозревает. Полагаю, что генерал Урусов сделает нашему Закирчику предложение, от которого тот просто не сможет отказаться. И самое забавное, что оба почти соседи! Буттаев родом из Дагестана, а Урусов — из Ингушетии.

ГЛАВА 43

Ларьки в подземном переходе под Новым Арбатом еще не открылись. После смены арендатора требовалось какое-то время на завоз нового оборудования и товара. Во всяком случае, работники многопрофильной фирмы «Стикс» были готовы именно так объяснять свое временное бездействие на ниве торговли. Правда, пока их никто ни о чем не спрашивал. Внутренность всех ларьков была завешена плотной темной материей, однако порой в щели изнутри пробивался свет, указывавший на какую-то деятельность.

День уже клонился к вечеру, когда в подземный переход на Новом Арбате спустились трое молодых людей весьма грозного вида — накачанные, с толстыми золотыми цепями на шеях, с мрачными маловыразительными физиономиями. Пешеходы, струящиеся двумя потоками взад и вперед по переходу, опасливо отходили в сторону, уступая троице дорогу. Шедший впереди был, видимо, старшим, так как он был налегке. Двое остальных тащили, прижав к животу, коробки с каким-то, судя по иероглифам, китайским или корейским ширпотребом. Миновав шеренгу ларьков, первый постучал в металлическую дверь, проделанную в стене перехода. Некоторое время из-за двери доносилась только песня ансамбля «Бахыт-Компот» «Кладбищенская клубника». Затем магнитофон выключили, и хриплый голос спросил:

— Кто там?

— Это я, Рекс, открывай, — ответил тот, что шел налегке.

Дверь приоткрылась, в образовавшейся щели показалась настороженная физиономия:

— А это кто с тобой?

— Кто, кто!.. — разозлился Рекс. — Мои пацаны из Краснокаменска. Давай открывай, а то коробки тяжелые. Тебя что, не предупредили?

— Нет, — сказал стоявший за дверью боец, однако дверь открыл.

Двое с коробками быстро протиснулись внутрь, а Рекс остался снаружи. И вдруг рядом с ним из потока пешеходов моментально возникли два неприметных крепыша с короткой стрижкой. Они стремительно просочились в подсобку, и оттуда послышались удары, хруст сминаемого картона и сдавленные крики, однако вскоре все стихло. Рекс не успел и глазом моргнуть, как из потока пешеходов отделились еще двое неприметных мужчин и, оттеснив его от двери в подсобку, крепко взяли за руки. Рекс услышал спокойный шепот: «Не дергайся, парень. Все под контролем». Один из них спрятал в карман рацию.

Эту сценку заметил рыжий амбал в кожаной куртке, спускавшийся по лестнице в переход. Он остановился на середине спуска, повернулся и опрометью бросился обратно наверх. Однако его маневр не укрылся от внимания крепкой парочки, опекавшей Рекса. Один из них остался с Рексом и с угрожающим видом шепнул ему что-то на ухо, а второй вынул рацию и произнес в микрофон несколько слов. Между тем рыжий как угорелый ввинтился в поток пешеходов, фланировавших вдоль магазинных витрин, влетел в вестибюль офисного небоскреба, прорвался через турникеты, помахивая красной книжкой и крича: «Я — в «Стикс», и огромными прыжками понесся к лифтам. Неожиданно из-за колонны напереრез ему шагнула темная фигура, и рыжий, запнувшись о подставленную ногу, с проклятием грохнулся на пол. Впрочем, падение не ошеломило его: он тут же вскочил и с перекошенным от ярости лицом бросился на противника. Тот, уходя от ударов, начал отступать, а тем временем со стороны лестницы возникли еще двое в темной одежде. Рыжий услышал их шаги за своей спиной лишь в самый последний момент, когда было уже поздно: подсечкой его сбили с ног, навалились и защелкнули на запястьях наручники.

— Сколько народу в офисе? Говори! — приказали ему, но рыжий вместо ответа попытался плюнуть в лицо спрашивавшему.

— Ах ты сучонок! — рассвирепел тот и с силой припечатал физиономию парня к полу. — Ладно, молчи, все равно им хана...

Охрана на входе смотрела на все происходившее с любопытством, но без удивления, поскольку была предупреждена.

С улицы прошествовал Рекс в сопровождении тех двух крепышей, которые прижимали к животам коробки с китайскими иероглифами. Вся компания погрузилась в лифт и поехала наверх. Следом мимо охраны прошел седоватый мужчина, на которого охрана посмотрела с невольным почтением: по его виду сразу можно было понять, что это большой начальник. Стоя у дверей лифта, мужчина поговорил с кем-то по рации. До охраны донеслись слова: «Аммонит... По моим прикидкам, килограммов пятьдесят... Да я сам обалдел... Конечно, обезвредили... Да, выдвигаемся на исходную...» Отключив связь, мужчина услышал брань, которой не переставая сыпал пойманный в вестибюле рыжий парень, лежавший теперь на полу. Вывернув шею, парень смотрел снизу вверх на своих врагов и поносил их последними словами. Мужчина с рацией недовольно произнес:

— Что вы его здесь разложили? Уберите его куда-нибудь в сторонку и там успокойте.

— Есть, товарищ полковник, — последовал ответ.

Чижевский шагнул в подошедший лифт и нажал на кнопку с цифрой 14. Операция на тринадцатом этаже уже начиналась, и шум открывающихся дверей лифта мог встревожить бандитов. Каждый из его людей знал свою роль, и присутствие начальника им не требовалось, однако сегодняшняя операция была очень опасной, и потому отставной полковник считал своим долгом находиться рядом с подчиненными. Медленно и осторожно спускаясь с четырнадцатого этажа, он услышал снизу нетвердый голос Рекса:

— Открывай, Зародыш, это я. Да быстрей давай, коробки тяжелые...

Чижевский усмехнулся: ишь ты, бандюга первостатейный, а вишь какой стал — как шелковый, стоило его разок пугнуть...

Скрипнули петли металлической двери, и вслед за тем послышался тот особый шум, который хорошо знаком всем, работавшим когда-либо в группе захвата — звуки ударов, короткие яростные вскрики, стук тела, рухнувшего на пол, топот множества ног... Чижевский вздрогнул — в офисе кто-то истошно завопил:

— Колян, шухер! Менты, Колян!

Это кричал Зародыш — стоило ему приоткрыть дверь, как в металлическую створку сразу вцепились несколько рук и широко ее распахнули, а оперативники, притаившиеся с другой стороны двери, стремглав ринулись в открывшийся проем. Рекса сзади толкнули на Зародыша, и оба повалились на пол. Рекс хрипел: «Шандец всем, шандец полный!», а Зародыш, осознав, что происходит, принялся выворачиваться, как змея, при этом испуская надрывные вопли. Налетчики попытались его скрутить, но им мешал Рекс. Тем временем Зародышу удалось сунуть руку в карман и достать выкидной нож. В общем шуме, когда группа захвата начала выламывать двери во внутренние помещения, Рекс не услышал щелчка пружины, но внезапно ощутил тупой удар в живот, боль от которого проникла ему в самое нутро, и вслед за этим жжение в утробе. Не успел он еще понять, в чем дело, как последовал новый удар, и в утробе словно что-то порвалось. Рекс опустил глаза, заметил окровавленный нож в руке Зародыша и заорал в ужасе, пытаясь подняться, однако теперь уже Зародыш его не пускал, нанося все новые и новые удары. «Продал нас, сука!» — шипел, пуская слюну, Зародыш. Наконец одному из оперативников удалось лягнуть Зародыша в голову, тот отпустил Рекса и со стоном откатился к стене, но тут же вскочил на ноги и бросился к выходу из офиса, полосуя ножом воздух перед лицами нападавших. Те невольно попятились, не решившись стрелять в упор, а Зародыш воспользовался этим и бросился прочь. Однако Чижевский, неторопливо спускавшийся по лестнице, был к этому готов: он вскинул пистолет, раздался выстрел, и фигура Зародыша на миг замерла в дверном проеме — пуля угодила ему в лицо. Ногти бандита заскребли по металлу двери то ли в предсмертной судороге, то ли в тщетной попытке удержаться на ногах, а затем Зародыш, как бы внезапно сломавшись, тяжело рухнул ничком на линолеум пола.

Тем временем под ударами кувалды трещала и сотрясалась последняя уцелевшая дверь, за которой находились две смежные комнаты — в фирме, снимавшей офис до «Стикса», одна из них служила приемной, а другая, дальняя, — кабинетом директора. По приемной метался, размахивая пистолетом, один из подручных Коляна — молодой парень по кличке Гвоздь. Обычно спокойный, Гвоздь теперь был на грани истерики и визжал:

— Что делать?! Колян, что делать?! Они ща дверь выбьют!

Колян вместо ответа захлопнул дверь в кабинет и рывком придвинул к стене тяжелый стол. На верху стены находилось прикрытое решеткой вентиляционное отверстие — на него теперь и возлагал бригадир последние надежды. Затем он открыл стоявшую на полу большую спортивную сумку, достал из нее автомат «АКСУ» с укороченным стволом, присоединил к автомату полный магазин и вскочил на стол. Кроме автомата в сумке находился какой-то металлический ящик с кнопками, похожий на автомагнитолу, только значительно больше. Это был передатчик, предназначенный для подрыва заряда взрывчатки на расстоянии. Полковник Чижевский ошибался, когда считал, что радиосигнал не пройдет под землю и Коляну придется возиться с проводами. Передатчик, сконструированный и многократно проверенный умельцами из Таежного, давал сигнал достаточно мощный для того, чтобы Колян мог подорвать мину, заранее заложенную в подземном переходе. Вдобавок пацаны на всякий случай вывели антенну приемника из-под земли на воздух.

Стоя на столе, Колян просунул ствол в решетку и одним движением выдернул ее, действуя автоматом как рычагом. Протирая глаза от запорошившей их штукатурки, он услышал за своей спиной, в другой комнате, звук выстрела. Обезумевший от страха Гвоздь пытался отстреливаться и при этом что-то истерически выкрикивал. Удары в дверь на некоторое время прекратились.

— Давай, стреляй, козел, задержи их, — пробормотал Колян сквозь зубы.

Ударами приклада он принялся расширять узкое отверстие. С каждым ударом становилась все очевиднее безнадежность этого занятия. Слезы досады катились у Коляна по запорошенному побелкой лицу, но он не желал сдаваться. Тем временем кувалда вновь забухала в дверь, хотя и реже — оперативник, наносивший эти удары, прятался от пуль за стеной и размахивался, держа кувалду за конец рукоятки. Снова загремели выстрелы, но было уже поздно — покореженная дверь со стуком распахнулась, и кувалда полетела прямо к ногам Гвоздя. Тот инстинктивно отскочил в сторону, и в этот момент один из людей Чижевского — это был Фарид Усманов, — перекатившись по полу, выпустил по Гвоздю очередь из компактного, почти карманного автомата «Кипарис». Гвоздь отпрянул к стене, скорчился в три погибели и протяжно застонал. Оглушенный страшной болью, он почти не почувствовал, как его повалили на пол, как защелкнули на запястьях наручники. Как из немыслимой дали до него донесся властный голос: «Тащите его отсюда вниз, я «скорую» уже вызвал». Последнее, что услышал раненый, — это выстрелы, глухо прозвучавшие за дверью кабинета, которыми Колян дырявил вентиляционную трубу, пытаясь расширить отверстие в ней. Наделав в жести пробоин, он намеревался затем довершить дело ножом, хотя в глубине души и сознавал безнадежность затеи — труба явно была слишком узкой.

Сделав несколько выстрелов, он посмотрел на результат и снова поднял оружие, готовясь стрелять. Однако тут дверь задрожала под ударами кувалды, Колян вздрогнул, резко повернулся и с искаженным от бессильной ярости лицом выпустил по двери очередь из автомата. На белой плоскости двери появилось полдюжины дыр, расщепивших дерево, краска шелухой посыпалась на пол. Было слышно, как нападавшие шарахнулись от двери, а кто-то застонал и выругался.

— Что такое? — тревожно спросил у упавшего Чижевский.

— Черт, ногу зацепило, — морщась, ответил тот.

Усманов вскинул «Кипарис» и дал ответную очередь по двери.

— Не стрелять! — рявкнул полковник. — Он нам живой нужен!

Однако было уже поздно: за дверью кабинета раздался вскрик и грохот падающего тела. Колян уже повернулся было опять к вентиляционному отверстию, когда пуля, выпущенная вслепую, угодила ему в позвоночник. Он вскрикнул даже не от боли, а от мгновенно охватившего его ужаса, и тут же понял, что больше не чувствует свои ноги. Попытавшись сделать шажок, он потерял равновесие, взмахнул руками, пытаясь удержаться и при этом выронив автомат, но все же рухнул на стол, а со стола скатился на пол. От удара он на миг потерял сознание, но сразу очнулся от бешеного стука в дверь. Дверь уже ходила ходуном, надо было спешить. Колян попытался подняться, но онемевшие ноги подвернулись, и он опять упал. Скрипя зубами, Колян пополз на локтях к тому месту, где упал автомат. Добравшись до оружия, он направил ствол на огромное окно во всю стену, за которым простиралось море московских крыш, и, прикрыв свободной рукой голову, нажал на спуск. Автомат забился в его руке, и осколки со звоном хлынули вниз — стеклопадом, звоном и сверканьем привлекая внимание прохожих и заставляя их останавливаться, образуя толпу. Люди Чижевского, видимо, уже плюнули на опасность и долбили стальную дверь изо всех сил. Колян понял, что ему остается всего несколько секунд. Он достал из сумки передатчик и занес палец над красной кнопкой. Возможно, заряд был уже обезврежен, но, может быть, и нет. Колян дополз, оставляя на полу кровавый след, до низенького, в уровень колена, подоконника и, не выпуская из руки передатчика, подтянулся и посмотрел на улицу: на уступы бесчисленных зданий, на переливающийся разноцветной эмалью поток автомобилей, на деревья в осенней позолоте, на людскую толчею и толпу, собирающуюся у входа в здание. Прохладный осенний ветер ворвался в комнату и принялся гулять по ней, подхватывая листки бумаги. Коляну показалось, будто он даже различает лица столпившихся внизу любопытных, и он презрительно усмехнулся. Он спросил сам себя, хочет ли он, чтобы эта оживленная улица и эта толпа зевак взлетели на воздух, без колебаний ответил: «Да х... с ними!» — и решительно нажал на красную кнопку.

Однако ничего не произошло. Он нажал еще и еще раз, но по-прежнему безрезультатно. Выбитая стальная дверь отлетела и ударилась о прислоненный к стене стол. Чижевский и его ребята ворвались в комнату. И тут вдруг Чижевский услышал за спиной знакомый голос:

— Погоди-ка, Николай Валерьянович, пустите меня к нему...

Чижевский обернулся и отступил в сторону, пропуская Владислава Геннадьевича. Тот сжимал в руке вороненый «макаров». Подойдя к Коляну, балансирующему на раме разбитого окна, он тихо и жестко произнес:

— Ну что, Радченко, отпрыгался? Последняя пуля все же за мной останется. Хочу, чтоб ты, падла, знал: это тебе за мою жену и сына!

И с этими словами он дважды выстрелил Коляну в лицо.

Собравшаяся внизу на Новом Арбате толпа издала вздох ужаса, когда в проеме разбитого окна на тринадцатом этаже офисного небоскреба показался человек и, неловко взмахнув руками, перевалился через подоконник и полетел вниз темным мешком.

ГЛАВА 44

Черная служебная «ауди» с тонированными стеклами неслась по бульварному кольцу, ловко лавируя в потоке машин. Водитель с удивлением поглядывал в зеркальце на своего шефа — он впервые видел Варяга курящим. Варяг замечал его взгляды и от этого злился еще больше. Жадно затягиваясь, он бранил себя: «Идиот, размазня! Сам создал себе проблемы!»

О том, что у него прибавилось проблем, Варяг узнал от главного бухгалтера, который еще неделю назад явился к нему и сообщил, что Платонов, номинальный глава «Госснабвооружения», неожиданно затребовал документы, касающиеся хозяйственной деятельности концерна. Для Платонова, давно уже привыкшего к своей чисто «представительской» роли, такой интерес к экономическим показателям возглавляемой им структуры был совершенно необычным. Просмотрев список затребованных им документов, Варяг понял, что Платонова интересовало прежде всего движение финансов концерна за последний год, в частности доходные и расходные статьи. Лично Андрею Егоровичу эти сведения были не нужны: он имел информацию о росте доходов из данных о величине дивидендов на его собственные акции концерна, и этой информации ему вполне хватало. Дополнительные сведения генеральному директору могли потребоваться лишь в одном случае: если на него надавили какие-то посторонние люди, интересующиеся финансовым состоянием «Госснабвооружения». Представители правительства могли получить все необходимые документы официальным путем, им не нужно было для этого обращаться лично к Платонову. А кого еще могли интересовать доходы концерна? Только воров в законе, знавших о теневой торговле оружием по каналам концерна. Видимо, что-то в деятельности Варяга насторожило воров, и они решили проверить, получает ли общак от деятельности подконтрольного концерна сполна или же Варяг использует проходящие через его руки деньги, чтобы вести какую-то свою игру. Возможно, эта негласная финансовая проверка носила чисто профилактический характер. А возможно, кто-то из крупных воров стал недоволен Варягом и задумал посадить на его место своего человека. К тому же Чижевский, чьи люди постоянно вели наблюдение за высокопоставленными сотрудниками «Госснабвооружения», сообщил, что в последнее время Платонов при своих поездках по городу часто отпускает шофера и тщательно соблюдает все правила конспирации — настолько тщательно, что агенты Чижевского неоднократно теряли его след. Отставной полковник не мог привести никаких компрометирующих Платонова конкретных фактов, однако само его поведение показалось опытному военному разведчику крайне подозрительным, о чем он не преминул доложить Игнатову. Так или иначе, Варяг быстро понял, откуда ветер дует, и вызвал Платонова к себе. Генеральный директор послушно явился к своему заместителю и, стоило Варягу хорошенько надавить на него, сразу «раскололся».

Дело обстояло даже хуже, чем предполагал Варяг: Платонова завербовали несколько месяцев назад. Когда Платонов как-то зашел в очень дорогой ночной клуб «Мечта», чтобы расслабиться и подцепить девицу, к нему за столик неожиданно подсел какой-то шустрый господин, которого генеральный директор поначалу принял за педераста. Платонов плохо ориентировался в московских криминальных кругах и, конечно, не узнал Витю Тульского — человека, выполнявшего самые тонкие и деликатные поручения воровского сходняка. Андрей Егорович собрался было кликнуть охрану, чтобы та оградила его от навязчивого извращенца, но Витя непринужденно заговорил и с первых же фраз начисто отбил у собеседника желание поднимать скандал. Платонов обнаружил, что незнакомцу известны пикантные детали его личной жизни, которая стала особенно бурной с тех пор, как основную часть служебных обязанностей генерального директора принял на себя Варяг.

— Как мужик мужика я вас хорошо понимаю, — снисходительно заметил Витя, имея в виду забавы Платонова с несовершеннолетними девицами в неком массажном салоне. — Но вот жена Настасья Филипповна вас может не понять. Потом опять же журналисты — пропечатают в газетах, и все — уже не отмоешься... Для них скандал — это хлеб насущный, особенно с участием государственного служащего. Прикрывать вас никто не будет...

— Зачем вы это все говорите? — потерял терпение Платонов. — Что вам от меня нужно?

— Да ничего особенного, — пожал плечами Витя. — Есть серьезные люди, которые очень заинтересованы в том, чтобы из первых рук получать надежные сведения о деятельности вашей фирмы. Прежде всего их интересует размер доходов «Госснабвооружения» и на какие цели эти доходы используются.

Платонов подумал и решил, что в тех сведениях, которые требовались его новому знакомому, нет ничего особо секретного и лучше их ему предоставить, чем осложнять себе жизнь. Хотя собеседник Андрея Егоровича держался подчеркнуто дружелюбно, однако за этим показным дружелюбием угадывались беспощадность и готовность на самые крайние меры.

Слушая рассказ Платонова о встрече в «Мечте», Варяг усмехнулся и покачал головой. Когда-то он сам подверг Платонова обычному шантажу, чтобы проникнуть в «Госснабвооружение», и вот теперь это оружие бумерангом ударило по самому Варягу.

— Как выглядел этот тип? — спросил Варяг.

Платонов набросал словесный портрет шантажиста, и Варяг, покачав головой, произнес:

— Ба, да это же Витя Тульский. Выходит, я теперь у московской братвы под колпаком. Ладно, Андрей Егорович, мне все ясно. Разговор окончен, спасибо, что потрудились зайти.

— Так что же мне делать? — глуповато спросил Платонов.

— Да ничего особенного, — пожал плечами Варяг, — делайте все, что они попросят. Ну, разумеется, сообщая мне об этом. Советую вам проявлять в отношении меня полную искренность. Я вас смогу защитить от кого угодно, а вот от меня вас никто не защитит.

— Так кто же эти люди, которые мне угрожали? — полюбопытствовал Платонов.

— Воры в законе, — коротко ответил Варяг.

Вспоминая этот разговор с Платоновым, Варяг ругал себя за то, что сохранил на важном посту рядом с собой столь ненадежного человека. Особенно разозлило Варяга даже не то, что Платонов поддался давлению, сколько то, что он скрыл от Варяга факт шантажа и долгое время выполнял все, что от него требовали воры. Хорошо еще, что, играя в концерне, по сути дела, чисто декоративную роль, он не знал о многих сторонах деятельности своего заместителя. В любом случае от Платонова следовало избавляться — Варяг твердо решил это сделать, пусть даже воры потребуют сохранить его на посту как своего агента. Однако сейчас самым важным было правильно провести разговор с ворами. Варяг понимал, что сходняк, на который его вызвали, организован с одной целью — потребовать у него отчета.

За свою личную безопасность Варяг не опасался — даже если воры признают его виноватым, люди Чижевского не позволят даже волосу упасть с его головы. Они взяли под контроль все подходы к маленькому ресторанчику «Каприз», где намечалось провести сходняк. Кроме того, за «ауди» Варяга следовали два джипа с охраной — присутствие этих молодцов должно было удержать воров от резких движений в том случае, если бы разговор пошел по нежелательному руслу. Однако меры предосторожности, которые принял Варяг перед сходняком, отнюдь не гарантировали ему безопасности в будущем — если не удастся по-хорошему разойтись с ворами. Поэтому Варяг сейчас был молчалив и сосредоточен — он подбирал в уме аргументы, которые могли бы объяснить ворам его действия. Он понимал, что из документов, переданных Платоновым Вите Тульскому, хорошо видно, какие гигантские средства вкладываются в производство и в научные исследования. Большая часть этих средств, конечно, путем несложных махинаций могла бы попасть в общак. Но Варягу предстояло убедить воров в том, что он все правильно делает. Правда, Варяг подозревал, что на сей раз ему придется особенно трудно: в последнее время он все явственнее ощущал отчуждение со стороны воров. Варяг почти не общался с ними, поглощенный работой, и воры отвечали ему глухой неприязнью. Они инстинктивно чувствовали, что Варяг постепенно превращается в чужака, а чужак, по их мнению, мог покуситься на самое святое — на общак. Отчуждение нарастало, хотя до недавнего времени у воров не было конкретного повода для претензий. Видимо, изучение документов «Госснабвооружения» дало им такой повод.

Худшие предположения Варяга недавно подтвердил Саша Турок, всегда относившийся к Варягу с огромным почтением. Турок позвонил ему сегодня рано утром, долго мялся, а затем выпалил:

— Слушай, может, тебе вообще на сходняк не приходить?

— С какой стати? — удивился Варяг.

— Да люди очень взъелись на тебя, — объяснил Турок. — Так взъелись, что просто беда. Ты-то мало с ними общаешься, а я их настрой знаю. Всякое может случиться. Накручивают всех Закир Большой и особенно Кайзер. Они уже всех настропалили против тебя. Настроение у людей такое, что справедливости ты не добьешься, будь ты даже на сто процентов прав. Поэтому я и беспокоюсь. Может, тебе сегодня не приходить — подождать, пока народ остынет?

— А народ не остынет, Саша, — сказал с невеселой усмешкой Варяг. — Я ведь знаю, что люди говорят: Варяг зазнался, оторвался, он уже не наш... Я это говорю к тому, что со временем ничего не изменится. Люди — они как женщины: не любят, когда их бросают.

— Ну смотри, — вздохнул Турок, — мое дело предупредить. Ладно, удачи тебе! Ты всегда знал, что делаешь.

Владислав вышел из машины, уверенной походкой поднялся на крыльцо ресторана под медным кованым навесом и прошел в дверь мимо молча посторонившихся молодых людей, которые ощупали его внимательными взглядами. По крутой лесенке он спустился в зал, где приглашенные на сходняк уже рассаживались вдоль сдвинутых столов. Против обыкновения никто не подошел к Варягу для объятия или рукопожатия — все приветствия ограничились сдержанными кивками. В зале вообще царила какая-то гнетущая атмосфера, словно перед грозой — лица у всех были хмурые и насупленные, никто не разговаривал, слышался только шум передвигаемых стульев. Когда все расселись, поднялся Закир Буттаев и внушительно, с расстановкой, чеканя слово, произнес, глядя на Варяга в упор:

— Сегодня у нас тяжелый день, люди. Все вы знаете Варяга, и вряд ли кто-нибудь из вас мог подумать, что настанет день, когда нам придется сделать ему предъяву, причем обвинить его в самом позорном для вора поступке — в крысятничестве...

Варяг был готов к худшему, однако такое крутое начало его удивило. Впрочем, не только его — по залу прокатился шум, воры переглядывались, покашливали, кивали головами. То, что сказал Закир, неумолимо означало кровь: либо кровь Варяга, если сходняк признает обвинение справедливым, либо кровь Закира, если ему не удастся доказать заслуженность оскорбления. Закир говорил спокойно и обдуманно, страшное оскорбление не в запале сорвалось с его уст — видимо, он был уверен в прочности своих позиций. Чтобы так себя вести, Закиру надо было уже заранее списать Варяга с счетов. Что ж, игра стоила свеч — устранив Варяга и имея в «Госснабвооружении» своего человека в лице Платонова, Закир Большой и близкие к нему воры могли наложить лапу на огромные доходы от торговли оружием. Это было особенно кстати сейчас, когда денежные дела Закира, по слухам, находились в довольно плачевном состоянии.

— Да, приходится произносить такие черные слова, — продолжал дагестанский авторитет. — Но я готов за них ответить. С общего нашего согласия Варяг стал работать в концерне «Госснабвооружение». Человек он толковый, быстро разобрался в делах, и скоро в общак с доходов концерна стали поступать немалые деньги. Но что мы имеем теперь? Варяг фактически присвоил себе и концерн, и даже весь общак. Кто из нас может сказать, что представляет себе ситуацию с нашими деньгами? Нет таких. Варяг купил нас тем, что повысил доходы общака. Но то, что он нам дополнительно дает, — это сущие копейки по сравнению с теми громадными деньгами, которые он крутит. А куда он девает полученные доходы? Думаете, в общак, как положено? Если бы! Я об этом обо всем задумался после недавних событий в Питере. Вы, люди, наверное, знаете, как Варяг собрался купить Балтийский торговый флот. На наши, между прочим, деньги. Хотел бы я получить от тебя подробный отчет о торговом флоте в Питере — ты нас в эту хреномундию втравил... Сколько мы на этом бабок потеряли — я, Кайзер, Шота... Ответь нам, Варяг, что за странные дела ты затеваешь! — Закир выдержал драматическую паузу и обвел взглядом всех присутствующих. — Я давно подозревал, что дело нечисто, — продолжал он, понизив голос. — Мне поведение Варяга давно не нравилось, и я об этом открыто говорил. Он как будто стеснялся нас. Водился с кем угодно, только не с нами. А я знаю по опыту: не может человек нормально вести денежные дела с теми, от кого он морду воротит. Ну, посоветовался я с кое-какими уважаемыми людьми — некоторые из них здесь присутствуют, вот Кайзер, например, — и решили мы провести проверочку. Надавили на одного важного хмыря в «Госснабвооружении», он нам предоставил нужные документы, ну а дальше уже все было делом техники: нашли спецов, которые умеют работать с такими документами, да и сами мы тоже подковались маленько за последние годы. И вот какая получается картина...

Последовала новая драматическая пауза.

— Я вас цифрами сильно грузить не буду, — вновь заговорил Закир, — если кто интересуется, то все бумаги я привез и любой может их посмотреть. А если вкратце, то факты таковы: прибыль «Госснабвооружения» с того момента, как туда пришел Варяг, возросла, оказывается, примерно в восемь раз, и это не считая той прибыли, которая была получена от нелегальных сделок. Можно было эти деньги направить в общак? Можно, и Варяг прекрасно знает, как это делается — например, вложить их в предприятия, которые мы контролируем в России и за рубежом. Варяг и сам не раз проводил такие операции. Нет, часть прибыли, конечно, надо было пустить на нужды концерна, чтобы никто не поднял шума, но какую-то разумную часть. А что сделал Варяг? Он практически всю прибыль пустил на закупку нового оборудования, на научные исследования, на строительство полигонов... Что это за хрень, я вас спрашиваю? А расходы на социальные нужды, когда каким-то работягам фактически за наш счет повысили зарплату? Я уже говорил тебе раньше, Варяг: если ты вор, то будь вором! Когда ты стал работать в «Госснабвооружении», никто не ждал от тебя, что ты станешь развивать производство. От тебя ждали одного: что ты будешь вести себя как вор. А ты решил стать директором-передовиком... Да ради бога, попутного ветра тебе в жопу, только почему за наш счет?! Общак для вора — это святое. Тебе оказали высокое доверие, а ты вместо того, чтобы его оправдать, стал обделывать свои делишки. Чистеньким решил стать? Прибрал к рукам концерн и решил все наши бабки на него пустить? Окопался в своей конторе и решил, что мы тебе уже не нужны? Ну и как называются люди, которые тырят у своих? Правильно, крысятники. А что с крысятниками положено делать?

— Ну ты полегче, Закир, — заметил Турок. — Чего ты гонишь раньше времени? Надо сперва Владислава Геннадьевича выслушать.

— Да ты меня еще не дослушал! — злобно возразил Закир. — Мне еще есть что сказать. Когда-то Варяг хвалился, что открыл банк на наши деньги. Теперь таких банков стало несколько, и все они якобы обслуживают общак. Мы проверили парочку из них — наняли толковых аудиторов и стали разбираться, куда тратятся денежки. Банкиры, конечно, были не в восторге от проверки, не хотели наших людей допускать к документам, собирались жаловаться Варягу... Но мы на них надавили так, что они поняли: от нас их никакой Варяг не спасет. И что же выяснилось в ходе проверки? Оказывается, банк направо и налево финансирует какие-то общества, союзы, ассоциации, хренации... Причем ни одна из них к нам, ворам, никакого отношения не имеет. Ну, видя такое дело, мы решили, что если уж проверять объект, так до конца, и проверили несколько подконтрольных банку фирм и мелких банков. И там обнаружилась такая же картина: тратятся бабки непонятно на что, без всякой отдачи. Оказалось, что эти фирмочки платят бешеные бабки некоторым газетам якобы за рекламу, хотя реклама им нужна как собаке пятая нога. Реклама размещается по таким диким расценкам, которых ни в какой другой газете нет. Ясно, что наш друг Варяг просто прикармливает эти газеты — хочет иметь свою прессу. Нам он что-нибудь говорил о таких своих планах? Нет. Значит, получается, что это его личные дела, которые он делает на деньги общака. Вот так Варяг поддерживает воровскую идею? Кроме газет всплыли еще расходы на одну радиостанцию и один телеканал — все, как видите, в одном и том же русле. И ведь заметьте, что проверили всего один банк, а сколько их находится под контролем у Варяга? Но хуже всего то, что мы всю эту самодеятельность Варяга, в сущности, пока пресечь не можем: куда ни сунься, везде Варяг либо единоличный владелец, либо соучредитель, либо владелец контрольного пакета акций... Вот говорят, что мафия лезет во власть. Конечно, власть нам нужна, но на самом-то деле что получается? Если мы — мафия, то у нас внутри есть другая мафия, которая, по сути дела, полностью распоряжается нашими деньгами, а значит, именно ей и принадлежит вся реальная власть. Вот заплачены деньги газете, телеканалу, радиостанции, возможно, и каким-то чиновникам и депутатам, до этого мы еще не докопались... Ну и хрен ли нам с этого толку? Все они получали деньги от Варяга, инструкции им всем дает Варяг, все они поют с его голоса. Короче, одна мафия лезет во власть, а другая стоит и ушами хлопает. Прошу без обид, люди, но ситуация в наших рядах сейчас именно такая. Если вы хотите в такой мафии состоять, то лично я не хочу — не так я воспитан.

— Да-а, — протянул старый вор Дядя Толя. — Это не дело. Это против всех понятий. Мало того, что Варяг поставил себя над всеми — чтобы стать над всеми, он использовал общие деньги. Это — зло, а зло надо наказывать.

— Нет, люди, сами посудите, что ж это получается?! — воскликнул Максим-Кайзер. — Выходит, если человека посадили на общак, то он уже может делать с деньгами что хочет? Он будет нашими деньгами платить всяким там телестанциям, чтоб его по ящику показывали всего в шоколаде, а тем временем в зоны грев не идет, братва от туберкулеза загибается, старые воры живут в нищете, а менты звереют... Если сейчас не наказать человека, который такое допустил, то где гарантия, что следующий кассир не поведет себя точно так же? Где гарантия, что наши люди вообще будут жить по понятиям, если мы эти понятия сейчас не защитим?!

— Воры должны блюсти свои законы, в этом их сила, — хмуро сказал известный балашихинский вор по кличке Гром. — А какие законы без наказания? Все очень просто: Варяг нарушил закон, и мы должны его покарать, чтоб другим неповадно было.

— Но тут есть одна проблемка, — заметил Витя Тульский. — Мы слышали, что огромное число фирм находится под личным контролем Варяга. Так вот начать надо с того, что перевести все эти фирмы в собственность надежных людей, которым дорого воровское дело. Иначе все это богатство уплывет из наших рук, даже если мы отстраним Варяга.

425

— Отстраним? — повторил Закир Большой. — Давайте определяться. Мы что, позволим ему откупиться? Нет, люди, так мы понятия не защитим. Так только «апельсины» поступают, которые коронуются за бабки, а я не из этой братии.

— Ты на что намекаешь, Закир? — вскочил Саша Турок. — Не круто ли берешь? Мы все, во-первых, Варягу кое-чем обязаны. Как-никак он не первый год на общак работает. Во-вторых, надо его самого выслушать. И в-третьих, чтоб предлагать такие вещи, надо быть самому безгрешным.

— Ты на что намекаешь? — ощетинился Закир. — Фильтруй базар!

— Отвечу, отвечу, — кивнул Турок. — Слыхали мы, как ты каспийскую икру в Америку продаешь! Это тебе удается — без нашего ведома? Это что, по понятиям?

— Это мои дела, — прорычал Закир. — И бабки в моем кармане считать нечего — сколько ни заработал, все мои. И отстегиваю я в общак исправно!

— Не скажи, — возразил Турок, — не так все просто. Ты же деньги Варяга считаешь? И я так полагаю, что при твоих аппетитах тебе такой жирный кусман, как «Госснабвооружение», очень в жилу бы пришелся. Только учти: у Варяга мозгов хватает, чтоб таким хозяйством управлять, а вот насчет тебя — не знаю, не знаю...

Теперь настал черед Кайзеру в ярости вскочить с места, однако его опередил Варяг.

— Спасибо за защиту, Турок, — степенно поблагодарил он, — но мне и самому есть что сказать. Первое и самое главное: я хорошо помню, из какой среды вышел, с какими людьми прошел полжизни, кто меня учил уму-разуму... Ни от чего и ни от кого я отрекаться не собираюсь. Что бы я ни делал, я всегда помню о том, чем вам обязан, и о том, что эти долги надо отдавать.

В зале воцарилась мертвая тишина. Все воры сидели неподвижно, устремив на Варяга настороженные взгляды, и только Дядя Толя одобрительно кивал седой головой. А Владислав, помолчав и собравшись с мыслями, продолжал:

— Закир прав в одном: у меня есть своя жизнь. Да, я теперь не могу сосредоточить все свои мысли только на воровских делах. Но в общак никогда не поступало столько денег, сколько при мне. Кто может сказать, что это не так? Но пускать в общак львиную долю доходов концерна, как предлагает Закир, — это совершенно невозможно. Чтобы концерн нормально развивался, в него надо вкладывать деньги. Курицу, которая несет золотые яйца, не только нельзя резать, — ее к тому же надо хорошо кормить.

— Слишком хорошо! — возразил Закир. — Мы не идиоты, мы все понимаем. Ты просто решил, что «Госснабвооружение» — твоя вотчина, вот и накачиваешь его деньгами...

— И еще, — продолжал смотрящий России, будто не слыша слов Закира, — мое положение сейчас таково, что я несу ответственность не только перед вами. Как я уже сказал, я отвечаю за концерн. Я должен думать о деле...

— Ты что, издеваешься?! — крикнул Паша Сибирский. — О каком деле? Ты смотрящий России. Твое дело — общак!

— Я теперь не только смотрящий, Паша, а ты этого не хочешь понимать, — возразил Варяг. — Да и тебе рекомендую задуматься: а можно ли вообще быть только вором? Можно ли, например, не думать о судьбе России? Мне она, представь себе, небезразлична. А «Госснабвооружение» — часть России. Я и во власть лезу, и деньги даю на политику именно потому, что мне небезразлично, какой эта страна станет завтра.

— Да что ты нам тут морали читаешь! — рассвирепел Закир. — Люди, по-моему, с Варягом все ясно: он сам сказал, что он — не только вор. Извини, так дело не пойдет. В нашем деле между двух стульев сидеть нельзя. Или ты вор, или ты никто для нас. Не нами так установлено, не нам и менять. И ты не хуже меня знал закон, но все же его нарушил, и за это тебе придется ответить.

— Что же ты со мной намерен делать? — с иронией осведомился Варяг.

— Решаю не я, решает сходняк, — ответил Закир. — Но мое мнение такое: поскольку Варяг посягнул на самые основы нашей жизни и поскольку причинил нам ущерб, приговор может быть только один, — пусть все вернет в общак, а иначе — смерть.

— Сперва пусть передаст дела, а потом вернет все, что присвоил, — вставил Витя Тульский.

— Н-да, — раздумчиво произнес Варяг, — видно, и впрямь горбатого только могила исправит. Одно могу вам сказать твердо: вы бы только выиграли от всего того, что я хочу сделать.

— Ты, Варяг, вроде бы по годам давно не мальчик и авторитетным вором считался, а не понял самого главного, — холодно произнес Дядя Толя. — Для воров главное — понятия. Все остальное по-нашему иначе называется. Можно было бы просто промыть тебе мозги — так сказать, по-семейному, если бы ты против воров ничего не успел совершить. А сейчас — уже поздно. Слишком много ты дел наворотил, нам с тобой еще долго придется разбираться. Ты уж не прогневайся.

— Ничего, — усмехнулся Варяг, — бог простит.

— Смеешься? — процедил Кайзер, поднимаясь с места. — А зря. Как бы скоро тебе плакать не пришлось...

Другие воры тоже поднялись, но остановились в нерешительности. Варяг издавна являлся одним из самых авторитетных членов их сообщества, и представлялось немыслимым оскорбить его. В душе все молили Бога, чтобы дело решилось вмешательством наемной охраны, для которой не существует авторитетов, а есть только приказ нанимателя. Зато потом и претензий к этим ребятам быть не может — всем известно, что они люди подневольные.

— Ахмед! — рявкнул раздраженный неловкой паузой Закир Большой.

Дверь распахнулась, и в проеме возник лысый детина с рацией на поясе. Он обвел мутным взглядом зал, и глаза его остановились на Варяге. Видимо, еще до начала толковища он получил инструкции от Закира и знал, с кем ему предстоит иметь дело. Детина злорадно ухмыльнулся, но тут за его спиной послышался какой-то шум. Лысый охранник даже не успел обернуться, чтобы посмотреть, в чем дело, — за спиной Ахмеда мелькнула человеческая фигура, и в следующую секунду мощный удар между лопаток швырнул его со ступенек в зал, так что он кубарем подкатился к ногам Вити Тульского, потихоньку подобравшегося к выходу из зала с целью перекрыть Варяге путь к отступлению. Вместо охранника в дверях появился невысокий блондин в теплой куртке армейского образца — с автоматом наперевес. Варяг знал в лицо не всех своих сотрудников, но этого, о котором ходило столько баек, он узнал сразу — это был майор Абрамов. Ахмед со стонами корчился на полу у ног Вити Тульского, а сам Витя застыл на месте, поскольку в наступившей мертвой тишине раздался четкий лязг передернутого затвора и черное дуло «калашникова» уставилось прямо ему в лоб. На секунду Витю охватил позыв ринуться очертя голову на Варяга, невзирая на наведенный автомат, и всадить ему нож под ребро. Если бы Витя при этом погиб, то, несомненно, стал бы легендой всего преступного мира России, а коли бы выжил, авторитет его поднялся бы до заоблачных высот. Однако все эти заманчивые мечты сразу улетучились из головы Вити, когда стоявший в дверях человек, интуитивно угадав Витин настрой, негромко произнес:

— Стой на месте и не дури, парень!

Витя заколебался — ему не хотелось отказываться от роли героя. Однако голос человека с автоматом прозвучал крайне убедительно. Автоматчик держал зал под прицелом, а за его спиной какие-то люди деловито проволокли по коридору во внутренние помещения бесчувственные тела охранников, стоявших на входе. Варяг вздохнул, обвел печальным взглядом воров, бросил: «Прощайте» — и направился к выходу, стараясь не загораживать стоявшему там Абрамову сектор обстрела.

— Нет, никаких «прощайте», — четко произнес Закир. — До скорого свидания!

— Будь уверен, еще свидимся, — поддержал его Витя Тульский.

— Это война, Варяг! — угрожающе прохрипел Дядя Толя, уже когда за Владиславом с грохотом захлопнулась тяжелая дверь.

Автор выражает благодарность
С. Н. Деревянко, А. В. Добрынину
и О. А. Алякринскому
за помощь и творческое сотрудничество
при подготовке рукописи к печати.

Е. С.

Сухов Евгений Евгеньевич

Я — ВОР В ЗАКОНЕ
Мафия и власть

Ответственный редактор *О. Алякринский*
Литературная обработка *С. Деревянко, А. Добрынина*
Дизайнер обложки *В. Пантелеев*
Корректоры *Л. Агафонова, Р. Станкова*
Компьютерная верстка *Г. Хориков*
Компьютерный набор *Н. Балашовой, Н. Рыжих, Т. Чертова*

ЛР № 064267 от 24.10.95.

Подписано в печать 01.12.99. Формат 84 × 108/32.
Гарнитура «Ньютон». Печать высокая. Бумага газетная.
Печ. л. 13.5. Тираж 100 000 экз. Зак. № 3041. С-006.

Налоговая льгота — общероссийский классификатор
продукции ОК-005-93, том 2 — 953 000.

«АСТ-ПРЕСС»,
107078, Москва, а/я 5.

Отпечатано с готовых диапозитивов в ГМП
«Первая Образцовая типография»
Государственного комитета Российской Федерации по печати.
113054, Москва, Валовая, 28.

ЗАО «Компания «АСТ-ПРЕСС»:

Россия, 107078, Москва, Рязанский пер., д. 3
(ст. м. «Комсомольская», «Красные ворота»)
Тел./факс 261-31-60, тел. 265-86-30, 974-12-76
E-mail: astpress @ cityline.ru
http://www.ast-press-edu.ru

По вопросам покупки книг «АСТ-ПРЕСС» обращайтесь

в Москве: «АСТ-ПРЕСС.   Офис: Москва, Рязанский пер., д. 3
            Образование»   Тел./факс: (095) 265-84-97,
                                              265-83-29
                               e-mail: ast-pr-e@postman.ru

Склад   г. Балашиха, ш. Энтузиастов, д. 4
                                 Тел.: (095) 521-78-37, 521-03-72

в Москве: «Клуб 36'6» —   Офис: Москва, Рязанский пер., д. 3
                                 Тел./факс: (095) 261-24-90,
                                               267-28-33

Склад: г. Балашиха,
                                 Звездный бульвар, д. 11
                                 Тел.: (095) 523-92-63,
                                               523-11-10

Магазин (розница   Москва, Рязанский пер., д. 3
             и мелкий опт):   (ст. м. «Комсомольская»)
                                 Тел. (095) 265-86-56

Переписка и книги—почтой: 107078, Москва, а/я 245,
                                          «КЛУБ 36'6»

**в Санкт-Петербурге
и Северо-Западном регионе:**
«Невская книга»   Тел.: (812) 567-47-55,
                                         567-53-30

в Киеве: «АСТ-ПРЕСС-Дикси»   Тел.: (044) 229-23-33,
                                          228-43-59